一棵大树想要飞

汤成难 著

中国书籍出版社
China Book Press

图书在版编目（CIP）数据

一棵大树想要飞 / 汤成难著. — 北京：中国书籍出版社，2018.8
ISBN 978-7-5068-6954-6

Ⅰ.①一…… Ⅱ.①汤… Ⅲ.①中篇小说—小说集—中国—当代②短篇小说—小说集—中国—当代 Ⅳ.①I247.7

中国版本图书馆 CIP 数据核字 (2018) 第 167729 号

一棵大树想要飞

汤成难　著

图书策划	牛　超　崔付建
责任编辑	牛　超
责任印制	孙马飞　马　芝
出版发行	中国书籍出版社
地　　址	北京市丰台区三路居路 97 号（邮编：100073）
电　　话	（010）52257143（总编室）（010）52257140（发行部）
电子邮箱	eo@chinabp.com.cn
经　　销	全国新华书店
印　　刷	三河市华东印刷有限公司
开　　本	650 毫米 × 940 毫米　1/16
字　　数	460 千字
印　　张	22
版　　次	2018 年 8 月第 1 版　2018 年 8 月第 1 次印刷
书　　号	ISBN 978-7-5068-6954-6
定　　价	68.00 元

版权所有　翻印必究

一棵大树想要飞

创作谈：好好活，做有意义的事

这些年，出现一个症状：欲语泪先流。我将它归罪于衰老、流年似水、阅读和写作带给我的敏感脆弱、离终极梦想愈发遥远（即在高原与牛羊度过余生），等等，这个症状使我有些羞愧，因为它与我的魁梧身材以及正当壮年的年纪不太相符。

欲语泪先流，还有很大程度的原因是活得越来越明白，知道生与死的距离，知道生命的无意义。关于生命的意义，很多人有不同看法，比如一个朋友就此问题曾与我进行过激烈争论，他反对我消极的人生态度，最后愤慨地甩出一句：活着，就是生命的意义！真的，我感受到了那句话的分量，倒不是话本身，而是朋友因为激动所喷薄而出的铿锵口水。

活着就是生命之意义。这句话充满了哲学意味。

在我很小的时候，三个月？三岁？具体也说不上来。只记得那时还不会走路，但已开始用大脑思考问题，我每天在后院里爬来爬去，四肢的灵活程度令两只脚走路的人惊叹。我已知道前面如果有个障碍物，就必须绕道而行；如果手上沾了狗屎鸡粪，就不能再用小嘴吮它。大概就是那个时候，觉得自己有一个特别好用的大脑，用它指挥协调我的一切行动，甚至开始思索一些至今仍在思索的问题：活着的意义。我分明记得自己对活着的厌倦，对每天在有限的范围内进行爬行的乏味，于是给出自己最初的死亡期限，即，会走路。心想，只要尝试直立行走就不想再活了；可当我能够健步如飞的时候，却希望在尝试恋爱后再死去，好像人生的终极目标就是享受一段爱情。于是，恋爱了，可又想结婚了，结婚了，又想生个孩子玩玩了，直到一切心满意足，可以死去的时候，才发现，身不由己。在此之前，我认为人生的意义是探索一切未曾达到的，在此之后，我便执拗地认为，人生的意义就是诱惑你去寻找它的意义。这话有点绕。

说这么多关于生命意义的话题，务必要谈一谈写作，曾被人问起为什么写作，我的回答是：恰巧喜欢发呆而不爱说话；恰巧有那么几个朋友喜欢读我的文字；恰巧这些朋友喜欢赞美别人；又恰巧我喜欢被人赞美，所以，几个"恰巧"就构成了我写作的原因。这是玩笑之言。对于那个问题，或许我还会这样回答你：我不会打麻将，也不会织毛衣，更不会十字绣什么的，那用什么打发闲暇呢，于是就只好写作了。现在想来，并不排除这些，文学一点的说法，就是我以写作的方式来抵消生命的虚无。

网上有人问，高晓松这人如何？回答说此人弹琴二十年，想必不会坏到哪里去。推此及彼，我也常说，如果一个喜欢我文字的人，想必也坏不到哪儿去。

你看，我又再开玩笑了。我想说的是，当一个人专注于某件事

一棵大树想要飞

情几十年，总令人产生敬佩。细想自己这匆匆又缓慢的三十多年，究竟专注过哪些事情，想着如果也能如高晓松弹琴二十年那样写上二十年，那时也会有人评价：此人坏不到哪里去。

或许我没有专注写作二十年，却专注于对写作的热爱二十年。

前不久在微信上调侃自己，借用别人的一段话来评说自己的写作，不妨将它摘抄如下：

> 关于汤成难的小说我想我是有点发言权的。
>
> 掐指算来汤成难也写了不少年了，吭哧吭哧老牛拉破车一般，至今依然是个文学青年的水平。她的小说笔法稚嫩，描写较程式化，叙述方式老套，结构散乱而没有章法，刻意的成分太多。一句话，她目前的成绩与她梦想达到的小说高度差距太大，再写下去就是两个字，丢人。当然这是就世界文学层面而言，如果仅就美琪小区一带衡量她也算是个不错的作家了，因为那一带就她一个写小说的。她惟一值得称道的就是还在写……
>
> 关于汤成难的小说我想我是有一些发言权的，因为，我就是汤成难！

的确，这么多年来唯一值得称道的是：我一直在写，一直热爱着写作。

在离我家不远处有一块地，多年前城市向西开发，这块地上的村庄拆迁了，从地形和遗留的几处湖水看，这里当年应是陶翁笔下的"有良田美池桑竹之属。阡陌交通，鸡犬相闻……黄发垂髫，并怡然自乐"。可拆迁后并没有新建，因为城市又向东开发去了。人走后，草木葳蕤，五六年时间就变成另一副模样。被赶走的农民又回来了，每天从很远的地方骑车来，向荒草借几分地。最近我也常来，每天走不同的小道，披荆斩棘似的，穿过杂草丛生，穿过坟冈，坐在田头看他们挥镰割草，有时和他们一起劳作。活儿干完的时候，坐下来一起聊天。不知谁的小收音机，挂在一人高的树杈上，收音机里是字正腔圆的普通话，播放的是选举，战争，比赛……太他妈遥远了，好像另一个星球的事。而我们眼前只有青菜，萝卜，泥土，还有一茬茬的稻桩，不知道的人类生存的意义是什么，是战争还是和平，是繁衍还是幻灭，是发展还是回归，我只能从我的眼前去寻找生活的意义。

《士兵突击》里有一段对话。

史今问许三多：啥叫有意义的事儿？

许三多说：就是好好活。

又问：那啥叫好好活呢？

许三多答：就是做有意义的事儿。

写作（或者叫热爱写作）于我来说就是一件有意义的事儿，它的意义在于使我好好活。好了，现在将自己珍藏并受用的"人生意义之诠释"赠送给你们，不谢！

目录

软座包厢 / 001

比邻而居 / 010

我们这里还有鱼 / 031

寻找一朵云 / 048

毛　衣 / 064

我的舅舅刘长安 / 072

小王庄往事 / 101

王大华的城市生活 / 117

开往春天的电梯 / 146

像鱼一样遨游 / 165

打　鸟 / 181

去峨眉山 / 200

爬上那个大堤 / 215
坐火车的女人 / 234
火车穿过槐花镇 / 242
火　车 / 269
希望的田野 / 277
东厢房的事 / 295
共和路的冬天 / 302
一棵大树想要飞 / 316
致远先生和他的驴 / 336

一棵大树想要飞

软座包厢

我要去 B 城参加一个笔会,决定去之前将名单来回看了很久,发觉并没有熟悉的人,才答应主办方,开始收拾行李。这样做主要因为我害怕置身于一群熟人之中,尤其是半生不熟的,但凡这类活动上出现的,基本属于那种碰过几次面,听说过对方的名字,或者阅读过一些他或她的文字等等,所以交情并不深,但认识,就因为这个"认识",常常出于礼貌或尊重,要向对方寒暄,或者接受对方的寒暄。相较于在陌生的人群里,这种感觉会好些,因为寒暄可以省却了,也没有人命令你的嘴巴必须行使说话功能,你可以专注把玩手机,或者朝着一处发呆,甚至将陌生人一个个地揣摩过去,找点儿小说素材什么的,最终达到参加笔会的意义。

我是从 Z 城出发的,为节约时间,选择了高铁。这是这些年来的一个习惯,即常常以节约时间为根本原则——但我并不知道那些被节约下来的时间又做了哪些有意义的事情?比如现在,我将乘

紫金文库

坐高铁代替普通火车而节约的两个钟头用在了候车厅，与一群和我一样在把玩手机、发呆或揣摩别人的人坐在一起。出于以上三种状态，或者因为过于专注，我差点儿错过了检票时间。我常常想，如果时间倒回二十年，人们在候车时干些什么呢？那时没有手机，当然，也没有时速惊人的高铁。

由于迟到，走进软座包厢时其他人都坐定了，两个旅行箱堵在门口，好像两个门神似的，我问是谁的？没人理睬，几双眼睛瞟了一眼后又事不关己地望向窗外。我只好用脚向前推，挤进来，对上号，坐在自己的位置上。

车厢里连我四人，两男两女，对面是一个胖男人和一个胖女人，年龄都不大，二十来岁的样子；我的右侧是一位年纪和体型都与我相仿的姑娘，很瘦。这种坐法挺有趣的，一男一女，交叉而坐，好像上帝的有意为之。尽管如此，我也没有和我的邻座以及对面男女搭讪的冲动，这是一个很奇怪的现象，我再一次发觉嘴巴说话功能的退化，这和手机的出现有没有关系，很难说。

我没有把玩手机，也没有看窗外，而是对着包厢里的几个人一阵揣摩。便于叙述，我将他们进行了编号，胖男子叫男一号，胖女子为女一号，我身旁的姑娘自然就是女二号了，这很有电影的味道。

女一号穿了一身与身体尺寸不相符的衣服，很紧，把胸口处勒得鼓鼓的，或者原本就是鼓鼓的。她低头听歌，耳机隐藏在清汤挂面式的头发里。手机里播的什么歌曲听不清楚，但很吵，吱吱喳喳的，这声音有点儿扰乱我的思绪，使我不能专注地想一些事情，所以总想提醒她声音小点。刚欲开口，女一号就把脑袋抬起来，看着我，那种眼神很无辜，好像与这个世界的一切都毫无关系似的。

一棵大树想要飞

我终究没有说话，也戴上耳机，用一种声音抵御另一种声音，但我不想听歌，调拨了一番后又把手机关闭。在做这些的时候，男一号一直愣愣地看我，我以为他有话要说，这种感觉非常不好，我并不想搭讪，我觉得此时我的嘴巴比我的身体更需要休息。但很久过去了，他仍然用这种眼神看我，依然没有说话，后来我想了，或许我也是他发呆的一部分。

此时的软座包厢挺安静的，四个人不约而同地望着窗外，而窗外什么都没有，可能正是这种"什么都没有"的景色才吸引我们，尤其是男一号，他甚至把脸贴在玻璃上，屁股在暗地里搜寻一种舒服的姿势。我想起运载家禽的车辆，那些猪啊鸡啊鹅啊，被装在一只只铁笼子里从一处运往另一处，它们也不发出声音，两只眼睛漠然地看着窗外，就像现在的我们。

突然，女二号笑了起来，对着车窗玻璃，好像发现了什么。这使男一号抬起他那尊笨重的屁股也看向窗外，依然"什么都没有"。男一号又坐回原来的姿势，继续冲我发呆；女一号则扫了一眼后也把脑袋埋下去，清汤挂面遮住了整张脸。但女二号的笑声没有停止，好像用这样的笑声使我们对她进行"发现"。请允许我此时用了一个"我们"。

猜出来了吗？女二号止住笑声问道。

我们三人一阵面面相觑，最后目光落在了女二号塞在耳朵里的耳机上，也就是说她并没有和我们说话，而是对着电话里的另一个人，大概那人没有猜出她是谁。气死我了气死我了。她向电话那头抱怨，你怎么就听不出我声音了，我是小青，小青啊。

终究记起来了，电话那头给予了回复，大约又问了些什么，女二号不停地笑，说，我去天津办事，你不是在天津吗？就是想给你打个电话，我现在在高铁上——

说真的，我并不想关注别人的电话，挺没意思的，但女二号的声音特别的——特别什么——我还没想出一个准确的形容词，她的声音使我置身于一片刺槐丛里，浑身不自在。她称对方哥哥，也有可能是谷谷，她说谷谷，你是不是还是老样子啊，我也是老样子，单身一个，我妈总是说我二十七八岁的人了，也不把自己给嫁了，我妈她不知道，这年头嫁人比杀人还需要勇气。

女二号滔滔不绝起来，对着那个叫作谷谷或者哥哥的人，然后又发了一阵感慨，她说，婚姻是什么，婚姻就是让两个不会水的人一起跳水，走上跳台，得把眼睛闭上，一头栽进水池也就得了，可我现在已经把眼睛睁开了，我看见了水在下面不停地暗涌着，那简直是一个大窟窿。你说我怎么还敢跳呢？不过几年前我是可以的，那时刚从南大毕业，觉得世界美好，可那时忙着"为国家做出贡献"，没时间找个陪你跳水的人。现在倒好，几年新闻跑下来，就像干了一辈子似的，谷谷，你说，干了五年新闻怎么就跟干了一辈子似的呢，这大千世界全被你看在眼里，每天没有点儿烧杀抢打好像都对不住这世界似的……

我已经没兴趣继续听下去，因为女二号开始讲述一些社会新闻什么的，这些众所周知的——新闻——已不足以称作为新闻，就像你告诉另一个人，某某地区某某时候发生了一场地震，这样的新闻可能每天都会出现，人们都习惯了——每天以不同的形式死掉一些。

我不想听女二号电话的原因还因为我有了困意，再说，我已从电话里掌握了一些基本信息，女二号：小青，女，二十七岁（也有可能二十八岁），未婚，南大，新闻工作者。这些信息对我来说

一棵大树想要飞

意义不大,要不是她的声音超出了应有的素养范围,我是不会关注的。我想我真的困了,把旅行箱和背包仔细查看了一番便立即睡去。

我应该是睡着了,睡了一小会儿,还做了个梦,梦里正在参加笔会,一群一群的人啊,听着会议,吃着招待餐,整个笔会过程几乎所有人都在低头把玩手机,好像一离开这个玩意儿,就会胸闷心悸,呼吸困难。在会场上,我还遇见了一个熟悉的朋友,我们曾生活在同一个城市,但我们只习惯用手机信息交往,突然面对面的时候,竟说不出话来。整个笔会我都想着是否要搭讪一下,或者在分别时和她说一句"再见"什么的。

但我还是醒来了,女二号的声音将我从梦境中拽了出来——她还在打电话。

醒来后的软座包厢里,女一号已经不再听歌,正在手机上玩一种"切水果"的游戏,她用粗笨的手指在手机屏上划着,然后那些色彩鲜艳的水果便炸得汁水四溅;男一号依然保持发呆状态,但已经不是对着我,而是转向女二号;后者仍在打电话,和那个叫作"谷谷"或"哥哥"的人。

我不知道一觉醒来高铁已经到达何处?距离目的地还有多远?我挪了挪身子,看着窗外一闪而过的景色,那些千篇一律的模样使我无法判断到达了哪个城市。

到济南了,现在已经到达济南了。女二号突然说道,她应该是告诉电话里的"谷谷"。她说谷谷你还记得济南那次记者会吗?那次办得多好啊,会议发的纪念手表我现在还戴着呢——

我转过脸看她的手腕,果然有一只手表,浅蓝色的,户外运动的那种。女二号又讲述与手表有关的话题，但我已经不想听了，然而并不是我选择不听就可以不听，她的声音毫无阻拦地传进我的耳朵，这使我十分急躁，以致厌烦——她凭什么打破我们应有的宁静。

男一号和女一号脸上也出现了相应的不悦，纷纷抬起头看向我，眼睛里多了同仇敌忾。接收了这样的目光后，我的内心舒坦一些——女二号的电话将我们三人遭向了同一战壕。但我们始终没有说话，用一种鄙夷的眼神在软座包厢里扫来扫去。

女一号结束"切水果"的游戏又重新打开音乐，耳机塞得紧紧的。这个时候分外觉得手机真是个好东西。男一号也掏出手机把玩了一阵，看了看图片和视频，看了一阵，然后走出包厢，可能是方便去，可能是为了更好地看看"什么都没有"的窗外。我则开始打量女二号，还能干什么呢我？

刚才说了女二号和我一样，很瘦，现在发觉不能用简单的"瘦"字形容她，我想起一个词语：消瘦。十分形象，贴着骨头削过一般，女二号的腿和胳膊，基本上看不出有"肉"的迹象，尤其是那张脸，苍白，纤弱，下颚尖尖，说话间隙的时候，那张嘴就会半张着，像是对什么事表示不理解，又好像是等待对方的一声抱怨或批评什么的。她用没有握手机的那只手从包里拿出一瓶饮料，夹在两腿之间，一拧，就着嘴边轻轻抿一口，好像并不是为了解渴，而是为了完成某一个动作。然而这一动作还是让她给呛着了，不住地咳嗽起来。尔后，她把脸又转向窗外，只留给我一个隐约泛着青筋的侧面。

此时的女二号让我想起一个人，黛玉，掩面咯血的黛玉，我想她如此之瘦，身体应该不太健康，或者有病。

一棵大树想要飞

我后来病了,济南回来那次。女二号忽然说道,耳机线像两道青筋透迤在脸侧。她说谷谷,我从济南回来后就病了。

果真猜中了,我甚至为自己的正确判断感到得意。女二号说,我从济南回来就接到一个采访任务,一个生命垂危的肺癌女孩,我陪她度过了最后一个礼拜,我问女孩最想完成的心愿是什么?她说她想去海边,和好多好多的朋友。是的,她已经没有朋友了,没有人来看望她,因为肺癌。她每天躺在一堆白色里,眼睛看着窗外,那是二十七层的高度,窗外连一只鸟都没有。她的父亲每天来医院,向医生打听情况,打听距离死亡的准确时间。她的母亲怀孕了,所以不能来,怎么说呢,对于这个家庭,怀孕应该是一个极好的消息。女孩很可怜,我好像看到了另一个自己,躺在白色的床单上。我每天都去看她,我不能带她去看海,因为离开呼吸机她就会死去,我给她看大海的图片,给她读关于友谊的书籍,我读着《追风筝的人》,读《肖申克的救赎》,"我发现自己是如此的激动,以至于不能静静地坐下来思考,我想只有那些重获自由即将踏上新征程的人们,才能感受到这种即将揭开未来神秘面纱的激动心情。我希望跨越千山万水握住朋友的手;我希望太平洋的海水如同梦中的一样蓝……"我们一起朗读和背诵着,常常被这些文字搞得泪流满面。

我把脸转向女二号,她的声音和她的肩膀一样突然抖得厉害,身子很轻薄,如同一片纸贴在床壁上。她微闭着眼睛,嘴依旧半张着,眼皮上毛细血管清晰可见,然后一滴眼泪就从那些不太浓密的睫毛下悄悄溜了出来。她说女孩去世后自己也病了,不是肺病,而是精神官能症,整夜整夜的失眠,焦虑,头痛,绝望。我不想继续活下去了,她对"谷谷"说。

我以为我不再害怕听到死亡的讯息，因为这个世界每天都会有大量的人在死去，灾难，意外事件……但是肺癌女孩的离开让我感到绝望，去世那天我在她身旁，医生用白布将她裹起来放到一副移动担架上，她轻得像一片叶子，谷谷，你知道吗？那一刻，我觉得死去的那个女孩正是自己……

软座包厢里安静起来，女二号的声音像水一样在悠悠流淌。

男一号不再看着窗外，而是冲着女二号发呆，或者在听；女一号也抬起头，清汤挂面后的眼睛里有了内容，手机的音乐不知道什么时候旋小了，或者关闭了。我们，对，我们，此时都在悄悄且认真倾听着女二号的叙述。

窗外阳光突然暗了下去，突如其来的黑暗使软座包厢变得狭小和安静起来，女二号倾斜着身子，不急不缓地和"谷谷"讲述自己的事情，又像是在和我们讲述一样。我不知道这个时候该说些什么，和女一号，和男一号，抑或是女二号。这些年来，很多感知变得麻木和淡然，也害怕和身边人进行所谓的交流，就像现在。

四个人之间的距离不知什么时候挨得近了，大概是黑暗的原因，女二号问"谷谷"，听说过精神官能症么？那是一种叫人绝望的病，它像一个厌烦却又甩不掉的家伙，时时刻刻提醒你，死吧，死去吧。它不会摧残你的肉体，却会一点一点地啃噬你的精神，让你对这个世界感到绝望透顶——

她的声音比先前低了下去，眼睛依旧微闭着，青色的眼皮不停地跳动，有时往嘴边抿一口水，抿一小口，也被呛住了，然后猛烈咳嗽。此时我多么希望电话那头的谷谷或者哥哥能给她一点安慰，或者，就让软座包厢的柔软靠背给她一点温度吧。

过了一会，她努力坐直身体，脸依旧贴在玻璃上，留下一个棱

一棵大树想要飞

角分明的影子。她说她想起美国作家舍伍德·安德森的墓志铭,最伟大的冒险不是死亡,而是活着。精神官能症折磨着我,我开始羡慕那个肺癌女孩,我也想如她那样平静地死去——

女二号轻轻叹息着,一只手托着尖尖下颚。软座包厢又安静下去了,四个人不约而同地看着窗外。突然,女二号猛地又笑起来,像起初一样突兀。她说,嗨,谷谷,谷谷。她叫着电话那头的人,语气兴奋,天津到了天津到了,我要到站了——

城市在玻璃窗外出现,车速缓慢下来。她起身把旅行包收拾好,刚才阻挡我进门的两个"门神"被拽在手里,做这些的时候,她依然在说话,和那个我们并不认识的"谷谷"说话,她说,天津有大麻花和狗不理包子吧,唔,我不想吃这个,还有什么,谷谷你想请我吃什么呢——

我想如果我是那个谷谷,我该请她吃什么呢——

车稳稳地停下来,女二号一边说着吃什么的话题一边向门口走去,就在她转身离开的一瞬间,我突然看见了那副耳机,那副挂在她脸颊两侧的耳机——它像一根茫然不知所措却在不停攀登的藤蔓一样空悬着——它并没有与手机连接。

高铁又开始缓缓启动,下一站将是我要达到的B城,软座包厢里补进了一位乘客。男一号,女一号,还有我,我们都没有说话,保持着软座包厢的这一宁静。女二号已经随着人流走向了出口,太阳完全沉下去了,黑暗涌上来,她的声音还在我的耳边。此时,我多么希望有那么一个人,在天津,在她抵达的这个城市里,他叫谷谷,或者哥哥。

(发表于《当代小说》,《小说选刊》转载)

紫金文库

比邻而居

1

很有必要,我得把刚刚一分钟前发生的事情再仔细回忆一遍:我要回家,上楼,哼着小曲儿(对,是哼着小曲儿,于是脚步便跟小曲儿一样轻盈和欢快了),一楼、二楼……到了,掏出钥匙,插入锁孔,旋转,嗒——那扇门就这么迫不及待地打开了。我的双脚刚踏进去,就被逼退出来,我想我是被一屋子的陌生给吓坏了,良久,脑袋还有些懵,我竟然用自己201室的钥匙打开了301室的门。

一棵大树想要飞

2

一个上午我都平躺在床上,用这种静卧的姿势来平缓内心的激荡。在这期间,上了一趟卫生间,洗了一次脸,给QQ上几十个聊友群发了信息:我用自家的钥匙打开了楼上人家的门。然后又回到床上,掏出那把钥匙,把目光在它和天花板上来回运送。

中午的时候,QQ上陆陆续续收到回复。有说,丫头最近手头紧了?有说,楼上肯定住着一帅哥;有说,最近写文脑袋混沌了。其实这些猜测都不靠谱,诚恳地说,我手头还不紧,各大银行里都存了三四位数的小钱;另外301的住户貌似还不是一帅哥,初步推测应该为女性;至于写文导致脑袋混沌,目前还没出现症状,我的脑袋一直处于清醒状态,清醒地计算着每一份稿酬和在这单身公寓里度过的分分秒秒。

与这个城市大多数人相比,我有大把的时间,但这些时间都被消亡在这所小公寓里,具体地说,是公寓里一张宽大的床上,我的吃喝玩乐几乎全在这上面度过,当然也包括挣钱。我有一份校对的工作,就是每半个月给一份杂志校对文字,然后通过伊妹儿发过去,对方也通过网上银行把薪水发过来。双方无须见面,网络操办一切。另外我还写一些小说,发在各大网站上,通过点击率分得酬劳。又是网络,所以几乎醒着的时间我都泡在网上,通过网络了解时事新闻,通过网络购买生活用品,通过网络跟陌生人聊天,那些陌生人会向我讲述他们的故事,喜的悲的,有时我会安慰几句,有时会写在自己的小说中。就有一位陌生人和我讲述过他的故事,从他十岁失去母亲开始，一直到二十岁失去女朋友，当然，这两种"失去"意思并不一样，前一种是生死两茫茫，后一种是花自飘零水自流。他的故事讲了三个夜晚，我的泪水也汹涌了三次，这个 ID 地址显示为北京。这个男人一直强调着，那是他生命中的第一个女人和第二个女人，我在电脑这头仔细听着，适时地敲出一两句宽慰的话。后来这三次泪水的释放，也汹涌成了一篇长达二十万字的小说，再后来，我便成了小说女主人翁的替身，这个男人的"生命中第三个女人"。

现在，我的这个北京男友在跟我说着那把钥匙的事儿。他说，三儿，"开错门"事件不可小视。他喜欢叫我三儿，第三个女人嘛。我不在乎这个称呼，再说，能在一个男人心中占有季军的位置已经不错了。北京男友比较健谈，虽然我们从没语音过，但是我能够想象得出他一口京油子的腔调，且具有一切老北京的善于评论归纳和总结的特质。他说，"开错门"事件要是再深入一下的话，有可能会引发"艳照门"事件。然后他进行了分析和推论，把这两种事件再进行嫁接和联系，十分认真地警告我，三儿，你能打开 301 的门，301 的钥匙也能打开你的门，你们的门锁已经不具有防盗的功能，这把钥匙也可能有了万能的潜质，你甚至能用它打开 401 的门、501 的门……

北京男友的话有些耸人听闻。当然，我不会去打开 401 的门、501 的门，我只是开始对那天的事情感到怀疑，是记忆出了错？还是眼神出了错？甚至怀疑压根就没发生过开错门事件，或许真是脑袋混沌了。

这种怀疑多少让我有些难过，这种难过又驱使我想验证一下。距上次事件一个礼拜后，我又来到那扇门前，过去的一个礼拜，我

一棵大树想要飞

分明感到精神恍惚,一把钥匙导致的精神恍惚,现在必须要为这些做个了结,为一个礼拜的精神恍惚做个了结。这一次,我是认真看了门牌,没错,301。我站在了301的门前。

在上楼的几分钟里,我设想了两种情况。第一种,像上次那样,装作一副浑然不知的样子,然后和门内的主人一同惊讶。我会退出门外,假装确认门牌,说,呀,301,我怎么用我家的钥匙打开了你家的门。然后和301主人一起愤慨房产公司和物业的疏忽与混账。第二种设想,没有太多表演成分,我毫无顾虑地打开门,然后把钥匙递向一脸惊诧的对方,说,看吧,一周前我用我家的钥匙误开了你家的门,这件事情困扰我很久,整整一个礼拜,我精神恍惚,但你却不知道,依然吃嘛嘛香,凭什么呢?

凭什么呢?

当然,我没有机会说出这几个字。因为301的屋内一片寂静,我把那几个字像安定片一样噎回肚里,两种设想出现了落空状态,我这才想起,301的作息时间恰恰跟我相反,因为整个白天,楼上都会很安静,直到晚饭过后才听到鞋底与地板的摩擦声。

我没有立即退出门外,因为有些不甘,积压了一肚子的话不能倾巢而出,于是站在距门两三米的地方,窥视着。这种感觉相当不错。

仅几分钟,便感觉到一双眼睛也正窥视着我。转身,果然,一双黑白分明的大眼睛,来自墙上的一张照片,或许只是一张海报,范冰冰?李冰冰?周迅?赵薇?都像,又都不像。大眼睛专注地看着我,脸上有微微的笑意,不深不浅,不浓不淡,有些客套,又有些生分。照片挂得稍高,于是那目光便显得居高临下。

我将屋子迅速扫视一遍,然后在那双眼睛的目送下退出了门外。

这次的事情并没有为一周来的恍惚有任何帮助，相反，倒是更加严重。我会在半夜突然醒来，想起那双眼睛，在头顶上面的位置，似笑非笑地看着我，然后随着我身体的移动而动，我去洗手间，我去厨房，我给自己煮面，甚至坐在马桶上时，那双眼睛都会尾随而来。

次日我在QQ上继续群发了信息：我又一次走进了301。

这次回复的内容更是差强人意，一个说，201，301，你二三不分了，真是二了。一个说，肯定闹鬼了。还有说，你要么把门锁送去维修部检查一下，要么把自己的脑袋送去医院检查一下。北京男友也及时回复了，他发来的文字颇多，基本接近一篇千字文的数量，他先提出了问题：为什么再次走进301？然后就此问题做了充分论证，结果得出，因长时间住在二楼，不接地气，导致脑袋混沌。之后又用五百字阐述了解决方法，概括地说，搬家，搬至一楼。

3

我没有搬至接地气的一楼，甚至都没有跨出门去。这一个礼拜，几乎没做任何事，也没写文字，多数时间是将自己和笔记本一同扔在床上，我努力去想象301的模样，然后那双眼睛便会穿过楼板直射下来，我勇敢迎向它，与它对视良久。对视累的时候再把脑袋转向电脑，QQ里人头闪动，两个编辑都发来热情洋溢的催稿信息：亲，要交稿了哦，亲，加油哦。再点击另一个头像，一个常光顾的网店主人：亲，东东收到了吧，亲，给个好评呗。

北京男友也会对我说"亲"这个字，但他大方多了，一口气就是四五个，他说，三儿，来，亲亲亲亲。这是我们每天临睡前必

一棵大树想要飞

做的功课之一，他说，三儿，我的屏幕初吻就这么给你了。为了让这个屏幕初吻落实得更具体点，数天之后的某个早晨，我就收到北京男友快递来的语音小熊，小熊是棕色的，脖子上煞有介事地系着一粉色领结，很逗，在屁股上摸两下，小熊还会发出声音，三儿，来，亲亲，亲一个嘛。声音是北京男友录进去的，原汁原味的京腔，很浑厚，很遥远，很皇室，只有拥有紫禁城和天安门这样的城市才配得上的声音。

那天的阳光极其明艳，照得人睁不开眼，我幸福地目送快递员和他的小电驴消失后，才抱着小熊上楼。刚入楼梯，便遇上了那双眼睛，眼睛的主人被包裹在毛衣里。她的位置比我高，从台阶上一级一级往下走，于是，那双眼睛便跟照片上一样有了俯视的意味。经过我身边时，她的目光落在小熊身上，嘴角轻轻牵动了一下。天！我敢确定，那个轻微的嘴角变化，虽然只属于我怀抱里小熊的，但它绝对是一个货真价实的微笑。

我没有回家，而是抱着小熊径直进了301，这一次我几乎没有思索就打开了那扇门。世间的许多事情是经不住深思熟虑的，只有勇猛地一头扎进去，所以，汉字里有一个词语叫作"冲动"。现在，我正享受着冲动这个过程，我的心跳得比任何一个时候都迅猛，过于激烈的体内循环导致手心也沁出了汗珠。301应该是去上班，从北面窗户还能看见她离去的身影。这也许是她无数上班日子里的任意一天：出门，买早点，等公车，然后在拥挤的公车上享用早点，可能是鸡蛋饼，可能是一只茶叶蛋，总之溢满幸福的热气。

多么生活的画面啊。我被自己的想象感动得有些热泪盈眶，我想起自己刚毕业的那会儿，就是这样，每天早晨跑步，买早点，挤公车，然后在拥挤的人群里展开鸡蛋饼，脑袋里还想着刚刚还在铁板上吱吱作响的鸡蛋和翠绿的青葱，心中升起无限美好，于是，一天的幸福生活便从一只鸡蛋饼开始了。

离开北边窗户，我又去看那张照片，短暂的想象后，那双眼睛，竟然觉得亲切了几许。我把小熊抱在怀里，然后在一只淡绿色的沙发上坐下，我甚至没觉得有什么不妥，在这样一个陌生的地方竟然感到心安理得，我想起了小时候常常睡在小伙伴家，半夜里会被尿憋醒，摸索着解完手便躺在被子里对着屋顶发呆，四周很陌生，门帘、窗棂、床单、蚊帐，到处散发着陌生的气味，然而这种陌生并不可怕，因为身边睡着最好的小伙伴，她细微的鼾声使这一切都变得美好起来。此刻也是这样，一看着那双眼睛，我就会想起我的小伙伴。

这样坐了一会，我从茶几上拾起一份杂志，随意翻看。虽然并不打算长坐下去，但下意识里却找了一个最舒适的姿势。一封信突然从扉页里掉下来，某个银行的对账单之类的吧，封皮上的收信人写着三个字：向小晚。

这是她的名字。当然，我这话不是疑问反问设问，而是感叹。我想起我的小伙伴，她的名字叫刘美红，我也想起了我的北京男友，他叫李大勇。都是人名，汉字在他们名字里竟然没有一丁点儿诗意。

许多天后，我再回忆起那个上午，都觉得幸福来得太突然，我在淡绿色的沙发上一直坐到昏昏欲睡，沙发散发出来的气味使我想起了小时候，那些夜晚我和刘美红睡在一起，我们把脑袋蒙在被子里，然后用一只手电照着对方说话，刘美红会讲起她的爸爸妈妈，那对睡在我们隔壁的工人夫妇，她说经常在半夜的时候，隔壁会传来怪异的叫声，那个声音里掺杂了太多元素，叫人分辨不出喜怒哀

一棵大树想要飞

乐。睡在墙板这边的她也会随着那些声音心情变化，刘美红说完这些就把脸侧过来，用手电照得手指头红彤彤的，然后意味深长地感叹一句，大人的世界真是复杂。

这句话最先是从我嘴里说出来的，在我父母闹离婚的那段时间，他们像在拍卖会上一样，为了争夺我的抚养权，把价格抬升到令人望而却步的高度，使我觉得原来他们离婚，是因为对他们来说我是那么的珍贵，世上越是珍贵的东西越不能与人分享。我父亲最终使出了撒手锏：写信。这也是他征服所有女人的方法。我的父亲给我写了足足十页纸的内容，每一句触人肺腑的句子旁，都伴有一两滴矫情的眼泪。信末的地方，我的父亲请求我跟他一同生活，并且畅想了那样的日子将是多么的美好。我选择了父亲，虽然他不是个很好的行动家，至少他是个演说家。然后我在信纸的空白处签了名，并歪歪扭扭地补上一行字：你们的世界真是复杂。

之后，我和父亲，还有一个陌生女人组成了一个家，我的母亲，和另一个陌生男人组成了另一个家。两个家离得并不太远，一个在小镇的东面，一个在小镇的西面，我常常从这个家走到那个家，从那个家走到这个家，在这个经济落后消息闭塞的小镇，真是掀起了一个舆论热潮。人们把茶余饭后的一切时间和唾沫都奉献给我们。后来，这两个家都不太欢迎我的到来，当然，问题出在那两个候补人员身上，我的父亲和母亲都各自私下找我谈过话，告诉我，他们的心里仍然很爱我。

爱个毛啊。我也在心里狠狠回击他们，那一刻彻底知道我对他们来说，已经不是最珍贵的东西，甚至不是东西，因为有一次他们在镇上相遇时，竟然表情中有同仇敌忾的成分，一同后悔当初有了我。

天！他们竟然恨不能这个世界上没有我。

之后的日子，我一直睡在刘美红的床上，我把她的家当作自己的家。当然，刘美红的父母并没有把我当作他们的孩子，他们警告刘美红不要和我来往，但是又能怎样呢？我们那时正在学习雷锋，学习赖宁，我们像亲姐妹一样相互关怀，又像战友一样抵制恶势力。我们把房门反锁，用桌子抵住，然后躲在被窝里说悄悄话。说累的时候，刘美红就从厨房里偷来两只馒头和萝卜干，有时是一把蜜枣或者三四块糖，我们都是在被窝里将这些消灭掉的。所以，直到现在，我都无可救药地喜欢床，认为它才是一切友情和爱情的温房。

我从301出来的那个早上，开始想念刘美红。我给小镇的母亲拨了电话，问母亲还记得我小学同学刘美红吗？电话那头停顿了片刻，似乎在努力思索，我提示她，个子比我高，眼睛大大的。半响，电话那头才有了声音，母亲并没有回答我的问题，而是跑题讲述她最近跳舞的收获，她说，丫头，你要多跳跳舞，跳舞会使身体好，身材好。母亲年轻时就热爱跳舞，的确收获颇丰，跳舞让她收获了很多男人，也收获了满城风雨。

我打断她，继续问道，刘美红就是那个短头发，小时候常常睡在她家的……

你打电话回来不关心我，只问刘美红，刘美红是你妈啊——电话终于被挂断了。

这就是我母亲，一个永远强势的女人，她的强势表现在一切方面，包括挂电话的果断上。

我又给父亲拨了电话，希望从他那儿能得到一点刘美红的消息，父亲比母亲耐心多了，他一边询问，一边给我提示。说，好像有这么个同学，眼睛大吗？好像也没你眼睛大。头发应该是长长的，好像还扎了个马尾？就是扎着一个辫子的那种，不是两条辫子的那种，她个头比你高吗？好像也没你高。

我没法回答父亲的这些问题。我的记忆完全会被他的自问自答搅浑浊了，我说你帮我打听一下吧，然后也果断地挂了电话。

4

与父母通完电话的那几个夜里，我常梦见刘美红，梦境如童话般，属于小清新的基调，要么是我跟刘美红一起放风筝，在草地上慢镜头一样地奔跑；要么就是在堆雪人，雪花富有节奏地轻舞，我们的笑声穿过云层，带着俯视一切的味道。但所有梦的结尾甚是奇怪，都以301的大眼睛作为背景而剧终。我一直疑惑，人的情感真是个有意思的玩意，究竟是因为301才怀念起刘美红？还是因为刘美红才格外想认识301？

是的，我想认识301。

几乎每个早晨和傍晚，我都会竖着耳朵听楼梯传来动静，我从猫眼注视着外面，当301经过时，我总想打开门走出去，然后装作若无其事地打个招呼：Hi，或者，你好。

可我一次都没有迈出门去。

我颓丧到极点，为没有勇气上前搭讪而鄙视自己，作为惩罚，我会取消午餐，剥夺一次进食的机会。我把自己丢在床上，但很多时候，我把自己丢在301的绿色沙发上。那几天中午，我都会打开301的门，然后在淡绿色的沙发上小坐一会儿，我把双腿盘起来，像在刘美红家的床上那样，我们都喜欢把腿盘起来，倚在一起有一搭没一搭地说话,刘美红有时会讲起小狼——她家的一条母狗,那狗一直处于孕妇与产妇的角色变换当中,乳房永远都肿胀着。讲到激动时,刘美红会突然直起身子,说,最近我的乳房也发育了,好疼。然后她问我乳房疼不疼?发育没发育?

我和刘美红的伟大友谊应该就是从那个时候开始变得坚不可摧的,我们一同关心和察看乳房的生长情况,就像植树之后我们关心和察看树苗的生长情况一样,我们躲在被子里,放肆又很内敛地笑着。

现在,我把脸转向墙上的照片,也发出那样的笑声,我用手捂着嘴,热气使手心痒痒的,我的笑声像浪花一样,一阵一阵地拍岸而来,我笑得弯下腰去,笑得直到眼泪流出来。过了很久,才坐直身子,认真地对着那张照片,我说,Hi,向小晚,我很想和你做朋友。然后,我说不下去了,我感到自己的声音有些哽咽,因为我又无可救药地想起了刘美红。

5

我把自己想和301交朋友的事,一如既往地告诉网友,也一如既往地招来冷嘲热讽,尤其是我的北京男友,他在QQ上把字体换成最大号的黑体,以示警告,他说,你可能会和一把牙刷或者一个马桶成为朋友,也不可能和301成为朋友。北京男友认为我们生在这个年代的人,除了和自己成为朋友外,只能和物体成为朋友。我反驳说,那我们呢?QQ上立即跳出四个字:这是网络!!

我想我会和301成为朋友的,像和刘美红那种关系的朋友。我坚持自己的观念,就像很多年前坚持要离开那个小镇一样。父亲给

一棵大树想要飞

我写了好几封十页纸的信,试图挽留我,但又能怎样呢?他说我是一朵开错季节的花,我的存在时刻提醒他,要对过去的人生进行修正。修正?我像鄙视父母一样鄙视这两个字。当我现在站在301的屋里时,我就知道他们游戏一样的婚姻对我的伤害有多大。那天我躺在淡绿色的沙发上,把过去二十年的时光又统统回忆一遍,那些在脑壳里被称作"记忆"的空间,除了留给刘美红,我不愿放进任何人。

父亲的电话就是那个时候响起的,他激动乃至声音颤抖地告诉我——有刘美红的消息了。然而他接下去的叙述,依然叫人抓狂,他又像上次那样自问自答了很久,比如,刘美红是不是比你高?她读高中了吧?怎么就不联系了呢?

我打断父亲,说,你到底有没有刘美红的消息啊?

电话那头这才平息下来,然后叫我拿笔记着,谨慎地念出五个电话号码,说,你打过去试试,都是以前的邻居提供的,她家早搬了。

挂电话后,我作了一个深呼吸,并调整了姿势,然后拨出第一个号码。电话那头出现一个男人声音,我还没自我介绍完,对方就挂断了,再拨过去时,那人极不耐烦,说,打错了打错了。我挂断电话后在第一个号码下划了一道线—— 一个希望灭了。

接着的几个号码更是令我伤心,其中一个说是工厂传达室,另几个则是空号。我突然感到呼吸有些哽,于是在号码下一一划上线,五个号码,如五具尸体似的躺在纸上。

耳边安静后,保持那个姿势又坐了很久,不知什么时候,发觉自己的眼角竟有了泪水,这个时刻,我突然那么想念刘美红。

我起身去卫生间洗了脸,用一条白毛巾擦了擦。这是我第三次使用这条毛巾了，残留着淡淡的化妆品味道。然后我又回到沙发，把自己也像一具尸体似的放平。这个下午比以往的任何时候都使我内心安详，我躺在沙发上，毛巾伏在脸上，然后泪水就在白毛巾下放肆地流淌，直到阳光疲软无力地搭在西边窗棂上，一天就要过去了。我在客厅里缓缓走动，打开卧室的门，打开书橱的门，衣柜的门……然后再一一将它们关上。

在刘美红家，我们也曾这样干过，打开各种橱柜的门，再一一关上，我们对橱柜里那些平常却又陌生的物品感到好奇，刘美红爸爸的手套，刘美红妈妈的裙子，以及那些叫不出名字的化妆品。我们学着大人的模样穿戴，或者把脸上画得惨不忍睹。

现在301抽屉里也有一些化妆品，手表，耳环，指甲油……我也曾涂抹过，每一件物品都散发着陌生的味道，我像一条狗似的嗅着，这种陌生的味道不知会将我引至何方，仿佛钻进了一个窄巷，四周寂静，只有自己四只蹄子的声音，我不疾不徐地向前走着，用鼻子寻找家的方向。

其实在此之前，我就曾试着做过一些事情，比如购买301使用的那款化妆品；比如购买她冰箱里那种味道的牛肉酱；甚至在餐桌上发现了一张美容卡后，我也悄悄去过那家美容院。

那次的经历多少让我有些惊喜。我是选择在一个周一的上午，这个时候往往顾客较少，美容师有足够的时间。躺下后我就和那个年岁不大的美容师闲聊起来，我说你们这里有没有一个姓向的顾客呀？

哦，好像没有，美容师问道，叫什么名字？

我有些失望，回答说，叫向小晚吧。

小美容师语气突然兴奋起来，说，呀，有呢，有呢，有这个人呢。

  我有些紧张,脸上的肌肉一定在她指下微微变化,小美容师说,是你朋友吗?

  是,我点点头,忽而又否定说,不是不是。那瞬间我有些鄙视自己。

  美容师说向小晚很久没来了,半年了吧,以前都是我给她做脸,怎么就突然不来了呢?她停下动作问我。

  我不知怎么回答,也不想说话,索性闭上眼睛,感受这双手在我脸上的触碰,半年前,这双手曾触摸在向小晚的脸上,这是我和她之间某种无形的联系。

6

  那天在 301 一直待到很晚,当我意识到时间的时候,天色已经很暗了,我匆匆走出来,刚踏进家门,301 就回来了,我立在门边,用心听着那串脚步声从楼道里逐渐清晰,又逐渐远去。

  我想象不出 301 回去之后是否发觉什么,抽屉被打开过,沙发有坐过的痕迹,毛巾潮湿了,冰箱里的方便面少了一包……

  但那个晚上我睡得比任何时候都香,梦里的女一号女二号依然是刘美红和向小晚,醒来后已经是另一天的晌午了。生活的意义和乐趣或许就是这样,它消磨了你一天的光阴,然后再呈给你新的一天。

  是的,生活的意义就在于每天它都是崭新的,谁也不能料到下一秒将会发生什么,北京男友不会料到自己又一次辞职,那些令他忍无可忍的同事再也不会在他眼前晃悠;我的母亲也不会料到自己再次离婚，像更换舞伴一样更换丈夫。

母亲离婚的事是父亲告诉我的，因为父亲那时也正办着离婚手续，当然，他们并不是为了复婚，而是和下一个替补人员进行组合，我常常想起他们的婚姻，简直是将数学里的排列组合实际应用化。父亲在电话里的声音有些伤心，他说，这些都是这个时代导致的。我不能理解父亲把离婚之事归罪于这个时代。

但是我并没有难过，对于他们这样的人是再正常不过了，我甚至看到父亲用他的那支几乎和他同样年纪的钢笔，兴致盎然地给新的伴侣书写情书，也仿佛看到母亲在舞池里傲慢的身姿，对她来说，人生就是一个大舞池。生活真是太奇妙了，每个人都用自己的撒手锏，毁掉旧的生活，再赢得新的一切。

他们再次各自结婚后的家我没有去过。家对于我的意义只是一个名词而已，英文里叫 home；法语里是 maison。家是一个港湾，是心灵栖息的地方，可是能给我这种感觉的，除了刘美红的小卧室外，就是这个和我没一点儿关系的 301。

现在我又躺倒在淡绿色的沙发上，内心和身体一同舒展开来。秋天快要过去了，窗外的树叶少了夏日的盎然绿意，在这整整一个秋天里，我都没有得到刘美红的消息，更没有勇气和 301 搭讪一次，有那么几次在楼梯处遇见了她，我把嘴唇微微张开，舌头依然僵硬得没能发出一个音符，她从高处向我走来，目光似有似无地瞟着我，然后咧开嘴笑了，在那个笑容的鼓舞下，我的舌头正欲启动，却发觉这个笑容并不是给我的，她的耳里塞着耳塞，她在和电话那头的人微笑。人真是个吝啬的家伙，情愿给看不见的人笑容，都不肯施舍给眼前的陌生人。但 301 的那个笑容却被我深深记住了，它让我想起了刘美红，我们每次恶作剧之后刘美红也有这样肆无忌惮

一棵大树想要飞

的笑容，那是一种没有任何顾虑，将整个牙龈毫无保留展示出来的方式。

北京男友辞职后一直没有再找新的工作，每天宅着，别人是闭门造车，他是闭门造诗，他说这个时代只有靠诗歌才能拯救了。每天，QQ上都能收到北京男友新出炉的一两首诗，从诗里我基本能了解他一天的生活状况，比如，早餐吃的是方便面，"倔强地缠绕在一起，敌不过水的抚摸，便柔软得不行。"

可是，很多时候，我读着他的诗，内心也柔软得不行，我告诉他，我很想念他，十分十分的。甚至有一次冲动想在网上订购一张飞往北京的机票，因为我的身躯已经无法承载对他的思念了。北京男友没有我预想的那么激动，他在网络那头沉默很久，然后敲下四个字：你太残忍。他说，怎么能破坏现在的这种美好？

那一天我们吵架了，像现在一样，因为见或不见，没有参考书给出标准答案。

我说：我很想你。

北京男友："想"是你身体里的某种情愫，跟见不见面没有关系。

——见到你，或许就会好些。

——既然如此，还是不见的好，见面了，"想"的情愫就没有那么强烈了，都不那么"想"了，感情自然失色很多。

——可是……我听不进去北京男友绕口令式的辩驳。

——再可是，再可是，我就把你一脚端到你的星球上去。

我抱着小熊呜呜哭起来，空洞的屋子回荡着我空洞的哭声，突然之间，我觉得内心虚空到极致，冬天就要来了，我从没有过地感到寒冷。

小熊不合时宜地叫起来：三儿，来，亲亲，亲亲亲亲。三儿，来，亲亲，亲亲亲亲……我的泪水决堤一般，然后将小熊扔了出去。

就在我万念俱灰的时候，父亲给我打来电话。他在电话里描述了他的和母亲的各自婚后生活，简单概括为三个字：不如意。我知道或许不久以后，他们又会折腾于下一场婚姻，如今，他们已经不再像刚离婚时反目成仇，而是因为彼此丰富的婚姻史而有了更多共同语言，且心心相印。

父亲挂断电话后，又匆匆拨了过来，他有些不好意思，说，都差点忘了打电话给你要说的事了。我问什么事情？父亲说有刘美红的消息了。

啊——我有些激动，甚至不能自己，我问，刘美红现在怎么样了？

刘美红死了，父亲不加铺垫地说。

7

我一直认为宇宙里有很多像太阳这样的恒星，即使夜晚或阴霾，它们都能光明而又温暖，照耀着我灰暗无比的生活。现在这些太阳一个个跌落下来，我的世界顿时黑暗一片。父亲说刘美红初中毕业后，在家待了一段日子就出国劳务了，头一年还好，往家里汇了两万元，第二年就出事了，怎么死的还不知道，反正又往她家里汇了二十万元。

父亲一直在说话，但我一个字都听不进去，眼前尽是刘美红夸张的笑脸，突然之间我感到胸口猛烈的疼痛，仿佛无数支利箭射来，射向我胸膛，射向我的眼睛，于是双眼模糊了，泪水汹涌而出。

我没有克制自己的哭声，甚至任由声音越发悲恸，我想起小时

一棵大树想要飞

候在老家,常常看到那些办丧事的人家,哭声抑扬顿挫,最后汇成一个小曲儿似的,述说死者的种种之好,生者的种种悲伤。现在我的哭声也迂回曲折起来,可是我不知道该说些什么,只感到心中无限的难受,无限的孤独。

我想打电话给北京男友,告诉他此时我多么需要他,但是结果毫无悬念的是他责备我"你疯了"。我也想打电话给爸爸妈妈,希望他们此刻出现在我身边,然后给我一个温暖的拥抱。我没有拨出号码,甚至觉得自己的想法是多么荒诞,父亲肯定会推测我是最近花销大了,手头紧了。在他看来人类的一切悲伤都跟金钱有关,买不起心仪的东西难过了,交不起房租难过了,这个手头永远拮据的男人从来没有真正懂得他的女儿。我又开始想念母亲,她的号码都快忘记了,很久以来我们都没有联系过,记得她最后一次抱我,是她和父亲决定离婚的时候,那天她正好下班回家,我坐在门前的石阶上睡着了,大概是突然的慈悲,她抱起我,说,都长大了,让妈妈抱抱吧。她把我揽在怀里,可我立即就挣脱出来,母亲问怎么了?我说难受,浑身痒痒。之后她再也没有抱过我,那个拥抱祭奠了我们最后一次的友好。如今我已忘了当时自己是否说谎了,是否真的"浑身痒痒",是否身体真有那个狗屁化学反应。

我把手机打开,再关上,那串号码被摁下又删除,我能想象得出,要是拨通电话,那头一定是一片嘈杂,跳舞已经成为了母亲的事业,她会用比平常快几拍的语速告诉我,忙着呢忙着呢,一会给你回过去。然后等不及我开口便刻不容缓地挂断电话。可我真的想她能抱抱我,像那次那样,说,让妈妈抱抱吧。我一定会乖乖地伏在她的胸前,即使真的很痒很痒,我也能忍着,然后仔细嗅着她的体味,我一直想知道,"妈妈",应该是什么样的味道?

我的哭泣没有停止，刘美红，父亲，母亲，北京男友，他们的身影在我眼前清晰又模糊，我把脸伏在茶几上，泪水就这么汩汩地流着，然后我看见一些白纸被泪水打湿了，沉甸甸的。

我拿起一支笔，在白纸上胡乱写着，刘美红，我想你……泪水又不可遏止地汹涌而出，把这几个字氤氲开来。我抬起头，却撞见了那双眼睛，海报上那双眼睛一直专注地看着我，洞悉了我刚刚的每一寸悲伤。我拾起笔，在纸上写下一封信：

向小晚，你好！

很奇怪收到这封信吧？我也很奇怪，为什么要给你写信？

说起来真是荒诞，竟然在你的家中给你写信，你不认识我，可我却认识你很久了。几个月前，我用我家的钥匙误开了你家的门，这么说，你肯定不会相信，但事实却是如此，那段日子，我仿佛陷入了精神恍惚之中，我常常怀疑自己出了错，于是一遍遍地验证，当我还没来得及告诉你时，却发觉自己已经喜欢上了这个地方，你的家，你的照片，你的笑容，你家中的每一处地方，都无可救药地使我想起了我最好的朋友，她叫刘美红，可是，也就是在一个小时前，我得知她已经死了。

我很难过，虽然你不能理解我，我和她一起长大，我们常常睡在一张床上，每天上学刘美红都到我家中等我，吃完饭，帮忙绑好书包，然后用一辆26自行车载着我，有一个学期，她都这样载着我，那时我还不会骑车，我坐在她的身后，一只手箍着她的腰际，风吹在脸上软绵绵

一棵大树想要飞

的，我常常想，我们像一个人似的。真的，我们好得像一个人似的。可是，我的好朋友已经死了，她是我最好的朋友，也是我唯一的朋友。现在，我突然明白了，我为什么要给你写这封信，因为这么长时间以来，我已经将你当作是自己的朋友了——我想和你交朋友。

就写到这里吧，你快要下班了，真希望你看到这封信时，能像海报上的那样，露出一个美丽的笑容，也希望我能让你想起你的某个好朋友。

楼下的 201

2012 年 3 月 1 日

写完信，心里舒服很多，一个晚上我都在聆听楼上的动静，似乎比往常安静，又似乎更加躁动，那些窸窸窣窣的声音，像绵长的雨季，阴湿的感觉从楼板处慢慢渗透过来。

那一夜，我没有合眼，盯着天花板发呆，我想起与刘美红在一起的每一寸光阴，想起了我的父亲母亲，那些曾有过的幸福时光，然后我又想起了 301，明天，或许仅在天亮后就会成为我朋友的人。刹那间，我感到生活也许并没有那么糟糕，我开始想象 301 看到那封信后的紧张和喜悦，她会拿着信纸，甚至来不及换上鞋，便匆匆下楼敲开我的门。她会告诉我，我的这封信果真让她想起了一个小伙伴，现在她也和我一样孤独和忧伤，也渴望得到一个好朋友。可我该说些什么呢？我不知道该说些什么，那就什么都不要说吧，像和刘美红那样夸张而真诚地笑着，然后我们一起狂笑起来，直到笑弯了腰，直到泪水流出来。

窗外逐渐明亮的时候，我才困顿睡去，这一天发生的事情太多，我的睡梦一直沉到深海，直到晌午的一串敲门声才将我唤醒。

我坐直身子，似乎不能确定是否梦境，敲门声依然铿锵有力，是301？！我跳下床，冲出卧室，然后又冲进卫生间，或许我该先洗洗脸。

一阵忙乱后，我调整呼吸，打开门。

两个身穿制服的警察立在门外。

他们向我出示证件，确定我是201住户后，说楼上昨夜发生一起命案，怀疑和我有关，必须接受调查。

晌午的阳光明艳艳的，每一缕都如蚕丝一般轻薄和透明。我很久没有走出屋子了，这个世界仿佛是一只刚剥了壳的鸡蛋，新鲜动人，秋天还像一个没找到婆家的姑娘一样，处处都显得慵懒和羞涩。警察说，楼上的301昨夜死了，自杀还是他杀，现在不能断定，虽然煤气被打开，但我们不能确定就是自杀。他们说初步调查301是某机关领导的小三，而他们在现场却发现一只语音小熊，尽管已经被撕扯得破烂，但仍能听到语音内容，所以他们不能排除是蓄意谋杀。

我突然愣在那里，脑袋翕然一片，我想起昨天下午把小熊遗忘在了楼上，301回来后究竟做了什么，看见了我的那封信，还是听到了小熊语音，谁他妈知道呢？

车顶的警灯一直闪烁着，红艳艳的，折射在窗玻璃上，折射在每一个人的眼里，于是整个世界都成了一片红色。

（发表于《黄河文学》，《小说选刊》转载）

我们这里还有鱼

1

我的小姨和姨父结婚的时候,我还很小,是被抱在手上参加婚礼的,结婚那天人很多,几个远房的亲戚都赶来了,挤挤挨挨一直坐到了井台上,一边翘首盼着提亲的车,一边聊着家长里短。中午时分,我的姨父来了,坐着一辆红色手扶拖拉机,他从车厢里一跃,稳当地落在地面上,动作可谓潇洒。拖拉机没有带回嫁妆(姨父都买好了),而是把我母亲姐妹五个载了过去——当然也包括我。我从母亲的手中被传递到二姨手中,从二姨手中传递到三姨手中,又从三姨手中传递到四姨手中……这些我是没有记忆的,很多年后她们回忆起那天时,总是会强调这一细节,好像我也增添了婚礼的某种元素,具体是什么,也说不清楚,大概是隆重吧。据说婚礼相当隆重，隆重到母亲姐妹五个一直咧着嘴赞叹着，赞叹着被面的色彩鲜艳，赞叹脸盆底部的花样，赞叹"喜"字贴得周正，赞叹梳头油雪花膏梳子痰盂毛巾肥皂盒……是的，她们喜欢赞叹，这一特点一直延续至今。

那天，赞叹最多的大概要数我姨父的相貌和自行车了。对于这两点，需要详细叙述一下，我的姨父马沪生和小姨李桂花同岁，都是小官村的，虽是如此，但在此之前并未见过，或许偶尔见过。我的姨父儿时随祖父母生活在上海，成年后入伍去了部队，等到退伍时祖父母也相继过世了，姨父回到小官庄跟叔叔一同生活——那是小官庄竹林后面的几间老宅，姨父在竹林的西边又架了两间瓦房，虽然简陋，但很整洁。媒人第一次带着我的小姨和外婆来到这里的时候，都为屋子的整洁赞叹了很久，她们的下巴微微地颤动着，时不时地收缩一下，那是一种因为赞叹而表现出来的激动。对我的外婆来说，姨父祖上留在上海的小工厂令她满意。而我的小姨，却是被对方的脸吸引的，是的，她看见这个男人从竹林里走出来时，阳光映照在脸上，是那样的清逸俊朗。这个词，母亲姐妹五个至今都不会想到，她们只是不停地赞美那张脸的干净舒服——有鼻子有眼的——她们喜欢这样说，还不会运用太多的形容词，可这又有什么关系呢。

我对姨父初始的印象就是他的干净舒服的脸和自行车。自行车是麦黄色的，姨父爱说成咖啡色，多么时髦的说法，后来小姨也这么叫着，这一点上，我的小姨是夫唱妇随的。再后来，姨父用这辆咖啡色的自行车载着我，去小官庄度假。那些年，每到放假，我就被安置到各个亲戚家中，父亲在村里开了个小工厂，寒暑假又是最忙的时候，大概觉得碍事，便把我遣到各处，而我最喜欢的就是去

一棵大树想要飞

小姨家。总是姨父骑着自行车来带我，我还没醒来，他已经到了，站在门口的晨雾中打着拳，遇到好奇的目光时，姨父就会放慢动作，向对方解释，这是在锻炼身体。父亲对此是相当不悦的，作为一个农民，锻炼身体简直是吃饱撑着，有力气往地里使啊。母亲是长女，父亲自然也成了李家的老大，老大就要有老大的做派，比如批评或教导什么的。父亲最爱批评的就是小姨父，对方干净的脸，一尘不染的鞋，以及把自行车说成咖啡色……父亲都会抛下一对白眼，认为这些是对农民身份的亵渎。

那些年的姨父还不太像个农民，退伍回来后，姨父没有去分配的工厂，而是向村里要了一小片地，种种瓜果和水稻，他在地里干活的时候，脸上也是干净舒服的，头发用梳头油梳得一丝不苟，袖口与裤脚卷得方方正正，衬衫也洁白整齐。他把吉他和口琴带到田间，每劳作一个钟头便休息十分钟，姨父说这叫劳逸结合。休息的时候吉他就被抱在怀里，琴弦一拨，乐声袅袅而起。地里干活的人停下来了，有的凑过来听一曲，风变得轻柔了，田野也安静了，用现在的话说，有了那么点诗和远方的意思。和小姨结婚后，坐过来听琴的人中多了我的小姨，她也把自己收拾得干净舒服，甚至不太像个农民，小姨的下巴又开始微微颤动起来，还时不时地收缩一下。

姨父的口琴吹得很好，夏天的时候，姨父把我和几个姨妹接过来，晚上，将桌子抬到院子里，周边是收拾得像花圃一样的菜地，井里卧着自己种的西瓜。姨父让我们轮流表演节目，还进行打分。轮到他的时候，便摸出口琴吹起来。吹完之后又教我们唱歌，起立——他吹着口哨，齐步走——于是我们跟着他在院子里踏步走着，穿过一小块砖头地，钻过柳条编的拱门，又穿过像花园一样的菜圃……

　　这也就五六年的光景，在我的姨弟马海伦读小学的时候——海伦这名字让我们羡慕了很久，姨父叫海伦时不像我们这样，而是把这俩字叫得很洋气——姨父便去了上海，这个"去"里有着"欲饮琵琶马上催"的无奈。以我外婆外公的意思，男儿应该志在四方，而不是田野，在一次家庭会议中，所有的票都投向了"弃农经商"，也就是说姨父将去上海把那个快要停产的小工厂经营起来（那时是他叔叔打理）。一想到当年我的姨父与小姨分别的场景，我的脑海里总会出现柳永的词——执手相看泪眼，竟无语凝噎。我想我的姨父应该也是这样的，握住我小姨的手，然后再为她吹一曲忧伤的歌。姨父在上海待了一年，就回来了，这个"回"字里多了失落和绝望，姨父终究不是个商人，小工厂的结局是资不抵债。但这些并没有使我的姨父消极低沉，只要一回到家中，只要一面对田野，他的脸又是那样干净舒服了。他把家里也收拾得干净舒服，把院子收拾得干净舒服，把菜地收拾得干净舒服，就连鸡窝猪圈都被收拾得干净舒服。那段日子姨父爱上了做盆景，不是那种由花卉组成的盆景，而是用碎石垒成的景观——用水泥浇筑一个台子，尖角的石头做山峰，细小的鹅卵石做山丘，铁皮剪成的小拱桥，还有一条蜿蜒的路。姨父在小桥上、假山上，以及小石子路上摆放了小动物——瓷的十二生肖——那些常被孩子挂在脖子里的小吊坠。盆景里有了动物，盆景便活了，我在姨父家度假的那些年，每天大部分时间就是看着盆景发呆，那时我脑海里天真的想法或许正是姨父多年后努力去做的。

一棵大树想要飞

2

姨父打电话给我,说想和我"谈一谈"。本想约他在文昌广场见个面,或者找个小饭店也行,但姨父坚持要到我的单位来,要交代一下,我们单位在郊区的一个工业园,一家建筑企业。他打电话给我的时候说,已经到了,到了传达室了。我小跑出去,远远地就看见他了,还和以前一样,身姿笔挺,黑色的公文包挎在手臂上,正跟传达室的师傅说着话呢。姨父看我过来,笑了,说小林看起来就像个白领。这个词从我姨父嘴里出来一点都不稀奇,因为在我眼里姨父就是个时髦的人。我领他进来,穿过公司的大厅时,他对着一面反光的铝合金装饰条照了照脸,并把领子重新翻了一下。姨父说这座大楼真气派,现在的工厂都是科技化管理了吧。我跟他大概讲了一点公司的情况后,便带他到天台,电梯把我们送到28层,推开一扇防盗门就是一大片平台。我想,在这儿"谈一谈"也是不错的。

姨父向四周看了看,远处绿色的田野使他激动不已,他指着一处告诉我,那里应该就是小吴庄,又指着另一处说那是薛家营,姨父的脸上出现了孩子一样的激动,却又控制得当。我们在天台上看了半天,姨父并没有和我谈什么,只是问了一些我们公司的业务,比如现在有几处工地,工程款回收情况如何,一项工程的施工周期多少天,等等。我不知道姨父问这些的目的,也不知道他特意跑来的原因,难道——我只是猜度一下——难道,想和我们公司做点"生意"?

是的，这些年，姨父进入了一种极度状态，脑子里常常想着如何做点生意。他从上海回来的第二年，又下海了，没有家庭会议精神的指使，而是主动要求，他再次离开小官庄，把上海的老宅卖了，投资做起了带子加工，也就是网球拍的网绳。那几年里姨父是朝气蓬勃的，仿佛有使不完的劲儿，他要为他的妻子和儿子挣下更多的钱，然而，结果并非如愿，加工厂很快就倒闭了，血本无归。这个问题后来我和父亲也聊起过，用父亲的话说，你姨父就不是经商的料。尽管如此，姨父仍没有放弃，要给妻儿更好生活是他拼搏的唯一动力，是的，他要让他的儿子海伦穿最帅的衣服，拥有最漂亮的自行车。姨父又做起了肥皂生意，他从生产商那里批发了近半吨的肥皂，再销售到各个宾馆里。那几年你要是看见一个男人，头发梳得一丝不苟，脸上干净而舒服，手上拎一只黑色公文包，一双洁白而瘦长的手拉开包的拉链，从里面拿出火柴盒大小的肥皂，五颜六色的，一字儿排开，这个人一定就是我的姨父。姨父坐火车去了北京，又去了上海，几乎所有的城市都留下了他的足迹，白天他西装革履地走进豪华宾馆，晚上又悄悄住进小招待所里。销售的情况并不理想，堆在家里的肥皂快要化了，夏天时发出呛人的气味。坚持了一段时间后，姨父不得不放弃了，因为挣来的钱远不够支付差旅费用。后来那些肥皂被我的小姨分发到各个姐姐家，又被我的母亲塞到床肚下，我常常拿几颗带到学校里，或者用其搭积木，这些花花绿绿的肥皂几乎成了我童年的重要回忆。

肥皂之后，姨父又做了一些生意，比如拖鞋，比如帽子、手套、球拍……在我儿时的记忆里，姨父一直是奔波着他的"生意"的，生意使姨父越来越穷，但这越来越穷的日子里姨父仍然弹着吉他，吹着口琴，更多的时候是做他的盆景。似乎生意越差，做的盆

一棵大树想要飞

景越多,我去姨父小官庄的家时,台阶上摆了一排,每一盆由碎石、鹅卵石、苔藓、铁皮构成的盆景里,却是不一样的景观,有池塘、草地,还有通向远方的路。父亲说姨父不适合经商,因为太恋家。姨父在外出差,不会超过五天,即使在遥远的地方,也要着急赶回来,所以大多的费用都花在交通上了。回到家的姨父像一条自在的鱼,把小院子继续收拾得干净舒服,把篱笆重新扎一下,用当年剩余的网球绳编一只吊床,往水码头上添几块木板……每次去姨父家,总感到一种惬意与舒心,当知道了晋朝有个叫陶渊明的人时,我总会联想起我的姨父。

现在,我的姨父就坐在我的面前。从天台上下来,姨父要求到我的办公室"坐一坐"。他把黑色的公文包搁在椅子上,包的手提处,皮已经脱落了。这是一间综合办公室,所有绘图与预算的人员都在这里,姨父给我倒了点水,帮我把办公桌收拾了一下,把两盆花的腐叶摘了,又给办公室其他人去倒水了,我拉住他,他才毕恭毕敬地坐下来。我准备着他要和我说"生意"的事,脑海里已经想好如何拒绝了。我可以告诉他,我们这是施工单位,所有的建筑用材都必须在正规厂家生产。

我想去你们工地上做做杂工——姨父突然开口。

我愣了一下,有些意外。他问我工地上是不是需要搬搬脚手架或抬抬水泥什么的?我支吾起来,一时想不到如何回答。我想到我在外读书的几年,听母亲说姨父已经不做生意了,在附近镇上的牙刷厂干活,装箱和打包。我问姨父怎么不继续干呢?他回答说发不出工资,年底的时候都是拿几箱牙刷回去。我又想起那些堆积如山的肥皂、绳子、球拍等等。

要是种种地能勉强过日也就罢了,姨父说,声音小小的,生怕被我的同事听见。我表示先得问问，那些是工程部的事。姨父点点头，说他能吃得了苦的。我看着他，不知道说什么，便撇过头去看电脑，我要将一幅图纸完成掉。姨父坐在一边看，很认真的样子，好像能看懂似的，过一阵便问一问，或者说一说我的表弟马海伦。姨父说，海伦要是好好读书，说不定现在也跟你一样坐在办公室里了。我说在哪儿工作不要紧，能挣到钱就行。说完觉得自己的这句话很心灵鸡汤。姨父点点头，不说话了。其实我知道我的表弟马海伦这个时候一定躺在床上或者在网吧里。

小姨很疼爱这唯一的儿子，怎么说呢，身上掉下的肉，能不疼么。读初中的时候，马海伦突然得了一种病，没什么大碍，就是经常会昏过去。有时被小姨批评两句，马海伦的眼睛就翻起白眼，翻着翻着人就栽在地上了。所以，后来姨父和小姨都不敢再批评了，什么都顺着来，要不然，哪天栽在河里都不知道，姨父说，他们认为这是在孕期营养不良造成的，对于这点，他们都无比愧疚。

午饭的时候，姨父跟我去食堂，本想出去吃的，姨父不同意，说食堂好，多少年不吃食堂了。我们去得晚，里面已经有很多人了，占了个位置后姨父也要跟着来看看。来来回回只要了黄瓜和白菜就不肯再要了。我说不值钱的，再点个荤的。姨父才战战兢兢地把碗递到鸡大腿的那个窗口。这顿饭吃得很慢，姨父不停地赞叹，赞叹黄瓜味道好，赞叹鸡大腿卤得香，在我的印象里，姨父一直是个讲究的人，但听到他夸赞食堂难以下咽的饭菜可口时，我却感到有些难过。吃完饭，姨父没有离开，继续在我的办公室坐了会儿，帮我把茶杯添了水，才提着他黑色的包离开，刚走几步又折回来说，办公室里少点东西，下次来的时候要送我一盆盆景。

姨父说的"下次"就是第二天，临下班的时候，看见他抱着一

一棵大树想要飞

个水泥盆跑进来了，办公室里的人都跑来看，说，很精致。姨父说你们要是喜欢改天给你们做。说完看着我笑，鼻梁上面的川字纹都舒展开了。这是一个用水泥浇筑的景观盆景——一条石子路隐没在花草之间，路的尽头是嶙峋的山，一条细瘦别致的路缠着山向上延伸……

3

姨父在工地只干了二十天就被撤下来了，负责工地的项目经理打电话叫我去一下。我赶过去的时候，项目经理正在对一个矮矮的老头发火，姨父坐在一块混凝土上，见我来了都站了起来，项目经理也不避讳，当着姨父的面说马沪生这人不适合在外干活，他应该在家等着。他的意思是姨父每天都骑车回家，三十多公里的路，每天一趟，这样还有力气干活么——

我想象着姨父骑着他的那辆咖啡色的自行车穿梭在城乡之间。我转脸看着姨父，不知道该说什么。项目经理说马沪生还喜欢小创造，工地上没必要让他来创造这些玩意儿的。说着从脚下踢过来一个水泥块，骨碌碌滚过来才发现是一座桥的模样。我想姨父肯定又是在做他的盆景了。

后来我把姨父安排到工地的脚手架仓库，平时只需搬搬脚手架，也没多久，仓库的会计也找了我，没抱怨什么，只说马沪生年纪大了，不适合在工地上。

之后又给姨父安排了几次工作，似乎都不长久，我也暗地里寻访了其他工人，并没有说姨父如何不好，倒是说他很热情，就是每天忙着回家，这点就不好了。

那些年我很少去姨父家,母亲去过几次,每次回来都要感叹,认为那才叫家园,不像父亲,把家弄得跟工厂似的。母亲向我描绘姨父的院子里就像一个别致的盆景,有丝瓜藤拉起的拱门,菜地不大,像色卡间隔有致,一道篱笆门,门外有一条石子路,三五步就是河码头,据说姨父常常站在河码头上钓鱼,倒是钓到不少。

我常常想象姨父和小姨的生活,小姨也在一个服装厂里帮人家剪线头,每天也骑车回家,能感觉得出回到家中的温馨和温暖。如果地里的粮食够吃,他们是完全不需要进城工作的,但是,怎么行呢。

我的表弟马海伦不怎么回家,他在城里租了房子,时而找一份工作,时而睡在出租屋里。姨父说海伦正在学萨克斯,你小姨把积蓄都给他了,海伦说这也是一种投资,年底他要几倍返还的。我不相信马海伦的话,因为在此之前他已经要过摩托车,要过棒球帽,也说了同样的话——投资,几倍返还。

周末的时候,姨父又到我办公室了,传达室的人已经认识他了,他告诉传达室的人,他是工程部石小林的姨父。我们办公室的人也喜欢姨父的到来,他给他们倒茶,还送给他们小盆景。这次姨父来,不是再要我介绍工作的事,而是直接向我借点钱。马海伦说找不到工作的原因就是居无定所,所以要买房子。那时他已经谈恋爱了,这点,马海伦似乎很有一套。在跟女孩迅速恋爱之后便迅速谈婚论嫁了。

姨父安静地坐在我的身边,看我在电脑上画图,画上柱了,画上墙,还有窗户……嗨,有意思,姨父说,他把脑袋觑过来,真有意思。我又在图上画了楼梯,扶手,雨棚,房子便像模像样了。记得高考填志愿的时候,姨父也赞成过父亲的观点——学个建筑,可

一棵大树想要飞

以自己建房子。我仿佛刚刚明白姨父的意思似的，比如我此刻在电脑上画着理想的房子，是不是和姨父用石子做着盆景异曲同工呢。突然，姨父坐直身子，问我，这是什么歌？我才发现电脑里正播着曲子。《我们这里还有鱼》，我告诉他，几个歌星合唱的，谢霆锋，嗨，告诉你你也不知道的。

我把音乐旋大，认真听起来——

> 是不是你也和我一起在寻找
> 那种鱼只有幸福的人看得到
> ……
> 我相信那么多的关心
> 总会带来希望
> 别忘了我们这里还有鱼
> ……
> 我陪你找个池塘
> 盖间平房 忘掉哀伤
> 给自己一个有鱼的地方
> ……

反复听了几遍，几个男歌星从开始的述说到后来的嘶吼，姨父说，真好。我不知道他说的"好"是什么好。良久，又说，他要做一个有鱼的盆景送给我。

那段日子姨父整日忙着借钱，迫在眉睫似的。母亲的几个妹妹，都相应借了些，但那些数字与一座房子的价值比起来，实在是杯水车薪。

后来很长一段时间，我都没有看见过姨父，我们公司又中标了几个工程，几乎每个晚上都要加班到很晚，有时累了就看看盆景，心里还是很舒畅的，好像是自己——又像是我的姨父，手捧菊花，正悠然下山，走在那条通向远方的路上……

再一次看到姨父，是在一个超市门口。姨父手臂上戴着袖章，很明显，他在为超市看自行车。看见我时，姨父很高兴，但只是一小会儿，就回到之前的沉默状态了。我发现姨父老了，真的，头发几乎全白了，他的胸前挎着一只瘦小的布包，以前那只神气的皮包不见了。姨父接过我递去的烟，坐在其中一辆自行车后座上抽起来。海伦要结婚了，姨父说。我点点头，表示听说了。海伦看中了郊区一幢房子，幸福小区，两室一厅，阳光倒是很好，十九楼，就是太高了。我说挺好的，高一点看得远，习惯就行了。姨父向空中吐了口烟，欲言又止的样子，良久，才说，小官庄的房子卖掉了——

我"啊"了一声，感到十分惊愕。买房子钱不够，只缴了首付，姨父说，人家女方也掏了几万，我们总不能一分钱都不出吧。我想这句话应该是海伦对他们说的。海伦说他不喜欢农村，一点都不喜欢。

我想到姨父小官庄的房子，还有像盆景一样别致的小院，现在的主人是谁呢？那些花架和拱门还在么？我不知道这个时候是不是要劝一劝姨父。我和你小姨也搬来一起住了，姨父看着我，眼睛里是灰暗的，他说他自己现在上两份班，一份白天给人家看自行车，一份是晚上给一个厂里看大门。我嗯嗯几声，姨父说，这样倒是挺好的，不要住到那么高的地方去了。

姨父问我办公室的小盆景里养鱼了没有，应该可以的，他说，

一棵大树想要飞

养几条小鱼儿，那个盆景就活了。我抿着嘴，心里还没有摆脱一种难过的情绪，我问姨父几点下班？姨父说再过一会儿。然后我便在一边陪着他，看他把几辆倒下的自行车扶起来，又一辆辆地排整齐，我想起那个曾经载着我去小官庄度假的姨父。我们总是在清晨出发，布袋绑在后座上，通常是我坐在大杠上，姨父扶着龙头，我自己爬上去。先是向南行，再是向西，地上逐渐出现了影子，跑在车轮前面。姨父教我唱歌，《团结就是力量》，《十送红军》，《打靶归来》，等等，唱着唱着，姨父就站离了座垫，影子里他的肩膀一耸一耸的，有时还把双手松开，引来我的一阵狂呼，那时的姨父是多么地神气。

天快要黑的时候，姨父下班了，他把袖章拿下来，叠得方方正正，放在小布包里。我问去哪儿吃呢，姨父说随便吧。又说前面有个大排档应该不错，人挺多的。我想说换个好点的，但还是止住了，跟着姨父向前走。

我们找了个靠路边的桌子，要了几斤散啤。四周很吵，有人在划拳，也有人在大声说笑，好像生活本身就很欢快似的。相较而言，我们吃得很安静，倒是喝了不少酒，姨父说他在部队的时候酒量很高，喝倒过很多人。我说今天就好好喝喝吧，你把我喝倒怎么样？姨父说，不行的，一会还要去上班。

起风了，吹得白色桌布哗刺哗刺地响，我们把最后一粒毛豆也吃完了，刚要走，一个要饭的走过来，他已经在其他桌上受到了拒绝，姨父说，小林身上有钱吧，他说他没带钱，向我借几块。我转过身，说不要给，这些有手有脚的不值得同情——说完发现姨父愣了一下，一路上我都在后悔自己的话，姨父也默不作声。他叫我回去吧，没多远他就到了。大概源于刚刚自己的过错，我坚持要陪他走一会。我们一前一后走着,穿过一条老街,穿过这个城市最明亮的地方,一直走到一个广场上。姨父不肯走了,说歇一会,离上班时间还早。我说要不回家休息一下。姨父摇头,说那个地方太远了,在郊区呢。他说他经常坐在这个广场上,看人家跳舞。我站在一边,看不远处的霓虹灯,突然对姨父说,不如我带你看电影吧。姨父两眼明亮了一下,又暗淡下去,刚要说话,便被我拖着离开了。我知道姨父是喜欢看电影的,小时候在小官庄度假时,很多夜晚姨父都向我们讲述他看过的电影。

这是一家新开的影院,不大,为了弥补,我挑了一个最贵的播映厅,片子似乎不太受欢迎,国产的,座位上的人寥寥无几。姨父看得很认真,身子笔直的,电影讲的是一个小科学家生活清苦,买不起房子,老婆儿子丈母娘一家六口挤在一个小小的平房里……我想这个电影的内容似乎与姨父有相似之处,所以好几个瞬间听见姨父吸鼻子的声音——后来小科学家在一次活动中,得到了一个小别墅模型的奖励,他每天看着这个模型遐想,想自己如果生活在里面多好。于是他每天都在专研,要发明一种药水,喝了之后可以将人缩小到微型。电影总是给人以希望的,后来,真的,小科学家经过很多日夜的专研和试验,终于将药水研制出来了,他喝下了药水,瞬间就变成了小人,住进了那间别墅里。电影远不止这些,据说后来小科学家变成小人儿后遇到种种麻烦,但是姨父不想再看了,他站起来,说要迟到了,得赶紧走。我也跟着站起来。出了影院,天完全黑透了,远处还有一些暗暗的红色,好像刚下过一阵雨,气温凉了不少,姨父不说话,若有所思的样子,他向我道别,脸上还挂着看电影时的同情和忧伤。他向我挥了挥手,有点哽咽,语无伦次地说,小林真好,这个电影真好。

一棵大树想要飞

4

与姨父离别后,我有很长一段时间没有待在这个城市,公司在西安的工程开工了,我作为技术负责人要留在西安办事处,半年里只回来过一次。也是母亲告诉我的,说姨父病了,估计活不长了。

我吓了一跳,前不久还一起喝了酒,看了电影。母亲说,是的,也才个把月,姨父就病了,躺在医院里很多天也没查出个毛病,但就是茶饭不进,一碰到食物就吐得干干净净。后来被拖回来了,老在医院也不是个事,每天都是钱。

母亲和我去看姨父是在三天后,我向公司又请了两天假。

幸福小区很远,坐车倒了三次才到达,正是秋天,小区里十分萧条,地上的落叶并没有清扫,被风吹得起起伏伏的。母亲来过,但还是迷路了,我们在小区里找了很久,甚至摁下了几处门铃,都被告知找错了。母亲一边踩着碎步一边抱怨,说这么远也这么贵——

我想这里应该原本是拆迁安置房,经中介出售给马海伦的,因为整个小区的布局十分简陋,甚至楼间距都不符合规范,房屋的墙体只做了简单的涂装。花圃里没什么花,被杂草覆盖了。我们在一个电梯口停下来,母亲说,应该是这个了,这回不会错了。电梯很小,四周的防护木板还没拆掉,写满了打孔搬运的电话号码。十九楼,电梯轻颤一下才停下来,穿过一小段走廊才走到一扇门前。门打开时,一个头发遮了半张脸的年轻女孩探出头,我以为走错了,刚要拉母亲离开,马海伦出现了。马海伦向我们介绍,说这是他的未婚妻。女孩点点头,那半张脸仍然没有露出来。

我看到姨父时,还是被吓住了,整个人瘦得不成样子,像缩小了很多倍,躺在被子下面,跟没有似的。我突然想哭,找了张凳子坐下来,用手故意挡住脸。姨父还能听见我说话,我喊他的时候,他的头微微动了一下。小姨在我身后哭起来,我起身又去安慰她。母亲从卫生间找了块毛巾,把我和小姨带离姨父的床前。

我们走到阳台上,这里晒满了衣服和被子,墙角的地方堆了一排水泥盆,是姨父的盆景,每一个都不一样,有山有水,有小桥,有通向远处的路,但每一个里面都有一尾小鱼。小姨说鱼都是姨父钓的,好养得很,常常忘记喂它们。这些鱼是村里小河常见的,我们称作草鞋底。我想起姨父最后一次来我办公室时,叫我在盆景里养几条鱼,但我忘了,工作忙得让我忽略了它们。

再回到客厅的时候,马海伦和那个女孩已经出去了。我们又去看了看姨父,母亲在床头放了些钱,便和小姨说起话来,她们回忆起过去,童年,出嫁,以及小官庄小姨的家。我则站在姨父床头看着,这个被子下面的人已经只剩下一堆骨头了,突然,姨父睁开眼睛,很缓慢很缓慢地,他看向我,好像把目光运送到我身上都是一件十分费力的事。他的脸上已经没有一丝肉了,眼睛凹陷得如深洞。但是姨父看向我的时候,我看见他眼睛里的东西了,说不出来是什么,像以往很多次看着我一样。

我忍住流泪,但阳台上传来母亲和小姨的抽泣声,声音压抑着,却在这十九层的高度显得如此空旷和缥缈。

小姨留我们吃了饭再走,但母亲执意要离开,她最近胃不太舒服,得去医院看一看。我们下了楼,太阳出来了,好像刚刚一阵走丢了似的,母亲低着头不说话,我也不说话。出小区的时候,我转过身又看向姨父的阳台，那么多一模一样的，不知道应该是哪个了，但我知道，只有姨父的阳台上有着盆景，盆景里有着自由欢快的小鱼。

我和母亲没有坐车，而是沿着一条落满树叶的水泥路向前走，阳光很柔和，一丝风都没有。路的一边是一条小河，河水很清，远处的河面还有小桥，桥弯弯的，恍惚间像走在姨父的盆景里一样。突然，我愣在那里，想起和姨父看过的那场电影，心里顿时很难过，但只是一瞬间，我想，我不会告诉任何人，我的姨父，或许，没有病，他只是想把自己变成一个小人。

寻找一朵云

1

妈妈来信了,说她正坐在昆仑山的脚下看雪,远处的雪应该很厚吧,但太阳正从她的头顶经过,所以不冷。她说她感觉好多了,心情也很好,没有想我,当然,也没有想我的父亲。

要不是这封信,我几乎忘了妈妈出远门这事了。这段时间我很少回家,或者说,毕业后就很少回家——工作占用了太多时间,每天像个机器似的采写着这个城市里的死亡事件,是的,你知道这个世界每天会死多少人吗?好像每天不以奇特的方式死掉一些都不正常似的。当凌晨从新闻大楼回到住所的时候,我也恍惚自己是一具死尸。

我租住的小屋离单位十站路,离家十四站路,那天妈妈就这样

一棵大树想要飞

拎着饭盒走了十四站路来看我,她说她要出趟远门。我没有说话,只点点头,好像是该出去走一走了。她没进门,仿佛来时的路上消耗了所有力气,妈妈把饭盒递在我手上就离开了,饭盒里是饺子,躺得整整齐齐,让我想起白天看见的那些尸体。我用手捻起一只,放进嘴里,寡淡,又忘记放盐了。

妈妈在信上说,她在格尔木下了火车,没有和旅行团的人打招呼,只和睡在下铺的一个大姐说了声。火车到达格尔木正是子夜,停留的时间稍长一些,列车员说,这是进藏前的最后一站。去站台的人很多,火车还没停稳,他们便急着从床铺上翻滚下来,与写着"格尔木"的站牌去合影。妈妈也下车了,她没有合影,而是沿着"格尔木"朝着"拉萨"的箭头方向一直走。前面越来越黑,站台的灯光都照不到她了,火车长长地一声叹息后,也栽进了黑夜之中。

格尔木到昆仑山口一百公里,妈妈走了三天,路上也有进藏的车辆要搭她一程的,妈妈婉拒了,她不喜欢快速的东西,为什么要那么快到达呢?所以她总是停下脚步,坐在草地上看头顶的云。

妈妈的信很长,像写给妹妹的那些信一样,信的末尾写了很多"云",仿佛自言自语,从西宁的云写到格尔木的云,又写到昆仑山的云,她说那些云太爱跑了,一群一群地追着风跑。

我知道那个傍晚之后,妈妈就要去西藏了。

她从七闸桥上经过时,旅行社的推销员正在那里,他已经在我们仙女镇上发了两个月广告单了。推销员矮个子,一边小跑追着过往的人,一边背诵传单上的内容——宏村,看油菜花;小汤山,泡温泉;西递,看桃花源……没有人因为他的话而驻足,只有妈妈,停下来,看着纸上的字。妈妈小声问,有去日本的吗?小推销员说没有，他们公司还没有境外游。不过，他说，日本真没什么可玩的，国内好玩的地方多了去了，去云南，到丽江，或者去桂林看《印象·刘三姐》……妈妈不说话，推销员又说，要么，要么，去西藏……

我想一定是推销员的那句话让妈妈出发的，推销员说话语无伦次，说真的，他真不是个出色的推销员，他说，这个季节没什么可看的……可是……还是可以看看雪山，看看蓝天白云的……去西藏就是要看云……大块大块的云……太好看了……据说……每一个死去的人……都会变成一朵云——

妈妈是四天后从我们小镇出发的，父亲帮她把行李背到一辆摩的上，匆匆上班去了。他骑着电动车，电动车的后座箱子上印着红色的字：幸福机械。他的白帆布工作服，以及头盔上，都是这样的字。在我们仙女镇，人可以分为两类，一类是幸福机械的，一类是大宝农药的，镇上的人分别穿着白色工作服和蓝色工作服，一目了然。

妈妈以前就是蓝色衣服的，后来，不穿了。她是农药厂的最后一道流水线工人——把不同颜色的农药装进不同颜色的瓶子里。妈妈总是把该装进蓝色瓶子的药水装进了红色瓶子，或者把该装进白色瓶子的装进黄色瓶子了，质检员找妈妈谈过话，厂里大会上都通报批评了，还给了妈妈处分，但还是犯错，好像一切警告处分都不管用似的，再后来，他们把妈妈开除了，开除后的妈妈就不穿蓝色衣服，她在一天晚上把工作服点火烧掉了，据说，农药的刺鼻气味飘散了大半夜。

2

  收到妈妈第二封信,是办公室小刀打电话告诉我的,那时我正在采访现场,一个生产车间,夜里出了个安全事故,吊车的吊钩突然断了,吊钩上十吨的钢卷砸了下来,一个工人当场死亡,还有一个腿砸断了,我去的时候,已经送到医院抢救了,只有地上一个深深的坑。听说那个死掉的工人,是用铁锹将他铲上来的,一坨肉泥。

  传达室的人先是不让我进去,说是要没收我的手机。后来我打电话给我的头,又塞给对方两包烟才得以进入。车间里很多人,机器轰鸣,好像什么都没发生似的,我看到那堆钢卷正躺在坑的旁边,一副无辜模样,坑很深,坑底下还有血肉痕迹,让人恶心。再抬头看周围的活人,他们穿着藏青色工作服一声不吭地干着活,好像没有我的存在似的,我想起我的父亲,想起他的白色工作服,其实,我从没有看见过它白色的样子。

  我又去了医院,腿断的那个人在十一楼,重症监护室,走廊里他的亲戚正在打瞌睡,猛地一睁开眼,神情沮丧,告诉我说,屁股向下全没了。我从玻璃窗看过去,白色床单的下面,平整整的。他眼睛闭着,仿佛在熟睡,一副安详模样。

  我看向窗外,天空晦暗昏沉,没有一朵云,我把脸贴在玻璃上,树,高楼,都是灰蒙蒙的,一副死气沉沉,只有汽车疾驰而过。

  我突然想念我的妹妹,也想念妈妈。妈妈现在到哪里了?她正坐在草地上看云吗？

　　从医院到新闻大楼已经下午了，食堂里没有人了，打饭的大姐给我盛了一碗冬瓜汤，几片薄得透明的冬瓜漂浮着，她在我对面坐下，哪块又死人了？她喜欢这样问。我没有和她讲述坑里的肉泥，也没有告诉她"屁股向下全没了"，只对她说，在医院抢救，脱离危险了。大姐似乎不太感兴趣这样的结果，站起来，拍拍屁股走开了。

　　我打开妈妈的信，很厚，白纸上是蓝色的字。妈妈说她在五道梁的时候遇见了几个大学生，四个男孩两个女孩，他们和妹妹年纪相仿，皮肤被晒黑了，但还是一副稚嫩模样。他们已经在五道梁休整两天了，准备以最好的精神状态穿越可可西里，因为不着急赶到拉萨去，所以路上有经过的汽车时，并没有要求搭一程。大学生们邀请妈妈同行，他们有帐篷，可以一起住在帐篷里看星星。妈妈答应了，尽管她不想看星星，她只想看看天上的云。

　　傍晚的时候，看见可可西里的铁路桥了，就是那个在电视上介绍过很多遍的桥——火车在桥上行驶，藏羚羊从桥下经过。不过，他们没有看见藏羚羊。女生们建议就在这水草丰沛的地方安营，大家同意了，男生们搭帐篷，女生打着下手，他们让妈妈在一旁休息，无需帮忙。离天黑还早，阳光把云的影子铺在草地上，一块一块的，妈妈就坐在影子里。云在移动，影子也在跑。天黑的时候，已经亥时了，吃了馕，喝着昆仑山带来的泉水，大家都很开心，不肯早早睡觉。这个夜晚，好像所有人都忘了手机、电脑、高铁那些属于城市的东西，而是说着银河、北斗星、藏羚羊……妈妈在信上说，其实人需要的东西并不多，吃饱了，睡好了，就行了。

　　我喝了几口汤，浑身无力，整个人像一片冬瓜似的漂浮在食堂油腻的空气之上。后来我睡着了，醒来是因为头儿打来了电话，问我今天的稿子在哪里？怎么还没送过去稿签？

我把上午的新闻迅速写好，外加一张黑乎乎的坑的照片，我知道，不出意外的话，这张报纸明早一定准确无误地被送至老百姓的手中，他们会一边吃着油条豆浆，一边研究着这个坑的内容。

妈妈是不要我回信的，她说她每到一处都会给我写信，信由牧民带到镇上的邮筒去。她喜欢看牧民骑着马在草原上慢悠悠走过，马肚子上挂着一小袋干粮和水，晃悠悠地，日头就偏西了。她说草原上每天都能看见几列火车呼啸而过，她不敢靠得太近，更不敢看玻璃窗口现出的人脸，这会使她想起我和妹妹——我们读大学的时候，她也去火车站，送我四年后又送妹妹四年，好像人的一辈子都忙着送别似的。她说，小林，你还记得吗？小秀小时候连汽车都不敢坐，可是后来却要坐火车到外地读书，再后来又坐飞机到国外去。小秀是妹妹的名字，和我的名字组合起来，是木秀于林的意思。名字是父亲取的，这是他这辈子最骄傲的一件事。

3

晚上没睡好，半夜被手机铃声惊醒，没接到，一个陌生号码。几分钟后又响了，仅两声就挂断了。断定是一个骚扰电话，刚要继续睡去，铃声又响。接通了，是一个女人，并不说话，只是在电话那头一个劲地啜泣。半夜这样的电话不足为奇，干我们这行的经常遇到。女人哭了一阵，才低声说，小林记者你好，我是长江机械厂死者的家属，早晨看到你写的报道了……我"唔"了一声，表示知晓，女人说，我打电话到报社才找到你的号码，你不要怪我这个时候给你打电话,我……我不想打的,可是……女人又嘤嘤哭起来。她说你在报纸上写了我男人死了,可是,可是我没有看到他的尸体——

我说,他成了肉泥了。说完觉得自己有点狠。

女人哇地哭出来了,她在电话那头反复说,可是,可是,我没有看到,我没有看到我男人,我没有看到,我的男人就没有死……

我记不清自己怎么劝慰她的了,那个夜里耳边都是她嘤嘤的哭声,像个不知所措的小孩,又像在无理取闹。电话挂断后,我没睡着,脑子里都是钢卷和坑的样子,我突然想起了妹妹,想起最后一次送她去车站时看向我的眼神。我总是想起那些,她坐在角落里,乖巧又安静。

妈妈说她还没找到一朵乖巧而安静的云,每一朵云都太爱跑了。有一次,她看见一朵云停在远处的山头上,一动不动。她能看见云的影子硕大无比,栖息在草地上。可是,妈妈刚走几步,云便开始动了,它并没有跟着风跑,而是把自己撕成了几片,一片一片地分离开来。还有一次,她看见另一朵云,既没有跟着风跑,也没有被风撕裂,而是挂在了另一朵更大的云上。

妈妈常常躺在草地上,闭上眼睛,云的影子一会儿就移过来了,眼前更暗了,她并不睁开眼,因为稍逊之后眼前亮了不少——影子跑开了。妈妈说她一点都不急,因为她一定会找到那朵云的。

我开始想念妹妹,想念她像一个影子似的跟在我身后,可是,后来,影子怎么就走丢了呢。我想起了好多过去的时光,多么美好的时光,记忆仿佛走丢了,又重新跑了回来——我和妹妹躺在渡桥上,那时我们还小。渡桥建于上世纪六十年代,用来灌溉的,桥肚子是水渠,桥面上供人行走。盛夏的正午,所有人都睡着了,只有我和妹妹在桥上的树荫里,身下像被炙烤一般,我们都傻傻地笑,我说,你看,这个世界只剩下我们了。妹妹笑了,她不太爱说话。后来我们去河边洗澡,她怕水,坐在岸上帮我看守衣服。我用水泼她,她还是傻呵呵地笑。当我一个猛子扎了很久的时候,我听见妹妹在岸上叫唤,我憋着气,像在等待什么。哥哥,哥哥——我的脚踩住一只河蚌,将它抠出来——哥哥,哥哥——又是一只河蚌,我的手里满了。岸上妹妹的叫唤更急迫了,哥哥哥哥,我听见了哭声——于是从水里猛地冒出来。妹妹吓了一跳,跟着就冲到水里抱着我。我喜欢逗她,吓唬她,喜欢她抱着我哭。

我睁开眼睛,眼泪从眼角溢出来。屋子里有些昏暗,外面的灯光隐约洒进来,我感到黑暗中所有的电器都在注视着我,用它们冰冷而机械的目光。

4

一连很多天都往工业园跑,一家家具厂失火了,火势窜到隔壁化工厂,导致化工厂化验室爆炸,两死十伤。最后一个伤员救出来的时候,我正好赶到。火已经扑灭了,天空里到处飘扬着小黑点,落在人的身上,还有刺刺的灼痛感。那个人躺在担架上,正往救护车上抬去。他的脚上挂着一条黑黑的东西,很长,一直拖到地上。旁边的人告诉我,那是他的皮。嘿,你没看见,他被压在一块水泥板下,刚刚,救他的时候,拽他的腿,哎呀,你不知道,那块皮就掉下来了,像脱丝袜一样——

中午我没吃饭,坐在办公室里读妈妈的信。我以为我对死亡麻木了,可这个上午,我却无比难受。隔壁办公室的小刀几乎每天跑来讲述他看到的各种死亡,他负责采写交通口子。他说,在扬子江路,早晨,一辆混凝土车把两个人给撞了,母子,当场死亡,小孩被甩出几十米远,那个妈妈被卷进车轮里,混凝土车,双轮,那人就卡在两个轮子之间,卡得死死的,四个人才将她拽出来——

我长长舒了口气,眼睛有些湿润,小刀很诧异地看着我,皱了皱眉出去了。

我开始想念妈妈,想念妈妈的信。

妈妈在信上说,她已经到达唐古拉山口了,三天前经过了风火山和沱沱河,傍晚的沱沱河真是太美了,阳光洒在河面上,像无数的碎金。"你一定记不得夕阳的颜色了——"妈妈说,沱沱河呈U型,无数个U型,U型里倒映着蓝天白云,还有金色的夕阳。妈妈在牧民家住了一晚,和他们一起睡在毡包里,夜里风从身子底下穿过,一点都不冷。毡包里有火炉,炉子里燃着牦牛粪,外面还有牛羊咩咩叫声,很轻,娇嗔似的。也有风的声音,整个草原都交给了它们,它们在狂奔和撒欢。妈妈说她一直没有睡着,因为在聆听风的声音。

在城市的那么多夜晚,我从来没有仔细听过风,耸立的高楼把风切割成一丝一丝的,混凝土和双层玻璃的房子把风死死关在外面,风撞在玻璃上,撞在钢铁上,变得和城里的人一样急迫和狂躁。

早晨醒来,草原上的雾气还没散去,太阳出来了,阳光把草的影子拉出很长,还有妈妈的影子,像怪兽似的,跑出了十几米。妈妈说她看着影子出神,那个曾看了几十年、熟悉得不能再熟悉的影子,此刻它使劲生长,变成了怪兽,每走动一步,怪兽也向前一步,它夸张了她的动作,变得张牙舞爪。在那里,她所能看见的一切——天空，草原，晨雾，炊烟，毡包，牛羊……仿佛都是熟悉的，唯有自己，才是陌生。

妈妈说她把自己的名字送给了一只羊，她不要名字。那只叫淑珍的羊一直低着头吃着草，多好啊。远处山坡上有黑黑的牦牛群，还有马，他们骑着马走在风里。头顶的云一大朵一大朵的，云轻轻地移动，有的仿佛被山尖勾住似的，好一阵都不会走开。

5

傍晚的时候，我去了一趟那个女人家。在一个小胡同里，青石路坑坑洼洼，我敲了门，里面没有动静，以为敲错了，正要离开，门打开了。一个瘦精精的女人，皮肤倒是很白。她领我进屋，然后又坐在天井里洗衣服。我来之前她或许正在洗衣服，晾衣绳上已经挂了很多，都是冬天的棉衣，还有男式的棉袄。她不说话，也不问我是谁，只低着头有气无力地搓洗，脑袋低垂着，好像脖子支撑不了似的。我有些后悔走进来，又恍惚走错了地方，直到她嘤嘤哭起来，我才觉得她就是电话里的"死者家属"。

我坐在饭桌旁边，桌子上有上顿吃剩的菜——一小撮韭菜，一碟萝卜干，一只网罩罩在上面，显得网罩空空荡荡的。她哭了一阵，又开始洗衣服，仍旧一副有气无力的样子。我不知道说什么，往网罩下塞了五百元钱便离开了。

我没有回新闻大楼，而是去了仙女镇，我想看看父亲。到家的时候，天已经黑透了，不巧，父亲不在，上夜班去了。用钥匙开了门，屋子里一股潮湿气息，我不敢走动，好像每走一步空气就要坍塌下来似的。桌子上有很多灰尘，地上也是，只有经常走动的地方还算干净，它连接着厨房和床铺，像一个枝丫细瘦的树干。是的，除了吃饭、睡觉，人还需要什么呢。我在父亲的床上躺下，一股难以描述的气味，熟悉又陌生。还有床上印花的被面，一朵大大的牡丹，颜色已经掉了不少，我记得它鲜艳的样子，那时我和妹妹还小，每天早晨醒来一朵朵地数过去。

  墙上还有我小时候的照片，妹妹的照片不见了，可能被父亲收藏起来。窗帘还是从前的，是妈妈用迪丝布做的，那时我们总是喜欢透过它看着外面，不管是白天还是夜晚，太阳和月亮总使它看起来湛蓝湛蓝的。我突然觉得这个屋子是多么地熟悉，又是多么地陌生，使我分不清究竟哪些岁月不是我的。

  大学毕业后，我去了报社，很少回家。后来妹妹也去了一家合资企业，在郊区的工业园。妹妹被公司安排到日本时，我都没有去送她，她在日本给我写信，说很想家。我没有回信，只偶尔给她发个信息。她给妈妈写信，很长很长，她在信里写富士山的樱花，写奈良神鹿公园，还写青森县的白神山地……我知道，其实她哪儿都没有去过。

  屋子里静悄悄的，自从我和妹妹离开后，这里应该就是这样了吧，四个人在四个不同的地方，即使是爸爸妈妈，也很难见上一面。父亲是夜班，他的世界里只有黑夜。

  我想去看看父亲，此刻。

  幸福机械厂的灯光很亮，厂院里像白昼似的，传达室的老头帮我把父亲叫来，父亲穿着那身白帆布工作服，衣服很厚，据说可以防止电焊灼伤。他戴着焊工帽，眼睛透过乌黑的玻璃看着我，有那么一个瞬间，我觉得自己不是在和父亲说话，而是和一个机器人在说话。父亲试图把焊工帽取下来，用力拽了拽，纹丝不动，好像和脑袋长连一起似的。我想帮他,父亲说,没事,没事。他把焊工帽拿在手里,头低着。他的头发贴在脑门上,油油的。父亲问出什么事了?我才觉得自己来得有些唐突,我不知道和父亲说什么,好像只想看一看他。父亲得知没发生什么事之后,有些站不住了,他支支吾吾,大概意思是说要去焊接了,赶货呢。

我看着父亲离开,焊工帽不知什么时候又长在他的脖子上了,他从一个铁门进去,一眨眼就不见了。

6

这些天我特别盼望妈妈写信来,我把之前的几封读了又读,每读一次,眼睛就会湿润一次,直到像那个女人一样嘤嘤哭起来。妈妈在信里说她到达那曲了,这里的牛羊真多,虽然海拔很高,但不感到难受,除了走路时有些轻喘。她说她喜欢这种干烈的气候,每一丝空气呼吸进去都能感觉到。妈妈说昨天她和藏民一家去"过林卡"了。过林卡知道么?有点类似于我们这里的"踏青",可是,在那里,任何季节都可以过林卡的。那些成年的人,带上爸爸和妈妈,还有酥油茶和糌粑,在一块阳光普照的草地上,铺一块布,坐下来。他们多么享受阳光照耀啊。那天过林卡到很晚才回去,天快黑了,黑暗将草原群山一点点地没收,远处有淙淙水流声,他们便顺着这声音找过去。翻过青藏公路和青藏铁路,就看见拉萨河了,河面很宽,但很浅,河床里的碎石裸露在外面,星星倒映在河面,水银似的。妈妈说他们搬起石头,一点点地移到河中央,那是一块平地,像岛一样,几个人便坐在"岛"上,头顶的月亮很大,明晃晃的。妈妈说,小林,你一定没见过那么明亮的星星,它们离我那么近。

　　我把窗户打开,初冬的夜晚凉丝丝的,头顶没有星星,只有远处霓虹闪烁。

　　手机响了,又是那个女人,她声音有些小,好像刚刚哭过,小林记者,她说,你在听我说吗?

　　我说我在听。她便哭起来了,小林记者,你说我男人死了,可是,可是——

　　我不知道怎么安慰,每次打来电话,都是静静听她哭一阵,她仍然告诉我她的男人没有死,真的,没有死,我没有看见他死——反反复复就是这些。等她说完了,电话也挂了。我曾把这些告诉小刀,小刀说这女人疯了,肯定疯了。

　　仙女镇的人也曾说我的妈妈疯了,那是妈妈离开农药厂的日子,她已经不能上班了,脑子里都是妹妹。妹妹给我的最后几封信里说到了工作的事,她和公司签的合同相当于出国劳务的协议,三年,真的,她说她熬不下去了——

　　但后来妹妹一直没有给妈妈写信,再收到信的时候,是日本公司委托律师事务所寄来的,信上说,于小秀死了,掉进了一个化工池里,池里的液体成分是什么,信上写了一串字母和数字,至于化工池的盖子怎么会打开的,信上也作了详细地解释。事发之后半天才被发现,人们从监控里看到的,等救援人员打捞的时候,已经找不到了,也就是说,妹妹变成了一摊水,没有了。

　　妈妈读到这里的时候,一口气没上得来,轰地倒在地上。之后的日子,妈妈整个人都变了,她看见水时总是会失声尖叫,可是,每天都会看见很多的水,洗脸的时候,吃饭的时候,上厕所的时候,即使是走在七闸桥上的时候,妈妈都会尖叫,然后失声大哭。

一棵大树想要飞

后来，妈妈被送进了医院，医生给她注射药水，她看见红色药水在眼前晃动，一把将针头扯断了。护工便把妈妈绑起来，用几根绳子拴在床杠上。他们往妈妈的身体里不知道注射了多少东西，才把妈妈放下来。从医院出来后，妈妈就不尖叫了，她也不说话，看见有人了，便不停嘀咕：小秀变成了水，真的，没有了，她那么乖巧，就没有了，什么都没有，一个人怎么就变没有了呢——

7

在接到那个女人最后一个电话的时候，我已经决定去西藏了。女人在电话里没有像之前那样嘤嘤哭着，而是语气激动，她说，小林记者，小林记者你能不能过来一下。她告诉我的地址不是原来的胡同，而是精神病医院。她的姐姐把她送到那里。我去看她，她正站在一个狭小的院子里，院里有一张长凳，她看上去精神还不错，比我想象的好很多。她说，我的男人没有死，真的，因为我没有看见他死后的样子，我常常想，只要我没有看见，他就一定活着，我吃饭的时候，觉得他就坐在我对面；我睡觉的时候，他就躺在我旁边，真的，你相信吗，他没有死——

我怔怔地看着她，天空暗了下来，太阳被云层挡住了。

那个下午，她反复说着这些，好像每说一次就更确定一些。

女人送我出门的时候，趴在窗棂上又对我说，他们都认为我疯了，可我知道自己没有疯，真的，她让我把耳朵靠过去，小声说，我没有看见他的尸体，我就想象他活着，我想象他活着，他就真的活着了——

一路上，我都在回味女人的话，我不知道该用怎样的哲学或逻辑来证明她的正确，但我希望她的姐姐早点带她离开那里，她没有疯，真的。突然，我有些激动，我也要告诉我的妈妈，妹妹没有死，因为我们都没有看见她死了的样子，只要我们想象她活着，她就仍然活着。

飞机降落贡嘎机场时已经是另一天了，出了机场便联系了一辆的士向纳木错驶去。妈妈在信上说，她到纳木错了，这里的海拔将近五千米，她一点都不感到难受，海拔越高她越高兴，因为离云又近了一些。

妈妈从那曲走到了当雄，又从当雄走到纳木错。牧民们用不太标准的普通话告诉妈妈，那里，他们用手指着远方，圣湖，纳木错，云，他们的手臂在头顶打开，云，白云，是最漂亮的——

傍晚的时候，我也到达纳木错了，湖水和天空一样蓝，仿佛是两个天空，大朵大朵的白云栖息在湖面之上，我想起了小镇上蓝天白云的工作服，那是一片用旧的天。没有看见妈妈，秋天的纳木错已经没有游人了，附近的一个牧民告诉我，是的，有一个女人——她会的汉语并不多，大多用手势在描述，我仿佛看见茫茫大地上妈妈的身影，那么小，像个小黑点一样。远处的山峦与天连接着，小黑点慢慢移动，分不清在地上还是在天上。我顺着牧民所指的方向走去，一路上又问了几个牧民，他们都热情地告诉我，是的，有一个女人，她没有名字——

我爬上一个山坡，湖面便在我脚下了，远处的牦牛像黑点一样散落着，一动不动。山路盘旋而上，云层越来越低，忽然，我看见一朵云，是的，一朵安静而乖巧的云，它离我那么近，仿佛伸手就能够着。草原上有风吹过，云却没有跑开，阳光照在它的身上，明亮而柔软。我想起躺在渡桥上的妹妹,她的牙齿像米粒一样洁白,她闭上眼睛,像熟睡了,嘴却咧开笑着,她轻轻地喊着哥哥,生怕把身旁的哥哥叫醒似的。阳光照耀着,她的身上像裹了一层银色,透明的——然后,我看见了妈妈,是的,是我们的妈妈。妈妈正倚在妹妹身旁。

紫金文库

毛　衣

　　在那个小老头儿到来之前，编织店的女人们就已经谈论过他了。这些散乱坐在沙发以及小矮凳上的女人们，很少将目光长时间停留在手头的毛衣上，而是把视线抛向玻璃门外，捕捉着瞬息而过的路人。她们讨论着经过者的发型，服饰，身材，以及婚姻工作等等情况，常常又因为一些不太相同的猜想而相互争执起来，这时，她们便会发现这样的话题就像手中的毛线一样，被扯得太远太长，够不着了，于是又将话题收回来，和视线一同落在不远处的小老头儿身上。
　　起先，编织店里的女人们并没有注意到这个小老头儿，她们的注意力总是在货架新添的毛线品种和各自稀奇而漂亮的针法上。这是一家从新区搬来的编织店，据说之前的位置过于冷清了。现在它在老城区的一条街道上，对着青石板路开出一爿门，和这条街道的其他店面一样——一些卖香烟酒水的、修锁配钥匙的——用油漆

一棵大树想要飞

写了个圕，便有些像模像样了。

说来也是奇怪，不知道什么时候起，小城里刮起了一阵风，一年前突然冒出了很多毛线编织店，好像人们又爱上了这样的手工活儿，那些机器织造的毛衣顿时显得死板和粗糙，令人感到不屑甚至鄙视。来编织店的大多是一些三四十岁的女人们，她们不是这个街道上的人，可能是城区的，也有可能是新区的，总之，她们的时髦与这个陈旧古朴的街道有些格格不入。这些女人在编织店里买到合适的毛线和织针后，并不离开，而是坐在一只矮凳上——有时是纸箱——迫不及待地编织起来，对着书上的图案仔细比画，或者谦虚地请教身旁的人。很快地，女人们便熟识了，知道了各自的名字和年龄，以及名字与年龄以外的更多讯息。再后来，又开始谈论各自路上的见闻，谈论这条老街，以及老街上来往的行人。最先发现这个小老头儿的是一个叫作兰香的女人，她的手向外指着，用一种接近于尖叫的声音喊起来，女人们都停下手中的活，伸着脖子向外望去。她们看见一张颜色斑驳的藤椅，椅子上铺着发黑的棉被，从棉被与椅子的服帖程度就得知有些年头了，藤椅里面——也是棉被里面，耷着一只脑袋。这个叫作兰香的女人正是因此而惊叫的，她说这个人是不是死了？因为她发现整整一个上午都没动一下。编织店的女人们嘘了口气，嗔怪这个叫兰香的女人大惊小怪——这只是一个晒太阳的老人而已，大概已经很老很老了，老得令她们在自己贫瘠的词汇中找不出最恰当的形容词来。她们认为这条街上像这样的老人多了去了，他们坐在墙角里，或者躺在太阳底下，跟两边风化的砖墙一样，随时都会坍塌或者粉碎成尘土。

之后，编织店的女人们常会谈论起这个小老头儿来，女人的观察和心思总是细密的，她们猜想他应该独居，没有老伴或者子女。

他每天都躺在藤椅上,和太阳的作息一致——日升而出,日落而归,中午的时候才摇摇晃晃站起来,再摇摇晃晃走进一扇黑黢黢的门内。当小老头在门里很久不出来的时候,那个叫兰香的女人便会捅一捅身旁的人,或者自言自语,她说,他会不会已经死在里面了呢。

当然,小老头儿没有死在里面,不久之后,他就从那扇门里摇摇晃晃地出来了,并且一直摇摇晃晃到编织店的门口。他站在门外,两只手抖抖索索地去拉玻璃门。编织店的女人们都停下手中的活——她们有些意外甚至惊喜,有人用腿推那个叫作兰香的女人,说去扶一下吧。兰香就赶紧将手里的毛衣放下,上前拉门,她想扶住他,却没好意思伸出手。女人们将腿脚挪开,让出一条路,有的干脆站起来。站起来的人就会发现自己高出很多,她们需要俯视才能看见小老头儿的脸部或头顶。他的脸很小,几乎被头上的帽子遮去大半,帽子很旧,老蓝布的,已呈灰白色,这让女人们不得不想起他藤椅上的棉被。小老头儿在编织店里巍巍颤颤地挪着步子,然后停在货架前,有人跟他说话,他不回答,两片瘪唇上下抖动着。这样停留了几分钟后又摇摇晃晃向门外走去。女人们都长吁了口气,好像刚才一直在屏住呼吸。她们觉得可能是小老头儿走错门了,但尽管如此,还是有人和那个叫作兰香的女人开起了玩笑,她们说,哎,兰香,是来找你的吧——

之后证明,小老头儿并非是走错了门,他又来过两次,直到他抖抖索索地打开包着纸币的手帕时,女人们才明白其光顾编织店的目的——他把卷在一起的纸币慢慢展平,挑了一款纯白色的毛线,手感和质地都相当良好,希望用它来织一件毛衣。他好像并不知道编织也是需要费用的,没有人告诉他,女人们把目光都投向兰香，后者就点点头应了下来，她说她给他织吧，反正自己有的是闲工夫。

接下来的日子发生了一件奇怪的事，女人们发现小老头儿的藤椅已经挪到了编织店门前，早晨她们骑着电瓶车从远处赶来的时候，小老头儿已经坐在藤椅里闭着眼睛了；傍晚她们离开，他也摇摇晃晃地把藤椅挪回去。再后来，他连藤椅也不挪了，直接掖在编织店的雨棚下，待到第二天，再将其拽出来。他的脑袋耷在那堆棉被上，和身旁的毛线团一同安静地晒着太阳，只有在中午的时候他才从藤椅上挪开，走进那扇阒黑的门内，有时，也会走进编织店里，一直走到兰香的跟前——他在催兰香。那件白色的毛衣还没有动工，兰香只好把原先的活儿搁在一边。可是，当兰香问起织什么样式的时候，小老头儿却躺在藤椅上闭起了眼睛，手和两片瘪唇又微微颤动起来。兰香问，织个什么样儿的呢？织个套头的吧？小老头儿就瘪了瘪嘴说，织个套头的吧。兰香又说，织成圆领的吧？小老头儿就说，织成圆领的吧。兰香觉得他像复读机一样重复着自己的话，就不再问了。兰香不说话了，小老头儿就把眼睛睁开了，他对兰香说，他要到那边去喽。他的嘴拢起来，口型还停留在"喽"字的音节上。兰香明白"那边"的意思，编织店里的女人也没少谈。小老头儿又说，老衣都做好了，好几年前的春上，就做好了——兰香抿了抿嘴，似乎有些讶异，说这么早就做好了啊。对方的眼睛又闭上了，瘪唇里吐出几个含混不清的字，早就做好了——他告诉兰香。

之后，这样的对话又有过几次，小老头儿对兰香说着，又像是自言自语，他说他要到那边去了——没有人感到奇怪，好像他说的"那边"是个很近的地方，只要打开一扇门，或者跨过一条沟就到了。兰香将毛衣织得很快，几天工夫就到了肩膀的位置了，她把还没完工的毛衣在小老头儿身上比画一下，后者就巍巍颤颤地站起来，他将胳膊尽量抬高，又忍不住落下手来摩挲几下。再后来，不等兰香出来，他就摇晃到兰香身边，把胳膊抖抖索索地抬起来，像在等待某个仪式似的。仪式结束了，也不离开，而是坐在兰香旁边的一只矮凳上打盹。

外面不知什么时候下起了雨，雨点落在一些坚硬的物件上面，发出沉闷的响声。玻璃门上已经氤氲了水汽，白白的，看不清外面。屋内的灯开了，空调噗噗吐着热气，间隔一会就像熟睡的人长长呼一口气似的。小老头儿的身体歪在一边，脑袋已经垂到了一堆毛线当中，他睡得很香，睡之前手上握着的一只线团也像个宠物似的安静着，这时，编织店的女人们就会觉得这个小老头儿也像一只小线团似的了。于是她们的谈话声明显小了，又像最初那样变得客气和矜持起来。

小老头儿醒来的时候，雨也停了，好像做了一个绵长的梦一样，长舒了口气，又微微坐直，他感到下巴的湿漉，意识到自己可能流了涎子，便抬手去擦。编织店里很安静，好像说了一天的话都累了，女人们专注着各自手中的毛衣，眼睛低垂。小老头儿一眨不眨地看着她们的手指，还有像小脚一样不停奔跑的织针，仿佛听见了毛线与织针相互缠绕的声音，听见了各种美妙而神奇的响声，这些声音逐渐清晰，具象成一幅幅画面，它们由远而近，笼罩过来。这样呆望了一阵，小老头儿把眼睛又微微闭上，脑袋倚着一团毛线，似乎刚刚停留在岸边的梦又将他轻轻载走了。

雨一连下了很多天，一个冬天的雨水都被提前预支了似的，到处都是潮湿阴濡的感觉。小老头儿的藤椅也被兰香搬到了编织店

一棵大树想要飞

里,因为地方狭小,只能从一堆毛线中挪出点空间。他蜷在藤椅里,大多时间都在打着盹儿,他发觉熟睡的时候,总是有些涎子会流下来,跟记忆里逐渐清晰的儿时一样。他在睡梦中也会突然惊醒,想起什么似的,摇摇晃晃地站起来,再又缓缓落座。他把瘪唇儿撮了撮,手在一只线球上轻轻捻动着,眼睛又闭上了。

中午的时候,小老头儿不再回到那扇黑黢黢的门内了,他被女人们留在编织店里,她们从各自带来的饭菜中拨出一些,在微波炉中热了之后递到他的跟前。他把米饭送进嘴里,两片瘪唇儿轻轻磨着,即使是一些不容易咀嚼的,也被他咽下去了。编织店里飘荡着混合着饭菜的香味,热气袅袅的,玻璃门上很快又模糊了。要不是门前的几个字,从外面看,还真像是一家子似的。

白色毛衣快要完工了,尽管之前它平整而细致的针脚已经让编织店的女人们赞叹不已,此刻,女人们像围着一个漂亮而乖巧的小孩一样,说着各自方能想到的溢美之词,她们认为兰香是下了工夫的,不知道小老头儿将会是怎样的欢喜,她们还没看到那张皱纹满布的脸上出现过其他表情。当然,也有人不免小声感叹起来,为它将要被带到"那边"去而惋惜。兰香把毛衣摊在腿上,自我欣赏着,她也想不出什么形容词来,只觉得它像一团新棉,又像是一团白雪,叫人喜欢。这样看了一阵,兰香又将其收拢在怀里,织针在手指上继续跳跃起来。

小老头儿就是这个时候醒来的,像被什么惊醒似的,他摇摇晃晃地从藤椅上站起来,挪着脚,怔怔地看着玻璃门外。不要圆领子咯,还是不要圆领子咯——小老头儿突然悠悠说道。女人们安静下来,她们都知道他是对兰香说的,坐在角落里的兰香"哦"了一声,把头抬起来,又问了一遍,然后像当初应允为他织毛衣那样点

069

了点头，说，好吧，不要圆领子。接着她又问，那换啥样儿的领子呢？小老头儿不回话了，颤颤巍巍地兀自往门外走。

新的毛衣领子快要完工的时候，天也放晴了，太阳像经过数日的漂洗一样，明净透亮许多。编织店的女人们将毛线搬到了太阳底下，在报纸上铺成几排。她们将小老头儿的藤椅和各自屁股下面的小板凳一同搬了出来。老街上偶尔有一两个行人或游客经过，他们的目光都会瞥向这里，好像这也成了一道景点，叫人心里顿时明亮和温暖起来。小老头儿依旧闭着眼睛，他的大多数时间都是在酣眠，这让编织店的女人们感到好奇甚至妒忌。当然，对于一个将要去"那边"的人来说，能有这样的睡眠也未尝不是件好事。然而，编织店的女人们却感到蹊跷了——她们好久没听到小老头儿说起去"那边"的话了。

毛衣领子快要织好了，令人意外的是，小老头儿又提出了新的意见，他像个小孩一样突然反悔了似的，告诉兰香不要套头的，不喜欢套头的了，他要兰香重新改一下。兰香嘟着嘴，脸上有些无奈，但还是点头了——她是个好脾气的人，兰香一边拆着毛衣，一边嗔怪着，她说，嗨，我说呀，你真是一个不太听话的小老头儿哎——

之后，这件毛衣又被拆过几次——小老头儿不喜欢它的针法，不喜欢它的样式，还有，他还觉得毛衣的袖子太大了，领口也太小了等等。小老头儿站在兰香身旁，有时躺在藤椅里，他的眼睛也不看兰香，两片瘪唇儿像和谁怄气似的嘟着。编织店的女人们都为兰香嘘了口气，觉得这个小老头儿真是太难伺候了。

进了腊月，毛衣还在兰香的手上编织着，它已不像当初那样绵软和纯白，编织店的女人们也不再赞叹它平整而细致的针法了，女

一棵大树想要飞

人们开始为兰香着急，但更多时候，她们还是和兰香开着玩笑。小老头儿依然坐在编织店里，即使在阳光艳丽的午后，他也不会坐在太阳底下，他的藤椅像嵌在毛线堆中似的，占据了编织店的一小片地方，他的眼睛总是微闭着，手指头轻轻捻着一小段废弃的毛线。女人们的话题明显少了，她们变得更加专注手头的活儿。当然，还有别的原因——编织店快要关闭了——因为生意并不及想象的那样好。有人分析说是选址的错误，也有人说——可能，只是可能，手工编织的毛衣又不那么流行了。对于第二种分析，多少令她们感到难受。

在一个傍晚的时候，女人们帮着把所有毛线打包装进纸箱里，把货架，以及那些平时被她们坐在屁股底下的小矮凳儿，都抬到了搬运的三轮车上，地上也清扫过了，门上的小匾也取下来了。编织店里的女人们陆续离开了，电瓶车的声音在老街上逐渐远去。小老头儿的那件白色毛衣也赶在这个时候完成了，当然这有兰香熬了两个晚上的结果——她感到如释重负。她把毛衣递给小老头儿，他的手抖抖索索地接住，几乎没有看一眼，就将它放在旁边的一只矮凳上。他挪着步子，转过身，开始弯腰，两只手握住藤椅，再摇摇晃晃地站起来，搬着藤椅，向门外缓缓走去，像他第一次走进编织店那样一直走进那扇黑黢黢的门内——

（发表于《当代小说》）

我的舅舅刘长安

1

我要去西安了。

接到这个电话是在傍晚时分,父亲打来的,声音通过一个劣质手机传来显得很怪异,那时阳光有些疲惫,工地上的混凝土机发出抗议的声响,哗啦哗啦十分吵人,但这不影响我从嘈杂里捕捉到"西安"两个字。

父亲说,送你外公去西安,收拾衣服。没等我开口,电话就被挂断了。这就是我的父亲,从不等对方把话说完,有时也等不及自己把话说完,听筒里只听到他前半句的内容,然后便是嘟嘟的声音,总是考验人的猜想能力。

但不管怎样,我已经很激动了,因为西安。

一棵大树想要飞

我将电话回拨过去,母亲接的,这一点上,母亲与父亲正好相反,她不厌其烦地唠叨很久,然后再将唠叨的内容归纳总结,最后归纳总结出来的又会被她拎出重点一遍遍地复述。母亲说,这次你和你爸爸护送外公去西安,是你舅舅点的名。于是母亲在电话里进行了一番询问,诸如工作忙不忙?忙就不要去了;愿不愿意去西安?不愿意就——

我果断打断母亲的种种假设,说我很想很想去,然后就匆忙挂上电话。

我的舅舅刘长安在西安,舅舅和西安这两个词似乎已经具有了同样的意义,所以,现在我不知道该用怎样的语言来描述我的舅舅,就像我不知道用怎样的语言来描述西安这个城市一样,我迫不及待地想到达那里,西安带给我的诱惑并不止于十三朝古都那个神秘名词,而是我的舅舅刘长安传达给我的犹如隐秘的一些代码,三十年来,我一直渴望那个城市,但我不屑于参加旅游团,不屑于背个包独自前往,这是多么不符合我的第一次西安之行,我期待着刘长安将那句应允了无数遍的承诺尽快兑现:我要带你们去西安。是的,我希望第一次的西安之行是由刘长安带领着,我仿佛看到那支队伍的浩荡,刘氏家族丰富的面部表情会使出行显得十分神圣。

送外公去西安,理应是件简单的事情,买张火车票,睡上一夜就到了。但是,这对于母亲和她的妹妹们来说,充满着无比繁复、麻烦、惊险,以及不确定性。我能想象得出,她们在商议这件事情时的面容,浓密的眉毛肯定在整个谈话过程中拧成了一团。出于以上种种,也促成了我与父亲一道护送外公去西安的理由。

2

我是在火车站与父亲集合的，没有迟到，甚至提前了半个钟头，父亲早已来了，这是他的习惯，他用这种态度表示对一切大事小事的慎重，更何况，这是大事。父亲的车停在火车站南广场，然后站在车外对着身前的候车楼做着扩胸运动，见到我，自然先是批评我没有时间观念。这也是他的习惯。我问外公呢？父亲指着汽车，说，还坐在里面，刚才在路上你外公又不舒服了。

外公的身体不太好，有很多种毛病，那些病名我们耳熟能详，小时候常常掰着手指头数着：高血压，高血脂，糖尿病，胃病，胆结石，胆囊炎，冠心病……外公四十多岁就退休了，让当时不满十五岁的舅舅去接班。外公退休前就职于西安省某建设公司，退休后回到南方，和那些药瓶整日躺在一间小平房里。

父亲在车站附近物色了一家饭店，招呼我过去先吃了午饭再说，后来二姨来了，一脸兢兢战战，她趴在车玻璃上朝里看了两眼，面色就更加凝重了。整个午饭过程，二姨都没有吃东西，显然还在紧张之中，外公也没有下车，父亲说，你外公像在运气，等检了票要一鼓作气憋到西安似的。

外公有很多怪异之处，小时候在外公家度假，母亲会交代很多，比如不能大声喧哗，不能到小平房里面，不能涂抹风油精花露水，不能唱歌，不能学狗叫……外公心脏不好，任何一种声音或气味都能使他胸闷以致发病，发病时家中一片慌乱，尤其是母亲和她的三个妹妹。从医院抢救回来，外公又躺进他的小平房里，身边会

一棵大树想要飞

增添更多瓶瓶罐罐，当然，我们也会遭到训斥。所以，在那里度假是很无聊的，唯有我的舅舅刘长安探亲回家时例外。

每年春节，舅舅会回家待上几天，这些天里，外公不再躺在平房里，而是搬个竹椅坐在太阳底下，闭着眼睛，听我们制造出的各种噪音，脸上十分舒展，直到天黑，也不肯进屋。心情好的时候还会给我们讲故事，讲舅舅小时候还扎着小辫子等等，但我们更多的兴致是聚集在舅舅周围，听他讲那个遥远的西安，有时舅舅会教我们跳太空步，弹吉他，唱崔健的《一无所有》，这个时候，外公依然坐在小院子里，手指轻轻敲着竹椅，眼睛和嘴唇在阳光下微微颤动。

舅舅回西安后，我们也各自回家了，只剩下外公和外婆，外公又会躺进他的小平房，直到第二年的春节。

外公的起居生活均由外婆照应，外婆比外公小很多，身体壮实且性格开朗，而外公却十分内向，迂腐，敏感，或许这跟他多年的建筑预算职业有关，他十分挑剔，不习惯任何人在身边，包括他的女儿，但除了外婆。然而，某一年，外婆突然去世了，贲门癌，外婆去世后，全家又陷入了恐慌之中，不知道小平房里的外公会挺多久，会不会发病，还有，将来由谁照顾，他们在小平房外商议了很久，去大女儿家，去二女儿家……去西安，或者请一个保姆，都遭到了外公反对，他突然从小平房里走出来，说哪里也不去，自己照顾自己。外公的声音十分坚定，好像身体突然之间硬朗起来。

果真，外公开始了一个人生活，他走出小平房，又睡到了外婆的大床上，他把荒废的农田播了种，种上豆子和瓜果，厨房被翻新了，院子里铺上了自制的地砖，外公把他的预算知识用到了生活的每一处，种多少颗大蒜，多少行，收获多少，分给大女儿多少，二女儿多少，三女儿多少……留种多少，明年将收获多少……外公的身体突然强健起来，他说通过食疗治好了多年的胃病，胆结石再也没犯过，外公开始变得爱说话，在那个已经没有年轻人的小王庄，他将很多荒废的农田开垦出来，白天在田里劳作，夜晚一个人在灯下剥着豆角，床头上的电话偶尔会在某个晚上鸣叫起来，那头连着他的女儿或者儿子，通过这根电话线，他又开始唠叨了，似乎将几十年未曾说过的话一一补偿，当然，说话的内容依然是他以前的那个单位，某个工地，某个同事，或者是刚刚收获的大蒜和花生。

就在前些日子，外公感到身体不如从前了，他被母亲接到家中，又被二姨接过去，这几天里，外公发病了，像二十多年前一样，又被送往医院，抢救回来后，母亲和父亲一直守在他身边，外公不吃不喝，整日整夜地坐在床头，某一个晚上——就像外婆去世后的某个晚上一样，他的语气十分坚定，告诉床前的女儿们，他要去西安。

3

现在，外公就坐在这列开往西安的火车上，同去的还有父亲和我。上车后我们便不再说话，各自想着心事，父亲的目光落在外公身上，担心外公会有不适；我则看向窗外，寻思着那个被舅舅描述过很多遍的西安；而外公，一直闭着眼睛，不吃也不喝，直直地坐着，真如父亲说的一口气憋到西安。

检票的时候，我才知道外公的行李有多少，十三个大包，我们扛着背着抱着，分两次才转运到车厢里，这些行李不乏是些棉被衣裳家什，包括两个擦得雪亮的钢锅，父亲说，你外公把屋里能带走的东西都带上了。我问父亲外公不打算回来了吗？父亲没有说话。

　　我突然想起外公的那个小屋，茅檐低小，后来被外公翻新后，挺拔很多，院墙下种了各种瓜果，那些藤蔓总是疯狂地爬满屋顶，爬满每个角落，绿色遮蔽了一切，让人觉得这些生生不息的绿色才是世界的主导。秋天的时候，绿色褪尽了，枯藤还保留着攀爬的姿势，这个时候外公就用一把自制的长柄镰刀，将藤蔓上的南瓜钩下来，黄澄澄的，堆了半个小屋，不久它们又被分装在麻袋里，托熟人送至四面八方的女儿家中，也总有几个会留到春节舅舅回来。

　　那些瓜我也吃过，说不出的糯甜。去年的冬天，我正好经过浦头镇，于是绕道去看外公，车在小路上转了很久，到达小王庄的时候已是傍晚，整个村子十分安静，炊烟和狗，兀自悠悠。我敲着院门，是一扇外公用竹篾做成的，没有上锁，我不敢推门而入，担心会吓着外公，所以就一直轻轻敲着，从门缝里看，外公正剥着豆角，屋内很黑，没有点灯，很久，外公似乎听到声音了，小跑着来开门。我不知道这样的敲门声令屋内的人辨识了多久，上一次听到敲门声又在多久以前。我的到来让外公十分意外和惊喜，他停下手中的活，向我讲述今年的收成，麦子，花生，大蒜……又讲述了母亲小时候，舅舅小时候。一个是长女，一个是幺儿，他们孩提的时候，外公在西安工作，等他退休了，母亲已经出嫁，舅舅也离开了家。外公似乎很久没有人说话了，一直说到天黑，屋内黑漆漆的，竟也忘了开灯，我抬头看着墙上镜框里的照片，那是舅舅接班前与外婆外公一起拍的，三双眼睛专注地看着镜头，笑容在这个小屋里显得那么空洞和遥远。

　　火车向西北方向疾驰着，两边麦田吐出了新绿。车过徐州的时候，舅舅来电话了，大致问到哪里了，外公身体如何？挂了电话父亲便向我们转述，外公方才睁开眼睛，将直直的身体舒展在被子上，似乎又意识到饿了，差我接点热水，然后从身后的布包里面倒出一些自制的米糊。吃完东西，精神好了很多，外公开始与我和父亲攀谈起来，所谈的内容不再是舅舅，而是那个建设公司，他说离开那里三十多年了，他用三根枯树样的指头表达了这个数字。三十多年前，舅舅又去了西安，两个人的三十年，两代人的韶华。外公和我闲谈着建筑方面的知识，这使我想起，这个大家庭中，唯独外公，舅舅，还有我，从事了相同的职业。记得填报志愿的时候，父亲执意选择建筑，理由是你舅舅在西安干建筑，而且混得相当好。当然，毕业后我并没有联系舅舅，而是进了本地的一家建筑单位。那些年所有有关舅舅的情况都是从母亲和二姨那里得知的，以及每年舅舅回来时传达给我们的一些讯息。春节依然是所有人期盼的日子，短暂的几天内，舅舅是最中心人物，被四个姐姐争相接去，以延续三十年渐疏的姐弟情感。母亲年纪最长，三个妹妹一个弟弟均由母亲和外婆带大，于是这个弟弟回来后总是在大姐家呆得最久。那些天舅舅像个孩子，不离地跟在母亲身后，听其问长问短，听其训斥，更多时候是在母亲身后向我们做鬼脸。临走时，母亲的叮嘱似乎还没完尽，一直将舅舅送到村头，然后又嘱咐我们给舅舅写信。开学后，我们便能收到来自西安的包裹了，秦兵马俑的小模型，或者是一封信，牛皮纸的右下角龙飞凤舞地写着"刘长安"。

后来，某一个春节，舅舅带回来一个女人，即是后来的舅妈，舅妈的漂亮使我们不敢接近，她穿着最流行的衣服，烫着最流行的卷发，她的皮肤很白，头发乌黑，笑起来眼睛弯弯，酒窝恰到好处，她和我们用普通话交流，称我们的乳名，她问舅舅哪个是大姐家的，哪个是二姐家的？我的舅舅刘长安也用普通话回答了她，是的，我们才发觉，我的舅舅已经不再操那口难听的方言了。

那些天，舅舅很少和我们打闹在一起，更多时间和漂亮的舅妈钻进他的小卧室。小贝壳的门帘偶尔会哗啦响一下，每响一次我们就会瞄上一眼，吃饭的时候，二姨朝着门里喊，长安，珊瑚。然后两个神采奕奕的脸从门帘下出现了。饭桌上，话题自然围绕着舅妈，刘长安的四个姐夫负责问话，四个姐姐负责感叹，姐夫们问，家中父母身体如何？舅舅抢着回答，珊瑚母亲生下她时父亲就去世了，珊瑚和她母亲相依为命。此时四个姐姐的眉毛早已拧成了一团，她们像听到世界上最悲惨的故事，眼睛鼻子都动情地红了，她们说，真可怜，真不容易……然后又异口同声对舅舅说，长安你要对珊瑚好，对珊瑚母亲好。那一顿饭，刘长安的四个姐姐不停赞美着弟媳的发型大方，笑容大方，衣着大方，就连名字都是那么的大方，她们为有这样一个弟媳语无伦次起来，甚至忘记吃饭，忘记收拾碗筷，四张黝黑的脸一直在悲悲戚戚和笑容可掬中转换。

舅舅对我们说，你舅妈原来在文工团工作。舅舅已经习惯和我们说话时称"你舅妈"了，他说你舅妈是她们团里最漂亮的，追求的人很多，但是你舅妈只喜欢我。说这些时，舅舅的脸上有些羞涩和得意。舅妈每周都要上台表演，舅舅的单位组织观看过一次，就那一次，与台上的舅妈一见钟情了，回来后舅舅开始写信，写在废旧建筑图纸的背面，再后来舅妈掖着那卷图纸与我们的舅舅约会了，那些晚上，月色明媚极了，把古城墙的影子拉得很长，同样被拉得很长的是我的舅舅和舅妈的影子，建筑蓝图与古城墙在月色下散发出来的气息，那么的相得益彰，舅舅抱着吉他，每一根弦发出的声音都十分悠远，舅妈开始翩翩起舞，那些音乐仿佛从她柔软的身体里流淌出来的，他们都沉浸在这种美妙里，即使闭上了眼睛，都能看到他们共同的未来。

不久，他们便结婚了，结婚后的舅妈不再去文工团表演了，这是舅舅的意思。不去工作的舅妈一直待在家里，幸福且精心地培育他们的爱情种子，舅妈把所有的时间都用在了编织上，编织毛衣，编织舅舅腰间的钥匙扣，编织爱情。到了下一个春节的时候，那些针法时髦的毛衣，绣了花的枕巾，拼花的沙发套便分送给各个姐姐。母亲和她的三个妹妹们抚摸着这些，眉毛在那个瞬间又拧成了一团，这次是惊喜的赞叹的，同时令她们惊喜和赞叹的是那个爱情的种子，我的小表妹。

表妹叫逗逗，这个名字曾让我羡慕很久，尤其是舅妈用普通话叫唤的时候，真是悦耳。舅舅一家还是一如既往地在春节回来，一如既往地被四个姐姐争相接去，最大的床让出来了，最好的东西拿出来了，这些都不足以母亲和她的妹妹们表达她们的爱，她们把逗逗轮流抱在怀里，用蹩脚的普通话哄逗，即使被尿了一身，都令她们幸福不已。那些天里，逗逗裹在一件件肥大红艳的棉袄里，这些棉袄是她的四个姑妈在小集镇上精心挑选的，她们一边舒展着眉毛猜测小侄女的身高，一边感叹棉袄颜色的周正。逗逗患有哮喘，一走进冬天的苏北，病情便会加重，咳嗽时，扁薄的小嘴唇翘成一个"O"的形状，小手条件反射地在后背拍两下，等抬起头来，鼻子眼睛都咳红了，这些声音总是让她的四个姑妈一阵心痛，浓黑的眉毛又拧到了一起。当然，咳嗽没有影响逗逗的一副伶牙俐齿。四岁的逗逗已经背诵半个成语词典了，而且能用这些成语讽刺和挖苦我们。这让人感到兴奋和刺激。

舅舅说，逗逗遗传了她妈的一张嘴。舅舅说这话的时候一脸骄傲。这时他的大姐，也就是我的母亲，用眼睛瞪了他，说，别笑得

一棵大树想要飞

太早了,这两个女人会够你受的——我不知道母亲那个时候怎么突然说出这句话来,仿佛一语成谶。

4

火车到达郑州站,父亲下去买了一些水果,然后分发给我们。外公依然笔直地坐着,十分专注地看向窗外,间或转过脸来向我们感叹一句,呀,变化真是太大了。外公表达感叹时喜欢在前面缀一个"呀"字,这个字的发音使得面部的皱纹被挤堆上去,一路上,他已经感叹了很多次了,其实窗外无非是一些延绵的麦田,一小片一小片的白杨林,并没有高楼,看不到城市的变化,我不知道外公所说的变化指哪些,他脑海里三十多年前的景象又是如何,那些绿色黄色的植物年复一年地生长在这片土地,我仿佛看到两辆列车载着同一个外公分别行使在三十多年的首尾,窗外是一样的颜色,那些变化太大的,只是似水的年华。

我把目光落在外公的十三个包裹上,除了两个旧式的皮箱外,其余都是布包,外公亲自缝合的,这是他的全部家当。外公的退休工资不高,他从没动用过,那些卖出的水稻麦子恰好他的生活费了,外公所做的事就是每个月看一下退休工资卡上的数字,然后再将那些数字转移到另一张卡上,这才放心。那些数字曾用在儿女最紧急的关头,现在剩下的部分被外公揣在怀里,和他的主人一同赶赴西安的儿子身边。

外公的五个儿女,唯独舅舅长相极像外公,瘦高个,瘦长脸,说起话来眼皮眨得飞快,这么多年来,舅舅的模样一直没有变化,就连每年回来的服饰都是相同,永远穿一件黑呢子西服,有时配一顶黑色礼帽，有次我问二姨，舅舅是不是穷，买不起衣服——二姨立马反驳，说，怎么会呢，舅舅有钱得很。

那些年舅舅给我们压岁钱阔绰了很多，尤其送给父亲的礼物价值明显提高了，但母亲总是将这些又还给舅舅，责备他不该浪费。这两年舅妈和逗逗已经不再和舅舅一道返回苏北平原了，舅舅解释说珊瑚要养好身体。停顿了片刻，才说，生个男娃——

5

就在母亲和舅舅对话的一年后，舅妈去世了，当然，也如愿生下一个胖小子。舅妈患的是胃癌，检查出来时已是晚期，十月怀胎的漫长日子舅妈是在舅舅单位刚分的新房里度过的，因为超生，她躲在街办人员无法搜查的地方，屋子刚装修完，浓烈的油漆味常使她喘不过气，胃痛一阵阵袭击而来，舅妈认为这是肚里的宝宝赐予的幸福感，她无法表达对这个孩子的欢喜，她对舅舅说，孩子就叫小宝吧，刘小宝。

舅妈去世后，舅舅很少回苏北，那些年的春节突然变得寡淡无味，直到六年后舅舅又回来了，身边多了一个陌生女人，很高挑，长相与舅妈不分伯仲。到了第二年，舅舅带回的女人又换了一个，长相稍欠了些，再到下一年，带回一个长相极其简陋的女人。四姨说一个不如一个。

最终那个长相简陋的女人成为了候选舅妈，她和舅舅在苏北平原上度过了两个春节，这可能是这个女人一辈子去过最远的地方。候选舅妈长得十分节约，脸很小，手很小，声音很小，个子也很小，站在舅舅身边很不协调，但这又有什么呢，母亲和她的妹妹

一棵大树想要飞

们已经开始激动和兴奋了,她们说一个家里没有女人是不行的,长什么样——只要能过日子就行。她们抨击了前面几个女人的种种特点,长得好看有什么用,长得好看的人脾气都大;个子高有什么用,个子高的看上去一脸盛气凌人,她们表示了对这个弟媳的高度认可,并紧握住其的手,说着对方听不懂的苏北方言,后者也表示了对这个家庭的认可,对舅舅的认可,几处都要热泪盈眶,这个女人不会说普通话,用的是四个姐姐听不懂的陕北方言,她们彼此谁也听不懂谁的,只是不停地兀自倾诉,几双手就这么握着,几张嘴就这么说着,忘了手下的事情,直到一旁的锅里散发出阵阵焦味。

舅舅说,我将和你舅妈在车站迎接你们。舅舅又开始称呼"你舅妈"了。

火车已经到达潼关,也就是说,再过一个钟头我就能见到那个女人了,和她一起迎接我们的,应该还有我的表妹逗逗,我从未见面的刘小宝,或许,还有那个婆婆——珊瑚的母亲。

父亲已经迫不及待地从床上起来了,催促我收拾好东西,然后在过道里舒臂伸腿,一切妥当后,又给舅舅打电话,电话里强调了十三个包裹,大意是让舅舅喊辆车到出站口。外公依然直直坐着,看着窗外的景物,我则躺在上铺,看着车顶发呆。天还没有亮透,一片墨蓝的颜色,车厢里光线暗淡,一切看起来都显得模糊,看不清父亲的脸,也看不清外公的脸,我猜想着这两张脸上会是怎样的神色。

火车离西安越来越近了,那个被舅舅描述了无数次的城市正与我一点点接近。曾经有几次坐火车途径西安,当听到列车里报出了西安站名时,我都会找个话题和身边的人搭讪几句,告诉他们,我的舅舅就在西安。然后再把脑袋伸出窗外,朝着这个城市的深处望去，我仿佛看到了舅舅刘长安的身影，正站在一片鲜亮的朝阳下。

6

现在，我的舅舅——刘长安正站在西安的天空下，被一团浓厚的树荫罩着。他仍然穿着那件黑呢子的西服，双手缩在袖子里，身边没有我的表妹，也没有刘小宝，直到他向我们走来时，才看到一直站在他身后的"舅妈"。

舅舅向我们打过招呼，便抱起包裹往前走，父亲问有没有喊车？舅舅迟疑了一下，说路口有车，讲一下价钱就行。

我们抱着包裹走了一截路，四五辆小三轮停在对面树下，见我们过来，上前问到哪？舅舅说笃尘巷。对方说十块钱。

十块钱？不是宰人吗？舅舅十分不满这个价格，五块送不送？

六块。

五块。舅舅坚持着。

六块。

双方一直为五块还是六块争执，父亲从口袋里掏出钱递给三轮司机，说，师傅，六块就六块。

三轮司机把我们五个人以及十三个包裹塞进铁皮车厢，为了防止中途有挤掉下去的可能，又用两根麻绳箍了一圈，人被包裹挤得变了形，舅舅和我一直弓着身子半蹲着，即使这样，也没影响他一路上跟司机继续讨价还价。

先到达的是舅舅和舅妈租住的地方，三轮车在巷口停住了，因为路面极其不平整，下车后，我们背着包跟着舅舅往里走，一路上看见几个老人坐在门前打盹，还有一家店门很小的羊肉汤馆，舅舅说,来西安就要吃羊肉泡馍,一会我带你们去一家大店。

约摸走了三四百米,舅舅在一个铁门前停下了,推开门,是一进院子,再往里走,有一条黑黑的过道,上了两个很陡的台阶后又穿过一条暗黑过道,再上一个台阶,便是一溜的小平房了,这是一个背阴的地方,天井里应该终日不见阳光的,但晾衣绳仍然挤满了衣服,脚下湿湿的,两个阴沟盖子被掀开了,大概为了方便排水。我们从两条灰白色的大裤头下穿过,然后停在其中一个门前,舅舅用钥匙旋开门,一股常年没有阳光的霉腐味道直扑过来,打开电灯,这才看清楚了原来也仅是十来平米的地方。一张很宽的床,占去屋子的很大空间,床靠墙而放,里面当作柜子堆放了两个箱子和四床棉被,靠近门的地方用砖头码了两尺高,上面有一块木板,搁着煤气灶、小电饭煲,还有一台十七英寸的电视机。门的右侧是一架缝纫机,缝纫机的上空拉了两根绳,挂满半干的衣服。舅舅说,这也是你舅妈干活的地方,白天舅妈把缝纫机推到巷子里,晚上就在家缝缝补补,手艺好得很。舅舅特地后缀一句。

我们把十三个包裹分别塞在能够塞进的地方,比如床下,床上,缝纫机后面,电视机顶盖上……父亲问晚上外公住哪儿?舅舅这才拿起电话和一个房东联系,问隔壁刚空了的那间小平房怎么租——我们都屏住呼吸听舅舅和房东讲价,大概又为五十元没谈拢,挂了电话,舅舅提出先去吃早饭。外公不想再走路了,说不饿,需要休息一下。舅舅便返身在床上翻弄了半天,挪出一些空间让外公先躺着。从小平房出来时,舅舅顺手把灯拉火了,整个屋子又落进了黑暗。出了门,我们继续顺着巷子走,太阳已经出来了,阳光轻飘飘的,落在我们的半张脸上。

一番折腾后,我们都感到很饿了,路边不时地出现一两家羊肉泡馍店，浓烈的肉香鼓荡在鼻翼，但舅舅说得再走一会，这些店的味道不好。穿过两条马路，又经过两个菜场，我们终于进了那家舅舅所说的"味道正宗"的店，迫不及待地点了一些就吃了起来。羊肉汤流向胃囊的时候，才使我感到真真切切地到达西安了。

羊肉泡馍，很多地方都有，但在西安才能吃到最好的。这是舅舅说的，大概是饿了，我们又各添了一碗，喝得精光，倒不是味道有多"正"。这是一家很普通的店，似乎经营惨淡，除了我们，再没看见其他食客，一个年轻点的服务员坐在门口发呆，一个上了年纪的服务员坐在吧台前挥着苍蝇拍。舅舅解释说这家店以前生意可好了，来迟了就没座儿了。坐在一侧的舅妈也不住地点头，强调前者，使人坚信这家店曾经真的"生意可好了"。

尔后，舅舅又问我们这次来西安打算玩哪些地方？我刚要开口，就被父亲打断了，他说，长安你们忙去吧，不要影响工作。我们过些天再走，看看爸爸身体如何？是否适应？我们在西安逛逛，自己找个宾馆住下。

舅舅同意了父亲说到的前者，即，自己逛逛，对于后者——住宾馆，舅舅的意思是，家里有地方住，干吗还要花钱。

吃完早饭已经不早了，结账时舅舅依然在吧台前抱怨了很久，诸如西市场那里的羊肉泡馍只卖八块一碗，你们却收十块，还有馍比以前少了，羊肉汤里的料不多等等。出了门，舅妈挂念她的缝补生意所以先离开，父亲提出要去看看珊瑚的母亲以及逗逗和刘小宝。

刘小宝他们所住的地方是原来的建筑公司职工楼，离舅舅的小平房不算远，三站路，我们从大门进来，遇见了几个老太，他们用苏北方言和舅舅打招呼。舅舅说这个院里几乎都是苏北老乡。老太们得知我们是刘小宝的姑父和表姐后，目光一直粘连到我们进了楼道口。

上了六楼，敲了一阵门，开了，是珊瑚的母亲，逗逗的外婆。我是第一次看见这个老太，之前听母亲和她的妹妹们谈论过，然而还是和脑袋里兀自建立的形象偏离很多，眼前的这个老太很瘦，很矮，齐耳短发，白了大半，脸上的皱纹很深，层层叠叠，五官被掩没在皱纹里，不太容易分辨。老太看到我们，似乎很意外，然后又感叹说，大姑父看我们小宝来了。

坐定后，问及逗逗和小宝呢？回答说小宝上学了，逗逗在睡觉。舅舅往一扇闭着的卧室门上敲了敲，朝里喊，刘小贝，刘小贝，大姑父来了。里面没有回答，而是一串翻身的响动，外婆赶紧上来制止，说小孩今天休息，让她多睡会儿。我问刘小贝是谁？舅舅说是逗逗啊。我又问怎么改名字了？舅舅说有了小宝以后，她自己改的，弟弟是宝，她不甘心自己叫刘逗逗。

由于表妹还没起床，我便坐在沙发上，四处看着。屋子很干净，收拾得有条不紊，阳台上整齐堆放了一些纸箱，还有一个面盆，里面种了几撮青葱。客厅里电视和冰箱都用布罩着，但仍然能看出它们都上了年头。客厅北面有一个小房间，那是婆婆和刘小宝的卧室。朝南是两间卧室，一间我的表妹正睡在里面，一间似乎是舅舅舅妈曾经的房间，现在显得空荡荡的。舅舅说，姐夫今晚你就睡这间。然后又嘱咐我晚上和刘小贝睡，你们好好聊聊。

说不上是何种缘故，我和父亲都显得很拘谨，坐在沙发上，身子笔直。进门时，我们都换了鞋，婆婆递给父亲的是一双儿童鞋，刘小宝的吧，父亲的脚尖勉强进去，后跟却踩在地上。我穿的大概是表妹的，粉红色的。

墙上的钟已经指向十点了，房间里依然没有响动。我希望表妹快点起床，那扇门快点打开，十年未见，她应该出落成一个大姑娘了。

舅舅等得有些不耐烦，他趁婆婆离开的间隙边去敲门边对我们说，看吧，外婆把两个小孩太溺爱得不成样子了。我和父亲起身，我从包里掏出送给表妹表弟的礼物，父亲也塞给婆婆一些钱，后者没有推辞。在我们正欲离开的时候，逗逗的那扇门打开了。我的表妹睡眼惺忪地走出来，穿过客厅，径直向卫生间走去。

等逗逗再次出来已是半个钟头以后，她坐在我旁边——实在没有地方可坐了。我像小时候那样，把手搭在她的肩上，突然间想起很多，也感慨很多，我想给这个僵硬的身子一个拥抱，于是抬起胳膊，声音有些哽咽，我说，逗逗——

我叫刘小贝。逗逗突然打断我，身体纹丝不动。

我说，嗯，听你爸说了——你改名字了。

——他和你说得挺多的嘛？他还和你说我什么了？

我一时语塞，抬起的手臂僵硬在半空，于是从茶几上拿起送给她的帽子围巾，是临出发前，母亲陪我去挑选的，我们在商场里转了很久，猜测不出二十一岁的逗逗胖瘦高矮，然后母亲说，给逗逗买围巾和帽子吧，西安冷。

我把这些转述给刘小贝，刘小贝淡淡笑了笑，说，大姑妈对我真好啊。

刘小贝又说，总是有人可怜我，我们店里一个大姐也对我特别好，这件羽绒服就是她送的，波司登的。刘小贝拍了拍身上的衣服。那件黑羊毛衫是我们店长送的，还有一个大姐，送了我一双鞋，这鞋在商场里得卖几百块……

一棵大树想要飞

父亲与我不约而同把目光落在我们的礼物上,现在它们正躺在茶几的一角,红得刺眼。

这一天我没有和刘小贝说太多话,刚刚的一个拥抱还夭折在臂弯下,倒是刘小贝说了很多,几乎从小时候一直回忆到此刻,她不断地强调着以前和现在,大致就是大姑妈"以前"多么多么疼她,二姑妈"以前"多么多么疼她……"现在"没有人疼她等等,她的语速很快,在几年前的基础上又快了几拍,依然喜欢用成语,用排比,我看着她的侧面,那张嘴像一个语言生产机器,不停地翻动,在瘦小的脸上十分突兀。这个时候我才开始注意到刘小贝的模样来,很瘦,很单薄,基本保持了最后一次回苏北老家的样子,也就是说,近十年来,她没有长个,好像发育的事情就在那一年戛然而止了,她的眼睛向外凸着,嘴唇薄到可以忽略的地步,脸上的皮肤有些苍白,分明可见皮下纵横的青筋。

回忆结束后,刘小贝又谈起了她的爱情观,说暂时不打算谈恋爱,要趁这几年好好学习,好好工作,好好提升,然后找一个优秀男人,这个优秀的男人救她出苦海,也就是逃离这个家庭,永不回来……

我们都愣住了,像被冰窖罩住了一样,父亲转移话题问刘小贝为什么没有读大学?刘小贝哼了一声,看着刘长安,说,他不给我读。

刘长安跳了起来,他的眼睛又条件发射地眨动着,刘小贝,你怎么能这么说话,是你自己没考上——

我怎么能考得上,在这个家庭里我怎么能考得上,你给我找来一个又一个后妈。

是你赶走了一个又一个后妈——

我为什么赶走一个又一个后妈——

父女俩顿时面红耳赤了，说了一些我们听不太明白的东西，最后矛盾又集中在钱上，语调又爬向高处，父亲赶紧上前打圆场，劝慰之后，刘长安就招呼我们出去，临走时，外婆向舅舅要了些钱，说是刘小宝的补课费要交了。刘小贝也索要了些钱，大致意思店里要求统一服装，需要购衣。出门的时候，刘小贝和外婆一直客套着，说大姑父和表姐来了茶都没喝上，还买这么多好东西，以为我和小宝是没人疼的孩子了，大姑父和表姐还疼我们，大姑父和表姐吃了饭再走哇——

突然，刘小贝就停止了絮叨，我抬起头，她的目光正落在我脚上的粉色拖鞋上。

7

下了楼，刘长安就打车离开了，说是工地上有事。我和父亲也落得自由，便随意转着。深秋的西安已经很凉了，风用力地刮在脸上，毫不温柔地直往脖子里窜，身边的车辆行人匆忙而过，显得我们更没有目的。的确，我和父亲还没想好该去哪里，也没有兴致去哪里，好似在这个城市已待了很久，浑身疲乏。我们在街边的石凳上歇了一会，看来来往往的人。天空很昏暗，太阳被隐藏在很深的云层里，父亲从身后帮我将衣领翻起来，想说点什么，欲言又止。我想起给刘小贝买的帽子围巾，在她去上班的路上，会不会戴着？

这样坐了一阵，浑身的热气都被风搜刮得干净，我们在钟楼附近吃了一碗羊肉泡馍，大碗端上来，热气腾腾，飘着一层蒜叶，青碧碧的，馍越泡越多，满满涨涨，油然而生一种满足感。这是在西

一棵大树想要飞

安吃得最饱的一顿。父亲后来经常这样说。

吃完饭,似乎有了力气,我们在钟楼上转了一会,也只是走马观花,两侧有卖皮影的,小兵马俑的,我突然想起老家的书橱里也有这些,刘长安送的,那时的刘长安还在给我们写信,字里行间都是幸福。刘长安说,我要带你们来西安,逛城墙,看兵马俑。

从钟楼下来,我们决定去大雁塔看看,路程并不远。

几辆出租车在前方一字排着,见到我们,司机热情地跑上来,问了去向后,便拉开车门。上车后,就聊开了,司机问父亲赶不赶时间,得到不赶时间的回复后,对方提议说,不如带我们多转一会儿,顺便去一个玉石加工厂。大意是这样的,出租车每带一车人来参观,玉石厂补贴二十升汽油。我们并不想买玉,也不感兴趣,大概是为了成人之美,或是无去处,后者才是关键。一个下午我们按照游览程序看了一遍,听了讲解,也勉强买了一块。从玉石厂出来天已经昏黄,一个下午的光阴就算打发了,也没了兴致再去大雁塔,只是坐在车里远远朝它看了两眼,暮色浸染,黄色的塔身安静地伫立在城市的深处。

离晚饭时间尚早,我们在古城墙前下了车,从北城门口上去。城墙很宽,地面是凹凸不平的石砖,从北城门走到东城门,又从东城门走到南城门,仿佛只是为了打发时间。我和父亲很多年没有这样闲适地并肩走在一起了,却在这样陌生的城市有了机会,天越来越暗,晚来风急,吹乱了父亲稀疏花白的头发。这样的时辰,这样的地方,总是会勾出一些情愫,让人顿生感慨。我想到白天刘长安与刘小贝剑拔弩张的状态,心里十分难受。远处的霓虹灯亮了,发出魍魉光芒,城墙很高,城市在我们的下方,车水马龙仿佛是另一个世界。

从城墙下来，打算吃点晚饭后再去看外公。刚坐上车，刘长安的电话来了，问我们到哪了，赶紧过来吃饭。当得知我们将在外吃饭时，显得很不高兴，他在电话里强调，来笃尘巷，不要乱花钱。

　　又赶到笃尘巷，因为早上未记清门牌，我和父亲在巷子里寻了很久，似乎都是一样的铁门，一样的平房。好不容易找到，铁门却是关闭的，想到敲门刘长安也未必能够听见，刚要打电话，铁门开了，一个矮瘦的老太把门拉开一条缝，然后便开始数落，她说的是方言，听不明白，大概以为我们是房客，抱怨了一阵。

　　又摸黑走到尽头的小院里，父亲几次都差点摔跤，大概是年老眼花，于是便一阵感叹，说你外公要是走到这里摔跤怎么办呢？

　　推开门，刘长安正在腾挪包裹，舅妈炒着菜，外公依然倚在床头，双目紧闭。见我们进来，眼睛闪烁了一下，伸着脖子往我们身后看，见没人再出现了似乎有些颓唐，继续闭目倚在床头。

　　吃饭的地方很窄，用两张凳子拼凑的"桌子"，一盘花生米，一盘牛肉，一盘凉皮，还有一大碗的白菜烧肉。刘长安拿出半瓶酒，给父亲斟了一点，自己也倒上。凳子被占用后，坐的地方就紧凑了，舅妈坐在一个纸箱上，刘长安则是用两箱易拉罐摞在一起坐着。尽管屋外风吹着小平房顶呜呜作响，屋里却是温暖的，有腾腾的热气。

　　问刘长安白天的那间小平房租下没有？刘长安回答说谈着呢。又说房东犟得很，五十元都不肯降，先耗几天，耗几天他就会着急，一着急价就好砍了。刘长安吩咐舅妈这几天先住一个闺蜜家，他则和外公挤挤。至于我和父亲今晚的住处，刘长安还是坚持"不要乱花钱"，他让我和刘小贝睡，父亲则睡在他以前的卧室。

一棵大树想要飞

刘长安隔会就吩咐舅妈把菜热一下，把茶满上，杯里的酒被他咂出响声，每一口都有那么点意味深长。吃饭的间隙，我专注地看对面这个女人，她的年龄似乎长于刘长安，脸上的皱纹已经形成沟壑。舅舅说"你舅妈"是个命苦的人，在陕北农村放羊，后来死了丈夫，就被公公婆婆赶了出来，第一次来到城市，然后就在西安的小巷里给人家缝缝补补。"舅妈"也表示了对舅舅的同情，她用蹩脚的普通话告诉我们，刘长安也是命苦的，一老一小两个女人不让他和任何女人结婚，他在建工宿舍已是臭名昭著，千夫所指——

谈论这些的时候，外公一直默默不语，再也没有曾坐在院子里看着年少的舅舅时的舒展模样，他把身下的被子掖了掖，然后和衣睡下了。

吃完饭，刘长安催促我们早点过去，说婆婆他们睡觉早，怕叫不开门。

从笃尘巷到建工宿舍楼步行也仅十来分钟，似乎刚下过一阵小雨，街上显得有些冷清，月亮也出来了，淡漠地挂在头顶。建工宿舍大概也有了些年头，楼梯很陡，也没有灯，借着手机的光费力爬到六楼。早上当我感叹楼层高时，外婆说她每天得来回四次，送刘小宝上学，早上、中午、晚上另加补课接送。于是脑海里便开始浮现一老一少，一高一矮祖孙俩的身影，我又开始迫不及待地想看到刘小宝，那个被母亲和二姨描述过很多遍的小男孩。

敲了门，并没有应声，等了会才打开一条缝，一个胖乎乎的脑袋探出来，大概因为认生，脑袋又缩进去了，然后朝里喊，外婆，外婆——

外婆开了门，说，吆，是小宝大姑父和表姐啊。外婆把男孩提溜过来，吩咐他叫人，后者不好意思地跑开了。

这是我第一次见刘小宝，心里有些激动，和想象的不一样，刘小宝完全遗传了珊瑚舅妈的模样，脸蛋饱满，笑起来有憨憨酒窝，就连说话的声音和语调都惊人地相似。我突然想起了刘长安说外婆把两个孩子溺爱得不成样子，能不溺爱吗？

刘小宝一直害羞着，跟在外婆后头。大概我们到来之前，正玩着白天我搁在茶几上给他的礼物———一块手表，见我们进门又将它放回原处，偶尔用眼睛瞟一下那只表盒。而我送给刘小贝的围巾帽子还完好地搁在茶几上，

我跟刘小宝说话，问他读几年级了？他没回答，只腼腆地笑，外婆在一边说，小宝，快告诉表姐就说读三年级了。然后刘小宝低着脑袋说，我读三年级了。

我又问刘小宝喜欢看什么电视节目，外婆又跑来说，小宝，告诉表姐你最喜欢看喜羊羊和灰太狼。我觉得这种谈话挺无趣的，便和刘小宝坐着一起看电视。屋子里只开了一盏小灯，光线极其暗淡，外婆一直在厨房里收拾，等刘小贝从卫生间出来，外婆已给她盛好了饭，刘小贝今天晚班，或许在我们前面刚到家，我看了眼桌上，一碗稀饭，一小碗菜，几块肉在碗里码得整整齐齐，便知是外婆特意留下的。我小的时候，母亲也是这样，上学回来晚了，写作业晚了，母亲总是将我们喜欢的菜单独盛放在一个碗里，再用罩子罩着。刘小贝坐在饭桌前，这期间，外婆问那件粉色衣服洗不洗，刘小贝说当然要洗，然后又追加一句，那衣服是谁谁谁送的。刘小宝拿着那只表盒给刘小贝看，后者呵斥他"拿走"。然后刘小宝又憨憨地走了，把手表毕恭毕敬地放回原处。

客厅里只剩下我和刘小宝，我转过身将电视声音调高，然后蹲下来和刘小宝说话，电视声音掩盖了我们的声音，我说，小宝，你

还没喊我呢。刘小宝舔着嘴唇不好意思地笑,停了片刻才哆哆地喊道,姐——

我问,小宝,告诉表姐你最喜欢吃什么?小宝想了想,说,肉,还有方便面。说完又不好意思地笑了。我承诺他,明天姐一定给你买。刘小宝嘿嘿笑了,将胖乎乎的小手伸向我,我问什么意思。拉钩,刘小宝害羞地说。

吃完饭刘小贝睡觉去了,我本是想和她聊一聊的,却被外婆拉着说了一阵话,大致也是两个孩子可怜,没有母亲等等,她也快八十岁了,年轻时没了丈夫,年老时没了女儿,要不是照料刘小宝自己也坚持不下来。父亲在一旁安慰着,我则跑去房间想和刘小贝说话,不料刘小贝睡熟了,发出细微的鼾声。

这一夜睡得十分潦草,天一亮,我和父亲就起床了。厨房里的煤气灶上正煮着稀饭,整个屋子里都弥漫了蒸气。外婆在帮刘小宝穿衣服,刘小宝还没睡醒,半睁着眼睛,穿的是一件绿色毛衣,看得出是外婆织就的,针法和样式都显得老旧。

卫生间很狭窄,但很整洁,水流被调得很细,毛巾分门别类挂着。我们简单洗漱,然后就匆匆出门了。街上依然冷清,这个城市还没完全醒来,远处有羊肉泡馍的香味,似乎这才是西安使我感到唯一温暖的。

我们已订好明早的机票,父亲说晚上请刘长安一家吃饭,把所有的人都叫上,把两个屋子里的人都叫上,他有责任和他们好好谈谈,解决他们之间的问题。我不知道昨晚外婆和父亲说了些什么,但能猜得出定是抱怨刘长安和那个替补女人。就像刘长安也向我们抱怨外婆和刘小贝一样,称他们仨已经铸成一个坚强的堡垒,他和任何一个女人都无法进入。外婆的凶悍,刘小贝的诡计,之前几个女人都被整得痛哭泪流，最后都与他刘长安分道扬镳。

8

这一天，我和父亲还是没有明确的去处，又没有心思游玩，在建设公司附近走了一会，看一些人进进出出。一个单位相对于一个人到底有多深的感情，从具有劳动能力，到渐失劳动能力，你把一生交给她，你老了，步履蹒跚，她却蓬勃发展，生趣盎然，你感叹时间的彼此不同，感叹生命的彼此不同。我想刘长安若是没有接班便不会来到西安，不来西安便不会是现在的人生。

按照刘长安约定的时间，晚上六点在两个家之间的桥头集合，六点，这个时间正好，刘长安下班了，刘小贝也下班了，刘小宝补习班下课了，舅妈也收摊了。至于饭店，父亲要刘长安选一个，附近的，干净可口就行。

六点之前，我和父亲便站在桥头了，北风清剿了身上所有温度。六点之后，一个人都没有出现，刘长安来电话告诉我们，他一会就到，舅妈一会就到，刘小贝也一会就到。我们便在这个"一会"里又等了好一会。

当刘长安把补习班的刘小宝接来的时候，舅妈和刘小贝才过来，她们都为自己的迟到找到了理由，且理直气壮。

外公是不喜欢嘈杂的，所以一个人待在平房里，外婆不愿与舅妈见面，也坚守在自己的堡垒中。剩下的我们在挑选饭店，刘长安犹豫了很久，似乎没有一家饭店符合他的"不要乱花钱"的原则。最终选了一家还算凑合的，热菜姗姗来迟，每一道菜上来，刘小宝一扫而空——他的饭量真是太大了，准确地说，肉量太大了。刘小

一棵大树想要飞

贝一边为刘小宝夹菜,一边训斥他没教养。我突然不知道该说什么了,原本在桥上时和父亲想好的话都被噎回去,刘小宝大概至今第一次进饭店,表现得十分亢奋和欣喜,他不停地夹菜,不停地四处张望,那种眼神让我感到难过,有几次他都被肉噎住了,眼睛里激出了泪花。我突然看见那只胖乎乎的手,昨晚和我一起拉钩的那只手腕上,正戴着我送给他的蓝色手表。

舅妈与刘小贝并不动筷,僵直地坐在刘小宝两侧。我找话题和刘小贝说话,说,嗨,刘小贝,看过《家有儿女》没有?

刘小贝说,看过,不过那些都是假的。

什么假的?我明知故问。

情节,我知道你问我的意思,告诉你吧,有后妈的家庭不可能是那样的。

怎么没有可能呢?

因为后妈都很自私。刘小贝突然声调高起来,眼睛直逼那个女人。

父亲说刘小贝你太偏见了。

我怎么偏见了?你们旁观者什么都不知道,谁摊着后妈了谁倒霉。刘小贝轻蔑地说着。

刘长安说,刘小贝你说话注意点。

你的心里只有这个女人,还有我和刘小宝吗?刘小贝摔下筷子。这个女人和我们住在一起的时候总是把她的钱,把你的钱都偷偷送给自己的娃。你找这样的女人还不是为了你自己。

我也是为你们,找个后妈帮我照顾你们。刘长安有些沮丧。

我和小宝有外婆。刘小贝撅起下巴。

女人在一旁哭泣着,发出嘤嘤的声音,然后抬起头用浓重的陕北方言说，我也有个娃，我的娃也是人——

听吧，刘小贝对着刘长安说道，这么自私的人怎么能做好后妈。

你怎么说话呢，你怎么跟后妈说话，刘小贝你懂事一点好不好？刘长安愤怒了。

应该懂事的不是我，是你们。刘小贝指着那个女人。

父亲在一旁制止双方，说有话回去说。女人捂着脸向外跑去，刘小宝不谙世事地兀自吃菜。父亲不停劝说着，火苗似乎没有黯淡下去的意思，刘小贝的语速比往常更快了，机关枪一样直射过来，刘长安抬起手，似乎不知道用什么样的方法阻止对方的射击，他把手继续抬高，抬高，然后向前甩出一个弧度，脆脆一响，一切声音戛然而止。

刘小贝捂着脸，僵硬地站着，泪水没有流出，她朝对方不屑地笑了一下，缓缓地说，刘长安——我觉得你窝囊，我为你的窝囊感到羞愧。说完拉着刘小宝跑出去了，一胖一瘦的两个影子消失在黑暗中。

刘长安一直颓唐地站着，似乎一个巴掌用尽了浑身力气，他把肩膀耷拉着，呼吸也显得十分缓慢，唯有那双眼睛飞快地眨动着。他把手在桌子上狠劲地抽着，自言自语道，我怎么了我怎么了……像一个犯了错的孩子不知所措。我这时才发现他仍然穿着那件黑呢子衣服，领口处被磨得发白，胸前的一排纽扣已然失去神气。

这场饭局一片狼藉，在高高低低的哭声中结束。刘小贝和刘小宝回去后，我和父亲随着刘长安又去看了外公。

对于刚刚发生的事情外公并不知道，依然对着门外张望了很久，他说西安很好，这几天住着很习惯，等稍好些就去看看刘小贝

一棵大树想要飞

刘小宝,然后再看看他的那个建设公司。外公并不知道,几年前刘长安就离开了那个建设公司,公司改制后,一部分人被迫下岗,刘长安也属于那一部分人。外公问我知道为啥给你舅舅取名叫"长安"?我说跟西安有关吧,西安古称长安。外公不住地点头,仿佛仍为这个名字的意义深刻而得意。这个晚上外公似乎兴致盎然,坐在床头说了很久的话,叫我们放心,西安很好,在儿子身边很好,明天去看孙子,一切都很好……刘长安则坐在外公旁边,头低垂着。这么多年来我第一次发觉他像个孩子一样,如果把时光向前推进三十年,这样的时刻该是多么美好。这两张脸是那么地相似,瘦长,眉毛高挑。

回到宿舍楼,外婆他们都睡觉了。我躺在刘小贝旁边,分别盖着被子,身下很冷,房间里也没有暖气,我不敢动,有些拘谨。我侧过脸看身旁的刘小贝,十分瘦小,躺在被子下面几乎看不出来,我想我进门时她一定没睡着,只是不愿多说话而已。她的房间很简陋,没有海报,没有布娃娃,我一直认为刘小贝对谁都缺乏感情,她把热心只挂在嘴上,内心却十分冷漠。曾听二姨说,珊瑚病重时,刘小贝从不去看她,母女之间相互憎恨,刘小贝认为他们生下弟弟就是为了放弃她,等珊瑚去世后刘小贝又开始憎恨刘小宝,认为刘小宝使她失去了妈妈。刘小宝出生后身体一直不好,免疫力差,动不动就去医院,这跟珊瑚怀孕待在新装修房有关,所以刘小宝不聪明,成绩特别差,当然,也受尽刘小贝欺负。听到这些时我那么地讨厌刘小贝,但现在却有些同情她,她曾是父母掌中的宝,却失去了母亲,父亲与另一女人相爱,她不能接受父爱与母爱的突然缺失。一走进这个屋子,我便感到寒冷,这里没有一丝年轻的气味,好像是生命的两极,飘摇,随时准备着轰然倒塌。我想唤醒刘小贝，和她说说话，把这几天搜肠刮肚的语言都向她倾倒出来，但是她只是翻了个身，背对过去。

这是怎么了？我也开始像刘长安那样问自己，我想隔壁的父亲自然也是无法入眠。

床很硬，我把身体放平，冰凉的气息使我浑身颤抖，我应该憎恨谁呢？刘小贝？刘长安？外婆？还是那个女人？我原本以为我们有能力让他们回到从前的幸福状态，像解数学题一样迎刃而解；像魔方一样恢复到原始状态。这两天里，我和父亲无心游玩，希望能找出一个极佳的方法解决所有问题。我们默默走在这个城市里，走在刘长安两个家之间，这段路是那么漫长，把两个家扯得很远。

我突然想起昨晚和刘小宝拉钩的事，猛地从床上坐起来，披了件衣服冲下楼去。月色如冰，街道泛着白亮光芒，我不停地跑着，一刻不停地狂奔在这个让我渴望了若干年的城市，路在脚下延伸，似乎没有尽头。我多么希望就这么奔跑着，一直到天亮。

从便利店出来的时候，浑身似乎失去了力气，我瘫坐在一截路牙上，看着远方，天空正逐渐变蓝，蓝得那么费力，也那么缓慢，这是白昼与黑夜的一段较量。周围越来越冷，天气预报说明天又将降温，这个城市过早地迎来寒流。

拂晓时我才回去，父亲已经坐在客厅沙发上，十分颓唐，我们没有说话，而是走进卫生间默默洗漱，默默收拾行李。突然我有一种逃离的感觉，我想尽快离开这里，我想念我的母亲，我想飞快地回到她的身边。飞机只需两个钟头便能把我送回我的家乡，那里田野正绿，麦苗在大雪覆盖前拼命拔节……

（发表于《当代小说》）

一棵大树想要飞

小王庄往事

1

当那个年轻教师到来的时候,小王庄还处于一片寂静之中。那时正是午后,盛夏的困乏和昏然早已将人们赶进一场场睡眠之中——是的,小王庄的人是极喜爱午睡的,他们来不及将中午的碗筷洗刷了,只是往桌中央推一推,便伏在桌角上酣眠起来。当然,也有一些考究的,喜欢那种将身子骨舒展开来的,于是就在地上摊一张凉席,或者干脆卸下一块门板——门板是槐木的,早已被身板儿磨得光滑平整,门板的一头搁着门槛,自然就有了坡度,头高脚低,躺下,蒲扇还在摇着,呼噜声就起来了。

年轻教师站在小王庄被晒得发白的土路上,向四周看着,却看不见人,好像整个村庄都在熟睡之中。他的脸已被晒得微微发红,额上还在冒着细细的汗，他展开那张早被汗水浸得有些发软的介绍信，仔细看了看，再合上。此时的小王庄，是没有任何响动的，除了那些不知疲惫的知了。年轻人向前走了一会，沿着土路拐了个小弯，便看见那间贴着土路的低矮屋子。

这个人的出现，把杂货店的王彩虹吓了一跳，她正伏在玻璃柜台上给同学写信。年轻人问王彩虹王庄小学怎么走？王彩虹一愣，然后连忙站起来，因为个头不高，她尽可能地将更多身体探出柜台外，用刚刚握着圆珠笔的那只手向门外指着，她回答得有些结巴，啊，王庄小学么，对面，就在对面咪。年轻人向她所指的方向看了看，果真，在两棵大槐树下，一扇铁条焊成的小门，门边有块木板，木板上有油漆描的四个字——王庄小学。年轻人不好意思地笑笑，说还真没看见，然后道了谢径直走过去。

年轻人离开后，王彩虹的信也写不下去了，她把脑袋搁在臂弯里，一会又抬起来瞅向学校的方向。这封信是写给她的同学刘红花的，刘红花和王彩虹是小学同学，隔壁小吴庄人，比王彩虹多读了半年初一，大概就因为那多出来的半年学习经历，王彩虹特别愿意和刘红花通信。当然，信是不需要邮寄的，见面的时候相互交换一下。刘红花常常在中午的时候跑到王彩虹的小杂货店来，两个人把脑袋埋在柜台下窃窃私语，说得累了，就像小王庄的人那样伏在桌子上小憩一会，临走的时候不忘将信件互换一下。她们的信里也没有太多秘密，都是说着最近芝麻般的喜悦或者烦恼什么的。想到这儿，王彩虹突然拿起笔赶紧在纸上写着，她告诉刘红花，她刚刚看见了一个人，这个人不是小王庄的，倒像是从电视上走下来的——王彩虹也说不上那个人具体是什么特征，反正挺特别的。王彩虹歪着脑袋回忆了一阵，然后在信末补充一句：这个人说的可

一棵大树想要飞

是普通话咪。

　　那个像是从电视上走下来的年轻人，并没有和路过这里的人一样离开了，他在小王庄留了下来。当这个消息像水渠里的水流到王彩虹耳边的时候，她暗自里高兴了一阵，虽然也说不上来为什么高兴，但还是特地为此写了信告诉她的同学刘红花。

　　那个下午，小王庄的人午睡醒来后就知道了这个消息，起先是从哪里传来的并不清楚，总之，大家都在谈论着，他们知道了年轻人是从县里调来的，姓张，好像也刚刚毕业，还是一副学生模样呢。几个辈分高的老人亲自去学校看了个究竟，还有一群孩子，趴在学校围墙上朝里望，他们果真看见有个年轻人，穿着一条运动裤，运动裤两侧有平行的两条白杠，这样就显得他更加精神和挺拔了。他们看见他和校长握了手，这动作让小王庄的人感到奇怪甚至有些不好意思起来。最后，人们的目光落在年轻人的眼睛上，明亮的眼睛前面有两片同样明亮的玻璃，于是有人感叹了，说，是个读书人呢——看过的人出来了，把手背在后面晃着步子，但也不走远，坐在校门外的大槐树下继续谈着。王彩虹站在杂货店门口竖着耳朵听，有好几次也想走过去，又觉得这样不好，于是就对着人群里她的弟弟王胜利喊一声：胜利你过来一下。

　　王胜利是王庄小学五年级的学生，对学习以外的一切人和事充满了热情，学校大扫除的时候老师说，王胜利，你家近，你带个水桶来。结果王胜利把家里所有可打扫的工具都带去了；老师的黑板擦用坏了，王胜利就回家偷偷剪一截姐姐的衣服；老师教棒断了，王胜利就从自家篱笆上拔一根竹竿。现在王胜利又在王彩虹的杂货店墙上捣鼓着，他使劲将一块活动的砖头拽出来。王彩虹训斥道，王胜利你又想干什么？王胜利皱着眉说，老师要垫桌腿。王彩虹拦住王胜利说,不许拿,不然我告诉爸妈去。后者一副大义凛然,说,是给我们张老师的,我们张老师的办公桌一条腿断了。王彩虹住了手,声音矮下来,问是不是那个新来的老师?王胜利把头昂着,王彩虹又问张老师是不是教你们呀?王胜利头昂得更高了。王彩虹上前一步,帮着王胜利把砖块拽出来,又用瓦片刮干净,直到王胜利抱着砖块准备离开的时候,才急忙嘱咐一句,你要好好听老师讲课咪——

等王胜利进了校门,王彩虹才转过身,看着少了砖块的墙面,心里突然觉得空落落的,她想,要是自己也能像王胜利那样坐在教室该多好呢。

以王彩虹的年龄,这个时候是该坐在高三教室里的,但别说高中,就连初中王彩虹都没走进过。小学读完,王彩虹就待在家里了,尽管喜欢读书,成绩也拔尖,还有一个老师上门做了工作,都不济事。在小王庄,女孩子是不兴多读书的,十来岁的年纪,得赶紧拜个师傅,学点缝纫或者其他什么手艺。王彩虹也是拜了师傅的,学了几天,但她内向,脸皮浅,没几天就哭着回来了。正好家里有这么一间杂货店,自然就让她照看了。

王彩虹坐在柜台后面,听着不远处教室里的读书声,想象自己正坐在弟弟的座位上,那个年轻的干净明媚的老师(她为脑袋中突然冒出的形容词而沾沾自喜)带领大家朗读,他的个头很高,走路的时候运动裤两侧的白杠一折一折的,张老师说,王彩虹你站起来回答,什么的笑容?王彩虹大声回答道:明媚的笑容——说完王彩虹忍不住笑出声来,这一笑便发现自己还坐在杂货店的柜台后面。

一棵大树想要飞

2

　　王彩虹再次见到张老师，还是在杂货店里。张老师来家访，王胜利的爹妈都在地里，王胜利就把老师带到王彩虹的杂货店来了。王胜利对张老师说，这是我的姐姐——王彩虹又像上次那样紧张得站起来，像个学生似的。张老师坐在王彩虹的对面，隔着一尺来宽的玻璃柜台，他问王彩虹关于王胜利的情况，王彩虹结结巴巴地回答，老师再说什么时，她的脑袋就空白了，整个谈话过程她不记得还说了些什么，除了回答了几个"是哚是哚"，她什么都想不起来。她只想到了自己读书的时候，想到教自己的王老师。王庄小学一共三个老师，除了被称为先生的老校长外，其他两个都是代课的。常常是一边上着课，王老师的老婆就在院墙外面喊着，王老师的老婆嗓门分外洪亮，半个村子都知道王老师得放下粉笔回家收麦子了——家访结束了，张老师站了起来，王彩虹也跟着站起来，站起来才发觉有风吹在身上。张老师说就这样吧，还要赶下一家呢。他往外走，突然又住了脚问王彩虹，说，你应该还小吧，怎么不上学了呢？王彩虹愣了一下，刚刚被风吹下去的汗又冒了出来。

　　整个夜里，王彩虹都没睡踏实，翻来覆去想着张老师临走时说的话，天刚亮，王彩虹就起床了，给地里的爹妈送了早饭和水，帮着干了会儿农活，回来的时候东边开始有了霞光。突然，王彩虹看见了一个人——张老师。张老师正在跑步，两只胳膊有节奏地摆动着。在小王庄是没有人锻炼的，好像这是件多么多余而可笑的事情——地里的活儿多了去了。但张老师的跑步却那么不一样，王彩虹好像看见他的运动裤两侧的白杠在欢快跳跃着，她想起自己给刘红花的信上写的——这个人像是从电视上走下来的。是的，此时的地里并没有太多的人，整个田野显得十分空旷，远处有朝霞，天际辽远；两边是绿油油的稻子，一望无际，像是有一个镜头在逐渐拉近，而张老师正是这天地间唯一的存在者。

王彩虹停下脚步，不想往前走了，她坐在路边的还沾着露水的草地上看着四周，好像第一次这么仔细地看着乡村的风景似的。她望着远处坡地上云块一样移动的羊群，望着头顶潭水一样碧蓝而宁静的天空，还有那些散落在绿色稻田里干活的小小身影——她深深地吸了口气，那混杂着青草、泥土和牛羊味儿的空气，突然地，她有些想哭，一种喜悦的抑或难过的情绪迅速占据心间。

这天早上，王彩虹没有直接回她的杂货店，而是掉转头去了小吴庄，她几乎是一路小跑过去的，像张老师那样迈着有节奏的步子。她跟她的同学刘红花借了初一所有的教科书，当刘红花感到疑惑的时候，王彩虹用张老师对她说的那句话回答了，昨天张老师说，学习的方法有很多种的，自学也是一种——

之后的日子，王彩虹除了给刘红花写信外，就是伏在柜台上写写画画，很快，她就遇到了难题，一些由字母组成的算式十分麻烦，按理说，王彩虹最应该向她的同学刘红花请教的，但她没有，而是将那些问题认真写在一张纸上，让王胜利转给张老师。第二天，王彩虹便能收到一张由张老师写了解决方法的纸条，纸条下方多了几个字——学海无涯苦作舟。这让王彩虹有些激动不已，她看着张老师隽秀的字，突然嚎啕大哭。

哭完了，王彩虹又拿出信纸，她要把这些告诉她的同学刘红花，可刚写了几个字就不知如何往下写了，她没法说清楚自己心里的感受，那些让她感到幸福并且流泪的东西，最后，王彩虹只在纸上写了，说自己现在也是张老师的学生了——

待到下次刘红花来的时候，王彩虹又把信重写了一遍，她总觉得没法写明白内心扑朔迷离的情愫，当然，最后交给刘红花的信还是那么不尽人意。王彩虹和刘红花伏在柜台上聊着天，眼睛不时地瞟向学校。风从小窗户里吹进来，知了不知何时突然停止了叫唤，四周一片寂静。刘红花把一只胳膊抽出来，搭在王彩虹的肩上，然后又在她头发上摩挲起来，意味深长地说，王彩虹，你真幸福——

3

中秋到来的时候，王彩虹的母亲邀请张老师到家里吃饭。前一晚母亲和父亲商量这事的时候，王彩虹就感到紧张和激动了，她埋着头扒着碗里的饭，耳朵却不放过父母的谈话。她的母亲，这个和她一样内向腼腆具有小王庄人的善良品质的女人说，张老师过节不回去，还是请他来吃饭吧。母亲想了想，又补充说，我们离学校最近，再说，张老师也是胜利的老师——

第二天，王彩虹起得格外早，跟在母亲身后不停地干活。有好几个瞬间，母亲在弯腰做事，她发觉身子矮小的母亲竟是如此高大，于是不由分说抢过母亲手中的活。中午，张老师如约来了，依然穿着一条带着白杠的运动裤，他穿过王彩虹家的篱笆墙走进院门的时候，王彩虹愣了很久，突然又想起了第一次看见张老师时的那个午后。

像王彩虹的母亲一样，小王庄人除了具有善良与质朴之外，更多时候他们会表现出一种好奇与猜疑。当小王庄的人看见那个年轻老师坐在王彩虹家餐桌上的时候，他们便闲聊开来了，甚至有人端着碗过来探个究竟。他们看见桌子上丰盛的菜肴，看见王胜利换上了新衣服，一些细心的竟也看出王彩虹脸上不时泅出的红晕。晚饭时分，张老师又被邀请来了，他们把桌子搁在院子里，摆好凳子。月亮很圆，水银一样的光铺了一地，王彩虹的父亲和张老师喝了点酒，因为木讷，自始至终没说上几句话，倒是张老师谈起了自己的家乡，谈起了现在的工作。张老师说原本他该分配在城里的，但是弄错了，他想错了就错了吧，也算是锻炼锻炼，但他的父亲还是想把他调回去——王彩虹抬起头看着张老师，问那是不是要离开小王庄呢？张老师停顿了下，说，不会的，关系没弄好，不会离开的。王彩虹这才松了口气。

晚饭后，张老师也邀请王彩虹和王胜利去学校操场走走，那里刚刚被铲除了杂草，一个夏天地疯长，草有一人多高，现在正被堆在操场的中央。王胜利爬了上去，扯着嗓子在叫，张老师笑了起来，突然像个孩子似的也冲了上去，他向王彩虹招手，说，上来吧，上来你就可以一览众山小了。然后他们都爬上了草垛，脚下软绵绵的，头顶的月光也是软绵绵的，王彩虹深吸了一口气，她从来没想过月光与青草都有那样的清洌气味。

从草垛下来，王彩虹又去了张老师的办公室，很多年前王彩虹来过，那时她还是王庄小学的学生，当再次走进的时候，她竟发现与若干年前的不同——办公室整洁多了，几张办公桌有序地排在一边，桌上很干净，一摞一摞地堆着作业本。张老师的桌子在最后面，王彩虹看见垫了三块砖头的桌腿。办公室的一角有一方帘子，帘子被拉到一边，帘子后面卧着一张小床，张老师的，床上依然很整洁，王彩虹突然又想到那两个词：干净，明媚。她想，还有什么

一棵大树想要飞

比它们更准确贴切呢。王彩虹在张老师的椅子上坐下来，随手翻着桌上的作业本，她看着那些熟悉却又陌生的名字，那些平时只喊小名的孩子原来都有这么响亮的名字，好像这些都是知识赋予似的。她一个个地翻过去，王国柱，王国庆，王大勇……有个瞬间，她多么希望也能看到"王彩虹"三个字。

张老师也在一张椅子上坐下来，离王彩虹不远，正微笑着看着她。他转过身子，把两只手搭在椅背上，运动裤的白杠弯成了90度。办公室的顶棚悬着一盏白炽灯泡，昏黄的灯光淳厚而又柔软。四周很安静，小王庄好像过早地进入了梦乡。王彩虹突然想起了那个早晨，那个天边铺满朝霞的早晨，有个人从远处向她走来，好像披着满身霞光，她不知道怎样表达那样的美好，只觉得心里很甜蜜，也很忧伤，就像现在一样。

从张老师办公室出来已经不早了，王胜利先回去睡觉了，月亮也跑到云层后面，王彩虹把向张老师借来的两本书，紧紧抱在怀里，穿过操场时，又看见了那个草垛，她停住脚，把书放在地上，想再爬上去，可刚一伸手，却发现草上沾满了露水，每一根都变得沉甸甸的了。

4

寒露过后，地里的活儿少了，小王庄的人把农具在河水里洗刷干净，再用稻草擦得锃亮锃亮的。这是一年中最闲适的季节，人们喜欢聚在学校的大槐树下或者王彩虹的杂货店里聊着家常，他们聊着那些回了娘家的小媳妇们，聊着那些采买嫁妆赶在年底出嫁的姑娘们。忽然间，人们发现了那个低着头伏在柜台上看书的王彩虹，好像突然出落成大姑娘似的，于是有人问，彩虹今年多大了？王彩虹一惊，把脑袋从书里抬起来。王彩虹是不爱说话的，从小就害怕回答各式各样的问题，她声音很小，说二十了。人群里"哦"了一声，说果真是大姑娘了。

那些发觉王彩虹长成大姑娘的人开始关注起来了，他们发现从前那个又瘦又黄的小丫头不见了，虽然王彩虹还和小时候一样害羞与腼腆，但这样的腼腆是多么叫人心疼和欢喜的，她的洗得发白的裤子换成了小碎花裙子，齐耳的短发也长长了，低低地束在脑后，最主要的是她看人的眼睛，开始有了东西。他们觉得王彩虹和小王庄上那些学手艺的姑娘们有些不一样的，她整天将自己埋在一本书里，人们看见她的时候，不是伏在柜台上写写画画，就是从王庄小学走出来。是的，不止一次了，有人亲眼所见。还有人一觉醒来时，听到学校铁门清脆的声音，然后是搭扣的响动，铁与铁的碰撞之声在黑暗中很久才能消散。一些早起的小王庄人则有了更多发现，他们看见那个几乎很少走出杂货店的女孩竟然开始跑步了，她依然低着头，胳膊有节奏地甩动，不急不缓地绕着田野跑上一圈。有时，也能看见那个年轻老师，穿着单薄的毛衣和两道杠的运动裤，穿行在小王庄云雾迷蒙的早晨里。

王彩虹记不清自己是何时开始跑步的，那些美好的瞬间常常会突然出现在眼前，似乎只要她迈着双腿向前飞奔，就能到达那些美好一样。田野的风在耳边呼呼叫着，像是在说，快跑快跑，然后她的胳膊甩动得更起劲了。她看见露水从草尖上滚落下来，憩在牛背上的鹭鸶猛地飞起了，直到脚下的布鞋重了，才在田埂上坐下。她看着有些遥远的小王庄，那些树冠蓬勃的洋槐树，还有灰墙黑瓦的房子，她在一排排的房子中寻找起来，直到确定不能看见她的杂货

一棵大树想要飞

店，才咬着嘴唇笑了。

刘红花很久没有给王彩虹写信了，王彩虹也记不清她上次来是什么时候，写给刘红花的信还放在抽屉里，好几封了。傍晚的时候，王彩虹把店交给王胜利，拿上信跑着去了小吴庄。刘红花正在给猪喂食，看见王彩虹并没有意外。王彩虹说，你怎么不去找我了？刘红花嘟着嘴，说我哪有时间啊。王彩虹把信递给刘红花，对方接过后塞进裤兜，王彩虹说，你有信给我么？刘红花也不回答，过了好久才说，我每天累死了——她把手伸向王彩虹，说又去重学手艺了，裁缝学不会，现在学做鞋。王彩虹看见她的手呈黑红色，指尖上沾满黑胶，刘红花缩回手，开始撕着那些翘起的皮。王彩虹说你给我写封信吧——说完两人都沉默起来，刘红花低着脑袋，王彩虹也垂下头，一起看着猪圈里的猪认真吃食。

回来的时候，天已经黑了，没有月光，王彩虹跑不动了，两条腿有些沉。小吴庄通往小王庄的路像是没有尽头，黑暗如海水般涌上来，淹没了村庄，于是村庄变成了海。某个瞬间，王彩虹突然想起了一句诗句，初一课文里，一个老师教给她的学生的：圆天盖着大海，黑水拖着孤舟，也看不见山，那天边只有云头。也看不见树，那水上只有海鸥……她不太理解这首诗的意思，却又似乎十分明白，就像此刻走在黑暗中一样，头顶与脚下，整个天地间，都充满了黑色的海水，和那个早晨不同的是，虽不能看见辽阔的天空与大地，但只要自己努力拨开黑暗，只要努力奔跑，就能看见云头，看见海鸥。

5

入冬不久，小王庄迎来了一场大雪，这场雪在几天前就开始飘落了，一连数天都没有消停的意思。一切东西都矮了，胖了，雪将小王庄变得臃肿起来，屋顶圆了，草垛卧下了。一开始，小王庄的孩子还在雪地里堆着雪人，大人们清扫着路面，再后来，雪越下越猛，越下越厚，前一晚刚铲净的路面又积了许多，大人们索性丢了工具，不扫了，坐在炉火旁看着雪花安静飘着。再后来，人们也懒得出门了，齐膝的雪使行动变得艰难起来，树丫一根根折断了；屋脊的梁也开始叫了，冷不丁发出一声"吱"的响动。

雪停的时候，小王庄的许多洋槐树也挺不住了，躺倒了一些，好像直立了太久似的。还有一些茅房，猪圈，鸡窝，甚至是堂屋的顶也纷纷坠落下来，人们听到了一声声沉闷的响声，其中有一个声音是来自王庄小学的，那间经历了若干年的办公室终于倒塌了。人们踩着雪疾奔过去，坠下的屋顶和半爿墙还连在一起，桌椅与书本都被覆盖在雪下。幸好——小王庄的人嘘了口气——那个年轻老师没有碍事，屋子倒塌的时候他正在操场上。

张老师被安排住进了王彩虹家，不知道这源于谁的主意，老校长也认为比较方便和合理，毕竟离学校最近嘛。王胜利主动要求把床让出来，睡在姐姐屋里的地铺上，但张老师拒绝了，他认为冬天挤一挤也不错。于是王彩虹的母亲给他们的床上添了松软的稻草，换了干净被子和床单，早晨的锅里还会卧着两个热乎乎的荷包蛋。那些日子，在王彩虹看来，美好得极不真实，她祈祷太阳不要出现，祈祷修缮办公室的木匠们动作再慢一点。她每天都能看见张老师进进出出，对方总是微笑地看着她，当然，是微笑地看着所有。晚上的时候，躺在床上，王彩虹还能听见张老师和王胜利的窃窃私语，他们的声音很小很轻柔，有时又猛地笑出来，她不知道他们在说着什么，但总觉得十分美好，而此时，她身下硬冷的床板，身上陈旧而厚重的棉被，以及四周寒冷的空气，也都因此变得那么美好起来。对于这一切，王彩虹除了在给刘红花的信上写了之外，都是将它们小心翼翼藏在心底的。她也并没有找更多的机会和张老师说话，仍然将每天大多数的时间留在了杂货店，留在了那些书本里，她好像比以往的任何时刻都更热爱读书了，更努力了。

屋子修好的时候，寒假也到了，张老师要回他的那个小县城过年了，临走时，他将几本书送给了王彩虹。当然，他并不知道自己将不会再回到小王庄了，不然他会将所有的书都留给那个女孩。

张老师的关系顺利转到了城里，来年的春上，王庄小学又剩下那个老校长和两名代课老师了。王彩虹在杂货里朝学校望，确定张老师没有来，她问她的弟弟王胜利，后者也颓唐地摇摇头。

一天傍晚时候，王彩虹又去了刘红花家，她把聚在抽屉里的三封信都揣在了兜里，一路小跑过去，和上次不同的是，刘红花不在家，她家的门锁得很严实，她在门外候了一阵，天欲黑时，才将信塞进门缝里离开了，出村的时候，碰上从地里回来的刘红花奶奶，她告诉王彩虹，刘红花出去了，和她的师傅到县城做皮鞋去了。王彩虹问刘红花的地址，后者说了半天也没说个详细来。王彩虹默默往回走，黑暗又潮涌上来，心里说不上的难过，她又想起了那首诗，在诗句旁边注解的句子：看不见灯塔／只有遥不可及的地平线；看不见其他的船只／只有海风吹起的波浪；看不见傍晚的炊烟／只有远处的雾气袅绕；看不见一个人影／只有孤单的我和船。

春天过后，王彩虹收到了一封信，一封寄出去又被退回的信。当信从生产队队长转交到王彩虹手中的时候，半个小王庄的人都知道了——小王庄人的好奇心又被激发出来，他们谈论着那封退回的信，谈论着这个与小王庄其他女孩不一样的王彩虹。

夏天结束的时候，王彩虹又往县城写了两封信，和上次一样，信在城里兜了一圈又回到了王彩虹的手中，她坐在杂货店暗黑的柜台后面，把几封信都拿在手里，她不知道她的同学刘红花在哪里，也不知道张老师在哪里，她只知道他们都在她从未去过的县城。王彩虹把信拆开来，很仔细，也很庄重，然后一遍遍地读着，读完又伏在柜台上小声啜泣起来。屋外起风了，有雨丝从窗户飘进来，梧桐叶在风里旋转着，又猛地打在墙上。秋天到了。

6

时间像水一样永不停息向前流着。

曾经在那场大雪中嬉戏的小王庄的孩子们，如今也坐在屋子里看着自己的孩子在雪地里撒野了。报纸上说这是一场三十五年一遇的大雪，降雪厚度已达25厘米，他们记得在自己小的时候，小王庄也有过一次这样的大雪，那场雪压断了许多树枝与屋脊，也压垮了王庄小学的屋子。而如今的王庄小学已经合并到镇里了，空置的房屋堆放着附近村民的杂物，曾经泥泞的土路也浇上了柏油，一条铁轨从小王庄横穿而过，再向北，那些曾经是小王庄人得意骄傲的庄稼地，因地势平坦，成为了建设机场的最佳地点，每天若干的飞机从小王庄人的头顶上起飞与降落，即使小王庄还没有人坐过飞

一棵大树想要飞

机,但他们谈起飞机的时候就像谈着自行车一样自然与普通。

王胜利就是在机场附近遇见张老师的,起先他们并没有认出对方,三十五年的光阴在各自身上都起了很大变化,此时的王胜利是机场广场的保洁员,他从一行人中发现了张老师,他依然显得干净与明媚,灰白的大衣,还有同样灰白的头发。张老师也认出了自己当年的学生,他站住了,尔后脸上出现了笑容。张老师没有继续前进,而是留在了王胜利身旁,就在机场的广场前,一起眺望了隐约在朝阳里的小王庄。

中午的时候,张老师随王胜利回了一趟小王庄,他想看一看自己当年短暂工作过的地方,王庄小学的房子还在,砖墙已经剥落得不成样子,他睡觉的那间屋子堆满废旧桌椅,有一面墙上,竟然还能依稀看到一些数字,他有些激动,分明记得那是自己计算日子的数字。午饭时,王胜利和张老师喝了些酒,他的父亲母亲早早吃完坐在角落里剥着豆子,两个老人的身子更加佝偻,瘦小,好像岁月已经将他们搜刮尽了。张老师突然想起了那个女孩,那个坐在杂货店里喜欢写写画画的女孩,他下意识地往四周看了看,问王胜利,你姐姐呢? 现在过得好吧? 王胜利搁下筷子,嘴也停止嚼动,过了会儿,说,死了。

张老师握着酒杯的手杵在半空,舌头哽住了。王胜利说,结婚后就死了——他抿了口酒,脸色有些灰暗——她一直不结婚,但我们这儿的风俗,您应该知道的张老师,不嫁不娶,到我不得不结婚的时候,我姐才不得已嫁了人——王胜利又往嗓子里灌了些酒,眼角渗出泪来,他有些语无伦次,声音也哑了——后来嫁给了个瘸子,还比她大一大截,小吴庄的,第二年,我姐就死了,说是不小心淹死的,也有人说是投河的。

115

张老师和王胜利的酒都多了，舌头浮在了嘴里。这是刚刚过完春节的日子，树木和窗户上还贴着红色的吉纸，远处有鞭炮声，像冬雷似的，间或就沉闷地炸响一下。张老师提出去王彩虹的坟上看看，王胜利抬起右臂指向机场的方向，那里——他大着舌头——就在那里，都平了，在机场下面——他们摇摇晃晃站起来，往雪地里走，向着机场方向。王胜利扶着摇摇晃晃的张老师，可刚站稳随即就摔倒了，张老师也弯下腰，想把自己的学生搀扶起来，却踉踉跄跄摔在雪地上——他们的脑袋都管不了自己的四肢了。一个下午，两个人就这样爬起来，摔倒，再爬起来，再摔倒，小王庄的人都看见了这样的场面——两个男人像孩子一样在雪地扭打着，拥抱着，又搀扶着，却始终没有前进——当然，小王庄人已经记不起这个头发花白的男人就是曾经穿着运动裤的年轻人，只是觉得有些面熟，有些与小王庄的人不一样。是的，小王庄的人很少去回忆往事的，铁路和机场总使他们感到未来的美好，那些属于过去的一切便显得更加艰辛和不堪回首了。

雪早已停了，沉甸甸地压着树枝，冷不丁又会嗖地坠下一坨。两个男人在雪地里迈着腿，摔倒，爬起来，再摔倒……他们身下的雪还是那样厚实，像棉絮一样被撕扯得到处都是，他们并不讲话，像雪一样，很安静。

（发表于《黄河文学》）

王大华的城市生活

1

王大华觉得这辈子最有出息的事就是把自己的户口从农村"搞到"城市。

那是二十年前,还在乡里中学食堂做馒头,王大华做的馒头白净漂亮而且松软,一位语文老师形容说,简直就是尤物啊。能把馒头做成尤物的王大华也没能改变自己临时工的身份。好在这些都不要紧,不影响她继续热爱这份工作,继续把馒头做得白净而松软。王大华每天看着师生们津津有味地嚼着馒头,都会感到无比欣慰,这是一份学校的工作所带给她的。当然远不止这些,比如她也可以和老师们一样,骑着自行车堂而皇之地进出校门;再比如村里人经常有事没事地向她打听一些学校的消息,这些,都使她感到前所未有的满足,这种满足使她对知识产生一种敬重,敬重到敬畏甚至嫉妒的复杂心理。

  王大华对王小华就是这样的一种心理,当然,后者居多。王小华是王大华的孪生妹妹,和绝大多数的孪生姐妹一样,她们拥有一模一样的脸,但是在身材上却出现了极大偏差,王大华遗传了父亲的五大三粗,肩宽,背厚,腿脚结实,尤其是那尊屁股,走起路来像一对篮球在上下弹跳。王小华呢,遗传了母亲,纤细、单薄,就连说话都是细声细语的。如果王大华没看过《红楼梦》,不知道林黛玉这个人物也就罢了,说不定还会为自己的银盆大脸和"能生儿子"的大屁股感到沾沾自喜呢,当她知道了那个和王小华一样纤细的林黛玉后,心里就变得难受了,难受得有点儿嫉妒。再后来王小华读了初中,还读了个师范,分配到乡小学做音乐老师。王大华没有听过王小华唱歌,她很意外王小华还会唱歌,但怎么说呢,令她意外的事还有很多,比如王小华工作后很快就自由恋爱了,并迅速结婚,和一个每天穿得跟一株庄稼似的邮递员,结婚后的王小华立即搬到了乡里,她说终于摆脱和王大华挤一张床的命运了。是的,知识改变了王小华的命运。而王大华呢,小学读得结结巴巴,六年级读三年,最后还是辍学了,王大华觉得自己不擅长读书。

  她擅长什么呢?直到在学校食堂干起了做馒头的活儿后,王大华才明白自己擅长什么,对,做馒头,她觉得她比任何一个人都擅长这个活儿。那些死板僵硬的面团经她的手一阵搓揉,就变得服帖柔软,然后乖巧地坐在一边,每每这时,王大华都会歪着脑袋发出那句"简直就是尤物"的感叹来。

  王大华不知道和王小华之间什么时候较上了劲儿,可能是孪生的原因,不乏被人做起了比较。开始王大华并没觉得落在王小华之

一棵大树想要飞

后,直到后者有了一份令人尊敬且嫉妒的教师工作,王大华开始着急了,她托人找了关系,在中学食堂干起了临时工,王小华在乡小学,她在乡中学,尽管工作性质上还存在区别,但王大华满意了,她想一个是伺候学生唱歌,一个是伺候学生吃饭,都在一张嘴上,都是伺候人的活儿。

2

食堂一共四个人,每天一边干着活儿一边拉起家常,他们聊早上在路上的见闻,聊乡里最近发生的新鲜事,聊谁家的狗又怀上谁家的种——是的,他们熟知乡里的每一个人,包括畜生。但话题往往还会回到学校里来,他们谈论某个学生一口气能吃七个馒头,某个老师不喜欢土豆和茄子。这天,他们又谈起了几年前退休的王老师,谈起了王老师的儿子,三十二岁了,还没说上媳妇,王老师愁得头发都白了,他们说她儿子城市户口,长得倒是白净得很,可就是这脑袋,不中用,哪家姑娘愿意嫁给他呢——

王大华听不下去了,她的耳朵里只剩下四个字:城市户口。她听不见他们又说了些什么,好像录音机播放到这里就卡壳了。这四个字像四只苍蝇似的在她的脑袋里一阵嗡嗡叫,她想起了她的孪生妹妹王小华,想起了王小华在乡里的新家,还有那张宽阔无比的席梦思床。

这晚下班,王大华没有直接回村里,而是骑着自行车一口气来到了县城,来到了下午说到的王老师"荷花池小区"的家。

她不知道自己怎么敲的门,怎么进的屋,怎么又毛遂自荐想成为她儿媳的。她看到王老师坐在对面的沙发上,正如他们说的,头发都白了。王老师说,姑娘你都想好了?王大华点头,她觉得自己已经想了一个下午,再说,这事不需要想的,就像那年她要辍学一样,父亲也这么问她,都想好了吗?需要想什么呢,好像她的人生该在这里拐个弯了。

临出门时,王大华见到了王老师的儿子,这使她想起自己来这里的目的,好像做王老师的儿媳和王老师儿子没关系似的。之前她听见一扇紧闭的门里有响动,想必是"他"在里面,竟也忘了提出"见一面"的要求,直到起身离开,王老师才对着阳台唤道,王改之,你过来一下。一个瘦削的男人从阳台走出来,果真很白净,一副斯斯文文的样子。王改之上前与王大华很认真地握手,说了句"你好",然后站在一边等着送客。

一个礼拜后,王大华就和王改之结婚了,八毛钱领了证,酒席没办,王老师说太累人,城里人不兴这个。王大华连连点头。再一个礼拜,王大华搬到城里去了,准确地说,是和她的户口一起过去的。

搬来第一天,王老师就向王大华交代了一些事项,比如油烟机半个月得拆洗一次,洗衣机的水拿盆接着用来冲马桶,冰箱每天打开的次数不能超过三次……最重要的一点就是——王老师说,那扇紧闭的门是书房,你不要随便打开它。

王大华听得很认真,心想城里人的生活真叫一个细致,并且为自己即将过上这样细致的生活感到阵阵兴奋。她看了看那扇紧闭的门,对王老师口中说出的"书房"二字充满敬意,去书房干什么呢,她又不喜欢读书,王大华想。她继续看了看客厅、卫生间,然后走到已经改为厨房的阳台上,看着被油烟熏得黑亮的顶棚,碗橱里有上一顿吃剩下的土豆丝,以及从卫生间飘来的硫磺皂的气味,这些都使她感到新鲜和激动。她把头发挽起来，洗了手，她要在这个属于自己的家里做第一顿饭。

晚餐很丰盛，蒜泥豆角，芹菜百叶，肉圆，炖蛋，中午的剩菜也热了一遍，煮了稀饭蒸了馒头。王老师没有吃王大华做的馒头，说胃消化不好。倒是王改之一口气吃了四个，王大华问好不好吃？王改之简明扼要地回答一个字：好。

晚饭结束，王大华把碗收进水池，认真洗刷，然后又把煤气灶擦了一遍，把窗户上够得着的地方都清洗了，再把客厅和厨房的地拖得干干净净。王老师看了，点了点头，像老师给出评语说了句"干净"就下楼了。她告诉王大华，她不睡在这里，她睡在桥东的女儿家。

王老师离开后，王大华坐在沙发上长长舒了口气。屋子里很安静，王改之不知跑到哪儿去了，隔壁人家的收音机咿咿呀呀地唱着京剧。王大华仔细环顾着客厅，地砖在常走动的地方被磨得发白，像一道线把几扇门连接起来，客厅一侧摆着四人沙发，一只浅绿色的冰箱，红漆方桌，方凳，一台座钟，还有一架双层碗橱。

卧室里王改之已经洗完澡躺下了，手上举着一张报纸在认真阅读。王大华嘿嘿笑了两声说，看报啊。王改之没接话，像是极其投入。王大华也拿了换洗衣服去了卫生间，她把硫磺皂在鼻下使劲闻了闻，在身上认真擦着，不放过每一寸肌肤。忘了洗了多久，水龙头里哗哗的水流声和蒸腾的热气，让她一阵眩晕，也分外感慨。长这么大她只洗过几次淋浴，乡里澡堂也有淋浴，但只在冬天才营业。平时洗澡都是在自家屋子里搁一个木盆，一头用砖垫着，坐在盆里用极少的水洗着，洗完澡，水都发白了，再使劲搬出来倒在墙根下。

王改之还在阅读那份报纸，姿势几乎没有变化，毕恭毕敬的。王大华抚平床角，慢慢躺下来。她突然感到身下的床是那么的柔软，好像把她的身子吸了进去，又好像被托了起来，她想不出用什么来形容，就像她做的馒头，松软。

床很宽阔，王改之只睡了小小一角，王大华把脚轻轻移动着，拘谨而又满足。她闭上眼睛，仔细听着楼下汽车的声音，隔壁收音机的声音，以及远处各种模糊而细微的声音……她觉得这才是属于城市的声音。

这一夜很平静地过去了，王大华睡得很香，密密匝匝做了很多梦，直到听见王老师悉索地开门声才醒来。她从床上一跃而起，很尴尬地上前问了好。王老师脸上的线条比前一天柔和多了，似乎很满意小两口睡到日上竿头，她探着身子朝卧室里喊，王改之，还不起床啊——

王老师在阳台上收拾围裙以及鞋之类的东西，将它们装进布袋里，她告诉王大华她要和女儿一起住，以后每个月回来一次。这使王大华愣了一下，尔后一阵窃喜，这句话的潜台词无非就是自己即将成为这个屋子的主人了，她突然感到意料之外的幸福铺天盖地而来。

多年以后王大华才明白，真正令她意料之外的，是王老师这一离开就再也没有回来过，于是那个早晨就显得无比神圣，仿佛是王老师与她之间的一种交接仪式。

3

王大华花了一个礼拜时间把家中电器仔细琢磨了一番，电饭

一棵大树想要飞

锅煮饭放多少水最合适；电风扇上有一个旋钮可以定时；知道冰箱上面是冷藏的，下面是冷冻的……当然，王大华更多的是把王改之琢磨了一番，她发觉在这个家中完全可以忽略他的存在，王改之每天大多时间待在卫生间和阳台，天黑之后，就站在阳台的一角朝下看，好像在等待什么，黑暗把他淹没了，直到王大华洗完碗筷，说王改之睡觉吧，王改之这才转个身走进卧室里。这个时候，王大华就会发现王改之走路是没有声音的，而且步伐有些机械，直挺挺地运动双腿。如果遇到王大华从他旁边经过，他就侧过来，把单薄的身体像一张纸似的贴在墙上。王改之不爱说话，但常发出一些嗯嗯啊啊的声音，像清嗓子，又像自言自语。王大华要是问什么，王改之就回答一个字，或者嗯嗯啊啊一阵。王大华说，王改之呀，你怎么每天都看那一份报纸呢？王改之嗯嗯两声。王大华又说，王改之呀，这屋子里就咱俩了，咱们得要好好过日子呢。王改之还是嗯嗯两声。

又一个礼拜，王大华决定带王改之回趟娘家，她觉得这件事意义重大。一早，王大华就让王改之换上新买的白衬衫，头上用发乳梳得一丝不苟。她推出自行车，问王改之会不会骑？王改之没回答，上前推了就走，龙头蛇游一般，在他手中极不听话，一阵踉跄后，人车齐齐摔了出去。王大华嗔怪说，不会啊，不会你就说嘛。她又接过自行车，骑上去，让王改之坐后面。王改之跟着跑了一阵没坐上去，王大华只好停下来，撑着双腿让王改之慢慢坐稳。

王改之没坐过自行车，在后座上害怕地尖叫，半路上翻出去几次，也歇了几次，进入村时天快擦黑了，哥哥嫂子刚从地里回来，八十多岁的老父亲坐在门槛上抽烟，王小华和她的邮递员丈夫也回来了。王大华领着王改之见过家人后就出门了，她要赶在天黑前在村子里走一遭。王改之白白净净的，身子虽瘦，但高挑，白衬衫在黑暗来临前格外醒目。路上碰见熟人或本家了，王大华就吩咐王改之喊叔或者婶儿，后者就毕恭毕敬地喊一声。

吃完晚饭王大华执意要回县里，理由让没见过世面的哥哥嫂嫂一阵面面相觑：什么睡惯了席梦思床，木板床太硌人；什么家里都是电器，没人在家走火了咋办；防盗门不知道有没有锁好，别遭了小偷……

最终王大华还是带着王改之在黑夜中离开了，她觉得一切都恰到好处，话说得不多不少，路走得不长不短，她看见王小华一个晚上几乎没说话，眼睛打量着王改之细长而白净的手。当王小华和哥嫂将他们送出门外的时候，王大华分明看见前者眼里流淌着羡慕和嫉妒的东西。

这次的娘家之行是成功的，一个礼拜王大华都沉浸在一种庞大的喜悦里，她为家里添置了几件厨具，晚饭时特意多烧了两个菜。王大华一边嚼着米饭一边回忆着那天王小华的眼神，桌子另一侧王改之正悉悉索索喝着汤，王改之喝汤的声音总是响得出奇，两个米粒鬼祟地粘在他的下巴上，王大华伸手过去拂了一下，然后认真端详起王改之，他的脸和手，常年不劳动和未经风吹日晒的一种白净，如果不说话，只要不和王改之进行对话，谁能看出这个茂密头发下的脑子是不中用的呢。王大华也喝了一口汤，把鞋脱下来，光脚踩在干净平滑的地砖上，是的，她觉得此刻坐在这样一个地方吃饭，脚下没有泥土，电风扇在一旁转来转去，身后的冰箱间隔就嗯嗯地哼叫两声……这些，她觉得就是一种城市生活。

吃完饭，王改之躺到床上读报去了，王大华喊，王改之，洗澡去。王改之就把报纸认真折叠起来去了卫生间。纷纷洗完躺在床上，王改之继续读报，王大华则看着外面。这晚的月亮真圆啊，像只脑袋似的探在窗外，她想起乡村的夜晚，想起小时候这样的月圆之夜嬉闹的场景，那时有王小华，还有国柱。王大华是喜欢国柱的，她感到国柱也喜欢她。后来王小华却跟国柱走得频繁了，因为他们开始相互借书。当国柱给王小华写情书时，却被王小华撕碎了，后者选择了一个邮递员。后来国柱又向王大华表达情意，她也不屑地拒绝了，是的，她怎能接受一个被王小华丢弃的东西呢。去年国柱娶了媳妇，然后和媳妇一起进了城，当然，和她的进城是不一样的，他们是进城打工。她想，国柱如果回家的话，就能知道她王大华嫁进城里的事了。想到这，王大华满意地翻了个身，把胳膊搁在王改之细嫩的手背上，月光如水，洒得一床都是。这个晚上，她想，是该发生点什么了。

很快，王改之从床上跳了起来，床上有血，在月光下红得凄淡，这血跟花瓣儿似的，一簇一簇的，一直洒到王改之的腿侧。王改之尖叫起来，用双手握住自己下面，像保护一只受了伤的小鸟，他带着那只鸟跳了很久，叫了很久——

4

进城之前王大华就辞去了学校食堂工作，她对一起干活的同事说，谈了个对象，城里的。对于同事的再三询问，王大华没有做太多解释，脸上洋溢的笑容足以说明鸡变成了凤凰。

这两礼拜，王大华都在菜场转悠，考察了菜场里唯一一个卖馒头的摊儿——馒头很小，面很僵，她想城里人竟然吃得下这样的馒头。考察的结果令她很满意，第二天就买了两副笼屉，晚上和面，夜里酵头起了，天亮时百来个馒头已经有模有样地坐在笼里了。她把馒头重新摆好，盖上布，坐在菜场的一角叫卖着。中午再回去和面，遇上忙的时候，王大华就会喊王改之帮一下，王改之倒是听话，机械地一路小跑来，王大华说王改之快把抹布递给我，后者就会逐一打开抽屉或柜门。这时王大华不高兴了，说，王改之呀，抹布又不在柜子里。再后来，王大华发觉打开抽屉和柜门是王改之每天必干的事情，一遍遍地打开，再一遍遍地关上，王大华仔细观察过他的动作，十分认真和煞有介事，一个指头勾出来，再一个指头推回去。有一次午饭，王大华已经开吃了，王改之还在继续没有完尽的开关抽屉的事情，王大华生气了，她跳起来抓住王改之的手说，你怎么这么喜欢开抽屉呢，呀，你怎么这么喜欢开抽屉呢，你开呀你就全部打开吧，把碗柜打开，把三门橱打开，把冰箱抽屉打开，全部给我打开，把这个书房也给我打开——然后王大华握住王改之的手四处翻找四处推攮——打开呀，把所有的门都打开吧，把你妈的书房也给我打开，统统给我打开——

　　书房的门就在这个时候被推开了，一股霉腐味道扑面而来。屋内很暗，窗帘拉得严严实实，拒绝外面一切光亮。四处都堆满东西，很乱，每件东西故意要不好好摆放似的。墙上糊满报纸，报纸上写满毛笔字，王大华就一张张读过去，"宁要社会主义的草，不要资本主义的苗"，"祝福伟大领袖毛主席万寿无疆！"……然后——她就发现其中一张报纸动了，动了的报纸后面伸出一个脑袋。

　　王大华没有叫，或者是吓得忘了叫。因为那个脑袋和王改之一模一样，只是头发白了，满脸的胡茬也白了，白的头发和白的皮肤像是常年不见阳光导致的。王改之喊了声爸爸，老头没有理睬，像

一棵大树想要飞

是没听见,继续看报,王大华这才发现他读报的姿势和王改之也一模一样。

那个下午,王大华没有做馒头,也没有卖馒头,她坐在客厅的沙发上想事情,她觉得哪儿乱了,想了很久后站起来,又坐下,就这样几次来回。王大华坐不住了,她问王改之你妹妹家住哪儿,我找你妈去。王改之嗯嗯啊啊半天也没说出个道道来,但有一句话王大华听懂了,就是他压根没有妹妹。王大华愣住了,好半天说不出话来,她再次打开书房的门,想找老头谈谈,她觉得有必要和这个初次见面的公公谈一谈。意料之中的,老头好像听不懂她的问话,除了看报纸就是自言自语,咿咿呀呀地,或者冷不丁地口齿不清喊一声"共产党万岁"。王大华坐在书房的黑暗与霉腐之中,感到有些喘不过气儿。

很长一段日子后,王大华才捋顺了一些事情,捋顺了之后日子还和以前一样过着。她知道这个老头是王改之的爸爸,也是"脑袋不中用",知道他每天躲在书房里读报和写大字报,两三天做一次饭,每两个礼拜去一趟菜场,大都是避开人潮的晚上,从菜场里捡一些白菜帮子和被扔掉的萝卜,有时是一条发臭的鱼。回来后老头就开始做饭,这顿饭往往从早晨一直做到傍晚,他切菜很慢,每一个动作被分解成很多慢镜头。屋里很黑,从不开灯,腐臭的气味让人呕吐。王大华也要求过老头和他们一道吃,老头不理睬,依旧坐在一堆废箱子上切萝卜。王大华就隔三岔五送点馒头和熟菜,待到下次再送的时候,饭菜还没动,老头不允许扔,直到发出变质的味道,才缓慢地撕碎馒头,泡在碗里一丝不苟地吃。

王老师走后王大华也不是没想过,想了也没琢磨出个明白来,她觉得那个早上王老师就这样走了,一点都不显山露水。她问王改

127

之，王改之呀，我说你妈是不是在外有个老相好呀，怎么不要这个家了呢？王改之听了也不回答，嗯嗯啊啊地继续推着抽屉。王大华又说，王改之呀，我看你不是你妈亲生的吧，怎么你妈说走就走不要你了呀？王改之还是不说话。王大华喜欢说"呀"这个字，呀字从唇齿之间经过的时候她感到自己有一种林黛玉式的柔弱。王改之从不搭茬的，这并不妨碍王大华继续说，说累了心里也舒坦了，然后兀自洗澡睡觉去。

馒头卖了半个月的时候，王大华在菜场被人打了，一个叫瘪三的男人让她把篮子拎到菜场外边去。王大华哪肯，说大哥你让我到外边去卖不就是赶我走呀。男人上前一脚将篮子踹翻，白面馒头滚得一地，男人说，就是赶你走怎么了，老子我就是要赶你走。王大华刚要顶嘴，又挨一脚，篮子又飞出几丈远。事后王大华搞明白了，这个男人就是菜场里的混混，卖馒头的老板请来的。好汉不吃眼前亏，这道理王大华还是懂的，所以她从地上爬起来，把馒头一一捡回，一到家就把篮子搁下，伏在桌上咿咿呀呀哭起来，她说王改之呀，你怎么不问我为什么哭呀。王改之停下手上的动作嗯嗯两声。王大华说，王改之呀，你女人被人家打了你也不管呀。王改之又是嗯嗯两声。王大华不哭了，说，王改之呀，你除了嗯嗯你还会说啥呀。这回王改之没有嗯嗯，而是啊啊了两声。

馒头还是继续卖了，从菜场挪了出来。一个礼拜后，王大华买了一条烟和两瓶酒找到瘪三的家，她的意思明白人都知道，又过了几日，她的摊点就挪回原处了。从菜场回来的时候，王大华哼起了曲儿，她发觉自己竟然还会唱歌，但很快就闭了嘴，因为这曲儿她听王小华哼过。到家把空篮子放好，在桌旁坐下，跷起二郎腿，她喊王改之，后者机械地跑过来，王大华说王改之呀，我又在菜场里卖馒头了。王改之木然地看着她，王大华又重复一遍，说，我又在菜场卖馒头了，男人不行就靠自己呀。说完得意地笑起来。王改之刚洗完澡，白净净的身上挂着水珠，汗衫好像穿得太久了，肩膀的地方都磨出小洞了。王大华看见破洞又止住笑，说，破了还穿，明儿给你换个新的。

5

这年冬天来临的时候，王大华怀孕了，像大多女人怀孕那样，王大华表现得激动紧张和兴奋。她在知道这个消息的晚上多做了几个菜，桌上红白翠绿，王改之吃得很欢。这几个月来，每一顿王改之都吃得极其认真，甚至有点穷凶极恶，但还是消瘦，不像她，身体越发壮实。前些日子她还以为自己发胖得厉害，原来是怀孕了，想到这，王大华就兀自笑起来，她转脸对王改之说，你知道今天为什么庆祝吗？王改之继续埋头苦干，王大华接着说，王改之呀，猜不出来了吧，王改之，告诉你吧，我们有小宝宝了呀。这回王改之抬起了脑袋，把手上的筷子放下，认真看着王大华，停了停，又重新拿起筷子吃起来。这短暂的动作使王大华心里一阵温暖，她认为这是王改之对将要作为一个父亲的庄重表示。她对王改之说，王改之呀，我们以后得要好好过日子呢。后者从喝汤的间隙中嗯嗯两声，王大华眼睛一酸，把身下的凳子挪了过去，一直挪到王改之旁边，然后将脸贴在王改之瘦削而白净的臂弯上。

在一个风和日丽的早晨，王大华回了趟老家，没带王改之，自那次一同回村之后王大华就不打算带他回来了，而对于王改之的不再出现，村里人总是表现出极其理解——一个城里人，一个纯正的城里人，怎能忍受乡路的泥泞和坑洼。

这天巧的是王小华也在家，邮递员丈夫去外地学习了，王小华回乡打发寒假的无聊。晌午时分，姐妹俩竟然鬼使神差地一同散步在乡村的田野上，那时麦子刚刚一掌来高，从麦尖上拂来的风还不那么寒冷，田间有人劳作，弯着腰，屁股撅得高高的，这个姿势让人看着心里一阵难受，一年四季地里总是有干不完的活，割完麦子要种稻子，收了稻子要点蚕豆，蚕豆开花的时候棉花又要下地了——王大华想到自己的父亲母亲，就是这样一辈子弯腰在地里刨食，她长长地吐了口气，好像为自己刚刚拥有的城市户口而感到满足和欣慰。她们继续向前走着，腆着尚未隆起的肚子，向地里每一个撅起的屁股间候，地里的人停下手头的活，纷纷向她们打着招呼，大华啊，今儿下乡了啊。王大华喜欢"下乡"这个词，怎么说呢，这个词让她有一种扬眉吐气的感觉，她也扬起声音回应一句，哎，是呢，下乡呢。

地里的人又说，城里的米饭养人呢，看把你养得白胖胖的。

哎呀，电饭锅煮的米饭才不好吃呢——

大华有福呢，鸡进了凤凰窝，现在可是城里人了啊。

哎呀，城里有啥好呀，地板砖踩上去都是硬邦邦的呢——

这样的对话使王大华感到身心愉悦，尤其在王小华面前。然而，这次的姐妹相逢显得意料之外地和谐，或许因为都怀孕的原因，午饭后她们一同躺在嫂子逼仄的木床上，看着糊满报纸的斑驳屋顶，以及粘着稻草的土坯墙，她们聊起了往事，以及近时遇见的新奇事情，然后又商讨各种家用电器的使用与保养，谈论怀孕的种种不适和新鲜……

傍晚时分，王小华邀请王大华去她乡里的新家，大概为了巩固

一棵大树想要飞

刚建立的和谐关系，出于此，王大华毫不犹豫地答应了。她们从村里出发，合骑一辆自行车，你一阵我一阵地骑着，当王小华坐在车架上的时候，用一双纤细的手箍着前者的腰，王大华想起她们之间从没有像这样亲近过，好几个瞬间，都快哭出来了，为这突如其来的姐妹情，她甚至想和王小华讲一讲她的城市生活，还有她的丈夫王改之，她的消失不见的婆婆和那个瞬间冒出的公公。

到王小华家中，后者表现出前所未有的热情，这是王大华第二次来到这里，上一次是王小华新婚，匆匆忙忙搬了嫁妆就离开了。她在王小华的卧室里来回走着，又在床沿坐下，之前也坐过一次，但这次她分明感觉到身下的席梦思有些硬，于是站起来，在客厅里转着，看了看地面和电视机的布罩，心里暗暗比较了一番：电视机比王小华家大一点，床柔软一点，电风扇新一点……

王小华在厨房里捣腾了半天，端来两个杯子。她问王大华具体的怀孕日子，后者想了半天支吾说，好像是三个月了吧，也有可能四个月了——没等王大华说完，王小华嗔怒起来，这个怎么能含糊呢，你也太不重视了。王大华笑了，不都是怀孕吗，到时生下来就得了。呀——王小华提高声量，怀孕三个月和四个月当然有区别，孕妇每个月摄取的营养都不一样，哪个月要补钙，哪个月要补叶酸，怎能马虎呢？她把杯子递在王大华跟前，说，这是孕妇牛奶，怀孕前就要喝的。

孕妇牛奶？王大华看着杯子里白花花的液体，有些懵懂。

你别说这个都没喝过，王小华继续发表着意见，城里人可讲究了，你说你这个城里人怎么就这么不讲究呢，也真是的，生活得太潦草了吧——

这一天，王大华没有在王小华的新家吃饭，她几乎是一口气骑到县城的，风在耳边呼哧呼哧的，像有人不停嘀咕，叶酸，钙片，孕妇牛奶……她想起王小华说话时的眼神和腔调，满心气愤，怎么忘记了呢——她责怪自己——怎么就忘记了王小华那副德性了呢，还真以为她脱胎换骨了呢。

到家时，夜已深重，王改之睡了，鼾声和白天发出的嗯嗯啊啊声如出一辙，王大华紧靠着躺下，忍不住也嗯嗯啊啊哭着，一边哭一边推醒王改之，正在熟睡的王改之像弹簧似的猛坐起来，背影很瘦，像一道剪影贴在墙上。

王大华把他的手挪过来，贴在自己一阵阵痉挛的肚皮上，眼泪就哗哗直流了，王改之呀，她哽咽着，你说王小华过分不过分呀？对方认真地点了点头。王大华又继续说，王改之呀，你说王小华坏不坏呢？这回王改之没有点头，而是字句铿锵地说道，王小华是个坏蛋。这句话惹得王大华破涕为笑，她在黑暗中翻了个身，紧紧抱着王改之笔直而细瘦的腰。

6

来年春上，王大华生了，早产，之前并没征兆，她像往常一样骑车，搬煤气瓶，直到天黑时，由菜场回来的路上才发觉不对劲了，一路走着裆下一路流着，起初还疑惑尿泡怎么就挂不住尿了呢，到了楼下方才知道是羊水破了，刚进门，下腹就疼得站不起来，她不想躺在床上，弄脏了席梦思怎么办，于是扶墙挪到客厅地砖上。她朝着阳台喊王改之，王改之呀，我要生了呀，王改之呀，快来帮我呀——后者听到呼叫一路小跑来，看见地板上的血又咿咿呀呀地跑开。

一棵大树想要飞

王改之呀，你怎么不管我呀，我要生了呀，王改之呀，你这个笨蛋——笨蛋又从阳台跑来，嗯嗯啊啊地看着躺在地上的王大华不知所措。剪刀，给我找剪刀——王大华努力回忆电视电影里的接生镜头——找到剪刀点个火，煤气灶，点上火烧一下——王改之好像听明白了，像个陀螺似的在屋里转来转去，每个动作都很机械，都很急迫，但都与剪刀无关似的。又是一阵撕心裂肺地疼痛，她抱住一只桌腿，扯着嗓子，一边喊着剪刀，一边对着紧闭的书房喊爸爸，爸爸啊，帮帮我啊，我要生了啊——

书房的门这时打开一条缝，缝里出现一只眼睛，眼睛闪了一下不见了，门被关上。爸爸，爸爸，王大华急忙喊着，我要生了啊。门内没有动静。爸爸，爸爸啊，王大华又喊，借你剪刀用一下啊。书房门再次打开，缝里扔出一把菜刀。

孩子是在两个钟头后落地的，女娃，有鼻有眼的，王大华长长吐口气，擦着眼角，分不清自己是哭了还是笑了。身上有些冷，开司米衣服都湿淋淋的，她把这个小肉团搂在怀里，反复地看，看完了，躺在地上老半天都爬不起来。

对于孩子的名字，王大华斟酌了很久，叫王美丽吧，她问王改之，后者一脸漠然。不好听是吧？王大华继续说，叫王茉莉咋样？王改之仍然没有说话，王大华又说了几个，比如王茜茜，王晶晶，王佳佳，对方都没理睬，直到王大华说了"王宝贝"这个名字的时候，王改之才转过脸，一眨不眨地看着王大华，半响，字正腔圆地重复了一遍：王——宝——贝。

名字就这么定了，王宝贝被王大华抱在怀里一遍遍地唤着，每唤一声，就被搂得更紧一点。王大华一丝不苟地喂养着，王宝贝也一丝不苟地成长着，该走路的时候走路，该换牙的时候换牙，视力没问题,听力没问题,脑袋也没有问题,等王宝贝长到五岁的时候,已经能学着王大华骂起王改之了,她用奶声奶气的声音说道,王改之呀王改之,你真是脑袋不中用呀。

听到这话,王大华总是噗嗤一笑,怎么说呢,王宝贝在这个家中的出现,让她觉得无比温暖和踏实。她把王宝贝拴在身边,一刻也不离开,做饭的时候,王宝贝就坐在旁边的推车里,王大华一边洗刷着,一边和王宝贝说话,好像把从前对着王改之说的话全部对着王宝贝说了,王大华说,王宝贝啊,你长大了想当什么呢?那时王宝贝还不会说话,嘟着小嘴咿咿呀呀了一阵。王大华就笑了,说,王宝贝想当歌唱家呀。有时王大华和王宝贝说起王老师或王改之,王大华总是说你奶奶怎么怎么的,你爸爸怎么怎么的。王宝贝这时拍起小手儿,在推车里一阵雀跃,王大华就会把这看作是王宝贝对她的一种呼应。

王宝贝上幼儿园之前,都是被王大华带着去菜场的,王大华卖着馒头,王宝贝就在一侧绕来绕去;待到王宝贝上幼儿园了,王大华就毛遂自荐去了幼儿园食堂;王宝贝读小学的时候,王大华又毛遂自荐去了小学食堂;王宝贝读初中的时候,王大华还在小学食堂。王宝贝说,别老跟着我,丢人现眼的。王大华听了也不恼,呵呵笑着,说死丫头都会用成语骂人了。

王宝贝在屋里待着的时候,王改之总是避得远远的,推拉柜门和抽屉的手常常被其抵住。王改之站在阳台上,后者猛不丁地从身后推攘一下,吓得王改之一阵惊慌乱叫;或者王改之读着报纸,王宝贝会突然抢走,于是两个人就在屋里追赶起来,他们绕过客厅的沙发,绕过那台老座钟,又绕过阳台,最后撞开书房门,撞翻一堆纸箱后又绕出来。这个时候王大华就不高兴了,她会训斥王宝贝不

一棵大树想要飞

该闯进书房，不该打扰爷爷，她对王宝贝说，爷爷可是你的救命恩人呢，然后告诉她关于那把菜刀的故事。王宝贝总是一副满不在乎，嘴里拖出一个长长的"切"。

王宝贝文化课成绩不好，但文艺类的不错，整天戴着耳机哼哼啊啊唱着曲儿，开始王大华反对过，觉得跟王小华一个德性，但后来也就释然了，说不定能唱出个名堂来，所以对王宝贝一路飘红的成绩单并没有太多批评。读书是件很辛苦的事，王大华这么想的，只要一看到王宝贝坐在灯下读书或写字她就有点心疼和害怕，她觉得这知识多了也未必是一件好事，王改之整天读报，老头子整天写大字报，谁说他们的脑袋坏了跟这没一点儿关系呢。

但很久了，王大华都没看见王宝贝的成绩单，那张纸的存在至少证明了王宝贝是否逃课了，她在王宝贝的书包里一阵翻找，书包里很乱，各种贴纸和小玩意儿占去了大半空间，王大华在一堆琢磨不懂的东西里没有发现她要的，却发现了另一张纸——贫困残疾家庭补助金申请表。

王大华傻愣了，被那几个字堵得喘不过气儿。王宝贝，捋顺了呼吸后王大华喊道，没人应答，她跑向客厅，跑向厨房，最后在卫生间里将王宝贝拎了出来，她将纸递在王宝贝面前。你拿这个干什么？她问。申请资助呗，王宝贝漫不经心地回答。谁让你申请了？谁说我们贫困了？谁说我们残疾了？王大华有点语无伦次，拿着纸的手颤抖起来。我们家怎么就不贫困了？怎么就不是残疾了？我们家就是残疾贫困，王宝贝反驳道。最后一句话使王大华突然哭起来，她不知道自己哪里被狠狠地击了一下，说不出的难受，她对王宝贝说，你要什么妈不都给你买了吗，你还要申请这个，你告诉妈，你还想要什么？

王宝贝也跟着哭起来，好像特别委屈，她用手背擦着眼泪，拖着长长的哭腔说道，好多同学都买了复读机，我也想要个复读机——

　　对于王宝贝的要求王大华还是答应了，她把攒了一阵的钱递给王宝贝时没有一丝心疼，怎么说呢，她乐意买，乐意花这个钱，复读机这几个字从王宝贝嘴中说出的时候是那么地时髦，这个词和城市一样，使她骄傲，那么地愿意为它付出点什么。之后，王大华又应王宝贝的要求买了傻瓜相机，变速自行车……川流不息的支出使王大华更起早贪黑了，她在工作之余又找了一份活儿，从附近的玩具厂拿一点毛绒兔回来加工，缝缝兔耳朵，粘粘兔眼睛。每天晚上王大华坐在沙发上，四周静悄悄的，她把卧室与厨房的灯全部关闭，只留下身边不太明亮的一盏。夜越发静谧，脚下完成的玩具越堆越高，这使她感到释然和欣慰。过一会儿她就将酸涩的胳膊甩动甩动，然后抬头看着窗外。城市的夜晚总是不同于乡村，远处的霓虹闪烁着迷人的光芒，城里人似乎从没有见过真正的黑暗，他们不喜欢黑暗。

　　这个时候王大华总会想起自己初次走进这个屋子的晚上，想起王老师，她把目光收回来，落在卧室及书房的门上，突然觉得在这个家里自己有种被需要的重要感觉。

7

　　冬天来临的时候，王大华托人在玩具厂给王改之说了个活儿，看门。王大华想王改之不会说话，不会做事，看个门应该没有问题。其实早在王宝贝出生那年，王大华也有过让王改之找个活干的

一棵大树想要飞

想法，可是想法一出来，总觉得哪儿不得劲，就连在菜场帮着打打下手，王大华都没有让王改之干过，怎么说呢，她觉得王改之的白净指头，白净鞋帮子，不该和菜场有一丝关系，当然，这只是其一。

王大华不怕吃苦，她觉得自己有使不完的劲儿，尤其在有了王宝贝之后，一边干着学校的工作，一边干着玩具厂的活儿，另外还接了菜场早晚打扫的事儿。她好像习惯了一刻不停地劳作，稍一停息，浑身就极其难受似的。楼上的李寡妇常常趴在王大华的门框上朝里看，说，王大华啊，看你把你家男人惯得白净净的。王大华听了一点也不恼，心里甜丝丝的。

现在王大华不惯着王改之了，她像一个母亲给儿子找活儿一样，心里说不上来的一种滋味。送王改之上班第一天，王大华早早下了班，中午时分回到家中，屋内突如其来的空荡使她一阵难受，她没有做饭，而是把王改之的鞋认真洗了，把他的衣服重新叠整一遍，做完这些又站在阳台上向着玩具厂的方向望去。她看见了玩具厂灰色的屋脊，那些灰暗的线条在梧桐树后若隐若现，她伸着脖子寻找不同角度，好像看得多一点就更能安心落意些。看得累了，才长长舒口气，然后又把目光投向更远处。远处，城市像一棵蓬勃的藤蔓正向四处延伸，她看见了崭新的楼群，看见了更多的柏油马路，她不知道那些柏油马路什么时候多如蛛网的，那些高楼又是在哪一天突然就拔地而起了。她像第一次看见这座城市似的，感到惊异和陌生。

她慢慢倚在窗玻璃上，看着并不熟悉的一切，突然，她发现了小区不远处的一处游乐场，大概荒废多年，早已锈蚀不堪地躺在一圈院墙内。在此之前，她并不知道游乐场的存在，也不熟知小区周围的一切，甚至都没有认真站在阳台上做一次极目远舒，王大华发现自己正站在王改之常站定的地方，这个位置使她又一次看向游乐场，一些铁质玩具正张牙舞爪地定格在天空，她好像听见了从很多年前传来的欢叫，听见了王改之童年时的笑声。

就在这时，玩具厂通向小区的路上出现了王改之的身影，外面正下着雨，王改之打着伞，将伞毕恭毕敬地举过头顶。王大华一眼就认出了，因为王改之奇特的走路姿势，机械、踽踽而行。突然，一阵风猛地吹过，将雨伞卷向路边，伞下的人一路小跑，跟跟跄跄去追，刚要捉住伞，又被风吹走。风和雨好像故意要刁难这个人似的，肆无忌惮地狂扫抛洒，最终伞被捉在手中，风却不肯罢休，风拽着雨伞，雨伞拽着王改之。王改之嗯嗯啊啊地尖叫起来，在雨里转了几圈，最终雨伞索性叛逆着，如碗状似的顶在人的头上。

王大华急忙冲下去，她从王改之手中接过雨伞，修整好，然后拉着王改之匆匆往回走。这一路她都没有说话，没有问累不累？习惯不习惯？老板有没有说啥？怎么这么早就下班了？她什么都没有问，也不想问，直到走进家门的时候，才说了句，咱们不去上班了，再也不上班了——

8

王宝贝是在第二年的春上离家出走的，那时王宝贝正读技校三年级，离开那天并没有特别之处，照例喝了王大华熬的稀粥，吃了半个王大华从食堂带回来的馒头；照例恶作剧地抢走王改之的报纸，然后扔到碗橱顶上。唯一与往常不同之处就是在卫生间化妆的时间多出了半个钟头，出来时她用刚学会的烟熏妆眼睛看了一眼王改之，后者正够着碗橱上的报纸，王宝贝无比幽怨地看了一眼后就离开了。

王大华是在傍晚时才发现王宝贝留在桌子上的信的，信上说，她将要去南方闯荡，可能去广州，可能去广东——显然王宝贝还没搞懂广州与广东的关系——她说她腻烦了这个小县城，腻烦了这个家，熬不下去了，再待下去就会疯了。当然她在信中也嘱咐王大华不要担心，因为她不是一个人去南方，还有王猛——她的男朋友，他们带着他们的爱情一起去南方。信写到这里的时候，王宝贝讲了很多关于和王猛爱情的细节，她说王大华你肯定不懂什么叫爱情的，因为王大华你压根就没有爱情，即使你和王改之之间的叫爱情，都是畸形的爱情——

王大华呆愣着，脑袋混沌起来。王宝贝的字写得极其凌乱潦草，甚至都没有认真写完，好像一边写着，一边兰舟催发，但在信末处写了几个大大的字：王大华，我会回来拯救你的！

王大华把信捂在脸上哭起来，她喊王改之过来，后者仍然躺在床上，她一边喊着"王宝贝"一边搜寻着每个旮旯，好像王宝贝并没有离去而藏在某处似的。王宝贝走了，王宝贝走了——她不停地呢喃，这样一阵后，似乎因为没找到而嚎啕起来，她跑向王改之，把信纸在手中晃动起来。她说王改之啊，王宝贝走了——后者仍然专注地读报，好像王宝贝的出走跟他没关系，他先是不知所然地看着王大华，然后又将目光调遣到报纸上，王改之举在面前的报纸使王大华愤怒了，愤怒使她的胸脯一起一伏，她猛地抢过报纸，站起来，愤愤说道，我叫你读报，我叫你读报，你就知道读报——王改之也从床上跃起，伸着双臂去抢，他的动作更是激怒了王大华，她把报纸撇到身后，又举过头顶，似乎仍不满意，然后拿到胸前迅速地撕了。

　　这一阵折腾后，两个人都有些累了，王大华瘫坐在地板上，刚才的眼泪早已风干了，她转过脸，认真看着这个被王宝贝所不屑的家。

　　王改之还在一旁嗯嗯啊啊哭着，把那张如同命根子的报纸一一捡回来，王改之的脑袋埋得很低，小声啜泣着。王大华看见他的头上竟然有了白头发，像庄稼地里冒出的杂草，尤其醒目，她擦了擦眼角，直起身子去帮忙，突然，王大华看见报纸上"王宝贝"三个字，没错，是"王宝贝"。她弯下腰，把碎片迅速拼凑起来。

　　这是一份一九八二年的报纸，有一篇关于最后一批文化大革命反动分子的平反报道，报道里写到了纺织厂的采购员李强，工人孙大庆以及书记员王林，报道着重写到了书记员王林，曾写一手好字，他用漂亮遒劲的字在纺织厂的电线杆上写标语，他写"毛主席万寿无疆""主席教导光芒照，革命战士逞英豪"，书记员王林还想写"宁要社会主义的草，不要资本主义的苗"，当然，他要是这样写就好了，他写成了"宁要资本主义的草，不要社会主义的苗"，于是"走资派""现行反革命"的帽子扣上了。在牛棚里，书记员王林每天继续写着大字，他不相信自己会写错，怎么会呢？怎么会把"社会主义"写成了"资本主义"呢？他那么地爱戴毛主席，那么地渴望社会主义的到来，他在牛棚里一次次地练习，一次次地反省，甚至要求把儿子王宝贝的名字改成王改之——

　　王大华读到这里愣住了，好像下面的内容已无需再读，她深深地叹了口气，胸口堵得厉害，这是她有生以来读过最长的一段文字了，真的，她不喜欢汉字，突然地，不喜欢那些黑乌乌的东西，觉得这些蛰伏在白纸上的字从来就没有使她开心过。很多年前国柱写

一棵大树想要飞

给王小华的情书；王宝贝留下的那封信；以及此刻眼前的报纸……她把脸转向王改之，你以前叫王宝贝吗？王大华问，后者似乎没听懂，木讷地看着她。王大华声嘶力竭起来，你也叫王宝贝是不是？你以前也叫王宝贝是不是？

像很多年前取名字的那个下午一样，王改之认真地看着王大华，然后字正腔圆地重复一遍——王宝贝。王大华再一次瘫坐在地上，浑身的力气被什么抽光了似的，她感到生活好像掉进了一个陷阱里，被付了魔咒。半晌，她站起来，把报纸拿在手上，摇摇晃晃向书房走去。

老头子正在微弱的光线里写字，脑袋埋在一堆报纸里。王大华摸索出一点空间，坐下来。爸爸，她说，你是不是纺织厂的书记员啊？老头没有理睬，仿佛没听见，或者正专注于手下的字。王大华把报纸拿出来，借着一丝光亮一字一句地读着，读完又把报纸折叠起来。

书房涌上的霉腐气味使人窒息，她调整着呼吸，然后将身体慢慢靠在一堆杂物上。屋内的一切似乎都在摇摇欲坠，只要轻轻一碰，就会轰然倒塌，她不敢动，甚至不敢大声说话，看着黑暗的墙壁、黑暗的顶棚，然后慢悠悠地说起话来，她说了很久，说了很多，说到了第一次走进这个屋子的晚上，说到了王老师嘱咐不要打开书房门，说到了王宝贝的出生，甚至说到了刚刚发生的事情，她说王宝贝走了，真的，去了广东，和我年轻时一样，王宝贝去大城市了——

那个下午，王大华没有做饭，也没有上班，而是坐在一堆纸箱中间兀自说着，好像把这一辈子的话都说完了，说了很久，一直到说得累了。

9

没等到王宝贝的"拯救",王大华就遇到烦心事了,她下岗了。学校食堂被一个数学老师承包了,老师找到王大华,几乎用了一堂课的时间向王大华说了很多名词,比如下海,比如精工简政,比如风险投资……王大华不明白"下海"这些词语的意思,但她明白自己就要没有活干了。

从学校回来的那个中午,王大华走了平时几倍的时间,走走停停,停停走走,好像不着急回家似的。她认真看着两边的风景,看着树木和房屋。很多年都没有仔细留意过了,她不知道这些树是什么时候参天的,马路又是何时平坦宽阔起来,她甚至不知道路边什么时候竟种下了一溜烟的矮冬青,什么时候又新开了几家小商店。她在一棵树下歇了一阵,看着疏密有致的云层发了一会儿呆,脖子酸痛的时候才站起来,径直向一个小卖部走去。她对老板说,给我拿一支冰棍。是的,她听到这是从自己口中发出的声音,她要吃一根冰棍,在此之前她只吃过一次,是王宝贝不小心掉在地上的,她捡起来丢进嘴里,顿时感到很烫,舌头在嘴中哆嗦起来,直到冰凉的糖水沁透心头的时候,才真切感到原来不是烫,而是一种彻骨的冰凉。她喜欢那样的感觉,一种异样的、特殊的——城里的感觉。突然之间,王大华想起了王小华,想起王小华说,王大华你真不像城里人,你过得也太潦草了吧。

吃完冰棍继续慢悠悠地走着,脑袋里反复都是王小华的那句话。在靠近小区的地方,王大华果真看见了王小华,她揉揉眼睛,

一棵大树想要飞

以为在做梦。没错，是的，王小华，正穿着一件水红的衬衫和邮递员丈夫站在一抹阳光下，邮递员还像一棵庄稼似的，王小华却像一朵小凤仙花，他们倚在邮递员墨绿色的自行车上说说笑笑着。

王大华上前打了招呼，没问原由，便一言不发地领着他们往小区里走，穿过狭长的水泥路，再转两个弯，上楼，开门——这一系列的动作，王大华曾不知憧憬了多少遍，憧憬着王小华由于羡慕嫉妒而夸张的面部表情，然后从那张薄嘴唇中飘溢而出的各种词语。

而此刻，王大华已经没了那种期待，她把王小华和邮递员让进屋内，倒了茶，差正在读报的王改之坐在一侧。王小华掀起杯盖吹了吹，抿了口水，又捧着茶杯站起来。她在屋子里来回走着，尖锐的鞋跟叮叮当当地敲着地板，然后在阳台上立定，四下望着。她指着不远处的小区道路上的一洼积水，多少年了这小区？她问王大华。王大华支吾起来，掰指算了一下，说二十年吧，差不多二十多年吧。王小华听了努努嘴，没有说话，继续抿了口水，在屋内看了一会儿，然后又进了卫生间。

从卫生间出来的时候，王小华尖叫起来，真的得换了，她对王大华说，这坐便器真得换了，冲水的时候声音像咆哮，太吓人了——王大华尴尬地笑起来，好像为自家的座便器不够体恤而感到抱歉，王小华对王大华说，房子的最长居住时间也就十五到二十年吧，再久，住得就不舒服了。她告诉为这句话正在匪夷所思的王大华，他们呢，她和丈夫呢，这次来县城，就是为了新房缴费的，买了新房，花园国际小区，十二楼，带电梯的。王大华哦了一声，好像没听明白，她问那么你们要住过来吗？王小华点点头说，房买了不住，留着养老鼠啊。住过来户口怎么办呢——王大华继续问。王小华忍不住笑了，音量也高起来，说，你是真不知道还是装不知道啊，现在的政策是你在哪儿买房户口就迁到哪儿，你在上海买房，户口就到上海，你在北京买房，户口就到北京——这回王大华听明白了，却像没听明白似的摇了摇头。

之后，王小华又向王大华说了一则爆炸般的消息，她说老家要拆迁了，年底就拆，政府要在那儿建一个飞机场，拆迁的住户全部安排在县城的北边，那里要建一个城中城，到时哥嫂都要搬来，三婶搬来，五叔搬来，国柱也要搬来，全村的人都要搬来了——

王大华听不下去了，脑袋嗡嗡作响，她想起了若干年前的那个下午，还在乡中学食堂时，她听着别人说起"城市户口"后，耳朵里只剩下那四个字，她听不见他们又说了些什么，就像现在她也听不见王小华又说了些什么，任由两片薄嘴唇上下翻飞着。过了很久，才缓过劲儿，王小华大概也说完了，放下茶杯，站起来，在屋内又走了一圈，说，不早了，得走了，就是顺路过来看看的，我们还要去参加新住户的活动，一个 party 什么的。

王大华不懂，只是在送王小华下楼的时候感到双腿无限沉重。她陪他们走了一阵，从小区的水泥路一直走到菜场附近，王小华说别送了，回去吧，以后离得近了，走动可方便着呢。王大华木木地点点头。

道了别，邮递员便将自行车推上马路，跨上去，不着急骑，而是岔开双腿，等待小凤仙花样的王小华稳稳坐上。王大华呆呆地看着，想起了自己载着王改之的样子，想起了那个下午他们摔下的几次跟头，还有王改之咿咿呀呀的尖叫声，这些，都使她突如其来地感到气愤和悲痛，现在，邮递员不急不忙地支着车子，王小华不急不忙地坐上去，这些，又使她那么地难受，好像她从没有见过一个男人骑自行车似的，好像从没有看见一对夫妻应该有的恩爱模样。

一棵大树想要飞

她看见了王小华的手从后面环抱了上去,水红色紧贴着墨绿色,像原初就生长在墨绿中一样。自行车稳稳当当地跑起来,小凤仙花离开了,他们的身影越来越远,直到消失在城市的尽头。

王大华没有回去,而是站在原处出神了很久,她不知道身体内何时聚集了巨大悲痛,这些悲痛使她迈不动脚步,她慢慢坐下来,在一棵树下,洋槐树洒下的阴影使人心绪安宁,她闭着眼睛听着来自远处的各种声音,菜场里的叫卖,汽车的鸣笛,工地上搅拌机的声音……很久,好像睡着了,睡得很沉,还做了梦,梦里有国柱,国柱正在排队选房,挤挤挨挨的队伍里她还看见了三婶和五叔,看见了那么多的村里人,人声嘈杂,队伍向前移动,她落寞地站在一侧,突然国柱从队伍里跑出来拉住她,大华,你愿意嫁给我吗?她迟疑了一下,还没来得及回答,王老师就在梦里出现了,王老师坐在那张四人沙发上,反复问道,姑娘你都想好了,姑娘你都想好了——

醒来后,脑袋嗡嗡地疼,梦境使她恍惚了很久。洋槐树的阴影已经移开了,将她暴露在一片阳光下,远处传来学校里眼保健操的音乐,还有织布厂清脆的铃声。她抬头看着周围,看着这个既熟悉又使她分外陌生的城市。突然,不远处电线杆上的一张白纸粘住了目光,她缓缓站起来,走过去,是一则招工启事,一家食品厂招聘几名面点师,流水线工作,有无经验均可——

王大华认真读着,读了好多遍,尔后,长长舒了口气,她把目光看向远处,远处夕阳正浓。

(发表于《当代小说》)

开往春天的电梯

1

王彩虹搬到幸福小区时,小区里几乎还没有住户,就因为这个"几乎没有",租金才意料之外地便宜。当然,李大勇也是以这个作为理由要求降价的,李大勇对房东说,这里还没有人住,你说这房子能租给谁呢。虽然这句话毫无逻辑,但王彩虹仍然感到欣慰,她就喜欢看李大勇一副能说会道的样子。王彩虹是不太爱说话的,属于那种有些腼腆的人,但这不妨碍她爱看别人说话,尤其是看李大勇,他的眉毛浓浓的,像一对振翅欲飞的翅膀,浓眉下眼睛倒是小小的,但那种小是机智的,带着聪明劲儿的。李大勇后来又说了些什么,又用了哪些逻辑,王彩虹都记不清了,她只记得他那张变化不停的嘴,王彩虹想,怎么就这么好看呢。

一棵大树想要飞

他们是在除夕前一天搬来的，李大勇用他的出租车来回运了五次，每一次李大勇都说同样的话，李大勇说，我们居然有这么多家当。王彩虹便每次转过头来看一眼。她负责整理，整理的速度有些慢，一件件地摩挲一遍，王彩虹想，怎么会不多呢，毕竟结婚五年了。一想到五年，心里顿时冷了一下，很快又让自己从这个数字里拔出来，并安慰说，五年怎么了，五年没有孩子的多了去了——

其实他们也有过孩子的，只是孩子还没长成人形就被弄掉了，那时他们还没结婚，孩子的出现显得过于急迫，急迫得让他们觉得自己还不那么喜欢孩子，是的，他们只喜欢彼此。孩子事件之后两人就结婚了，婚后都有些难过。当然，也有鼓舞他们的，比如，在这五年里，一想到曾经有过那么一个孩子，便乐观很多，至少他们是有生育能力的。这点很重要。

傍晚李大勇出去拉客了，说一天还没干上活。李大勇走后王彩虹又收拾了一阵，天黑之前才走下楼去，在小区里转了一圈。这是一个新建的安置小区，离市区较远，据说这里的户主都有两三套房子，所以并不乐意住到这儿。小区不大，有些粗糙，但该有的都有了，假山、池水、树、石凳，还有几个颜色鲜艳的健身器材散落在细瘦的树木之间。整个小区都是自己的——有那么一瞬间王彩虹这样想着，说不上来是高兴还是失落，她抬头看影影绰绰的高楼，一直升到黑暗里似的，便仰着脑袋傻傻看着。突然，远处传来水流声，像是拖把拍打水池的声音，她寻着声音向前走，灯光并不明亮，拐了一个弯，穿过一片稀疏的树林，便看见水池了，但池边并没有人，在黑暗中静悄悄的。

回去路上王彩虹接到李大勇的电话，李大勇说要去 G 市一趟，接到一个客，刚刚，G 市，你知道的，很远，晚上不回来。李大勇有些语无伦次，也难怪。王彩虹还没来得及说话，电话就挂断了。

她往楼道里走，直到电梯口，声控灯都没有打开，大概是坏了，或者根本就没安装，她揿了揿钮，电梯门开了，好像一直等在这儿似的。电梯四壁用三合板钉住了，三合板上写了一些打孔和清运垃圾的号码，很明显，为户主装潢准备的。

王彩虹想起之前的房子，在美丽小区，小区很大，分了春夏秋冬四个园子。城里大片拆迁的时候，租不到平房，便住着车库。再后来，一楼的车库都改成了门面房，洗头的，洗脚的，卖包子的，卖水果的，热闹得要死，当然，房租也热闹上去了。早上收废品的三轮车从其中一个园子门口晃悠悠地进来，小喇叭里用方言喊着，旧书旧报旧电视收啊——再过一会，充煤气的又喊起来了。王彩虹常常站在门外向四周看，总是能看见来来往往的车辆和人，还有一簇一簇站在树荫底下说话的妇女们，她们提着布兜或者方便袋，聊着附近菜场、医院或学校里发生的事，嗓门很大。王彩虹不止一次地倚着门听着，好像自己也参与了一切。

电梯门突然打开，一个男人从外面跨进来，王彩虹这才发现忘了揿下楼层号，电梯一直静止着。这个人的出现，把王彩虹吓了一跳，倒不是这个空荡荡的小区突然有个人的出现，而是她刚刚正在走神。男人揿下"8"，不得而知，他住在八楼，或者，他要去八楼。这是有区别的，前者他和她一样，住在这幢楼里；后者却不一定，或许只是看望住在八楼的朋友或亲戚。王彩虹希望是前者，甚至刚刚在黑暗里听到的水声，她都认为是他发出的，尽管他的手上没有一只拖把。王彩虹也不知道为什么，当她想到还是有那么几个人住在这个小区里的，心里便温暖多了。

2

这个春节,他们原本也是可以回去的,回他的或者她的苏北老家。但李大勇说,春节生意好做呢,不回了。是的,他刚承包下这辆出租车,这是一方面,当然,还有别的原因。

李大勇回来的时候,已经快要新年了,远处响着低沉的鞭炮声,像在遥远的天边,被云层压着。王彩虹坐在床上看窗外,这是10楼的高度,窗外除了惨淡的灰白色什么也没有。李大勇回来之前王彩虹去原来的小区买了一些年货,又去了一趟医院,回来时把电梯停在了八楼,她不知道究竟想看什么——语音叮的一声,王彩虹一阵紧张,心脏都停止似的。八楼什么都没有,那个人也没有,一扇防盗门毫不领情地紧闭着,但门上贴着一个福字,红艳艳的——果真有人住着,或者说,有人来过。这使王彩虹心里升起一点暖意。

屋里有些冷,水泥墙还没有粉刷,卧室也没有门。李大勇说,虽然是毛坯房,但是宽敞啊,两室一厅,才三百块。王彩虹听李大勇的,觉得分析得也对,现在钱对他们来说才是最重要的。她用一块旧床单当作门帘,床单上花花草草的,倒是有些新年气象。王彩虹坐在门帘后面想那天电梯遇见的人——个子高高的,但不单薄,鼻梁上架着副眼镜,镜片明亮的,显得脸也十分明亮,就是那个瞬间,王彩虹觉得有一种美好,那种明明亮亮的美好。

李大勇回来就呵着气,说外面冻死了。其实屋内也没什么温度,他一边吃饭一边问王彩虹医院的事。

打了多少钱？

三千。

他家有人来了么？

还没有。王彩虹本想说一说那个老头的隔壁今天死了，顿了顿，还是没说。过年了，多晦气。

李大勇把一口菜塞进嘴里，突然说，早知那时撞死算了——

王彩虹啊了一声，心里一紧，仿佛看见李大勇的那辆没牌照的小货车在老头身上轧了过去。啊，她说，你怎么这样说呢，多作孽——

李大勇回头看她，目光空洞的，王彩虹接着说，也许就是因为我们曾经杀死一个孩子所以现在才怀不上——

你又来了。李大勇很不喜欢听这些话，他把饭菜嚼得吧唧吧唧的，嚼了一会儿，心情好似明朗了，收拾了碗筷，哼着小曲儿洗漱去。

这一晚，王彩虹睡不着了，她想跟李大勇说说话，对方已经鼾声嘹亮，李大勇说，明早，也就是大年初一，生意好做，平时几倍的价格——李大勇算是个乐观的人，乐观到有些没心没肺。这是他们第一次在城里过新年，有点儿潦草。王彩虹想起苏北老家的除夕，鞭炮一直响到天亮，家家户户的门楣，井边，鸡窝，树上，都贴满红纸条，地上也用白石灰画了元宝，鲤鱼，等等。红的白的，十分喜庆。她翻了个身，看着窗外，窗帘还没有挂上。李大勇说了，这么高，要窗帘又有啥用。王彩虹听着，她总是听他的，现在，没有窗帘的窗外竟出现了月亮，上弦月，像把镰刀似的。

王彩虹把眼睛闭上，很久后又睁开，四下静悄悄的，月亮又跑了一些距离。她翻了个身，动作有点大，但丝毫没有改变李大勇的鼾声，她把手搭在他的身上，小声说着，她说，大勇，我有点睡不着——她并不想叫醒他，他若恰巧也没睡着，正好就说说话，但对方的鼾声依旧抑扬顿挫，一路高歌。王彩虹翻了几次身，便下床了，她站在窗口朝下看，黑黢黢的草地上几盏绿幽幽的灯。十楼真是太高了，她感叹着。站了一会，又走向门外，电梯的指示灯正显示着"8"。不禁笑起来，王彩虹走进电梯，不知道该摁几，然后把每个数字都摁了一下。记得第一次到这个小区，李大勇带着她，李大勇摁下键，然后转身对她说，有电梯的小区就是高档小区。电梯在每一层停下，语音叮地一声后，门便打开了，门外漆黑，好像到了一个黑暗世界。五楼，六楼，七楼，八楼……八楼也是阒黑的，但这种黑让她并不感到绝望，而是有些温暖，仿佛知道黑暗的深处会有一个人，正躺在床上，或站在窗前，他和她在同一个空空荡荡的小区里，在同一幢空空荡荡的楼里。

　　再次躺在床上，一闭上眼睛，就会出现那个人。她想怎么会想到他呢，内心有些羞涩，但仅是一瞬间，便释然了——他仍然戴着一副明亮的眼镜，笔直地站在电梯口。他转过身问王彩虹，几楼？王彩虹说，10楼。他摁下10，又摁了8。转过脸来的时候，王彩虹发现他的嘴角是微扬的。他长得不十分好看，但五官组合在一起就显得很漂亮，不是轻佻的，而是那种让人觉得安稳或踏实的漂亮。刚搬来么？他问她。嗯嗯，刚搬来。王彩虹小声回答。在这里过年了？他又问。王彩虹迟疑了一下，想说是的，最后却说，本来回老家过年的，有事回不去了，他要开车，还要去医院——她很奇怪自己和他说了这么多。他"哦"了一声，刚要说什么，八楼到了，语音叮地一声，王彩虹睁开眼睛，自己正躺在床上，窗外月色如水。

紫金文库

3

  李大勇出门的时候，王彩虹正在煎药，药味一阵阵地飘出来，李大勇把脑袋探进去，说，大过年的吃什么药啊，真不吉利。王彩虹怔怔地看着他，像做错事似的。李大勇说，算了算了，吃吧吃吧。王彩虹又把脑袋转回来，盯着药罐里飘上来的菟丝子发呆。这方子已经吃了四个月了，之前吃过三个方子，还做过一次卵巢保健。医生说她子宫热，存不住卵子。也有医生说是精子热，存活时间短。最后她也搞不清究竟是哪里热了，药一包包地吃了，肚子仍不见动静。李大勇是不愿吃药的，他说，我干吗吃药，我有生育能力。没错，他说的没错，可是，问题出在哪儿呢？

  李大勇走后，王彩虹也下楼了，电梯好一会儿才爬上来，好像极不情愿似的。她在八楼停了一下，习惯性的，伸出头看了看门上的福字，倒着，鲜亮鲜亮的。

  下了楼，小区里依然是安静的，好像春节和这里没有任何关系。路上没什么人，车辆倒是很多，有出租车疾驰而去，王彩虹注意着车牌号码，虽然看见李大勇的几率很小，但她仍不放过每一辆。经过一个超市的时候，门口停了一长溜的出租车，排着长长的队在等客。几个司机站在外面聊天，一边缩着脖子一边抽烟，来了客了，排在前面的司机便小跑上去，帮忙提过东西。车开走了，后面的车又跟上。王彩虹发现他们不发动车，而是自己抵着门向前推，汽车缓缓地前移，依秩序的。王彩虹突然很难过，心里一阵酸楚，好像那些推车的人是李大勇。她别过脸，不让眼泪流出来。过年，不作兴。

　　后来，她又去了医院，不知道为什么又来了，好像没想到更好的去处。十二楼，47床，病房里静悄悄的，邻床的都回家过年了，只有老头还一动不动地躺着。王彩虹坐在一张方凳上发呆，看外面的太阳一点点矮下去。她几乎每天都要来，给他擦洗一遍，擦了六十几遍了，老头还这样一动不动地躺着。从被李大勇撞以来，老头就没睁过眼，倒是心脏时缓时急，有两次都进了ICU。那真是一个烧钱的地方，李大勇说，一天两千元，几天就把小货车烧掉了，小货车卖的钱都缴进了医院。没有货车的李大勇就开出租车了，王彩虹想起刚刚在超市门口看到的一幕，心里又是一阵难过。

　　回去的路上，王彩虹走得缓慢，好像浑身的劲儿都用光了，有好几次，她停下来，呆呆地看着远方，天逐渐暗下来，还没有灯光，她觉得自己有点儿走不动了。

　　进电梯的时候，她想，要是能遇见那个人多好，她一定跟他说些话，一整天都没有说话了。她要问他是不是也在这儿过年呢？老家会不会也在苏北？王彩虹闭上眼睛，电梯轻微抖动了一下，向上爬升，那个人出现了，像第一次那样突然跨进来，这回他没有客气地问她几楼，而是直接为她摁下了"10"，他说，外面真冷，你穿得太少了。王彩虹低头看看自己，的确有些单薄。吃了么？肯定又没有吃饭。他有些嗔怪。王彩虹没有回答，只是一个劲儿傻笑，多久没被人关心了。

　　我还不知道你叫什么？王彩虹突然问。

　　陈春，你呢？

　　我叫王彩虹，天上彩虹的那个彩虹。

　　真好听。

153

王彩虹笑了。

电梯在十楼停下,她并不愿意走出去,甚至都不愿意把眼睛睁开,她怕一睁开他就不见了。电梯门又关上,安安静静地等待着,很久,她才睁开眼,抿了抿嘴,说,十楼了,我到家了。

4

春节几天里,李大勇回来得少,他说游乐场那边的客还是很多的。李大勇回来喜欢说些路上的事,他说,早上一出门就带了一个,送到三元桥,刚下去,又上来两个,说是到汽车站,送到汽车站,一点都没耽搁,又有一个小伙子打车,要到汤庄去,汤庄你知道的,在最南边,远呢。到了汤庄,又有人上车了,说是要进城——王彩虹听不下去了,说不上来是高兴还是难过,但她仍微笑地看着李大勇,看他吃饭时吧唧吧唧的样子。李大勇抬起头,好像突然想起什么似的,他问王彩虹,你这几天怎么过的?

王彩虹说,就这么过呗。

城里过年就这样。李大勇把一个饭团塞进嘴里。

嗯嗯,王彩虹点头,其实她也害怕回老家过年,怎么说呢,回去的话,两边的老人会问孩子的事。抓紧时间生一个啊——他们会这样说,好像没有小孩是他们故意憋着不生似的。要是再看到王彩虹吃药了,又会虬着眉头,一脸衰样,婆婆说,我们李家不该没后了啊——王彩虹听了很自责,像做错了事。而王彩虹的母亲不这样说,她会给王彩虹一个红纸包,里面包着几张毛票,说是给孙子的压岁钱。一开始王彩虹也不好意思拿,母亲就很生气,说这是吉兆,不是给你的。王彩虹便把这个红包接过去,也不知道该放在哪

一棵大树想要飞

里,最后很认真地将它们埋在衣柜的最底层,像种树一样,好像这么种进去,就能长出一个孩子似的。

李大勇突然问王彩虹什么时候开工?

初五。王彩虹回答,她在一个小招待所干活,有时前台,有时打扫卫生。

上班就好了。李大勇说,王彩虹点点头,虽然她不知道李大勇说的好是什么好。

吃完饭,李大勇躺到床上看电视了,王彩虹下楼去倒药渣,她母亲叮嘱了,药渣要倒在人多的地方,来来往往的人走一走,就把毛病带去了。王彩虹觉得这做法不道德,但母亲说,真能带走么,还不是图个吉利。王彩虹走到楼下,小区里依然空空荡荡,哪里才是人多的地方呢——她往小树林里去,绿幽幽的灯有些晃眼,她想过了春节人就会多一些吧,再说,这个小区还是有人住的,比如八楼的那个人。

倒了药渣王彩虹没有立即回去,而是在健身器材上一个个试了一遍,她想等她有了孩子也要到这里来,是的,电视上都是这样的——一家三口,爸爸,妈妈,孩子,追逐着,欢笑声落在健身器材上,就像雨点打在上面,噼啪有声——王彩虹傻愣着,想起刚刚倒掉的药,有些悲戚。

李大勇说他今天带了一个客,是到妇幼医院做体检的,估计要生了,肚子滚圆的。李大勇仅是随意的一句话,王彩虹情绪低落了很久,她多么希望自己的肚子也滚圆起来,然后坐在李大勇的车上去妇幼医院。那个场面她幻想了无数次,李大勇开货车的时候,就坐着货车去;如今李大勇开出租车了,就坐着出租车去。她想肚子那么大,沉甸甸的,该怎样走路呢,得要把手托在滚圆的肚皮下面，一只手叉着腰，这样是不是就像模像样了——可是，她的手落下来时却触摸到扁平的腹部，那一瞬间，她很气愤地把手甩开。

远处天空突然亮了一下，又亮了一下，是鞭炮，新年的天空总是热闹的。不知道那样的热闹是属于哪里，好像很远，远到她的苏北老家似的。而她现在的地方，幸福小区，冷清得仿佛另一个世界——所有的窗口都是黑的，这样的黑暗深不见底。她站在电梯里，倚在木板上，灯光亮着，这是唯一光明的地方。她把眼睛闭上，那个人便站在她的前面。

这么晚不睡觉，还到处乱跑。王彩虹笑了，她喜欢这样的嗔怪。

去倒药渣，她说。

她收住笑，语气有些低缓。男人没有说话，安静地低头看着。

抱一抱我好吗？王彩虹心里说着，她很惊异怎么会有这样的要求，但并没自责，是的，她只想有个拥抱。

他照做了，仿佛听见了，他将双手抬起，落在她的肩上，摩挲了一会，再轻轻将她拥入怀里。王彩虹抽噎起来，眼泪也流出来了，把脸贴在他的胸前——她从没有触碰过这么温暖而柔软的毛衣——她想起她的苏北老家，想起童年，想起妈妈，想起很多温暖而柔软的瞬间，她死命嗅着，好像这么嗅着，那种温暖而柔软的东西就会浸透全身。

不知道抱了多久，两脚都酸麻了，王彩虹也不愿睁开眼睛，她怕一睁开眼，他的手臂就会松开。

再抱一会儿吧，她有些哀求。

嗯嗯，再抱一会儿。

于是拥抱更紧了。

一棵大树想要飞

5

王彩虹第二次见到这个人,已是初春,小区里的几株垂柳都抽出嫩芽了。一些住户陆陆续续搬来,像南飞的燕子跑回春天。经过小区大门时,偶尔会遇见一两个人,有时也会遇见一辆装满家什的车。健身器材的地方,王彩虹还看见过一个老人和一个孩子,看不出是男孩还是女孩,腰上系了根带子,刚学着走路,带子被提在老人手里。摇摇晃晃地,从小树林一直蹒跚到水池边。王彩虹想起去年的那个水声,她想,或许就是这个老人呢。

王彩虹仍是在电梯里看见陈春的。哦,不,她笑了笑,心想,为什么叫陈春呢。

他依旧穿着第一次的衣服,戴着眼镜。他出电梯,她进电梯。经过身边时,王彩虹发现他的个子很高,那种高并不突兀,可以使她的脸正好埋在他的胸前。

她听见他轻咳了两声,内敛而克制。她想,真好,内敛而克制。咳嗽声逐渐远了,电梯门也合上了。她将身体靠在三合板上,随着电梯缓缓上升。

那个男人——陈春,又跑回来了,像想起什么似的。他撑开门,说,王彩虹你最近还好么?

王彩虹抿了抿嘴,说,还好。说完却不禁哭了出来,他抱着她,她的脸又紧贴在温暖而柔软的毛衣上了。

这段时间,王彩虹每天都要去医院,把尿盆倒掉,再给老头擦洗一下。她在方凳上坐一会,再去水房洗洗东西,经过医生办公室的时候，她会拐进去问一问——47床大概还要多久才能醒过来？被问的医生是个年轻人，瘦精精的，胸牌上写着"主治医师"，王彩虹看过他的简历，挂在医院进门的牌子上，博士，世界神经性协会会员，等等，王彩虹记不得那么多，只觉得那些简历厉害极了。她又问了一遍，这个"厉害极了"的医生这回才抬起头，他看着王彩虹，半晌，才说，你问我，我问谁呢——王彩虹愣在那里，她想该问谁呢？她也曾问过李大勇，李大勇和那个医生说了同样的话，他说，我又不是医生，你问我，我问谁呢——王彩虹抬起头，看着电梯里的陈春，陈春拍着她的肩膀，说，会醒过来的，别担心，一切都会好起来的。王彩虹哽咽了，哭声越来越大，她想说自己快要坚持不下去了。她抱紧他。都会过去的，他对她说道。

小区里人越来越多的时候，王彩虹也越来越晚回来了，她每天大早去医院，然后再去上班，这个城市总是在春天的时候迎来很多人，那些来自天南地北的男男女女们背着包走进来，说着夹着方言的普通话，他们通常住一个晚上，最多两个晚上，便离开了，这个城市似乎没有太多理由值得久留。房间空了后，王彩虹常常进去坐一会，在凌乱不堪的床上发发呆——毛巾掉在了地上，茶杯里还有茶叶，一次性拖鞋只剩下一只……她缓缓站起来，一点一点地收拾，一切又恢复过来。

到家时天已经黑透了，小树林和水池的方向仍然会传来人的欢叫声，她并不急于上楼，而是慢慢走过去，又看见那个老太了，还有小孩——是个男孩，已经自己走路了，他跌跌撞撞地向王彩虹扑来，老太赶紧上前抱住，她把小孩抱在怀里，指着王彩虹说，喊阿姨——小孩哇地哭了，像被吓住了。王彩虹连忙说，不喊不喊——她往回走，有些落荒而逃。

一棵大树想要飞

后来她又见过几次老太和小孩,小孩看见她时已经不哭了,有时张开双臂摇摇晃晃向她走来。王彩虹总是胆怯地躲闪开了,她不敢抱,为什么呢,说不上来。每次她装作有事的样子,匆匆路过,她怕小孩叫她阿姨,也怕老太问她结婚了吗?有没有孩子啊?过了这个年,已经六年了,她不想和人说话,不想说自己每天吃药,不想说每天到小树林里倒药渣。

回到家中,李大勇也回来了,他给自己倒了一点酒,就着一袋花生米喝得很陶醉,李大勇很久不问医院的事了,也不问王彩虹怀孕的事,好像这些都和他没有关系似的。他对王彩虹说,现在有个稳定客户了,一个小姐。王彩虹愣了一阵,才明白小姐的意思。李大勇说,上次在波特曼门口送过一次,她就要了他的号码,说是以后每天那个时候来接她,她住在瓜州,江边上,从扬城过去一个小时,还说不要打表,二百块一趟。李大勇砸吧了嘴,似乎很得意,他说,不晓得她为什么住那么远,真是的。李大勇说"真是的"时候是得意的。

王彩虹不说话了,脑子里都是李大勇的车在扬城到瓜州的路上驰骋着,她想,那些女人都能生孩子吧——

她起身出门,李大勇问去哪里?她转头回答他,下楼转一转。王彩虹没有下楼,而是站在电梯里,她想起白天的拥抱,那么温暖而柔软。陈春,她说,抱一抱我吧。她感到肩膀被搂紧了。这些天她感到他一直在她身边,她做事时,他就说,我陪你一起做吧。她走路的时候。陈春就说,我陪你一起走吧——王彩虹便感到有人牵着自己的手。多好啊,她在心里说,她从来没有告诉过李大勇,也没有觉得有什么不好,甚至躺在床上,她也感到有个手搂着她,那么强大与踏实。

6

春花烂漫的时候，幸福小区也活泼了起来，好像沉寂了太久似的，终于在春天与万物一起苏醒了。王彩虹的这幢楼里住进来一些人，电梯的指示键突然显示出新的数字时，王彩虹便知道那些数字代表的楼层有人来了。那些人王彩虹也见过，在电梯里，他们普普通通，戴着或不戴眼镜，但没有一个能给她那种明明亮亮的美好感觉。

电梯停在了七楼，一个女人上来了，电梯里漾起了香水的气味，七楼的门外垫了一块毛垫，花团锦簇的，或许香水的气味原本就属于七楼；电梯又在四楼停下，一个小孩走进来，他背着书包，沉甸甸的，为了平衡，他腰微微躬着；三楼的门外有一个鞋架，放了寥寥几双拖鞋——电梯每打开一次门，都是不一样的景象，仿佛是一个新的世界似的。

隔壁常常传来电锯的声音，楼下还有说话的声音，声音很大，吵架似的，还有孩子的琴声，读书的声音——读的是古诗，抑扬顿挫的，王彩虹从电梯走出来的一刹那，听到脆生生的一句：城春草木深——

是的，已经城春草木深了。

草木苍翠的时候，王彩虹去了一趟省城，那是春天最妖娆的日子，好像一切都在蠢蠢欲动，包括女人的肚皮。王彩虹在小区里看见过几个孕妇，她们都腆着肚子，煞有介事地闲逛着。去省城王彩虹没有告诉李大勇，她不想说，李大勇一定会抛出那句，我没病。

一棵大树想要飞

王彩虹是因为那张报纸——一个客人落在招待所房间里的，或许原本就不打算带走——总之被王彩虹看见了，一推开门就看见了。她记得那天推开门的场景，一束阳光不偏不倚地落在一个胖婴儿的身上——报纸的孕产广告，广告上一个光着身子的胖男孩咧着没牙的嘴笑着。那个瞬间，王彩虹差点哭出来。她把报纸折好，放进裤子口袋。

她想，再相信一次吧，如婆婆说的，再怀不上就趁早抱一个。是的，趁早。一晃又是一年了。

那是一家私人诊所，在一个巷子的最深处，王彩虹问了很久才看见了它的招牌，她敲了门，不锈钢的门发出怪异的响声，里面有人问谁啊？又跟着说了句，来了来了。打开门，是一个上了年岁的老太，头发全白了，稀疏地贴在脑后，她给王彩虹搭了脉，又查看了舌头，然后开了一些药粉，说这药是女人吃。又说，男人呢，男人怎么没来？男人也要检查一下的。王彩虹支支吾吾，说，如果……男人不来……也能治好么？老太侧过头咳了两声，转过来看着王彩虹，说，治不孕，男女都要检查，都得吃药的——

再后来，王彩虹就走出巷子了，远处高楼林立，每一座都坚硬得很，她想，李大勇会来么？会吃药么？她记得有一次李大勇也跟她去了医院，检查了，也吃药了，结果，肚皮仍不见动静，李大勇就生气了，他说，没病我他妈吃什么药。

王彩虹没有立即回去，而是坐车去了福利院，也不知怎么鬼使神差的，她的心情有些低落，甚至有些悲壮。婆婆说，抱一个，养个几年就变成自己的了。婆婆没文化，这句话让王彩虹听着怪怪的——怎么就变成自己的呢。她站在福利院的院墙外朝里望，几个小孩坐在台阶上晒太阳，她想，那些把孩子丢掉的父母们真是可恨，突然地，她又想起自己流掉的那个,她是杀死孩子,比丢了更可恨。站着看了一阵,心中越发悲凉,每一个孩子都好像特别陌生。

回去路上,王彩虹十分难过,想狠狠地哭一场,可车上坐满了人,她把脑袋低下来,缩在座椅里。突然想起楼幢里的电梯,想起陈春,王彩虹的眼泪流出来了,她感到有人紧紧地抱着自己,把她的脸贴在他的胸口,是那件温暖而柔软的毛衣。一切都会过去的,他在她的耳边说着。王彩虹啜泣起来,眼泪都蹭在了软软的毛衣上,像小时候在妈妈的怀抱一样——没事的,没事的,妈妈总是这样说,如同现在的耳边,那个人一直喃喃着,一切都会过去的,一切都会过去的。是的,一切都会过去。她闭上眼睛,直到梦把她载走。

7

四月芳菲尽时,小区里的草木也窜出一人高了,梧桐花落了一地,早晨一个清洁工在缓缓扫着,傍晚时候,又有一些飘落在地,被几个小孩踩在脚下玩。小区里不知道什么时候多出了这么多人,像是从枝头上冒出来的,又像是从地里长出来的,甚至有一天,王彩虹听见小树林里震耳欲聋的欢笑声,是的,用震耳欲聋来形容一点也不夸张。

住户越多的时候,新的麻烦也来了,房东要求涨房租,从原先的三百翻到七百。你不住有人住,想租的人多了去了。房东是这样对王彩虹说的。

王彩虹没有告诉李大勇房租涨价的事,而是悄悄把钱付了,她不想搬家。一切都会过去的,她对自己说。她站在电梯里,好像第一次对这里充满了眷念,那个男人后来只见过几次,不知道他是住

一棵大树想要飞

在这里，还是来看望亲友的，这些重要么，王彩虹微笑着，她想起他明亮的眼睛，还有，他轻轻地抱着她，温暖而柔软的毛衣，他说一切都会过去的。

这一年的春天特别长，像在等待什么似的。花儿还在持续地开着，燥热还未到来。李大勇每天很早出门，拿着毛巾和他的零钱盒，出租车成了他的新老婆一样，所有的时间和精力都花上去了，他和王彩虹说话的时候，都是这样开头——今天带了一个客——王彩虹便安静地坐在一旁听，她觉得这些离她那么近又那么遥远。李大勇走后，王彩虹才站起来开始做事，刚走出几步，就接到医院打来的电话，让她速去。

47床空荡荡的了，早晨查房的时候，老头已经死了。王彩虹怔了很久，直到有人不小心碰了她一下，才蹲在地上，忍不住哭起来。一个护士来劝她，因为熟悉了，她说，人死了，算是好事，对你对他都是解脱——

王彩虹狠狠地哭着，说不上来是怎样的悲伤。躺在这里的人不见了，护士又把床收拾得整整齐齐，好像一切从未发生。她被人扶着坐在方凳上——她曾在这里坐过很久，看窗外的火柴盒大小的汽车，还有蝼蚁一样的人。从去年秋天一直坐到这年春天。她把脸埋在臂弯里，止不住哭似的。又有人过来劝她，还有人给她纸巾。他们说，唉，死了也好，你们尽力了——王彩虹捂着嘴，她感到内心有猛烈的悲伤，又说不上来悲伤具体源于什么，似乎只有大哭才能使自己好受些。很久很久，仿佛哭累了，她才站起来，耳边响起陈春的话，一切都会过去的——

从医院到幸福小区，她是走回去的，路上人很多，这个季节的人们总不情愿让自己待在屋子里，春意盎然，草长莺飞。她想起苏

163

北的老家，村后有大片大片的农田，此时的地里，麦子正在拔节，据说夜晚的时候还能听到那些噼啵的声音；晚饭花和凤仙花也是在这个时候钻出泥土；巴泥草几乎爬满了乡野小道。是的，这是一个万物生长的季节，万物生长——王彩虹愣了一下，她低下头看着自己的腹部，就在那一瞬间，她的眼泪一阵哗然。这里，似乎也在蠢蠢欲动，她猛地记起月经已经很久没来了。

她没有立即回家，而是在小区的树林里坐了会儿，春风拂面，草木丰荣。她记得第一次走在这里时，小白杨还是细瘦的，几个月时间仿佛粗壮了很多，花圃里的花开得正艳，藤蔓蔓延，这才是小区的春天。

从小树林出来，再去了水池边，又在石凳上坐了一会，然后向一处假山石走去，她几乎把每个角落走了一遍，仔仔细细地，是的，春深似海。她慢慢往回走，踩着砖石的缝隙，每一步，都把自己的脚落在一道线上。走进电梯的时候，轻轻地按下数字，门刚要关上，她看见那个人急急走来，有多久没看见他了——她按了下打开键，他礼貌地朝她笑笑，然后便转过身去。他站在她前面，这样正好肆无忌惮地可以看着他的后背。她想起去年的时候，第一次见他，也是这样，也是这样地背对着她。那时电梯里安静而空荡，小区里也安静而空荡——而现在，春天来了，一切都过去了，是的，她似乎有很多话要对他说，从去年的除夕，一直到现在——

电梯门打开了，八楼到了。他摆摆手，走了出去。王彩虹抿了抿嘴，电梯门关上的时候，她没有闭上眼睛，而是对着他刚才站定的地方，说了五个字，她说：谢谢你，陈春。

（发表于《当代小说》）

像鱼一样遨游

1

豁嘴老陈的豁嘴不是兔唇，是豁嘴，这么强调的意义在于兔唇与豁嘴是存在本质区别的，前者是先天的，也就是说娘胎里带下来的，属于一种残疾，使人对其带有某种同情的成分；而后者可能是后天的，比如被人揍了一拳，或者摔了一跤，当然也会被同情，但更多原因促使人好奇心放大，然后貌似关心地问一句，哎，你这嘴是怎么回事？

老陈是拒绝回答这类问题的，十五岁之后，老陈就习惯用左手有意无意地奄在嘴角的位置，这么做的目的就是希望能对豁嘴做一些遮掩，不至于被人发现以致问出"怎么回事"的问题。当然，这样做也并未起效，一来手不是膏药，不能一直挡在豁处；二来，手的出现，使人的目光更要探其究竟。于是那些茶余饭后的光景，一些闲聊者会突如其来一句：哎，你知道陈国栋的嘴是怎么回事？这句话自然不是问老陈的，而是同事或街坊邻居相互之间发出的疑问，然后随着几只脑袋拨浪鼓似的摇摆之后，便各自发挥想象，最后得出一个没有结果的结果：豁嘴陈国栋的豁嘴肯定有故事。

2

老陈在一家国营单位工作，十五岁那年接的父亲的班，原本在车间负责电气管理，修修线路，检查检查开关，大概因为平时少言寡语，也不太会"混"，没几年便被调到了仓库。偌大的仓库里，除了老陈就是一箱一箱的螺丝螺帽焊条什么的，老陈伏在一张缺了一截腿的办公桌上记录着这些物件的尺寸规格数量，写累了，起身走到北面的窗户前，通过豁嘴呼吸一两口所谓新鲜的空气。

仓库有两扇窗户，一个朝南，一个朝北，朝南的那扇正对着一片工地，脚手架张牙舞爪地攀向天空，因为视线总被建筑物阻挡，再加之整日灰尘扑扑，不太适合用来远眺或陶冶情操，所以这扇窗常年都是关闭状态。朝北的窗外却是一片农田，一年中多数时间都呈绿油油的状态，老陈喜欢把椅子搬到窗户前，头紧靠在窗棂上。一季的麦子收割了，又种上稻子；稻子收割了，又种上麦子，一季又一季，那些"颗粒归仓"的粮食不知道运向何方，或许它们早已被人们食进胃里，甚至化成粪便排出体外，又灌溉在眼前的土地上，而老陈二十年都没有离开过这片土地，没离开过这间仓库。不过，也没有什么不好的，老陈常常这样想着，他觉得人其实就跟这庄稼似的，不管你有没有老婆儿子，有没有存款房子，最终都在自

一棵大树想要飞

己的季度里完成一次生长与收割。老陈想到自己有老婆，有儿子，母亲健在，单位也分了房，但总是感到心里还缺点儿东西。

下班时间早过了，老陈并没有急着回去，这些日子，下班后总喜欢在窗口坐到天欲黑未黑，窗玻璃上都模糊映出自己的影子了：一张脸消瘦，眉毛耷向两边，双眼没有神采，鼻子力不从心地挺着，鼻子下方的嘴，那个豁嘴的地方，像一扇折坏的门，肆无忌惮地敞开一条缝。老陈低下头，用手遮住豁处，半响，才移开目光，缓缓起身，然后再像往常那样把午饭盒子装进一只布袋骑车回家。

屋里很安静，毫无疑问的，王桂珍又回娘家了，这是女人表达欢欣或伤痛的途径之一，昨晚婆媳又小吵了一顿，至于原因还真说不上来，女人之间的矛盾总因为些捕风捉影的事情，对于家庭矛盾，王桂珍有两件武器，即回娘家和她的一对桃木拐杖。前者对付婆婆和豁嘴老陈，后者用来对付儿子和街坊邻居。几年前某次与邻居发生口角，王桂珍拄着拐杖接近于小跑样地闯进对方家中，将那条细木棍似的残腿搁在茶几上，抽出拐杖，然后以拐杖为半径的物件全部被打落在地。可谓是人残志不残，自那以后，人们都畏她三分，人们里当然也包括老陈。

现在王桂珍又回娘家了，以经验判断，这次的时间不会太长，它的长度一般取决于矛盾的大小，轻则两三天，重则两三个礼拜，且都不请自归。最长的那次与老陈的豁嘴有关，早在结婚之前，王桂珍就提出了关于豁嘴的疑问，老陈，那时还是小陈的脸就拉了下来，小陈说，王桂珍，你要是嫌弃就不要结婚。婚后来还是结了，结了婚之后的王桂珍又迫不及待地问出那个问题，但老陈的反应没有比之前好些，脸甚至拉出了上次的两倍长度，他对王桂珍说，你嫌弃就离婚。

167

婚自然没有离，关于老陈的豁嘴，王桂珍后来在跟陈国栋的母亲罕有融洽的几天里了解过，后者回答说在河岸上摔了一跤，怎么摔的没看到。但为了表示的确是摔豁的，老太用右手在心口的位置有力地拍了几下。

这之后王桂珍就回娘家了，并且一个月后才回来。她认为这母子俩极不诚实，如果没有故事，陈国栋怎么有那么多怪异之处呢。

3

晚饭后王桂珍回来了，拐杖经过楼梯道的声音铿锵有力，不出意料的话，下面会出现拐杖关门的声音，换鞋后拐杖把鞋踢到一边的声音，以及拐杖摁下开关的声音，王桂珍的动作麻利且娴熟，这副拐杖不光代替了她的一双脚，甚至代替了她的一双手。王桂珍在多次追忆童年时无不感叹，她说在患小儿麻痹症前，没事就学着一个邻居瘸子把一根木棍支在腋下，觉得很好玩，后来真的瘸了，竟然没觉得有什么不好，甚至有些得意，因为可以堂而皇之地支个拐杖了，王桂珍说那对拐杖对她来说简直就是另一副腿脚，有种如虎添翼的感觉。说到此处，王桂珍则会将拐杖像宝贝似的抱在怀中。

躺下后王桂珍并没有睡的意思，她用桃木拐杖代替手在床头敲了几下，说，陈国栋，坐起来，我有话要跟你说。

老陈没有说话，只翻了个身，表示自己在听。王桂珍便立即坐起来，她说，陈鹏要放暑假了，今天给我打电话说要带女朋友回来，儿子把回来的事提前通知我们，这里面的意思你应该明白。

老陈问明白什么？

王桂珍说，你别给我装糊涂，你叫儿子回来睡哪里？前年你妈来了后,儿子就把床让出来睡沙发,现在带女朋友回来,你说怎么睡?

老陈这时彻底睡不着了,一双眼睛干瞪着天花板,睡觉问题一直是家里的主要问题,老妈搬来后,以睡觉为母题衍生的各种问题基本就没消停过。王桂珍不知道为此回过多少次娘家,用拐杖敲碎过多少东西。然而这两个强势女人从来誓不低头,比如,王桂珍认为老太在卫生间的时间长了,下次后者一定会占用更长的时间;比如后者抱怨菜太咸了,下次的吃到的食物会更咸。时间久了,双方都有了各自的战略和阵地,王桂珍占领了客厅和厨房,老太则占领了卧室和卫生间,每当战火弥漫时,老陈都把自己藏在阳台的角落里,然后推开窗,像鱼一样呼吸外面的空气。

现在老陈也想走到窗户边,但刚起了身,就被王桂珍的拐杖给拦住了,王桂珍说,陈国栋,你休想走。

老陈便又退到床边,挠了挠脑袋,想抱怨一句什么的,又噎回肚中。王桂珍则在一旁喋喋不休,从老太搬来后的种种矛盾,到儿子大了连个睡觉的地方都没有,说着说着便悲从中来,述说着这个家叫她如何心碎,老陈母子叫她如何心碎等等,最后,又振作起精神,对老陈说道,不过,我倒是有个好方法。见老陈认真转过脸来,王桂珍瞟了一眼门外,郑重其事地说,让你妈先回她娘家住上一阵。

次日,王桂珍又回娘家了,此次回娘家是表达一种欢欣,虽然前一晚老陈对此提出了很多反对意见,比如自己接的父亲的班,房子是单位分的,好歹也有母亲的一份,这种话叫他怎么说得出口,再说母亲的娘家几乎没人了。但王桂珍立即给予了回击,她说,怎么不好意思说出口,她不是疼孙子吗,现在孙子要带媳妇回来她应该成全才是，再说娘家那边，怎么就没人了呢，每次吵架不都发愤说找娘家人来收拾我么？最后王桂珍用桃木拐杖扫掉了一盏台灯，以表坚决，她说，陈国栋，你必须跟你妈说去，儿子放寒假前，这是期限。

4

下班前，老陈又把椅子搬到仓库的北面窗户旁，太阳正要落去，最后一缕光线蚕丝样地缠绕在窗棂上，再过片刻，太阳隐去，窗玻璃上便会出现自己的影子，模糊而又深邃，像水面的倒影。老陈想起了那口鱼缸，单位财务室的，上个月去领工资，一进门就看见了，搁在一张废旧的办公桌上，不大，圆形，两尾鱼在里面摇摇摆摆。老陈顿时有些难受，胸口被什么堵着似的，他害怕看见鱼，或者说不愿意看见鱼。正如王桂珍所说的，他的确有很多怪异之处。

老陈的怪异之处曾被王桂珍用两个字概括过，毛病。她说一个人可能不爱吃鱼，不去买鱼，但怎么可能害怕鱼呢？陈鹏小的时候，王桂珍带其去游乐园，经不住央求买回几条鱼和一口鱼缸，老陈竟被吓得发抖，然后将其摔了出去，那是老陈第一次向儿子发火，小陈鹏吓得哇哇大哭，王桂珍瘸着腿在玻璃碎片上跳来跳去，她一边哄着陈鹏，一边骂着老陈，说，毛病，毛病啊，你这个神经病。几年前，同事的婚宴上，当地习俗最后一道菜由厨师端上一盘鱼，并且高喊"鱼来了"，喻有吉祥，年年有余之意，全场宾客也欢呼起来，唯有老陈惊慌失措，脸色苍白，最后将手中的碗也打翻在地，瓷器与地砖较量出刺耳的声音，令全场注目。

后来老陈的这些事情总是被人们在闲聊之时反复谈论，试图将鱼与豁嘴联系起来，寻找点千丝万缕的关系。当然，依然无果。街坊邻居听到最多的也是陈家两口子吵架时，王桂珍一连串的"毛病毛病神经病"。甚至有那么一段日子，老陈都怀疑自己精神是否有了毛病，每当看见鱼时油然而生的那种慌乱和恐惧。但那天，在财务室，他竟然把目光很长时间地落在那两尾鱼上。刘会计说，老陈你先坐那边，等我把手头的事理一理。于是老陈便按照刘会计所指的方向坐下，也就是鱼缸的旁边，这使老陈十分难受，他的紧张和不适又使左手贴在了豁处，他想离开，但刚动了身子，刘会计就挥挥手说，老陈等一下，马上就好。然后后者就在这个"马上就好"里等了很多下。后来，他是怎么把目光落在那尾鱼身上的，忘了，真的，真是忘了。很多事情就是这么蹊跷，蹊跷这个词的奇怪之处，就是你压根没法将其解释清楚，没法说出个所以然来的意思。就像十五岁那年，他陈国栋怎么就跟王魁去河岸玩呢？按理说那时正值年终，家家户户忙着扫房祭灶什么的，大人忙碌着，小孩也要打打下手，他怎么就闲着没事似的跑去王魁家呢？

那天王魁正坐在窗前写作业，这让他想到一句话，十年寒窗苦。说真的，王魁和他一个班，但成绩远远好过自己，这一点使他很难过，父亲动辄就以王魁成绩好这事来教育他，尤其是王魁的父母，更是得意和自喜。陈国栋从地上捡起一个小石头，向窗口砸去，王魁抬了头，探出脑袋问，国栋，什么事？

陈国栋说，没事，找你玩。

王魁问玩什么？陈国栋也没想好玩什么，便随便说了句"带你去一个好玩的地方。"

然后他们就去了村头的河岸，王魁怕水，很少走到河岸这种地方，但那天河面上结了一层厚厚的冰，白亮亮的。陈国栋试着在冰面上走了几步,发觉脚下确实坚实,又跺了几脚说,没事,下来吧。

陈国栋提议破冰钓鱼,王魁问这怎么钓?陈国栋也不回答,半晌才用刚学的成语回答说,顾名思义。王魁看陈国栋用砖头敲碎一块冰,将一个草把伸入水中,当然,如陈国栋后来所描述的那样,果真钓着了,两条小鱼儿正在冰面上蹦来蹦去。这使平时很少玩耍只专心学习的王魁有些激动和兴奋,然后其脚下的冰也跟着激动和兴奋了,咔嚓一声后,王魁掉进了水中。

陈国栋顿时吓坏了,但他感到脚下的冰似乎也要发出这样的声音,他一边喊王魁,一边迅速往后退,他站在河岸上喊着,王魁,快上来。但后者没有按他所说的"快上来",而是在冰下扑腾了几下,或者是很多下。陈国栋一直站在岸边喊着,他没有跑向村里,也没有跑向王魁,而是在河岸上向前爬着,他感到那些破裂的冰向脚下延伸,他拼命跑,然后摔倒了,狠狠地摔了一跤,脸磕在一块大石头上,火辣辣的,他感到一些液体在脸上四处流窜,他感到前所未有的害怕,然后朝着越发黑暗的河面喊道,王魁,你快上来。但河面上寂静一片。他好像看到那两条鱼刚刚还在冰面上蹦着蹦着,然后天就黑了,他什么也看不见,却感到冰上和冰下都有东西在蹦着,直到奄奄一息,直到一切都安静下来。

王魁的死,陈国栋并没有受到太多责怪,大概因为后者也受伤了,比如胳膊断了,脸上也摔破了,尤其是嘴,长长的一道裂缝,即使后来村里那个赤脚医生缝了两针都没愈合,大概是潦草之故,使人不禁有些同情。王魁的父母在家里哭了三天,几次昏厥过去,村里两个德高望重的老者前来劝慰,说,这孩子,太聪明了,遭天妒,这是命。

来年春上,陈国栋就辍学了,加之其父生病,便早早去城里接

一棵大树想要飞

了班。那些年他很少回去，直到前年父亲去世，才把母亲接来，老家的那座破房子也在一场暴雨之后倒塌了，没有再修缮，还有什么比这更好的呢？老陈觉得他终于可以跟那个地方划清界限了，他再也不要踩到那片土地上。那么多年来，他常常感到一种难过和自责，但更多的是前者吧，他害怕一个人，害怕看见鱼，觉得那些活蹦乱跳的东西会突然变成王魁，然后王魁一把拽住他的衣领，哀声问道，国栋，你为什么不救我？

然而这段日子，老陈不再害怕这个声音了，他甚至希望能梦见王魁，接受后者的责问和抱怨。他会告诉他，他很难过，很后悔，他很想救他，他多么希望王魁就坐在对面，听他说完这些，然后像小时候那样亲密地握住他的手。

5

厂里要有"大动作"了。这个消息是从财务室听来的，关于大动作的具体内容，老陈只记住了其中之一，就是这个月底仓库要拆除，搬到原材室去，原先仓库的地方卖给了一家建设公司，又是房产开发。

老陈想到仓库南窗外的那些建筑应该早竣工了吧，他很久没有打开那扇窗户了。下班前，老陈把椅子搬到了南面窗户，然后将其打开，一阵风吹来，窗棂上堆积的建筑灰尘落了一脸，老陈闭上眼，一阵猛咳。尔后他又在仓库里来回走了几圈，把脚步停在北面窗户，窗外，麦田绿油油的，一阵风吹过，那些绿色此起彼伏。老陈刚把头靠在窗棂上，电话铃就突然响了。

电话是财务室打来的，刘会计说，老陈，这个月工资不要啦，快来把工资领一下。

　　从财务室出来老陈没有回仓库，而是直接骑车去了鱼鸟市场。在财务室时，他又看到了那口鱼缸，两条橙色的金鱼在里面欢快地游着，沿着缸壁，绕着圈，像在追逐，然后又突然停下来，安静地靠在一起。这使老陈心中一阵暖暖的，想起了小时候和王魁一起打闹的时光，夜晚的村庄很静，月光铺陈，他们绕着草垛踩着对方的影子，那些日子像月色一样洁白和纯净，好像那么多年后他都没有再走进那些日子，没有看见那样的月色，没有一个像王魁那样的朋友。现在老陈穿梭在一口口鱼缸间，各色的鱼在水里自由在遨游，摆动尾巴，忽近忽远，忽停忽行，像那些夜晚的他们。他趴在一口较大的鱼缸前专注地看了很久，以致老板问了两次"要买什么鱼"都没听见。

　　老板说，嗨，买不买啊？我要打烊了。

　　老陈这才起身向外走着，没走几步又掉回头，问老板，鱼缸多少钱？老板问哪种？老陈说刚才看的那种。于是对方重新打开卷帘门，说，打烊的生意了，你诚心要，就这个数字，老板及时竖起两个指头。然后老陈将口袋里刚领的工资和几张零票点了点，全部递了出去。

　　老陈是坐在一辆小货车上回家的，因为鱼缸的体积较大，需要货车运输，于是老陈把自己和自行车一起扔了上去。大概因为感慨，或者风大，老陈不住地流着泪水，但这些泪并没有成形便被风吹得支离破碎。他想起自己离开村庄的时候，父亲也是用一辆拖拉机把他送走的，拖拉机车上装一个皮箱，父亲的，正好腾出来给他用，出村的路有些颠簸，他看着渐渐远去的村庄，那些茂密的树叶掩映下的灰色屋顶，他也流泪了，他说不上来这些泪的成分有哪

一棵大树想要飞

些,是王魁的死,还是某种留恋,总之他哭了很久,后来干脆在拖拉机的巨大马达声下扯着豁嘴嚎啕起来。

老陈和货车司机把鱼缸往楼上抬的时候,正碰上王桂珍出门。问老陈这是什么东西?老陈支吾两声说是鱼缸。王桂珍说哪来的啊?老陈没说话,上了楼才说是买的。

这个晚上,王桂珍为鱼缸之事又大战了一场,为了排遣种种悲愤,依然用拐杖在屋内扫了一阵,扫累了再骂,骂完了再扫,几次差点打在鱼缸上,都被老陈身体挡了出去,王桂珍说,你这个神经病,你就守着这个棺材吧,你最好死在里面才好呢。说完就愤愤回娘家了。

6

之后的每个晚上,老陈都会搬一张椅子坐在鱼缸前,就像坐在仓库北窗前一样,屋子里很暗,鱼缸里有些许微弱灯光,两尾鱼在水中游得极为自在。老板说这两条是送你的,虽小,好好养,长起来也快。老板告诉老陈这种鱼的名字,但老陈没记住,记不记住有什么要紧的呢,他只想看着鱼在自由遨游就行了,甚至有一天,他竟然对着这两条鱼说了很久的话,称那条稍大的叫王魁,稍小一点的叫国栋,老陈说,王魁,你是不是吃得多,才长得大一点?当然,王魁没有回答他,摇了摇尾巴,漫不经心地游走了。

王桂珍回娘家后往家里打过两次电话,一次仍为鱼缸的事喋喋不休,一次向其强调儿子快放寒假了。但两次电话的核心内容都涉及老太,王桂珍问,交给你的事办了没有?老陈问什么事?对方就急了,说,姓陈的,你别给我装糊涂。然后老陈就有些支支吾吾,说，还没说，不好说。于是电话那头火了，说，不用你说，你给我直接送到她娘家去。

挂了电话，老陈就去了母亲房里，老太正坐在床头打盹，两片瘪唇上下抖动着，老陈喊了一声妈，对方的眼皮动了动，但没睁开，然后老陈便找了个地方坐下，他环顾四周，第一次发现房内的很多东西都是母亲搬家时带来的，各种盆和篓，还有几床发黑的棉被，对于后者，王桂珍几次都将它偷偷扔了，又被老太从外面捡回来，说，好好的东西扔了多可惜，重新弹一弹给陈鹏结婚用。想到这里老陈鼻子有些酸涩，突然之间想起了小时候母亲对他的种种之好。半晌，老太似乎醒了，使劲地咳嗽一阵，然后抖抖索索从衣兜里掏出一块方格手帕，往里面吐痰，每一口痰都像使尽了全身的力气。做这些的时候，仍然没有睁开眼，老陈上前拍了拍她的背，直到后者的两片瘪唇继续抖动起来，才默默掩门离开。

回到阳台上，推开窗看向外面，天空是阴沉的，没有月色，也没有星光，远处是高耸的建筑物，一片死寂，他想起小时候作文里常写到的，一幢幢高楼拔地而起。是的，拔地而起，现在这些拔地而起的高楼巨大而黑暗的影子似乎正要压倒过来。老陈低下头，把身子挪了挪，目光落在了鱼缸上，一条鱼鼓胀着眼睛看过来，老陈说，国栋，你怎么也没精打采的呢？鱼也不回答，慢条斯理地贴向缸底。

7

仓库如期拆除了，没消几个钟头便被夷为平地，一道高高的院墙砌在视线里，绿色麦田被挡住了。坐在大办公室里，老陈极少开口说话，下班后也是迫不及待地骑车回家，那些曾坐在北窗旁的时

一棵大树想要飞

光都转移在鱼缸前，老陈把脑袋贴在玻璃上，专注地看着两条鱼游来游去，嬉戏或追逐。天色越发黑暗，他也不开灯，把耳朵贴着鱼缸，听水面传来的细微声响。

那段日子，老陈比以往起得更早了，天未亮，便摸索着穿好衣服，坐在鱼缸前眼睛一眨也不眨。国栋和王魁似乎也睡着了，安静地贴着缸壁，直到窗外逐渐明亮起来，阳光像穿过水面一样，明晃晃的，两条鱼才微微动了动身子，尔后又一惊一乍地在水中窜动起来。

如同完成了某种约定似的，看见鱼欢快游动了，老陈才缓缓起身，向厨房走去，不知道从哪天开始，老陈都会在早晨多煮出一碗小米饭，黄灿灿的，装在一只白瓷碗里。老陈将其洒向鱼缸，然后自己也捧起碗，坐在一旁搂动筷子。王魁和国栋在水中又追逐了，因为一粒米饭。老陈想起了小的时候，他们也常常不约而同地捧着饭碗蹲在门前的老槐树下，一起吃饭，闲聊，或为碗中的半块肉而追逐一番，但更多时候他们十分友好，把碗里的咸菜夹几片给对方，后者则从碗里拨几粒豆子回馈，总之，这些让老陈又是一阵唏嘘，然后轻拍着鱼缸，朝国栋喊着，别抢，国栋你不许跟王魁抢。

说这些的时候，有时会碰巧遇上王桂珍或老太经过，她俩则白上一眼，或者丢下一句，神经病。

在两个女人看来，老陈诸如此类的怪异行径，神经病这三个字早不足以表示她们的愤懑，甚至某一天夜里，王桂珍竟听见老陈的一阵梦呓，梦呓的内容自然和那两个名字有关，老陈说，王魁你快上来啊，国栋你也别跑啊。还没说完，王桂珍便将他推醒了，并用一对槐木拐杖向其作出了警告。

那些夜里，老陈会突然地惊醒，他分明听到鱼缸处传来的声音,两条鱼用嘴吐出水泡的声音,轻轻叹息的声音,真的,他仿佛听到国栋和王魁在窃窃私语,像小时候他们一起躲在草垛里或者床底下的那种窃窃私语。老陈从床上坐起来,轻轻走到鱼缸旁。窗外月色很好,在地上洒下一派清辉,大概听到了声响,国栋和王魁在水里游动起来,倏尔又安静地停在一边。老陈弯下腰,说,国栋王魁,你们在说什么呢?

夜很静,没有一丝声音。

8

鱼越来越大,正如老板说的,长起来很快。王魁快一尺长了,身体也越发肥硕,国栋稍小点,很瘦长。这些使老陈十分高兴,从未有过的一种欣慰和释然,他每天煮一碗米饭,看他们嬉戏追逐,隔些时候再为他们换水,清洗缸壁。早晨,傍晚,甚至夜里,他都会坐在鱼缸旁边,认真地看着他们,国栋和王魁有时也安静地注视着他,当老陈喊王魁的时候,后者似乎真听见了,从远处缓缓游来,他说,王魁你还记得大槐树上的那个喜鹊窝么?后庄的那条河什么时候干的?有时老陈也不知道说什么,就咧着豁嘴嘿嘿笑着。

由于寒假的逼近,王桂珍和老太的矛盾再次恶化,但惟独对待老陈养鱼的事情上,婆媳俩表现出了同仇敌忾,甚至意见也得到了高度统一,即等陈鹏回来就把鱼给炖了。

隔天早上,天还未亮,老陈听到鱼缸里窸窸窣窣的声音,然后声音移向厨房,他立即起身,却发现鱼缸空空如也,于是奔向厨房,他的母亲,还有他的老婆王桂珍,正蹲在地上收拾鱼鳞,他看

一棵大树想要飞

到国栋和王魁无助地躺在地板上,扭动身子。王桂珍见老陈上前争抢,提起拐杖就抽打下去,她用拐杖拼命地跺着鱼肚,王魁张大嘴巴,鱼血飞溅,老陈扑在王魁身上,声嘶力竭地喊着——

被王桂珍踹醒的时候,老陈浑身是汗,他喃喃问道,你为什么杀他?王桂珍骂了句"神经病"就兀自睡去了。老陈睡不着,起身来到鱼缸旁,月光透过窗帘,两条鱼正在水中游弋。

第二天,老陈没有上班,骑了自行车去了周边的城镇,他要寻找一条河。这个上午无疑是令他失望的,每一条河里都流淌着浑浊的水,那些泛着红色黑色的水面,散发出各种难闻的气味。直到傍晚时分,老陈突然想起了村里的河,那条带走王魁的河,想到这里老陈有些难受,又有些激动。

果然,河水还如从前一般清澈,风吹过,一阵波澜,老陈坐在河岸上,那块石头还在,隐匿在枯草丛中,他想起了二十多年前的傍晚,太阳早就落下去了,河面的冰泛着白亮的光芒,那个突然破裂的冰洞,像一张黑洞洞的嘴张开着,他不敢看它。现在,河水还没有冰冻,水草自由摇曳。好像这么多年来一切都没有发生一样,河水仍然向东流去。

老陈在河岸上坐了很久,然后对着平静的水面,他说,王魁,明天我就把你送到这里来。说完,泪水就淋了一脸。

到家的时候天已经黑透了,屋内静悄悄的,母亲和王桂珍不知去了哪里,喊了几声,没人应睬。一天的奔波让他疲惫极了,他朝窗外望了望,远处的霓虹灯闪闪烁烁,诡异一般。他走向阳台,拧亮鱼缸灯,突然,老陈尖叫起来。

国栋和王魁不见了。

鱼缸里安安静静,那种无边无际的寂静使他失声喊叫着,他喊王桂珍，喊妈妈，喊王魁，喊国栋。然后冲向厨房，冲向卧室，又冲向卫生间，打开衣柜的门，打开抽屉，打开每一个锅盖，甚至是抽水马桶，他像疯了一样寻找鱼的影子。国栋和王魁怎么了？他们究竟去了哪里？他感到一种恐慌从心底迅速涌现上来，他仿佛感到二十多年前的那个夜晚又一次降临了，黑暗无边无际，恐慌无边无际——他感到所有的东西都在往下沉，所有的东西都从他眼里逐渐消失，世界安静得叫人害怕。他扯着豁嘴，用尽全力地喊着，王魁，王魁——他的眼前似乎又出现了那条河，黑黑的洞在冰面上极其突兀，他没有往岸上跑去，而是朝着黑洞的地方走去，他喊着，王魁，王魁——一声紧似一声，然后就像疯了一样冲出门去。

那一晚，王桂珍在富有节奏的拐杖声里回来了，推开门，并没看到老陈，她在屋内转了一圈就大骂起来，说，陈国栋你死哪儿去了，你死了才好呢。

老陈果真是死了，死在了鱼缸里，仿佛王桂珍的一语成谶，后者发现的时候，鱼缸的水正泛着蓝幽幽的光，老陈半躺在里面，只穿了一件内衣，眼睛闭着，豁嘴咧开着，样子十分安详。

一个礼拜后，鱼缸被扔了，老陈的母亲，王桂珍，陈鹏将其抬下了楼，在下楼的整个过程里，几乎没有停顿，这是婆媳俩共同完成的第二件事情，可谓齐心协力。

鱼缸被扔在了垃圾堆上，因为受到撞击，砰地一声，在阳光下碎了一地。

（发表于《青岛文学》）

一棵大树想要飞

打　鸟

1

年轻那会儿，老刘还是长得一表人才的，喜欢他的姑娘也有不少，用老刘的话说，简直是多了去了。对于这个说法，大家无从考证，毕竟是二十多年前的事了，再说，男人吹点牛皮也是允许的。但是王芳芳不爱听，王芳芳会说，那你怎么不娶她们呀，那你怎么不娶她们啊。王芳芳是老刘的老婆，能说这话的也只有她，而且王芳芳喜欢把这句话说两遍，表示强调。

没进城时，老刘在村里负责电管站蓄水放水。那时老刘还是小刘，半大小伙子，活儿不紧的时候，老刘也不急着回家，而是坐在田间垄头吹吹口琴什么的。田里干活的姑娘多，她们喜欢听老刘吹的曲儿，倒不是老刘吹的曲儿有把尿的意思，而是她们喜欢这种文艺的范儿，使得她们突然在这声音里想起什么，想久了，仿佛有点尿意了，然后直起身子，一扭一扭地往田边走来。她们跨过老刘，屁股摇摆得厉害，谁敢说这种摇摆里没点儿意思呢。姑娘们也走不远，就近在一棵树下，解下裤子开始撒尿。那些圆的方的扁的瘪的屁股，会折射来一道白光，但老刘从来不正脸瞧一眼，待到急尿冲击草地的声音消失后，老刘才站起来，拍拍身上的泥土，跨过那一小块湿地，然后朝电管站大步踏去。

再后来，老刘到了城里，在一个驾校当教练助理，学车的姑娘也多，都是一些镇上的，乡镇暴发户闺女什么的。老刘的活儿是负责模拟方向盘，那些姑娘的手在方向盘上磨来蹭去，有时蹭到老刘的手上，老刘就会绅士地挪开。用老刘的话说，那些粗的细的长的短的手，要怎么摸就可以怎么摸。但是老刘从来没摸过，不屑于这些，他只是恰到好处地像抖掉灰尘一样把那些手抖开。

上面这两段故事都是老刘自己说的，说这些的目的只是要证明他那句"简直是多了去了"。老刘没有在这"多了去了"的姑娘里相中一个，而是后来经人介绍相中了王芳芳。王芳芳是城里人，纯正的，朝上数，三代都在城里，而老刘是农村的，就冲这一点，老刘相当满意，往小里说，他是在搞对象；往大里说，那是缩短城乡距离。王芳芳长得不好看，五短身材，还戴着副厚底老花镜，眼睛在玻璃下被无限放大，突兀得很。每次看着这双眼睛时，老刘都有种眩晕感觉，但这些并不妨碍他们搞对象，迅速成婚，还一鼓作气生了俩儿子——双胞胎。这让老刘突然就扬眉吐气起来，一个男人在女人肚皮上捣腾出两个胖小子，谁敢说没点儿技术含量，碰上谁不服气了，老刘就会抛下一句：没技术你试试。

一对儿子立马提升了老刘在王芳芳家中的地位，老刘是招赘上门的，招赘这两个字老刘最不爱听，什么叫赘，多而无用的意思。王芳芳似乎对这个字理解深刻，吵架时动不动就冒出一句：没用的东西。王芳芳喜欢吵架，老刘是这么认为的，王芳芳喜欢制造点事端，然后使吵架变成顺理成章的事儿。处于这种状态的王芳芳是可怕的，满面怒色，双目睁圆，因为被放大，一对眼睛在玻璃片下猛兽一样追杀而来，老刘从来不敢正视，光这一点，老刘就败了。当然，他们也有和睦的时候，那是极少数，一般伴随在老刘上缴工资的日子里。那个时候，王芳芳会换上一副更厚的老花镜，坐在灯下，吵架时指点江山的粗短食指此时在计算器上拨来弄去，算算房价，算算油价，然后发出先天下之忧而忧的叹息。老刘喊，王会计，吃饭了。王芳芳就会侧过脸，目光从镜片上方传过来，这一刻，老刘觉得王芳芳是温柔的。

但这一次王芳芳没有转过脸来，老刘喊，王会计，王会计，吃饭了。王芳芳没有抬头，大概是计算器上的数字错了，还是老刘上缴的数字错了，总之是哪儿错了，王芳芳说，刘国栋，还有100块哪去呢？刘国栋是老刘的大名，搞对象的时候王芳芳就这么叫着，二十多年了还是这么叫，她没有叫"国栋"，也没有像老刘父母叫"栋啊"，总之她把这三个字叫得棱角分明的，刘国栋，这是上级对下级的叫法，是老师对学生的叫法。

如果这个时候老刘像学生回答老师问题，说出100块钱的去向也就罢了，偏偏老刘没有理睬，而是继续说道，吃饭吧王会计。王芳芳就生气了，这种生气建立在职业道德之上，对于一个会计来说，账目出现问题时，当事人应该积极配合调查，而不是进行贿赂，吃饭吧，这就是贿赂。

在交代100块去向前，有必要先交代一下老刘的工作。上面说到老刘在驾校干活。跟王芳芳搞了对象后,老刘就离开了,去了一家国营厂,开车。干了几年,去了粮食局,开车。后来又去了国土局,还是开车。当然,这几个"去"里面不是没有一点悬念的,这些都要归功于王芳芳的父亲,老刘的岳丈人,以及一些烟酒和王芳芳在母亲面前的几次涕泪奔流。在这些因素的作用下,老刘在国土局干了下来,工作内容就是给副局长开车。副局长姓李,女的,比老刘长几岁,新调来的。100块的去向就跟她有关。

那天情况是这样的,下班后李局让老刘把她送到二中去,李局的女儿在二中读书。按理说,这不是老刘的工作,但是领导吩咐的,就是工作。车开到半路,李局说,老刘停一停。李局下车就往路边的烤鸭店跑去。没几分钟李局就回来了,李局说,女儿喜欢吃烤鸭,我忘了带钱,老刘你先拿100块钱给我。于是老刘就从自己兜里掏出一百递过去,上车后,李局把烤鸭搁在脚旁,但并没有把找零的钱递给老刘,一路上老刘一直在回忆李局的那句话,"拿"100块钱给她。

因为没有发票,也无法报销。王芳芳说,100块钱说大也不大,说小也不小,但是它的去路不明,问题就大了。老刘并没有对王芳芳如实说出这些,主要是担心王芳芳因为这个问题能引发出若干问题,女人大抵都是这样。还有,老刘觉得那100块应该很快就会还回来。可是事情已经过去一周了,李局都没提过,有好几次在路上,老刘故意把话题往烤鸭上扯,试图勾起李局的一点记忆。老刘说,河南路上也开了一家烤鸭店,味道不知咋样?或者,西门那家烤鸭店关门了。当然,这些都没有使李局记忆复苏,李局似乎不太感兴趣烤鸭的事情,她喜欢谈论利比亚,索马里,朝鲜什么的。也是的,作为一个领导,应该胸怀天下。

一棵大树想要飞

之后的几个礼拜,李局没有去二中,倒是有一次让老刘送她去一个摄影器材店,李局问老刘,说老刘你喜欢摄影吗?

老刘嘿嘿笑两声,说喜欢呢,年轻那会儿就爱拍照。然后顺便回忆了在电管站工作那会儿,村里拍身份证照片,他叫照相的师傅加拍了一张生活照,站在电管站蓄水管上,双手撒在身后,要多帅有多帅,多少姑娘想要那张照片呢。

当然,最后一句是被老刘放在肚子里的。李局说老刘你那不叫摄影。老刘又嘿嘿两声,便不再说话。之后李局讲了一些摄影的事儿,然后说,老刘,改天跟我们一起打鸟去。

"改天"很快就到了。周六,按照李局约定,地点在郊外的红山。老刘给李局扛着摄影包,几乎是一口气爬上山顶的,在上山路上,老刘没有说话,除了接了王芳芳的一个电话外。电话里王芳芳问,刘国栋你今天加班啊?老刘说,对,打鸟。然后就把电话挂了。直到山顶,老刘都有些得意,他想王芳芳肯定还在琢磨"打鸟"的意思。

除了李局,其他人都不认识,老刘也打过鸟,在乡下的时候,那是真枪实弹的,用弹弓夹石子,后来买过一把气枪,打过麻雀和鹭鸶。现在老刘就坐在一个大石头上看着这群打鸟的人,相机被架在三脚架上,或者被端在手中,总之一副有模有样的,对着疏密相间的枝头,对着看不到尽头的天空,噼里啪啦一阵快门。那种快门的声音十分动听,像秋天的豆荚在田野上悄悄炸裂,老刘就在这个声音里假寐了一会儿。久了,再抬起屁股,走到那些人旁边,在几个相机前面转转,然后又走回石头。这样几个来回后,李局就喊老刘,说过来看看片子。老刘凑近了看,有的是鸟,正在飞翔,翅膀边缘被阳光照射得近乎透明;也有远处的山,一片黛色,像没睡醒的样子。看完片子，老刘就对着相机的镜头看起来，左右上下，拉近拉远，然后，老刘看到了一片农田，远处，麦子绿油油的，油菜花开得正艳。那些在教科书里被比喻作麦浪的地方，偶尔会出现一两个黑点，黑点应该是那片土地的主人，也有可能是一对情侣，总之，这让老刘突然激动和感慨起来，他想起自己坐在田埂上吹口琴的日子，想起那么多被露水打湿裤脚的早晨，那些日子多么干净明亮，多么顶天立地，现在它们离他那么遥远，就像这个山顶和山脚的距离。这样看了一阵，老刘并没有继续走回石头，而是围着山头转了一圈，然后找着一个制高点，站在上面做了一个极目远舒的动作。刚才的两个黑点还在，在麦浪里忽明忽暗，于是老刘又激动感慨了一阵，对着那个方向使劲挥舞着双臂。

那日回家，老刘就迫不及待地翻出口琴，坐在阳台上吹奏起来。王芳芳不在，不知道去哪里了，但从桌上未完成的剪报看，应该是买剪刀或胶水一类的东西去了。剪报是王芳芳最大的乐趣，剪报内容无非是一些吃什么头发黑，西红柿哪样吃营养高，抽一支烟相当于减寿多少分钟。她又是一个多么认真的人啊，以至于从不因为工具原因使剪报工作停顿下来。剪报中的王芳芳是与众不同的，她会一边剪一边阅读，当然阅读是会发出声音的，不很大，但又叫人不能忽略的那种，像一只苍蝇挥之不去。所以，现在，如此安静的时刻，显得多么珍贵，整个屋子里飘荡着口琴清脆悠扬的声音。老刘被自己陶醉了，他把眼睛闭上，于是麦浪里那个黑点就出现了，它越来越大，越来越具体，直到变成一个人的形状。那是年轻的小刘，裤腿被卷得老高，脚踝上还沾着泥巴，小刘从上衣阔大的口袋里掏出了口琴，然后旋律就在麦田上方飘扬起来。

就在老刘和小刘合二为一的时候，口琴被夺了过去。王芳芳说，难听死了，难听死了。王芳芳几乎是用一个投篮的动作把口琴扔进抽屉的，显然她没有像老刘认识的那些农村姑娘一样，喜欢这个调儿。王芳芳说，吹得难听死了，刘国栋，你没事就帮我把葱栽一下。

现在这捆葱就搁在老刘脚下，王芳芳下楼时顺便买回的，阳台的角落里有两只铁皮桶，桶里有些土，前些日子踏青带回来的。老刘借着黑暗狠狠地吐了口气，好像刚才的某个音符的吸气还憋在胸腔。他把桶里的泥土拨开，再把葱一撮一撮地插进去。做这些的时候，王芳芳一直站在旁边，作为一个城里人，王芳芳是不愿触碰泥土的。当然此期间，她也发出了疑问，就是关于"打鸟"的意思。老刘说，对啊，今天陪领导去打鸟了。

王芳芳问打什么鸟？

老刘想起白天的得意，于是又嘿嘿两声，说，打鸟就是摄影的意思，时髦的叫法。

王芳芳说，刘国栋，摄影你就说摄影，说什么打鸟呢，你还真把自己当什么了，你以为自己做了几年城里人就是城里人了，还真以为自己就从此时髦了呢……

老刘没有回话，站起身，丢下喋喋不休的王芳芳，径直往客厅走去，黑暗中老刘做了个扩胸运动，此时，他突然有个强烈的想法，或者叫愿望，真的，他真想把王芳芳像葱那样栽进铁桶里。

2

之后的一段日子，老刘又有了几次打鸟经历，有时跟很多人，有时只有他和李局，不过老刘没有像第一次那样与一块石头打发半天光景，而是大多时间像一个经验丰富的打鸟人四处察看。后来，李局递来一个相机，说，老刘，拿去拍吧。老刘接过相机，双眼就朦胧起来了，这句话使他想起了自己前阵子被"拿"去的100块钱，总之，此时，这个字让人感到亲切和温暖，老刘感慨起来，他甚至为王芳芳昨晚还为100块钱耿耿于怀的样子感到羞愧和鄙视。

　　老刘把相机一直稳稳"拿"在手中，因为眼睛的湿润，所以看不清景物，但是没关系，这不影响他继续四处察看，并且像一个专业的打鸟人似的摆出各种姿势。

　　他又看向麦田的方向，大概离收获季节尚早，田野里不见一个人影，也就是说，没有像上次看到的那个黑点，这多少让老刘有些失望，总觉得地里没有人是多么地不协调，多么地可怕。他把镜头对着天空，对着树林，又对着远处幽静而苍茫的田野，然后，他在镜头里看见了李局，李局正躬着腰看着三脚架上的相机，这个姿势倒像是在扬场似的。老刘又想起过去的那些时光，那些艳阳高照的秋收季节，大地上一番忙碌景象，人们都来到了地里，以最谦卑的姿势向大地乞索粮食。那个叫小刘的小伙子正把一捆捆稻子堆起来，他的面前很快就出现了一座座小山，这是粮食堆就的山，正在割稻的人们浑身酸累时就会抬头看一眼，当人们看见这些山一样的麦堆时，心头就会漾起阵阵美好，那些美好甜丝丝的，像什么东西流过心头，一切都舒坦开了。

　　李局走来的时候，老刘正两眼噙泪，李局依旧是让老刘"看片子"的，这大概是摄影人的特点，分享嘛。李局把相机歪过来，一张张地拨过去，那些麦田便连绵起伏了，田野辽阔无边，辽阔的田野上面是空无一物的天空，天空下面也是空无一人的田野，这样的景象使老刘觉得美好又悲伤。他感叹说，怎么没有人呢？然后把脑袋从相机前挪开,望着远处。老刘说,这么大一片庄稼地,看不见一个人影,总叫人感到空落落的。老刘说这话的时候,头顶正有只小麻雀孤零零地飞过。

回去的路上,老刘一言不发地开着车,李局坐在副驾驶上,她没有和老刘讲一讲叙利亚或伊朗,而是若有所思地看着窗外,看久了又把视线收回来,拿起相机"看片子"。突然,李局说道,老刘你说的对。老刘转过脸看李局,似懂非懂。李局说,照片里没有人,再美的风景都显得没有内容,显得空落落的,不够厚重,再说,一切都要以人为本嘛,摄影也是。老刘仔细听着,虽然有些迷糊,但还是能懂的,他想,不管指的是田野里没人,还是照片里没人,意思都是没人不好。李局说,老刘你真是大智慧,你对摄影还是有深刻理解的。

在李局和老刘"深刻"谈论的一个月后,麦地里终于有人了,夏收到来。但是,这些人的出现却让老刘感到难受——他们坐在收割机的驾驶室里,从广袤麦地的远处缓慢驶进来,像一头怪兽,哼哧哼哧地啃噬着。李局把相机端在手里,前后左右找着角度。换做以往,此时老刘一定是躺在小轿车里,听听歌,晒晒太阳,他觉得没有比这更美妙的时刻了。但现在不同,他也有了相机,虽然还不知道这个相机跟他的一百元是否有点关系。老刘也喜欢把相机端在手里,然后两肩耸着,从镜头里看着他熟悉又陌生的世界。现在,熟悉的麦地里却是他陌生的收割机,麦子被胡乱吞进去,再被吐出来,不像是收获,倒像是被掠夺。

李局说,老刘,要是有人握着镰刀在割麦,远处夕阳西下,麦穗金黄,这样一幅场景应该是很美的。李局说这话的时候,一只手叉在腰上,另一只手在空中画着,好像手里有一支笔,笔是马良的神笔，笔到之处，尽是美景。老刘看醉了，鼻子竟也酸酸的，老刘说，是的，没人就是不好。说完两个人对着田野一阵唏嘘。突然，李局拍了下脑袋，说，嗨，倒是有个好办法，救急一下。李局转过脸来，说，老刘，你帮我摆个样子吧。

接下去的事情便是老刘跨过沟渠跳进麦地，向收割机上的人借来一把镰刀——居然也有镰刀，然后在李局所指的位置开割起来。镰刀被握在手里的时候，老刘激灵了一下，好像握的不是镰刀，而是魔棒，魔棒说，前面是三十年前的小王庄——老刘眼前便有了小王庄参差不齐的青砖瓦房；魔棒说，这里是小王庄的麦地——老刘便看见了麦地里熙熙攘攘的人，那些人穿着灰蓝衣服，头上戴着草帽，把身体弯得和大地平行。老刘也顺势把身体弯下去，两手挥动起来，他感到体内突然有了使不完的劲儿，像三十年前的那个年轻人一样，好学，勤奋，朝气，热爱劳动——他不愿意落在别人后面，是的，那时候谁愿意落在别人后面呢。汗像泉水一样从每一个毛孔里冒出来，他的衣服湿了，衣服之下是光滑健硕的皮肉，好几个瞬间，老刘分不出是三十多年前还是三十多年后，究竟是小刘还是老刘，他看着眼前大片的麦子，好像那年播下去的种子一直长到了现在，庄稼还是那茬庄稼，人却老矣。

太阳向西边滑去，一直滑进了麦地里。李局连喊几遍，老刘才听见，似乎极不情愿地从麦地里走出来，从三十多年前走出来。

上车后，李局依旧给老刘"看片子"，言语动作都是兴奋。他们把车停在路边，像专业影评人似的一张张点评起来。照片里看不见老刘的脸，只有与大地平行的脊梁，麦子在身后躺下，好像站立了几个季节终于功成名就了。太阳在远处，仿佛也要跌进麦田里，所有的一切都将归于大地。李局把另一个相机——让老刘"拿"去

一棵大树想要飞

的那个——放在跟前,也一张张地翻看着,李局说,老刘,你看,明智吧,我也用这个相机给你拍了几张。老刘把脑袋伸过去,便看见麦地里的自己,他被麦子包围着,被金色包围着,被层层叠叠的往事包围着。老刘刚要感叹几句,李局开口了,李局说这些照片让她想起下放时候,在马家营,整整五年,把激情和青春都奉献在那儿了——

老刘将车启动了,刚要挂挡,李局的手搭上来,说,等会再开。于是两人便在车里坐着,窗外有风吹进来,仿佛三十年前的风一直吹到现在。

到家很晚了,王芳芳已经睡了,中年妇女那种特有的鼾声在黑暗里悠荡着,老刘不敢发出声响,怕惊扰王芳芳的睡眠,王芳芳说她最近睡眠差,浅得很,就像潜水似的,刚把脑袋潜到水下,就被人拎上来了。所以老刘蹑手蹑脚地,像走在水面上一样,水面下是正在潜水的王芳芳。老刘在阳台上站了站,让风把脸使劲吹着,好像傍晚的那种热血还在沸腾似的,此时的老刘还不想睡觉,他在黑暗中往橱柜里摸索了一阵,没有,没有口琴,他不知道被王芳芳又藏到哪儿去了。对于上次老刘吹口琴一事,王芳芳是愤懑的,她认为老刘对口琴的怀念就是对过去生活的怀念,对过去生活的怀念就是对农村的怀念,对农村的怀念就是一种没出息或者与其对抗的表现。这么一来,王芳芳就生气了,一生气就让口琴消失了。

老刘在抽屉里翻找了一阵,十分沮丧,抽了支烟,便潦草洗漱上床了。躺下来似乎没有睡意,想起白天在麦地的事,又急忙下床找相机,他坐在床头一遍遍看着,尽管白天都瞟过了,此时还是忍不住唏嘘起来,好像当年的自己还正在地里劳作着。他想,日子过得真是快啊,三十年竟然嗖地过去了,他也不知道自己为什么怀念,可每次想起那些麦地,那些稻田,以及那些劳动的人们,他就会两眼湿润,好像昨天还在地里干活,吹着轻柔的风,脚下的泥土是松软的,一眨眼就到了今天,今天他穿着皮鞋,踩在柏油路上,商品房将他托举着,身子下面很空……他突然感到无比悲伤起来,想推一推身旁的王芳芳,向她讲诉此时的种种哀伤。他借助相机微弱的光线看了看身旁,鼾声比之前更盛了,想必已经潜到水深之处。他把相机关了,顿了顿,又打开,看一遍,关上,再打开,这样几次之后,老刘把相机放在胸口,突然想哭,好像相机一关上,就把过去阻隔出去了,当他打开相机时,里面出现的麦地不是城市边缘的麦地,而是小王庄的麦地;相机里的人也不是现在的自己,而是三十年前的自己,他一遍遍地看着,直到双眼迷蒙。后来老刘也混混沌沌睡着了,像是刚刚闭上眼睛,就醒来了,准确地说,是被迫醒来,他几乎是被王芳芳的尖叫扯出来的,天刚刚亮,王芳芳指着老刘担在床角上的衣服叫起来,王芳芳说,刘国栋,你怎么能把衣服放在床上——

　　王芳芳用两个指头夹着衣服,提起来,然后在空中进行了一次自由落体。老刘的衣服便像一个做错事的孩子趴在地上了。王芳芳说,衣服上尽是麦秸,你昨晚去哪里了。老刘刚要向她讲述昨天的事,讲述那片离城市不远的麦地,可是王芳芳不愿意听,她的重点不是"你昨晚去哪里了",而是"衣服上尽是麦秸",在王芳芳的生活原则里,衣服是不允许放在床上的,更何况有麦秸。对,麦秸。王芳芳几乎是失声喊出来的,好像自己十几年的生活败给了一根麦秸,现在,它们堂而皇之甚至挑衅般地来到她的家中,像个胜利者一样躺在地板上、床上,它们一言不发,便说明一切。王芳芳迅速冲到床头,抢过老刘手上的相机,然后举过头顶,是的,像那

一棵大树想要飞

个举着炸药包的英雄一样，王芳芳的鼻翼翕动着，仿佛身在沙场，她晃动炸药包的时候，老刘已经扑上去，但王芳芳躲得快，她都惊叹自己的敏捷，王芳芳说，你居然偷偷攒了钱，偷偷买相机，还偷偷去麦地……王芳芳越说越愤懑，倒不是悲伤，她不悲伤，因为此时的她就像一个勇士似的，勇士怎么会悲伤呢。她又来到那件衣服面前，这次是双脚出征了，它们骁勇善战，很快踏扁了敌方，又不解气，再用手将对方提拎起来，向窗外掷去，老刘看见那件昨天还意气风发的外衣正耷拉着双臂以一个绝望者的姿势跳下楼去，心头顿时一紧，酸酸地想哭。就在他还没缓过神来的时候，又看见王芳芳站到了窗口，他不顾一切地冲上去，像从前打篮球那样进行了一次盖帽，真的，他只是想挽留住那个相机，那个可以让他看见过去生活的相机。但他也没想到，自己的这次盖帽那么有力道，那么精准，他的手掌不但盖在了相机上，还盖在了王芳芳的脸上，那一声脆响惊天动地。

  这个早晨，王芳芳没有骂，没有哭，也没有像往常那样回娘家，而是一言不发地把地上收拾干净，上班去了。老刘不知道这样的反常将会出现怎样的结果，两三天后才确定，这次王芳芳要和他冷战了。老刘的衣服被搬到客厅里，以后的日子他将睡在这里，具体"以后"是多久，也无法知道，他只是觉得女人的倔强一旦开始了十头牛都拉不回来。王芳芳每次做饭只做一小份，或者干脆不回来吃，老刘常常觍着脸逗她说话，后者便转身离开，她也不看老刘，眼睛游离在外，镜片度数似乎又加深了些，眼睛在玻璃后面变得愈发大，像两尾鱼游来游去。

3

　　这段日子，老刘仍然经常打鸟去，除了和李局他们之外，也有过一个人的时候，那是周日的早晨，他骑着自行车去了那片麦地，眼前空空荡荡，所有的粮食都已归仓。可是，很快，他又不悦起来，那些机器收割的地里散落了很多麦穗，有麻雀从电线上飞下来，走一走，啄一啄，又飞开。老刘张开双臂嗷嘘嗷嘘地吆喝了一阵，便跳上田埂，把相机架好，调了视频模式，然后再跳进空荡荡的地里，像那些鸟一样，弯腰拾着麦穗。

　　天沉下来的时候，老刘才从地里走上来，他把麦穗抱在怀中，却不知道如何处理，是的，作为一个农民，现在他不知道如何处理这些粮食，他把麦穗放在地上，想了想又抱起来，捆在车座后面。做完这些，老刘躺在田埂上，他不着急回去，回去干什么呢，儿子们在学校，王芳芳在娘家，家里空空荡荡，洁净得没有一丝烟尘味。他在田埂躺下，身下软绵绵的，鼻子里是草的气息，他打开相机，把刚刚录下的回放着，穿过这个镜头，仿佛再次回到当年，他想自己已经很多年没有回去了，父母双亡后只在清明时节去看看，王芳芳是不愿踏上泥土路的，脏死啊，她喜欢这样说。老家的房子倒塌之后，好像他与土地的一切都斩断了，与过去的一切都斩断了。又过几年，老家拆迁了，建了无数的工厂，像是一夜之间从地里长出来似的，烟囱群立，犹如胜利者的旗帜。他看不到从前，这使他无比难受，那个在田边吹口琴的人呢，那个在地里劳动有使不完劲的人呢，那个笑起来一脸灿烂的人呢，现在他看着手里的相机,像缅怀从前的那个人,缅怀从前的一切,老刘把相机抱在怀里,眼泪从脸颊上流下来。

王芳芳依然不在家,屋里漆黑一片,老刘把麦穗放在楼下自行车库里,又挑了几支插在空酒瓶中,这样看起来就有点艺术的味道了,但即使这样,老刘心里仍是酸的,像是某种祭奠,仪式感般地完成了。

他站在阳台上,通过相机看着远处,他好像越来越喜欢这样了,镜头里出现的总是使他惊喜或感伤,仿佛这是一个时光转换器,比如此时,高楼不见了,而是小王庄的点点矮屋;城市的灯火也变得依稀起来,犹如田野上的星空。在往后的日子里,老刘常常以这样一个姿势站在窗前,用王芳芳的话说,他和相机合二为一了。的确,大多时候老刘都将相机拿在手中,或挂在脖子上。王芳芳依旧和他冷战,或者说,已经停战了,但他们仍然不说话,仿佛是战争后的惯性。老刘插在酒瓶里的麦穗,被王芳芳扔到垃圾桶了,扔完后瓶子里又会出现,再扔,再插上,他们就像进行一场无声的持久战,酒瓶是他们的争夺地。秋天过去,冬天即将到来,他们仍然像从前那样,好像生活本该如此。老刘后来想了,他和王芳芳之间的问题不是夫妻的问题,好像是城市和农村的问题,这么一想,老刘释然了。他们都变得不爱说话,准确地说,不爱和对方说话,说什么呢,是的,说什么呢。

冬天快要结束的时候,他们都开始忙碌起来,各自单位里的事情似乎特别繁多,王芳芳经常加班,在家的时间少了,她已经很久不剪报了。但在这种忙碌里王芳芳还是花了半天时间把头发做了一下,烫了,大卷的那种,像一个簸箕扣在脑袋上,使得原本的五短身材显得更矮了。老刘也在周末的时候和李局东奔西跑。但这种忙碌里有一件事使老刘很开心，那就是关于打鸟。李局说她要参加一个摄影比赛，摄影主题是"最美"，她说自己手头上还没有"最美"的片子。有好几个礼拜，他们都在很晚时候才回去，李局希望能打鸟成功，但是，领导的要求总是高的，李局对自己拍下的五千多张片子极不满意，她一边看着一边删着，这让老刘感到万分心疼，他心疼的倒不是拍片子时的辛苦，而是别的什么，他总觉得镜头里的一切都是最美的。是的，老刘把这句话说给李局听的时候，李局笑了起来，李局说，老刘，真看不出来哎，你还蛮有哲思的。

摄影比赛快要截止的时候，他们的工作也更忙碌了，为了打鸟打出"最美"，李局几乎每日披星戴月，当然，披星戴月算什么呢，李局说，摄影其实不仅仅是一种娱乐休闲，更多的是一种传递，是一种弘扬，比如，我们这个"最美"，仅仅是拍出美的风景么？当然不是，它更多的要宣扬一些人间光明的东西——说到此处，李局突然拍了下大腿，老刘知道，每每这个时候，就是李局有了新意图的时候。果然，李局吩咐老刘，明早，对，明早，你和我上山拍日出——

天蒙蒙亮时，刘老就起床了，王芳芳还没回来，昨天傍晚走的，说是财务室加班。临走时对着镜子梳了半天卷发，喷了一些发胶，用手煞有介事地抓了抓，显得自然或蓬松，刚走到门口，又折回来，仿佛觉得不满意，又用发胶在头上浇灌一番，即使现在，屋子里还残留了那些化学气味的甜腻。老刘其实是想和王芳芳说说话的，尤其是在这个时候——他要和李局打鸟去了，为一个"最美"的目的，他一直很感慨，甚至有些纳闷，镜头下的景物为什么就那么美呢，它像是超越了现实，又像是穿越了时空。老刘在卫生间认真地洗着脸，梳头，他比往常的任何一个时候都显得慎重和严肃。

一棵大树想要飞

接到李局,天还是黑的,远处有幽幽蓝色,这种蓝色使人神清气爽甚至振奋,他帮李局把长枪短炮扛到车上,关好门,又迅速跑到驾驶座,外面有些凉了,寒气丝丝地透进身体。他打开音乐,把暖风调到恰到好处,便一路向红山驶去。

红山离市区不远,三四十分钟的车程,红山的整个山体都是红色,据说是一种火山土,火山土上一毛不拔,整个红色便裸露在外面。这几年来游玩拍照的人愈发多了,日出与日暮时分,相当震撼。傍晚的红山老刘是见过的,太阳红艳艳的,与红山遥相呼应,红山被夕阳普照着,仿佛刚刚经历过一场大火,山体被烧得通红。但日出的红山还没有见过。李局说,年轻的时候喜欢看日落,年纪大了就想看日出。她把脸转向老刘,像是要等待共鸣。老刘这时才发现李局今天是把头发披散下来的,像一朵云似的飘在肩上。在老刘的记忆里,李局一直都扎着辫子,不长不短地束在脑后,显得干练。老刘常想,作为一个女干部,应该是什么样的发型呢?似乎怎样的发型都容易使人忽略她们的性别。但现在,老刘像是突然发现李局原来是个女人,而且还是那种很女人的女人。李局把头转向窗外,看远处的天空,她的脑袋每晃动一下,车内都会激起一阵发胶的香气,是的,发胶的气味,和王芳芳的不太一样,一种是甜腻腻的,一种是清爽爽的。

架好相机,东边已经明亮起来了,暗暗的红色仿佛深藏在白色之中,红山在这样的色调里呈现出一种稳重与大气,仿佛一个饱经世事的人,一言不发。远处的山头是深褐色的,还没醒来一样,正等待着太阳的呼唤。突然,李局哀叹起来,几乎与此同时,老刘也发出了这样的声音——人呢,是的,人呢,他们多么希望这个时候有一个人的出现。

寒风不停地往脖子里灌，身上的温度都被收剿干净了，李局在地上蹦了蹦，像个少女似的，那朵云似的头发便飞扬起来。老刘把相机从脖子上取下来，放在一个高高的土块上，他从相机里向远处看，红色越来越起劲儿了，一层层地往上涌。李局也弯下身子看过来，她说，老刘，让我也看看。她把脑袋觑过来，那缕发胶的清爽气息窜了上来，一直窜到老刘的鼻子里。李局对着四周看了看，调了调焦距，又转向了东方，此时天边，红色已经铺展开来，像是为太阳的出场铺就的红毯，山体也红了，只是红得有点深沉。红色越来越重，像是有人在一遍遍地涂抹着，使人不能知道红的极致是什么，突然，红色部分裂开了，犹如布匹被撕开了一道缝，那个不安分的球体正跃跃欲试着。裂缝越来越大，红色也越来越艳，球体终于粉墨登场了，它浑身裹挟着金色，恰似一件威武的盔甲，气宇轩昂。老刘听见两个相机发出的噼啪声，这是快门的声音，也是一种欢呼声，山体亮了，红色浓重地呈现出来，突然，对面的山头，出现了一个人影，或许原本就在，只是刚刚的黑暗使得这个人犹如一尊石头似的——这一定也是等待日出的人。李局激动起来，说，老刘你看，老刘你看，真是老天助我，需要人时老天就安排了人。李局忍不住继续说着，日出，世间的最美；看日出，是对美的追求，老刘你说是吧。李局对任何事都能给出一两句总结，领导大抵都这样。李局一边说话一边认真拍着，她蹲在地上，快门不放过日出的每一种状态。老刘也有些感慨，是的，最美，两个最美的重叠。他把相机托在眼前，对着那个人，人的前方是气势磅礴的日出，日出之下是虔诚的人，他们在相互观望，相互等待。

一会工夫，太阳终于跳出来了，像是经历了一番搏斗，金色四溅，世界突然明亮起来，仿佛在一瞬间，所有的黑暗逃之夭夭，光明登堂入室，天边亮了，红山亮了，远处的城市也亮了。这让人感到十分震撼，这种震撼里还有激动。老刘继续用相机四处看着，远处的田野，工厂，以及伸向更远方的柏油路，最后，老刘的镜头落在那个人身上——他（她）仍然保持着刚刚的姿势，好像日出与其无关似的。老刘把镜头缓缓拉近，那人身下的红山便清晰了，草木清晰了，人的侧脸也清晰了——是的，那是一个女人，一个烫了卷发的女人，卷发应该由发胶固定过，显得那么的死板和坚硬，女人戴了副眼镜，从镜头里看过去，镜片似乎很厚很厚——

（发表于《当代小说》）

去峨眉山

还有十五分钟，就要离开了。是的，离开，从这里。他突然喜欢这个词了——离开——好像这两个字本身就有拔腿奔跑的意思。"离开"，李自又小声说一遍，声音经过唇齿的时候感到一阵咬牙切齿。

他看着远处墙上的钟，分针时针近乎交叠在一起，等分针跑离的时候，也是他离开的时候了。十五分钟可以做很多事，比如可以完成刷牙洗脸洗澡吃饭等等，但对于他的老婆田淑芬来说，只能完成以上的十分之一。今天下午，为了这个晚宴，她在卫生间就花掉了十个十五分钟。此时，他的老婆田淑芬正站在台上，站在一对新人之间，她的头发梳得很得体，她的妆容也很得体……这些得体是卫生间两个多小时的结果。她抬起一只手，不停地朝台下摆摆——仍然很得体，仿佛她是整个晚会的主人。怎么说呢，的确和她有点关系，田淑芬是媒人，也因此被邀请坐在了主桌上。

一棵大树想要飞

大厅里有很多服务员,按照每桌一个地分配,略显过剩。此刻,菜肴都上完了,服务员们聚集在出菜口的地方窃窃私语,也有一两个周旋于饭桌之间。一个瘦精精的女服务员在整理餐盘的时候,偷偷将一个东西塞进嘴里,动作那叫一个敏捷。李自已经注意她很久了,整个晚宴她大概偷吃了四次,有一次是果盘里的小西红柿,没拿稳,骨碌碌一直滚到李自脚下,李自假装弯腰捡东西,将小西红柿捡起来,用手擦了擦,送进嘴里。

负责这桌的服务员把水果端上来了,一个矮胖胖的女生,嘴嘟着,好像和谁赌气似的,嘴嘟着的时候,腮帮子处就被挤出两个忽明忽暗的酒窝来。她把果盘往桌边上一搁,便离开了,站到上菜口的地方兀自抠着指甲。后来李自发现,这个胖姑娘是和一个男服务员在赌气,他们不太像普通的男女朋友,男孩一会便走过去,对胖姑娘耳语几句后又离开,后者并不理会,继续用嘴的形状表示她还在生气。

李自已经饱了,甚至有些撑,肚里的食物完全可以维持马不停蹄乘车、换车,直到抵达峨眉山。想到这里,他有些小小的激动,或者说,当决定去峨眉山的时候,就开始激动了,他激动于自己怎么就想到这个地方呢。很多时候,他都开始怀疑世上是否真的有这样一个地方。他想起小时候看露天电影,鹅黄的屏幕上突然出现的"峨眉山制片厂";他还想起一些武打片里那些背着布包的小和尚说自己来自"峨眉山"……当然,还有很多很多,李自把手撑在桌面上,掩着嘴,恰到好处地释放出一个笑容。

田淑芬已经从台上下来了,正接受一对新人的敬酒,她端着酒杯,脸上挂着得体的笑,酒杯碰撞后她微微抬头抿了一小口,杯里的红色液体纹丝不动,李自看着田淑芬,就像看着一架医疗仪器似的，她是一名医生。田淑芬坐下了，端起自己的水杯喝了一小口，这里的意思李自懂——红酒喝完要立即漱一下口，以免牙齿变成暗黄色——田淑芬教导他的。

田淑芬的牙齿很好，整齐而洁白，但她不爱笑，所以牙齿露出来的时候很少。是不是牙齿好的都不爱笑吗，李自想，那些四环素牙齿，带着牙箍的，总是把嘴咧得很大。田淑芬的笑是浅浅的，嘴角微微上扬，和表示惊讶、哀伤几乎是一样的。李自没有告诉田淑芬自己要离开，这样他就不能看到后者嘴角的微妙变化了。

分针又跑了一段距离，看起来与时针有了咫尺天涯的意思了。他把屁股微微抬了抬，像体育课上的短跑预备。旁边的老太突然用胳膊推了推他，说，吃啊，搛菜吃啊。李自点点头拿筷子象征性地夹了一粒花生米。这桌上李自只认识这个老太，新郎的一个远方亲戚，整个酒席老太大概推了他十多次，每一道菜上来都要他"搛菜吃啊"，李自就是这样吃撑的，可他不想带太多东西离开，包括食物。

晚宴有序进行着，人们站起来相互敬酒，李自也站起来，不是敬酒，而是离开——他要先回到自己的小区，从车库里把行李拿上，然后去渡口，到江对岸的城市乘最后一班高铁，在高铁上打个盹，就到达峨眉山了。

他从桌椅之间逶迤而行，像要去外面接个电话或去趟卫生间似的，没有人知道他要离开，要离开酒席，要离开这座城市，要去一个很远的地方。

走到门外，李自给自己点了根烟，门在他身后重重地合上了，像电影镜头里闪现的那样——一张张愉快喜庆兴奋木然呆滞茫然的脸都被关在了门里。

一棵大树想要飞

  门廊下有个人影,一闪,是刚刚那个赌气的小服务员。她背靠着柱子,嘴仍然表示着生气。李自很想走过去询问几句,为什么事呢?谁欺负你了?但李自没有,他要赶车,走到马路上的时候,李自仍然想着那个女孩,他把烟头狠狠掐灭了,心想,谁没有个烦心事呢。于是大步流星往小区走去。

  这里离他的行李也就几百米,李自突然觉得自己不是去提行李,而是去接一个老朋友,对,老朋友。小区道路两侧长着矮冬青,灯光下树叶油亮亮的,他想起当兵的那几年,集训的时候常常从早到晚蹲在操场上,班长说,蚊子咬,蚂蜂蛰,都不许动,记住,你们就是一株矮冬青——李自想起了那段时光,那些热血沸腾的时光,可是,都是过去了。

  车库在花圃后面,门紧闭着,像一个缄口不语的人,他打开灯——行李就在门口,拎上就可以了——但他仍然把灯打开,鹅黄的灯光瞬间把罅隙都填满了,车库里的杂物都像现形了一样,他第一次这么认真地看着:坏自行车,足浴桶,瘪了气的篮球,空纸箱,一捆旧衣服,缺口的花盆,报纸,还有田淑芬的一只高跟鞋……他往后退着,仿佛多看一眼,这些杂物就要跟出来似的。

  此时离高铁发车时间还有两个小时,他站在离小区大门有些远的地方等车,小区比较偏僻,在城市的最西边。偶尔有出租车呼啸而过,像没看见似的。即使有停下来的,摇开窗户问去哪里,得知到江边便调头走了,说是不顺路。

  突然,一串嗞嗞嗞的刹车声,一辆电动三轮车在李自跟前停下,黑亮的脸从雨搭子底下伸出来,问,去哪块啊?李自还在疑惑,车上的人已经跳下来,将他的行李搬上去了。这是一辆城市观光车,几年前政府要打造旅游城市的规划之一,即增添城市黄包车。当然，车也经过改良，由人力变成电动，两只脚踏板像摆设似的横在左右两侧。此刻，车主就将两只脚搭在脚踏板上，一副悠然自得的模样。他把身子转过来告诉李自他姓李，喊他老李好了。又问李自姓什么，得知和他同姓时，三轮车有了一个短暂停顿，老李的整个身体几乎都转过来了，自家人啊，他一脸笑容。

　　李自发现老李是很热情的，这种热情表现在嘴不停息——老李有无穷无尽的问题，后来李自懒得回答了，老李就自问自答，比如，这么晚能坐什么车呢？又自答道：去哪儿的车没有呢，到哪儿都有车。

　　李自坐在黄包车里，晚风习习，正是夏尽秋来的时候，拂在脸上的风已经有了凉爽之意。黄包车的速度比想象中的快，两边的树木一晃而过，有好几个瞬间，李自觉得不是自己在向前进，而是树在往后奔跑。

　　老李问李自吃过晚饭了没有？李自说，吃了。于是想起刚刚饭局上填进肚里的食物，老李说他还没有吃呢，这就回家吃饭，他的家离江边不远，从轮渡口的那条水泥路过去，向东拐个弯就到了，一排白房子里的红色那间，很醒目……老李话匣子打开就没有消停过，从他的话里大概可以得知一些讯息，比如他住在江边的小村里，红房子，老婆几年前死了，儿子和他都骑三轮车，一个白班，一个晚班……李自是不想听这些的，他的脑子里都是跟即将到达的峨眉山有关，他把行李抱到膝盖上，手慢慢摩挲着，隔着帆布，先是碰到一个球状的东西，再是摸到一个椭圆的，他把手停留在此处，感慨万千。

　　包裹是用了两个晚上收拾的，从家中的隐秘处找出被他的老婆田淑芬藏起来的，以及扔到垃圾桶又被他捡回来的——弹弓、口

一棵大树想要飞

琴、石头等等。田淑芬是多么憎恶这些啊，就像憎恶情敌似的，她与它们不共戴天。婚姻生活最初的几年，田淑芬只是对此抛出几个白眼，后来干脆扔到垃圾桶里去了，那次李自下班回来，找不到口琴和弹弓，但他从田淑芬坐在沙发上欲盖弥彰的姿势里断定，它们应该正躺在楼下的垃圾箱里。他来不及换上鞋，从五楼冲下去，垃圾箱已经被清空了，两个黑黑的洞口像两只眼睛直愣地看着他。那个晚上李自一直折腾到大半夜，他打听到垃圾回收站的地址，一路小跑去，在浩瀚的垃圾汪洋中翻找了几个钟头，幸好，找到了，他的口琴正躺在一只烂西瓜皮上，这使他无比感伤。他把口琴捡起来，用衣角擦干净，坐在堆积如山的垃圾上吹奏起来。后来他把口琴带到单位里，等下班没人的时候拿出来吹一吹，再后来，李自也不吹了，把它们都锁在一个抽屉里。

现在，李自要带它们走了。

就在这个时候，车慢下来了，几乎到了停止状态，老李把身子扭过来解释说，没电了，怎么就突然没电了呢。又说，没事的没事的。不知道是安慰李自还是自我安慰，老李的脚在脚踏板上蹬着，刚刚摆设一样的脚踏板极不情愿地动起来。

速度很慢，李自有好几次想跳下来换一辆车，但都被老李劝止了：来得及的，快到了咯。李自看见老李的屁股几乎都抬离了座垫，身体前倾，像一头驴似的，李自开始着急了，担心这样的速度赶不上江对岸的车，老李也不讲话了，力气都用在了踩脚踏板上。路灯很暗，李自无心看两边的树木，盯着前面老李的后背，两人都不再说话，屏住气赶路。

已经看见江上的航标灯了，也是鹅黄的，很小。老李把李自一直送到码头上，才离开。他说他要回去交班，还要充电，所以就不陪他等船了。李自看着老李骑着三轮车往坡上走，黑暗中只有肩膀一耸一耸的样子，慢慢地，也看不清了，像被黑暗吃掉了似的。

轮渡还没有来，江面一片昏黑。岸上已经聚集了一些卡车，也有几辆矮小的轿车夹杂在其间，车灯亮着，能照见涌上来的江水，一浪浪地拍打在码头上，不知道什么虫子躲在水草里叫着，间或又猛地齐声停下，突然的寂静使人吓一跳。

时间过去很久，才听到轮渡靠岸的鸣笛，人们蜂拥上去，找一个适意的地方站着，朝着黑暗的江面进行远眺。李自也看向远处，黑乎乎的，分不清天空和江水。他看向峨眉山的方向，心中十分澎湃。轮渡上有一盏小小的灯，光线微弱，昏黄的灯光里看见人影绰绰。汽车里的人下来了，走上甲板，去厕所，或者伸个懒腰，只是一小会儿，又把自己关进驾驶室里。有人在敲车窗玻璃，声音有些胆怯，是一个背着扁木框的女人，玻璃被摇下来一截后，又被关上了，也有的索性不开窗——看样子里面的人没搭理她。女人又转向另一辆车，李自不想看了，想必是个要饭的。

江对岸只有零星的灯光，好像城市都被黑暗吞掉了，李自看看表，时间并不宽裕，而这时轮渡不动了，愣愣地停在江中央，再后来，马达声都熄掉了，这使李自一阵焦急，刚要问个究竟，马达声又似出现了，但只是呜呜一会儿，便消失了。李自竖着耳朵搜寻马达声音，若隐若现，这样反复一阵后，李自也感到颓唐起来。有人说这是在避让江上的货船。于是黑暗中的人看向更加黑暗的江面，什么也没有，只有江水噗噗的声音。轮渡并没有继续前进，而是像一个做错事的孩子愣在江上，有时船头偏过一些，向着来时方向。对岸的灯火都远了一些，岸上依稀的嘈杂也听不见了，李自不知道轮渡要去哪里，好像故意逗他玩儿似的。就在这时，一个庞然大物

一棵大树想要飞

从更深的黑暗里跑来,如怪兽,昂首挺胸地从跟前过去了。

刚刚那个女人站到了李自跟前,她把一只墨镜递给李自,方才明白原来是卖墨镜的,女人是哑巴,啊咿啊咿比画了一阵,李自没有心情购物,更何况,大晚上的,也不是挑选墨镜的时候,但女人很执着,把墨镜放在李自的行李上。李自递回去,她就放上来,李自再递回去,女人又放上来。后来李自发火了,几乎在咆哮,他不知道自己为什么咆哮,好像是对着江水咆哮,又好像是对着顺流而下的轮渡。女人战战兢兢地看着他,像做错事,连嘴里啊哦啊哦的声音也没有了。这时轮渡鸣叫了一声,把黑暗都撕碎了。到岸了,汽车都发动起来,李自丢下十块钱,拿起墨镜匆忙下了轮渡。

渡口有摩的,五块钱送到车站。李自不由分说跳上一辆,他把刚刚买下的墨镜戴上,眼前更黑了。摩的师傅是个小伙子,听声音似乎稚嫩得很。李自问他多大了?他转过头问,什么?啊?你说什么?李自又问一遍,风把声音吹跑了。他听不见,也有可能是头盔太大,便不停转过来问什么,啊,你说什么?连续几次之后,李自也没有力气再问了,他让小伙安全驾驶。但过一会儿他就转过硕大无比的脑袋,问李自在说什么——

终于到车站了,李自站在车站前的广场上做了几秒钟的停留,主要是向着江对岸的方向。他想象着他的老婆以及他的朋友们得知情况后的反应,他们一定会一脸惊诧地问,去峨眉山干吗?是的,去峨眉山干吗呢,李自自己也不知道。可是,为什么要知道呢,他只是想离开。这个时候,李自的脑海里突然出现了一首歌,摇滚歌手梁博的《私奔》,梁博抱着吉他不停嘶喊着,私奔,私奔,我要带上你私奔,带上你私奔……是的,现在他正带着他的包裹私奔,广场上来来往往的人,有谁知道这个包裹里没有一件换洗衣服,而全是他珍爱的物品呢——那些陈旧的，代表他过去时光的，属于一个男人的——口琴、弹弓，以及在部队生活时的小石头……李自有些热泪盈眶，悄悄用手背擦了擦眼角，没有人注意到这些。

售票处寥寥无几的人，李自走过去，只等了一会就到他了。

——去峨眉山。李自把身份证递进去。

售票员盯着他几秒钟，启开一对厚嘴唇慢悠悠说，没有。

——是去峨眉山的。李自又重复一遍。

没有。里面的人也重复一遍，又补充说没有这趟车。

李自突然不好意思地笑起来，说错了错了，是到成都，到成都的高铁，到成都再转去峨眉山。

高铁明天早上九点四十五。

今晚的呢？

没有。

不可能啊，李自歪着脑袋，说他特地查了时刻表，明明是晚上的班次啊。

售票员告诉他晚上没有到成都的班次，更没有高铁。

这回轮到李自犯愁了，他分明记得有这样一班车，晚上九点四十五出发，他还计算了时间，正好可以睡一觉，醒来就到达了。

他把脑袋伸过去，里面的光刺着眼睛，嗨，他朝厚嘴唇喊道，你再帮我看一下，我明明看到有的——

明明就没有。厚嘴唇有些不耐烦了，下一个，下一个。她对着话筒喊着。

李自还在嘀咕，他不相信自己看错了，怎么会呢，怎么会看错呢，他在田淑芬的电脑上查看了很久，还用那个时间推算出出发的时间，推算出离开饭局的时间，可是，怎么就错了呢。

一棵大树想要飞

他退回来,站在人群后面。售票厅的人多了一些,不知道从哪儿冒出来的,每个人脚下都躺着一个或大或小的箱子。窗口前已经排了很长的队伍,人群翘首盼着,李自多么想成为他们其中一员——买票,等车,然后离开。

去成都的高铁是明天上午的,还要等待一夜,可是,现在,他是多么渴望离开。他不想等,一刻都不想等。突然,他拍了拍自己的脑袋,对呀,他的那个城市虽然没有高铁,但有去成都的慢车啊——他想起来了,时刻表里写的是夜里一点出发,虽然慢点,虽然路上时间长点,可有什么关系呢,他需要的是立即"离开"。

李自没有犹豫,跳上一辆摩的往江边驶去,风在耳边呼啸着,有种意气风发的感觉。行李夹在他和摩的师傅之间,他将行李往自己身边挪了挪,这个晚上,它给了他说不出的温暖。

轮渡只剩最后一班了,在对岸待了很久才不紧不慢地驶过来,乘船的并不多,三辆汽车,两个行人。这时,李自又看见哑巴女人了,这么晚还没回去。她依然去敲着车窗,啊哦啊哦地比画,后来,哑巴女人看见李自了,啊了一声,但没有走过来,而是背着箱子站得远远的。

仙城的火车站在最西边,如果不是赶这趟车,李自是不会走到这里的。火车站前的广场坑坑洼洼,很多地砖都被掀开了,路灯一副有气无力的模样,有的灯罩没了,有的倒在一边,好像这里刚刚经历过一场浩劫。

所幸的是,李自买到票了,慢车,仙城到成都,凌晨一点发车。

拿到票时李自差不多要热泪盈眶了,他仔细看了两遍,从时间姓名身份证号一个个地看过去,像是检查作业,没错,他吁了口气,小心翼翼将它收在衬衣口袋里。

候车室里很多人,可以称得上人声鼎沸,有啃着方便面的,打盹的,使劲咳嗽的,咬牙切齿打电话的,还有和他一样伸着脖子四处张望的。李自找到一个空位坐下来,把票又看一遍。此时,他的行李正躺在脚下,显得无比乖巧。离发车还有两个钟头,时间多得无处打发,好在买上票了,李自并不着急,甚至有些安然,他在候车室里转了一圈,在横七竖八支出的腿脚间跨越着,之后又回到座位上。

邻座的人在睡觉,裂了口的帆布鞋多占着一个位置,李自猜他是个民工,因为他搭在椅背上的手指关节粗大。此人把一只包裹枕在脑袋下,另一只则搁在脚边,姿势很舒适,倒不像是乘车来的,而是为了在候车室酣睡一场。

李自希望他能早点醒来,比如他的火车进站了,比如被尿憋醒了,然后,伸个懒腰,然后坐直,然后空出一个座位,再然后,李自就可以把自己的包裹提在空位上了。然而,这人的呼噜仍抑扬顿挫,丝毫没有醒来的意思。李自将身体斜靠在椅背上,目不转睛地看着。

后来,他发现一个人,一个捡空饮料瓶子的,李自关注他很久了。他走得很慢,在每个座位前都要停留一会,眼睛四处搜寻,要是看见座位上的人正喝着饮料,他就会停下来,愣愣地站在旁边等,喝饮料的人不看他,像是故意刁难似的,并不把饮料喝光,留上一点,再盖子盖上,塞进包侧的网兜里。捡空瓶子的就会讪讪离开,但走不远,又会折回来,站在一旁等着。他走到李自这边的时候,也停了下来,李自发现他的手上有一根细细的铁丝,铁丝顶端弯成九十度,想必这是工具,翻掏垃圾箱时比较方便罢。李自没有

一棵大树想要飞

买饮料,除了一只包裹,几乎两手空空。他坐直了,看看四周,发现睡觉的民工手里正拿着一只空瓶子。民工翻了个身,把另一只脚搁在包裹上,空瓶子仍拿在手里。他嘴里吐着气,嘴周花白的龇须也跟着动起来。突然,他手里的瓶子掉了,落在椅子里侧,塑料和铁发出的声音居然也十分悦耳。捡瓶子的人迅速弯腰过去,刚要碰到,民工却翻了个身,瓶子被压在身体底下了。捡瓶子的人用手试着掏了几次,大概怕惊醒瓶子主人,后来,他用铁丝轻轻勾着,有好几次眼看瓶子起身了,又猛地坠下去,突然,民工坐了起来,捡瓶子的撒腿跑开了。民工一边把瓶子塞进包裹,一边喋喋不休,他对李自抱怨说,简直是个小偷。说完又倒下去睡了。

李自看看墙上的钟,离出发还有一个小时,他睡不着,也不想睡,要是在家的话,这个时候应该正躺在床上,而他的老婆田淑芬正在卫生间洗一场无休无止的澡。田淑芬很讲卫生,大概医生职业的缘故,每天进门都要将外衣脱下来进行消毒,她拖地的时候,李自就不知道自己该去哪儿了,他听从指挥将双脚抬离地面,直到地上的水痕完全消失才能落下脚来。因为地砖极不吸水,那段时间是很漫长的,李自只好用来缅怀过去的时光。他想起那些骑车去栖霞山看红叶的日子,骑车去海边看日出的日子,那时的他多么生龙活虎啊。

李自把包裹解开,将东西拿出来,他挪出地方,让它们一件件排列好。一只铃铛——自行车上的,就是那辆自行车和他去过黄山,去过宁夏,还去过一次日喀则,对,西藏的日喀则,那时刚大学毕业,每个细胞里都充满理想,他在一本书上看到了一张西藏的图片,蓝天白云,还有通往远方的路……后来他和很多人讲到西藏之行时都会说到那张图片,仿佛把他的魂摄了过去似的。他记得自己躺在青藏公路上，自行车倒在一边，头顶是辽阔蓝天，他的眼泪出来了，不是多日来的艰辛，而是幸福，他想到人类的奔忙，想到曾经的颓废萎靡，想到日子重复而消逝……

那辆自行车后来被田淑芬卖掉了，十五块钱卖给一个收破烂的。的确，它躺在储藏室里太久了，久得让人怀疑。轮胎瘪了，脚踏板也松了，只有铃铛还泛着银光，他把铃铛卸下来，看了很久，然后将它们悄悄放在卧室的抽屉里。

一个篮球，差不多快二十年了，球面的皮有些风化，球心里包藏着一点点空气，这应该是二十年前的空气，后来那几年打得很少，常常一个人在篮球场上投投篮，然后回家，田淑芬不喜欢他打篮球，一身的汗，多臭啊。

一把篆刻刀，手柄都磨得凹下去；一只口琴，绿色的；还有，弹弓，陪伴他多少年了……

李自发现它们好像突然从过去的岁月向他走来，齐整整地坐在他的面前，好像在质问他，这些年在干什么？是的，在干什么呢，他觉得自己就像一摊水，这话是田淑芬说的，还有他的同事小齐，两个人语句惊人的相似，他们说，李自啊李自，你怎么就像一摊水呢。田淑芬说这话的时候，李自正躺在床上，于是觉得身下的床就如同黑暗水面一样。

候车室里有了骚动，一些背包裹的人正涌向检票口。那个捡空瓶子的和一个人在争吵，也是一个捡垃圾的，他们为垃圾箱里的一只易拉罐而争吵起来。邻座的人突然坐直，拎着包裹急急忙忙向检票口跑去。李自觉得有些累，回忆让他筋疲力尽，他把东西一一收好，小心翼翼放进包裹里，再把包裹搁在空座上——民工留下的。候车室又进来一批乘客，两个捡垃圾的之间的争吵愈发激烈，离发

一棵大树想要飞

车还有四十分钟,李自闭上眼睛,将手搭在包裹上,像故人之间。

很快,到达峨眉山了,和他想象中一样,山顶云霭缥缈,石头铺就的路逶迤而上,山上有松树和柏树,还有很多叫不出名字的花儿,上山的人并不多,只看见几个模糊的背影,李自跑得很快,听得见脚下风声,还有山涧泉水的空濛声。他几乎是小跑到山顶的,这时正是早晨,远处已有了朦胧灯光,他看向仙城的方向,除了云雾其实什么也没有,但他知道,就在那个方向,他的老婆田淑芬正在洗澡,他的同事们正在加班,城市里所有的人都在踽踽而行。他听见身后有人轻轻唱歌,还有小声地窃窃私语。不知谁喊了一声,太阳出来了。李自看向东方,果真,一轮红日从云层里一跃而起,蓦地,整个世界都亮了。李自用手遮住眼帘,他感到十分刺眼,刺得他睁不开眼睛。

李自醒了,刚刚沉沉睡了一觉。候车室里异常安静,人少了很多,像是被经过的火车吞噬了似的。捡垃圾的不知道去了哪里,人们除了打盹就是低头看手机,候车室显得十分空荡。李自突然发现自己的包裹不见了,他站起来,四处寻找,没有。刚刚还在他的旁边,像老朋友一样坐着。他转身问对面正在发呆的男孩,男孩愣愣地看着他,似乎不能听懂李自的问话。李自又询问旁边的一个女人,女人正在奶孩子,很热心地把孩子搁在座椅上弯腰寻找,好像包裹藏到她身后似的,她转了几圈,然后又很无奈地坐下来,继续奶孩子。

李自一个个地看过去,每一个人的脸上都是一副若无其事的样子,他们,和他们的包裹安然无恙。李自不知道这里刚刚发生了什么,他的包裹不翼而飞。他离开座位,慢慢从过道向前走,穿过横七竖八支出的腿脚,穿过安检口,穿过玻璃大门,一直走到外面的广场上。夏天的风逐渐有了凉意，吹在脸上分外清冷。他踩着被掀起的地砖，发出啪噔的声音，一些碎石被弹起来，落在他的脚面上。广场上的路灯又灭了一些，但远处却有亮光，忽明忽暗。

他继续向前走，路面宽阔很多，很多年都没有仔细留意过了，他不知道这些树是什么时候参天的，马路又是何时平坦起来，甚至不知道路边什么时候竟种下了一溜烟的矮冬青。他在一棵树下歇了一阵，看着疏密有致的星空，远处的钟楼沉沉敲了一声，李自抬起头，时针与分针近乎交叠在一起。

他听到身后候车室的喇叭声，关于他那辆车检票的通告，开往成都的，可他总听成峨眉山。是的，那个云雾缥缈的峨眉山，山上种满松树和柏树，他记得小时候电影屏幕上的画面，泉水声夹杂着放映机嗡嗡的声音，李自长长舒了口气，转身看着越发远去的候车室，那列火车应该启动了吧，向着峨眉山的方向。

一棵大树想要飞

爬上那个大堤

1

我的奶奶许秀英第一次爬上通洋河大堤这年十八岁，在此之前她并不知道她所生活的小吴庄北面有这样一道大堤，翻过它是通洋河，河的另一边还有一道大堤，大堤下就是她将要生活后半辈子的小杨庄了。

那天和她一道爬上大堤的还有一个媒婆，小杨庄的，我的奶奶许秀英只见过两次，一次是来小吴庄说媒，一次就是现在——她跟着她去小杨庄和一个叫作杨国富的男人成亲。

按理说，对于一个十八岁的女孩，这应该是个让人害怕又憧憬的日子，但许秀英没有，这两个词几乎和她毫无关系，倒是媒人的发髻和金牙吸引了她，她一步不落地跟在媒人后头，琢磨着那个发髻是怎么盘出来的，那么周正，那么精致。还有，两颗金色的虎牙真是俏丽极了，说话时上嘴唇总刻意翘着，好让金牙毫无遮挡地展示出来。对于这两点，许秀英几乎羡慕了一路，思考了一路，不久后的上海之行，也开始有意无意地翘着嘴唇说话了，因为许秀英的嘴里也有了两颗成色不错的金色虎牙。

这两颗金牙改变了许秀英的一生。怎么说呢，因为金牙的缘故，许秀英变得特别爱笑，恨不得将整个牙床露出来的那种笑。而我的爷爷杨国富却是个严肃的人，整日拉着一副脸，他觉得生活没什么可笑的，笑什么呢，有什么好笑的呢，所以相对而言，许秀英的笑就是一种错误，一种不道德。后来，又有了我的伯伯，我的父亲，以及我的叔叔们，他们秉承了其父亲的严肃，再加上日子一直过得不顺畅，所以更加忍无可忍许秀英平白无故的笑。等到我出生后，许秀英的金牙已经磨掉了很多，大概笑的频率太高，被嘴唇硬生生地给蹭了，金色部分已经变成了一道箍，像字母里的"n"，每当我在作业本上写到这个字母时，总想起许秀英嘴里的金牙。

关于她的娘家以及结婚那天的事，许秀英经常向我讲起，可总是讲着讲着，许秀英就笑了，笑得两个肩膀都颤动起来，她把嘴咧开着，两个"n"就如两个拱门一样朝我打开，好像只要我传神地盯着它，就能通向远方，通向那些我未曾经历的过往岁月。

许秀英说许家也曾是大户人家，她有两个哥哥和六个妹妹，家中有田亩，有大船，还有三五个长工。船在江上跑运输，由她的父亲和两个哥哥负责，后来遭了江盗，三人都丧命于江中。丧事还未操办，就土改了，她的母亲带着她们姐妹七个在院子里挖坑，挖啊挖，整整挖了一夜，才把一坛坛黄金埋到各个角落里。可是，后来这些黄金就再也没找到过，有人说，金子会跑的。许秀英说到这里的时候笑容会收敛很多，然后哀怨地说一句，要是那些金子都找到的话——

　　许秀英从没能把这句话说完，因为她的八个儿子和儿媳以及十三个孙子都会阻止她往下遐想，所以许秀英只跟我说——她唯一的孙女。她把我抱在手上，脸贴得很近，可一张开嘴我就咯咯笑起来，是的，我看见两个金闪闪的拱门忽隐忽现。许秀英不高兴了，她用她的衣服把我包起来，放在一只篮子里，挽在手臂上，穿过小杨庄低矮错杂的房屋，爬上通洋河大堤。小杨庄人称河北岸的大堤叫北大堤，河南岸的叫南大堤。许秀英站在北大堤上看着远处，晚霞烧红了半边天，她把篮子放在坡上，轻轻一推，篮子就顺着土坡滑下去了，她也从堤顶滑下来，尖锐的屁股犁出两道凹印。许秀英拍拍身上的尘土，也把我拎出来拍一拍，再大步流星走向渡口。

　　我不知道多少次跟许秀英一起回她的娘家了。在我之前，我的十三个哥哥都去过那里，和我一样，他们也被装在篮子里。许秀英是个说走就走的人，这在现在看来是多么时髦的事。许秀英说她要去上海，然后就去了上海，当然，那时还没有我，也没有我的父亲和他的哥哥们。

　　许秀英把我放在地上，从兜里掏出钥匙去开门，锁孔又锈了，捅了一阵才打开，推开门，一股浓厚的死寂气息，她把篮子提进来，放在脚边，然后指着院墙四角告诉我，这里，这里，还有这里，都埋了。还有，她站起来，这里，许秀英的脚在地上点戳着，又弯下腰在这几个位置画上圈。

　　天黑之前，许秀英一直在低头刨地，一边刨，一边自言自语，她忘了饥饿，忘了篮子里的孙女，仿佛也忘了大堤那边的小杨庄。黑色的泥土在身后飞扬，天好像被刨黑了，一直黑到伸手不见五指。许秀英这才放下铁锨,很长一段时间,一动不动地,她已经不讲话了,安安静静坐在一坛金子上(如果地下有的话)。风从四面刮来,把她头发和枯树枝儿都吹乱了。

2

许秀英说她第一次去上海时跟篮子里的我差不多大,也是被她奶奶背着去的。可是——谁信呢。有人问许秀英你去上海做什么?这句话让许秀英很生气,撇着嘴说走亲戚,她的奶奶的二姨婆就住在上海——听的人都笑了,头顶的树叶也纷纷落下来,许秀英说她在上海的她奶奶的二姨婆家一直过到十二岁呢——依旧有人在笑,好像这句话本身就让他们发笑一样,这时远处传来喊声,许秀英的孙子喊她回去烧晚饭,她这才拎着篮子愤愤离开。

关于许秀英在上海度过童年的事,我不知道是否真的,许秀英和我无数次说过,从她的金色虎牙里蹦出的那些词,梳头油、歪子油、糖面糕……让我相信她和那座城市有过千丝万缕的关系,就像很多年后,我也常常和别人说起我的童年,说起无数次的和许秀英一起爬上大堤,渡过通洋运河,在河对岸被我称为姨奶奶的许秀英妹妹家的那些白天和黑夜。

很多事情在我出生之前就发生了,当我来到这个世上的时候,看到的仿佛只有许秀英和我的十三个哥哥。很多人和事就像从没有出现过一样,我的父亲母亲,我的爷爷,大堤北边的小杨庄……他们在我的记忆里逐渐淡去,只留下了和我毫无关系却又十分关联的场景——许秀英娘家的青砖大院,行驶在江面上的运输船,上海的糖面糕……好像我和许秀英一起度过了童年,经历了土改,又一起

一棵大树想要飞

爬上大堤来到了小杨庄。

我的爷爷杨国富在我的父亲——他最小的儿子——出生后就生病去世了，杨国富和许秀英婚姻的意义仿佛只是为了输送八颗传宗接代的精子，而它们转变成的八个儿子竟然神奇地都遗传了他的相貌和秉性，八个儿子成人了，都娶了媳妇，都给杨家添了孙子，十三个孙子都在许秀英的篮子里一点点长大了，他们被许秀英背到大堤上，背到小吴庄，背到她的河南岸的妹妹家。她的儿子儿媳们在外地打工，过年的时候才会回来，塞给她一大袋待洗的脏衣服，以及又一个刚断奶的娃。就像一切安排好似的，一年添一个孙子，等到我出生的时候，她最大的孙子正好十四岁。

杨国富没有见过他的孙子，死的时候他的大儿子也不过十四岁。他是病死的，也有人说是劳作死的，怎么说呢，劳作出的病吧。杨国富是一个严谨的人，认为夜晚应该睡觉，白天就应该用来干活，所以天一亮杨国富就把自己栽在地里了，天黑的时候才把自己拔出来，他的腿和脚板都是黑黢黢的，像结了一层黑痂似的。晚上他在一块布上蹭几下，往床上坐过来。许秀英说，哎呀，脏死了。杨国富便坐下去了，躺在踏板上睡一觉。杨国富是不允许晚上点灯的，他认为所有的事情都应该在天黑之前干完，再说，有些事情也不需要灯，比如许秀英洗脸洗脚的时候，杨国富就会骂起来，穿不穷，吃不穷，算盘不到一世穷。他说洗个脸要看什么呢，有什么好看的呢。杨国富不爱讲话，除了吃饭，很少能看见他的嘴是张开的。所以对于这一点，杨国富是多么讨厌许秀英叽叽咕咕的说话声，讨厌因为说话而变幻无穷的嘴唇。常常他从地里回来，看见许秀英和一群妇女站在槐树底下聊家常，那些嘴唇像一个个黑洞，像枪口，从这些枪口里吐出的不是言语，而是子弹，是火球，火球越烧越大，他看不见她们的脸，只看见火球在翻滚。杨国富的脸拉得更长了，然后把铁锹摔得乒乓响。

杨国富和许秀英惟一的言语交流大概也就是吵架了，杨国富骂的时候，许秀英总是一边呵呵笑着，说，你这人一点意思也没有，要么不开口，一开口就是骂——许秀英越笑杨国富越气愤，一气愤便以鞋帮子代替了。

许秀英第二次去上海——如果第一次成立的话——是在大儿子一岁时候，不知道跟鞋帮子有没有关系，反正许秀英就空着双手，在一个早晨爬上了大堤，乘了一艘小船走了。许秀英站在渡船上往上海的方向看去，远处云霭沉沉，河面烟波缥缈，她看见北岸的大堤像羊群似的向后跑去，小杨庄看不见了。

船上有小杨庄的人，雾散去后便打起招呼来，那人说，秀英你又回娘家啊？许秀英也不转过脸来，看着对岸说，回娘家呢。

许秀英从上海回来的时候已经三年过去了，这三年发生了很多事，比如村里的土地庙被砸掉了，比如几头耕牛也被宰吃了⋯⋯当然，这些都与一件事有关，自然灾害。许秀英回来那年，地里已经能够长出点东西了，杨国富跟着队里去镇上栽电线杆，他的大儿子被拴在绳子上，绳子一头绑在石头上，下工的时候杨国富把绳子解开，再把自己的馒头掰一半给儿子。许秀英回来后也给他们的儿子带了糖面糕，刚递过去，就被杨国富打掉了。杨国富对四岁的儿子阴着一张脸，说，没出息的东西。

从此杨国富开口说话的理由又多了一个，他要告诉他所有的儿子——只要一出生——他就讲起了自己含辛茹苦的三年，讲许秀英抛夫弃子的三年，这三年，她竟然独自享乐，更令他忍无可忍的是许秀英还装上了金牙。

一棵大树想要飞

许秀英笑了,咧开嘴笑了,说,我去找我奶奶的姨婆婆的——她的笑声空荡荡的,像冬天树上的枯枝儿,她没有说她奶奶的姨婆婆不在了,那个地址早就找不到了,也没有说自己在厂里做过工,给人家做过保姆——许秀英断断续续笑着,好像这样笑着就能把日子一下子接回到三年前。

3

许秀英躺在藤椅上,柳条儿耷了卷儿悠悠落下几片,许秀英喊,三儿三儿,给奶奶把蒲扇拿过来。三儿是她的三孙子,许秀英记不住十三个孙子的名字,除了孙女,其他就按照顺序叫着。三儿从厢房里把蒲扇拿出来,许秀英接过后,往大腿根上啪地一拍,树叶儿就扑棱着飞出去了。许秀英说了句"秋风儿起,落叶儿黄"又停下来,像是等待什么,过了一会,便冲着黑暗处喊着,四儿五儿六儿哎,你们都死哪里去了哎——她的声音和蒲扇一起晃悠悠的。

许秀英又开始讲牛郎织女了,尽管她的孙子们已经听腻了,但只要一躺在藤椅上,只要一看见头上星星,许秀英就会砸吧着嘴说开来了——天上住着牛郎和织女呢,牛郎对织女好,织女对牛郎也好呢,她每天都来给牛郎做饭,红烧猪蹄,红烧鸡,还有红烧鱼——许秀英想了一阵,似乎没有想出更好的——做好饭织女就躲到水缸里了,牛郎回来揭开锅盖一看——你讲的是田螺姑娘,许秀英的三孙子打断她。许秀英把蒲扇在三儿屁股上一拍,说,小孩不许插嘴。然后又继续往下讲——后来呢——牛郎带着他们的孩子去天上找织女了,他挎着篮子,孩子放在篮子里,左手一只,右手一只——就跟我挎着你们似的——许秀英又用蒲扇拍了拍几个脑袋——牛郎是个凡人，凡人怎么能上天呢，怎么办呢，他就去找孙悟空了——不对不对，她的孙子们开始反驳了，说他的爸爸讲的不是这样的。许秀英生气了，说，你爸爸也是听我讲的呢。

这大概是许秀英在小杨庄最快乐的一段时光了，她像个孩子王，她的十三个孙子和一个孙女逐渐到了她所说的在上海生活的那个年龄，她也常常会跟他们讲起上海的事，讲起糖面糕和梳头油——好像也只有这些。许秀英笑起来了，整个人都陷在回忆里，两颗金牙在黑暗中发出幽幽的光，后来，她又说起了小吴庄，以及小吴庄娘家院子里的几坛金子。

在说起金子的次日，许秀英带领着孙子孙女们回了趟娘家，此时的娘家早已是荒屋几间，许秀英的母亲在她成亲后身体染了恙，把剩下的几个女儿找了婆家后就走了，那些匆匆嫁人的妹妹们像豆子一样散落在小吴庄小李庄小顾庄上，她们都沿着通洋河南岸过起了各自的日子，逢年过节的时候，她们也会爬上大堤，过河，相互串串门。除了许秀英，已经没有人再回小吴庄的娘家了，至于许秀英说的金子的事，也没有人记得。是的，那时太小了，谁还记得呢——

他们从大堤的沙坡上一个个滑下去的时候，太阳才刚刚出来，他们起了个早，草尖上还裹着露水，裤管和鞋都湿了。河面银闪闪的，渡船晃悠悠地从对岸划过来，银子碎了。他们迫不及待地跳上去，船头猛地一沉，许秀英连忙跑到船尾，冲着他们喊道，轻一点，轻一点。她的十三个孙子便安安静静坐在船舷上，整整齐齐的一排脑袋。

他们从小吴庄的西面一直走到东面，穿过整个村庄，路上没有遇见一个人，只有一条狗若无其事地叫了一声，村庄死寂一般。树

一棵大树想要飞

很高很大，绿色遮蔽了一切，各种藤蔓爬上院墙和屋顶，地上的巴泥草四处蔓延，绿色好像就要统领村庄。许秀英说，人都没有了，死的死，出去的出去，这哪还像是个庄子么——

他们在门前停下，爬山虎把整个门都占领了，狗尾巴草从门缝里挤出来，锁又生锈了，许秀英从里层口袋里掏出的钥匙没能打开它，她把门上的藤藤蔓蔓用手捋掉，继续捅了一阵，然后叫他的大孙子爬过院墙，从里面卸下门板。院子里一片荒芜，草已经长出半人高，许秀英放下篮子，开始铲起草来，她好像有点生气，又好像跟谁赌气似的，把草踩扁，跺着，再捆起来，扔到院墙外面去。中午的时候，草全部收拾掉了，泥土露出来了，干净而羞涩。许秀英光着脚在地上比画着，从东南角走到西北角，又从东北角走到西南角，然后在几个位置站定，摆上砖块，全部摆完了，才直起腰来，对她的孙子们说，你们看，每个砖块下面都有一坛金子。孙子们面面相觑，尔后又是一阵尖叫，他们争相拿起铁锹，在砖块的下面刨起来。地越刨越深，泥土颜色也越来越深。太阳偏西的时候，他们都有气无力地躺在地上。依旧没有金子。许秀英已经不说话了，像无数次刨地之后的失落。

傍晚的阳光落在碎土上，呈现出金色，许秀英呆呆看了一阵，突然站起来走出院门，回来时手里拿着几棵小树苗。这是许秀英日后每每想起都感到英明的举措——她往每一个坑里栽上一棵树——算是做上记号了。很多年后，许秀英把这些告诉我时，仍为自己的决定感到激动，每棵树的下面都有一坛金子，她对我说。我想这是许秀英留给我的——她唯一的孙女——的金子，财富，或者是希望。

我从没有凿开它，很多年后——我已经成人——走进那扇院门的时候，树已经很高了，或者该叫参天大树。它们是五棵水杉，笔直而高耸，树叶细密，在夕阳下呈现金色，它们仿佛不是栽在地上，而是从土地的深处，探索聚集，再一点点向上延伸，直至伸向天际。

4

那年夏天的雨水特别多，小杨庄上几条小河都满了，通洋河的水面涨得很高，一直爬到大堤的半腰上。从早到晚雨下着，耳边尽是淅淅沥沥的声音，许秀英的八个儿子都在那个下午往小杨庄打来了电话，广播里不停喊着许秀英的名字，让她到村大队部去接电话。许秀英丢下手里的活，颠着步子快速赶过去，他的十三个孙子和孙女也跟在后头，队伍有些浩荡。他们挤在大队部的五架梁瓦屋里，那只白色的电话机就搁在最醒目的方桌上，许秀英拿起电话"喂喂"起来，旁边的人说，还没打来呢，先等一等。许秀英便放下电话坐在旁边专注看着，好像等了很久，电话才狂躁般地叫起来。旁边的人说，接啊接啊。许秀英才谨慎地拿起话机——仪式般地——放在平时比较灵光的右耳上。听筒里传来嗤嗤啦啦的电流声以及他儿媳的声音。许秀英还没讲话，她的儿媳便说了，让四儿听电话——

四儿接过话机，歪着脑袋仔细听着，许秀英也把耳朵伸过来，觑着脑袋，金牙明晃晃的。四儿接完电话，三儿也接到了母亲的电话，再是五儿六儿，那个下午，大队部的矮屋里被挤得满满的。有不少庄邻也赶过来，大声说着话。说三儿的爹娘不是在县里的怎么跑到北京去了，说四儿五儿六儿的爹娘原来在一块啊，都在湖北的武汉啊。许秀英听了就咧着嘴笑,说是哎,那块的生意好做呢。电话快要结束的时候,许秀英也被喊去听了一段,她和三儿一起握着话筒,听筒里换成一个男人的声音了,是她的大儿子。大儿子说,要是发洪水的话,你们就往高处跑,几个小孩都交给你了,你要负责好——

许秀英记住这句话了。接完电话,她的孙子们都先跑回去了,只有她一个人落在后面,日色渐昏,蝉声嘶吼。

这一晚上,雨一直没停,许秀英也没睡,夜里起来看了几次,雨像从天上倒下来的,又像是无数的利剑刺向地面,玉米地,棉花地,豆角地里都汪满了水,水渗不下去,也排泄不了,地像被涨开了,踩在哪里都是松松软软的。

天还没亮,许秀英就起来了,院子里汪洋一片,老槐树的叶子落了很多,在水面上打着漂。路上有人蹚着水走,裤管卷到大腿根,蛇皮袋鼓涨涨的,骑在肩上。许秀英问去哪里啊?回说去太县的舅舅家。又有两个人经过,背着锅和被子,说是去南面的姐姐家。村头的广播也在喊了,很深情又很急迫似的——要发大水了,让小杨庄的人能逃灾的就出去逃灾几天,南方有亲戚的就往南方走,西边有亲戚的就往西边走,总之,不要向北——许秀英向着南面看去,天空昏沉。

天黑的时候,小杨庄已经走出不少人了,背着大大小小的包和家什。村子像是突然空荡了似的,寂静无比。许秀英睡不着,在房间里来来回回走着,她想起通洋河对岸的娘家,想起住在小顾庄小李庄上的妹妹们——她们都在她的南方。她把被子衣服一件件拿出来,塞好,再捆绑紧实,然后坐在一个蛇皮袋上等着天亮。

许秀英大概是最后几批逃灾的人了,她带着她的孙子们从村东一直走到村西，都没有碰见一个人，豆荚的根浮上来了，丝瓜藤和扁豆藤也倾覆了，水里到处漂着烂瓜和落叶。广播里还在叫着，咿咿呀呀地播着曲子，间隔还有一两个说话声，仍是跟大水有关——通洋河已经涨到危险线了，南大堤快要决口了——

许秀英突然愣在那里，脚在水里也不划动了。她又听了一遍，是的，没错，广播里说南大堤就要决口了——

她把蛇皮袋换了个肩，又换了个肩，然后掉转头，向另一个方向走去。若干年后，许秀英都记得那个早晨，她像一个英勇的士兵一样，向着战场走去，向着南大堤走去，带着她的孙子和孙女。许秀英从一个斜坡爬了上去，用一根粗藤把孙子们一个个拽上来，雨还在下着，堤上一片潮湿。通洋河的水果真爬了很高，浑浊的，气势汹涌的。

这是一九七九年的夏天，许秀英做出了一个伟大的决定，或许在她的生命中本没有伟大一词，像所有顺其自然的事情一样开始了。她用了两天时间在大堤的最高处搭建了一个草庐，枯树、芦苇、塑料布、茅草，是房屋的主要构成材料，这是一间可以挤上十五个身躯的房子。而房子的主要部分就是一张宽大无比的床。

白天几乎所有时刻许秀英都在大堤上来来回回走着，她把发现的鼠洞都做了记号，把泥土虚浮的地方也做了记号，然后从附近的地里重新挖土，装进蛇皮袋，再拖到那些有记号的地方填实。许秀英做这些的时候，突然想起了杨国富，那个整日将自己栽在地里的人，现在，她也把自己栽在地里了，栽在大堤上了。

如果许秀英念过私塾，或许会知道愚公移山的故事，一个老头带领他的儿子孙子世世代代在挖土，他要把阻挡他的大山移到北面去。许秀英也带着她的孙子们整日挖着，将小杨庄的土，填到大堤上。她从来没有这么拼命过,像那些年她在小吴庄娘家的院子里刨金子一样,似乎只要不停地挖着,就会看到希望。

夜晚的时候,她躺在她的孙子中间,茅屋外面依旧是淅淅沥沥的雨声,这个声音延绵了一个夏季,雨声不急不缓,耳朵似乎已经习惯了这些。可是,突然,某一天,这个声音没有了。大堤上迎来了第一个晴日。接着,又有了几次晴天,地上干了,树叶干了,整个天空都是干的。通洋河的水退下去了,像是一个闹够了的孩子逃遁而去。

这时已经立秋,小杨庄的人又陆续从四面八方回来了,一场灾难躲过去了,通洋河的水终究没有将大堤冲垮。人们抬头向南看去,所有人都惊奇地发现,那个他们熟悉的大堤竟然高大了很多。

5

大水之后若干年,许秀英很少回娘家了,倒是经常爬上大堤向着对岸眺望。她用脚踩实浮上来的土,像走在娘家的院子里似的。

杨国富在世时是反对许秀英回娘家的,他认为许秀英回娘家是对他姓杨的不尊重和侮辱,尤其是娘家已经没人了,回去干什么呢,大白天的不干活,尽把时间花在路上了,更何况,渡船也要钱,一趟一毛五,一来一回就得三毛——杨国富想想就气愤,败家娘们,他会卸下扁担跟着追过去。许秀英小跑起来,瘦小的身子在豆荚地里穿梭而行,杨国富追不过,用力把扁担掷过去,不偏不倚,正好打在许秀英鞋子上,鞋跟掉了,她弯腰提了鞋继续跑,爬上大堤后,才向身后看去,杨国富已经捡起扁担往回走了,能想象得出杨国富酱紫的脸上五官在扭曲,许秀英笑了,是那种把金色虎牙完全坦露的笑容,她看向远处,看向河对岸的小吴庄,太阳正一点点地从那里爬上来。

到了他们第八个儿子出生的时候,对于许秀英回娘家,杨国富已经听之任之了,杨国富跑不动了,病了,很多时候躺在一张门板上,也没查出是什么病,总之走不了路,腿像两截坏了的玉米棒子。身体稍微好些的时候,他就撑着板凳一点点挪到自家地里,坐在垄头的杂草上,将坏腿搁在一块土坷垃上,头顶有麻雀飞过,杨国富就捡起一个土块扔过去,嗷嘘嗷嘘地赶着,天快黑的时候,他才慢慢爬起来,借助板凳再挪回去。很多年过去了,小杨庄的人再谈起杨国富时都能想起那些傍晚,他像一根蚯蚓似的在路上缓缓蠕动。

杨国富死的时候,许秀英正在村西头的磨坊里磨豆腐,还没有轮到她,许秀英就坐在灶膛口帮别人添柴,灶膛里红彤彤的,豆荚被烧得噼里啪啦的响,就是这个时候有人进来喊她的,来人说,许秀英,你家杨国富断气了——

许秀英没有立即站起来,而是呆呆坐在灶膛口,看着不停跳动的火焰,心想这一生就过完了么——

回去的路上,许秀英没有哭,心里静悄悄的,像十几年前她从小吴庄走到小杨庄成亲一样。从磨坊到家的路很长很长,怎么走都走不完似的。她想路这么长,日子却那样短,好像稍不留神就过完了,把她的父亲过死了,她的哥哥过死了,她的母亲也过死了,现在又把她的男人也过死了。她想自己是不是也要死了呢,人这一辈子这就算过完了呢——

杨国富死后的一年里,许秀英哭过几次,一想到"日子把人都过死了"便悲伤万分。但哭完又什么事都没有了似的,她仍然会站

一棵大树想要飞

在村头听别人聊家常,有时听着听着就哈哈笑开了,金色虎牙在阳光下闪闪发亮。这一年通洋河里闹起了血吸虫,它们微小却吸附在钉螺上,上面的干部号召小杨庄的人去灭钉螺,一个钉螺一毛钱,许秀英第一个背着桶去了。也是这一年,许秀英的大儿子正好十四岁,被送到一个皮鞋厂去学手艺了。二儿子三儿子四儿子——除了背在篮子里的我的父亲——都能自己挣工分读书了,他们和大人一起在地里劳作,从树上捡蝉蜕,挖车前草,采桑树果儿,像他们的父亲一样白天读书或干活,一到晚上便阒静无声。日子似乎没有什么太大变化,杨国富死了,又有了八个杨国富,八个儿子依旧不喜欢许秀英露出金牙的笑容,不喜欢许秀英动辄就回娘家。儿子们逐渐长大了,都学了手艺成了家,纷纷在小杨庄的东南西北盖了房,过上各自的日子,他们有时会怀念他们的父亲,一个把一生都交给土地的人,一辈子都没有享过一天福,这样想的时候,许秀英的形象便出现在他们的眼前,她嘴里的金牙,她曾经跑去了上海,好像这一切正是造成他们父亲凄苦一生的缘由。

许秀英仍然住在老屋里,门前是那棵大槐树,傍晚的时候,她便开始从小杨庄的东面走向西面,再由西面走到南面……她要给他的八个儿子做晚饭,他的儿子儿媳正在镇上干活,孙子们都在上学,她一家一家地烧完晚饭,天已经黑透了,顺着河岸的小路再跑回自己的屋子。日子过得越来越小心翼翼的,她也没有时间再去爬上大堤,再回一趟娘家,她总感到杨国富没有死,还躺在屋里的门板上,躺在他八个儿子的灶膛前,躺在她回来的路上,他拉着脸,一言不发。清明或冬至的时候,她和她的儿孙们一起去杨国富的坟上烧纸,儿子说,老头子苦了一辈子。烟灰飞起的时候,许秀英忍不住哭了,她也说不上自己为什么要哭,好像就想坐在火堆旁好好哭一下。她的儿子们上前扶她，说你哭什么呢。是的，她也不知道自己为什么那么想哭。

6

后来许秀英躺在通洋河南岸她妹妹的家中，也会想到那些时刻，哭什么呢她问自己。离杨国富去世已经二十多年了，二十多年足以让人怀疑曾经的真实生活。杨国富都死了二十一年了，她对她的五妹说。几个妹妹中，许秀英跟五妹最好，姊妹几个里她俩长得像，瘦，个头都不高。五妹在河南岸的小顾庄，嫁的是一个渔夫，几年前在运河边上盖了间瓦房，有一张大网，电动的。夜里的时候双双起来，一个负责开关，一个负责捞鱼。那个场景许秀英见过，一般都是她的五妹把控开关，先是把网提上来，要是没鱼就算了，要是有鱼渔网便会降下来一些，这时她的五妹夫就会把小船划到网里去，网又被提上来了，大大小小的鱼在网里蹦跳。她的五妹夫用一只网兜前后左右地兜着……看到这些，许秀英心里总是感到无比美好，她也说不上来究竟是什么，她的妹妹，妹夫，网里的鱼，小船，还是通洋河里悠悠荡荡的水——

那些年，许秀英经常坐上那条捕鱼的小船——她沿着大堤向西走上几里路，然后站在堤顶上朝对岸喊，小五子哎——许秀英喜欢这么叫着，小五子哎——这时对面小屋里就会走出一个人来，细细瘦瘦的，解开船缆，慢慢悠悠地划过来。

许秀英在小屋里会住上一两天，和他们一起捕鱼，晒鱼干，那些鱼干五妹总是在她临走时分一点出来。她送她过河，还是那条小船，通洋河因为涨潮又宽阔了很多，这样就显得船愈发小了。河面

一棵大树想要飞

上有时会出现一两对野鸭,有时又会掠过一只飞鸟,她们朝着它们看去,阳光落在河面上,很晃眼睛。她们不紧不慢地划着,好像不着急过河似的,又好像河宽得划不到头似的。

晚上躺在床上的时候,许秀英会想起河南岸的事情,想起在河面上划船的事。不过,这样的时候并不多,她的五妹很快就死了,生了病,瘦得跟一条鱼干似的。

我在外读书的那些年,很少回家,我的父亲母亲都在城里工作,我的伯父伯母也都搬到了县里或镇上,小杨庄只剩下许秀英一个人了,她说她喜欢住在老屋。也有几年许秀英随儿子们住在城里的——可是住在哪个儿子家呢,所有人都没有给出答案。起先是每个儿子家住半年,再后来是住一个月。那些年常常看见一个老太背着布包走在公交站台上,她不识字,露出笑脸问年轻人,她的嘴里镶了两颗金牙,天长日久的,已经只剩下亮闪闪的箍了。再后来,许秀英就回了小杨庄,她说她住不惯城里,说跟她小时候住的大上海不一样了——她说这句话的时候,仍然遭到儿子儿媳的奚落,他们是多么厌烦听到那个城市的名字啊。

我到小杨庄的时候,正是日暮时分,许秀英躺在院子里的藤椅上,一天中最后一缕阳光像蚕纱似的浮在身上,许秀英看见我,立即爬起来,颠着步子跑向我,她穿着老蓝的褂子,头发整整齐齐别在发髻里,一边走一边说,小篮子回来了。是的,许秀英只记得我的名字。她不知道"南"与"篮"字的发音区别,没有人告诉她,我也从没有说过。

这年入秋下了一场大雨,夜里狂风扫荡,早晨醒来时,人们发现许秀英门前的老槐树倒下了,正好压在老屋上,屋上的碎瓦纷纷落下来,幸好人没事,许秀英从屋里爬出来的时候自己也吓了一跳。屋子没有再修，她的八个儿子认为没必要再花这份钱了，大概是许秀英的日子也不多了。他们又把许秀英接回城里，轮流住在八个家中。

　　入冬后，许秀英就病了，像他们预料的那样——来日不多。血吸虫引起的肝腹水，医生说肝已经硬了，黑了，无法手术，再问起血吸虫的事，没人说出个所以然来，再后来便想起通洋河里钉螺的事，想起许秀英无数个日子经过那里回娘家，想起她挖土填大堤的事。医院治疗不了了，许秀英又回到儿子家中，这一次他们腾出了一间平房，每月轮流看望一次，像当初她轮流住在城里一样。再后来，儿子们请了个钟点工，钟点工是城里的，每天来送个饭，再把许秀英的藤椅搬到一棵树下，天上的星星都看薄了，越来越稀，许秀英还是仰头看着，她把蒲扇握在手上，轻轻拍着腿，拍着脚，再往树干上拍一拍，枯树叶儿便嗖嗖落下——再用蒲扇掸去，这时便会发现蒲扇像是从她的手里长出来似的。藤椅也老了，和人一样，发出咯吱咯吱的声响，藤条颜色越来越深，从黄色变成褐色，也有了人的气息。冬至过后，在外面的时间短了，许秀英躺在藤椅上假寐着，又猛地惊醒似的，然后兀自说一句，一场秋雨一场凉——她往四下看去，再看看远处闪烁而迷蒙的灯光。她的十三个孙子们不知跑到哪里去了，她往远处喊了一声，声音颤巍巍的，搜寻穿梭，再空空地回来，黑夜静悄悄的——

　　天越来越冷的时候，许秀英的身子也越来越轻，已经不能吃东西了，除了眼睛偶尔睁开外，全身似乎没有一点活的迹象。她依旧躺在那把藤椅上，身子下方垫了棉被。冷，她说，于是身上扔了床被子。还冷，再加被子。还是冷——没有人再理会了——

　　许秀英断气的那天我们没有回去，我和我的十三个堂哥都在

一棵大树想要飞

外地工作,据说许秀英又回到了小杨庄,她躺在一块门板上,像一片枯叶,由四个中年男人抬着,晃晃悠悠地穿过小杨庄——这条路许秀英不知道走了多少回,从十八岁那年开始——门板低垂着,和路贴得那么近,她的脸歪在一边,像是在倾听什么。门板晃晃悠悠地,再晃晃悠悠地,一直走向她爬了无数次的大堤。

(发表于《山东文学》)

坐火车的女人

其实是可以不坐这趟车的,但她在售票厅哭闹起来——要坐火车,立即坐,去她唯一一个记住名字的城市:北京。

售票厅十分闷热,一些不明气味挥之不去。我们排了很长的队,队伍的长度使人急躁,以至于在没有去往北京车票的情况下,仿佛买上任何一张车票才对得住这样的长度。然后——当然也是为了止住哭闹,坐上了这列票数富余且最快启动的火车。

它是从 S 城开往 T 城的,途径我们的城市,与去北京的火车行成经纬的方向,但我们不管这些,她的兴趣是坐火车,我的目的则是带她坐火车。

检票,上车。车厢很空,除了我们几乎没有其他人从这里上车——好像火车特地停下来捎上我们似的。她跑在前头,以她所认识的数字寻找座位,然后高兴得叫起来,这边,妈妈,这边——

贝贝所指的"这边"已经有人了,一个干瘪的老太,以及一个同样干瘪的布包。老太正看着窗外,见我们过来,立即惶恐地站起来。我对贝贝说,先随便坐吧,反正很空。但老太已经挪开了,往座位的最里侧——既然如此,我和贝贝便坐下来。

这是一列慢车,不急不忙地从西向东驶去,正是初冬,午后的阳光无力地落在玻璃上,车厢里大半的人都在酣睡。贝贝是不肯睡去的,伏在桌上玩叠纸,我也没有睡意,看着她发呆。

你几岁了?身旁的老太突然说话了,我这才发现她也没有睡着,贝贝专注叠纸没听见,我代她回答了:五岁还差四个半月——我很惊奇记得如此详细,是的,贝贝出生在夏天,7月15日,现在是12月1日,正好相差四个半月。那个瞬间我差点为自己的算数速度赞叹一声。

四五岁哦,正是好玩的时候哦。老太说话时目光一直落在贝贝身上。

太皮了,我说。

皮才好呢,皮聪明着呢,我两个儿子小时候都皮,我大儿子叫大军,真叫个皮呢,有次把我坐的小板凳都锯了,做木枪,他就喜欢枪——

是挺皮的,我也学着她感叹着。

我小儿子就更皮了,你想都想不到,把我的手套拆成线放风筝去了,那时穷,你晓得的,我就那么一副手套,纱线的——

我"呵呵"笑了两声,倒不是觉得有趣,而是出于礼貌。老太大概受了鼓舞,又继续说起来,她的姿势已经变换了,从原先的缩在角落里到完全面对着我。我仔细看着这张脸,其实并不十分老。只是被一种过分的"干瘪"迷惑了,我想她应该跟我母亲差不多年纪,或许也有一个与贝贝仿佛大小的孙子或孙女。于是打断她问道，你也有孙子了吧？

老太愣了一下，嘴唇还停留在最后一个音节发音上，她看向贝贝，想了想说，差不多也这么大了哦——皮呢，她又说，两个儿子都那么皮，孙子孙女不知道要皮成什么样儿呢……皮好呢，皮就聪明，大军和小军上学的时候哪个老师不夸呢，每次考试，两个人都要拿第一——

我突然发觉自己不太善于聊天，聊天最基本要素得要学会倾听，而我没有兴趣，或者说，我对别人的事情没有太多兴趣，甚至后悔刚刚"呵呵"了两声。老太见我看向了窗外，声音自然小了，小得听不见了，然后又歪着头和贝贝说话，问她叫什么名字？贝贝嘟着嘴说，我有两个名字呢。老太说真厉害，有两个名字啊。她说话的样子有些夸张，是那种逗孩子的夸张。贝贝说了大名，又说了小名，然后继续专注叠纸。她并没有抬头，似乎对老太的夸张并不领情。再后来，我也不知道她们又聊了些什么，阳光挺好的，那么软绵绵地抚着一切。等我醒来的时候，火车已经到达一个小站，有人站起来伸着懒腰，有人起身去倒水，贝贝已经睡着了，居然被老太抱在腿上。我伸手推了一下，老太突然惶恐起来，像刚刚占了座位一样——

车厢里下去几个，又上来几个。对面座椅上的几个学生换成了一对夫妇，年纪大概也不小了，头上都有些花白。男人去倒热水，女人收拾起包。老太一直专注看着，不停提醒她"东西要掉了""厕所在那边"等等，我发觉老太尽管瘦得有些干瘪，但精力十分充沛——她一直没有休息，包括她那张嘴，一双小眼睛不停转动着，看着车厢里的人，像是要寻找一个随时都能搭讪的对象，即使在没人搭理的时候，她也能自言自语一番，她的红褐色乃至暗

一棵大树想要飞

黑的双唇一直就没有停歇过。

男人倒水回来，他们聊开了。男人说他们去看儿子，儿子生了孙子。又问老太，老太回说也去看儿子，儿子在T县当兵呢。从他们的对话我大概知道了一些情况——不是我喜欢倾听，我说了，我对别人的事情没有什么兴趣。他们的聊天声音过于大了，车厢里几个打盹的人不时地把目光调遣过来，示意他们声音小些。对于这些老太没有察觉，或者说不愿察觉——那对夫妇是不错的聊天对象，她已经和他们说了很久，从她的大军小时候一直说到大军大了，现在，又说起她的小儿子小军。她好像很满意这样的聊天，整个人都舒坦开了，刚刚还收得很紧的身子坍塌下来。我把贝贝抱着，坐在自己腿上，这才使她发觉自己身体过于放肆了。她又像起先那样惶恐地站起来，往最里侧移动过去。

他们的声音愈发大了，不时猛地发出一阵笑声。刚刚睡着的人都醒了，继续无精打采地看窗外，也有人转过脸看着他们——分辨不出那些眼神里流露的是兴趣还是抱怨。说完了小儿子又说起了大儿子，"大儿子叫大军，在T县"，我想半个车厢的人都该知道了。当然，知道的不止这些，比如她的小儿子在S城，"在一个建筑工地打工"；比如她三十多岁就守寡了；再比如，两个儿子长得都不像她，都很高大，都像他们的爹……总之，他们都很优秀，都很孝顺，都很皮……

那对夫妇很快就下车了，他们有些迫不及待，像是对这样的聊天突然失去了兴趣，又像是赶赴着看望"好久不见"的儿子和孙子。下车时老太有些失落，但她还是快快地站起来，帮着对方把大大小小的包从椅子底下拖出来。

火车又启动了，几个年轻人填补了对面的位置，他们兀自放好行李，便低头把玩手机了。老太没有了聊天对象，车厢顿时安静很多——几乎所有的人都在看着手机，或笔记本。当然，也包括我。

老太一会蜷在椅子上，一会眼睛四处搜寻着。有好几次她想和贝贝说话，但贝贝一直专注手里的玩具。她低下头，在那个干瘪的布包里摸索了一阵，掏出一个包子给贝贝，贝贝接过去又还给她，好像对玩具以外的事物并不感兴趣。坐火车对于贝贝来说就是一种感觉，在火车上摇摇晃晃，在摇摇晃晃中吃着零食，如此而已。

餐车过去之后，车厢里骚动起来。方便面缭绕的气味和各种咀嚼的声音充斥着车厢，有人开始大声说话了，说着天气，说着S城或者T城的人和事，如果离得比较近，老太会接上去，她把脑袋高高昂着，越过椅背，迎接每一个声音。她会接着说起天气，说今年的立冬比哪一年都冷，又说她生小儿子的那一年，正好是立冬，一点都不冷——没人再接茬了，最先说话的那个人早已低头看手机了。但老太没有停歇的意思，她好像在自言自语，又好像说给所有人听——小军生下来将近八斤呢，八斤多重了啊，那天是立冬，接生婆都没给他包裹一下，结实着呢，小军身体一直好，后来到工地上，个个都夸他，别人抬不动的他抬得动……大军身体也很好，要不然怎么能验得上兵呢，部队里去抗洪，他都冲在第一个……十六岁就去当兵了，在T县，就坐这趟车……

我有些后悔坐这趟车了。如果买上去北京车票的话，现在正躺在软卧上，感受铁轨与车厢的颤动，感受躺在床上的闭目养神，感受贝贝塞进我嘴里的各种零食……而现在，身体，包括耳朵都无法休息。火车还有几个钟头才能到达。中午出发，晚上到达，应该是一个不错的火车旅行经历，按照计划，到达后吃顿晚饭，住下，明早逛逛，下午继续坐火车返回。这对贝贝来说，堪称完美。

一棵大树想要飞

不知老太说了多久,她的目光一会落在后面的几个学生身上,一会落在匆匆经过的行人身上,也有时候会落在我身上,落在我身上的时候,我总是会动一动身子,像是要掸掉灰尘一样。她丝毫没有累的时候,甚至有些陶醉——她把双脚盘起来,布包被抱在怀里。她说小军很吃得苦,哪个老板都喜欢他,小军先在外地打工,后来就回S城了,在西区的一个工地上……

车厢里有人吃着方便面,面条游过嘴唇时发出索索的声音,这种声音总是能唤起人的饥饿感觉。那些本不打算吃饭的人也纷纷解开包带,拿出一两包零食。我倒是希望老太也吃点东西什么的,吃碗泡面,或者包子,至少可以让那张嘴暂时停歇下来。她还在及时捕捉一些看过来的目光,如果目光不那么坚硬,她就会搭讪开来,问一下对方到T县的时间,然后继续说着跟T县有关的人或事,那些人和事总是跟她的儿子有关,和那个叫大军的男人有关,她说,大军最喜欢吃这种包子,但T县是没有的,这么大的一个县城,竟然没有包子卖……

有人开始不耐烦了,看着别处嚷嚷一句,也有人在座位旁来回走动,抱怨车速的缓慢。后来那个抱怨车速的人又说,坐慢车真不舒服,怎么还有慢车呢?有人搭上来,说,快了,要取消了,这趟车下个月就要取消了。先前的那个人这才舒了口气,仿佛已经坐上了快车似的。这时,一直自言自语的老太停了下来,她茫然地望着说话的两个人,嘴唇哆嗦了一下,问道,取消了怎么办?被问的人有些不屑,说,高铁啊,S城到T城有高铁啊——老太又问高铁怎么坐呢?那人说,怎么坐,就这样坐,高铁快,一个小时就到了。这回轮到老太沉默了,她看着暮色四合的窗外,半晌才冒出一句:慢车好——

我站了起来，四肢被贝贝压得麻木了。贝贝把包里的零食拿出来吃着，我则向车厢四处看着——我希望能找到一两处空位。然而，没有，不知道车厢何时塞满了旅客，我来回走了一遍，嘱咐贝贝不要到处乱跑之后，便向卫生间走去。门关着，等了一会，没有动静，于是继续向下一个车厢走去，依然是紧闭的门，门外两个面容淡定的人等候着，我又继续向前，像和谁赌气似的，不知道走了多少节车厢，一直看到有显示绿色的字才停下来。我把门关上，对着镜子看了很久，突然觉得一种疲惫，说不上来，或许是坐火车本身的疲惫，或许是其他。

　　从卫生间出来的时候，我真是感到累了，那种累有些铿锵，竟记不起自己是从什么方向走来的，更记不起自己是哪个车厢。我的车票放在包里，包放在座位上，我的座位在我不知道的一节车厢。那个瞬间，我感到恍惚，以及恍惚之后的恐慌——我想起了贝贝，现在，她和我的包在火车的其中一节车厢，而那节车厢我却不知道在哪个方向。我站在过道里，思考，回忆，甚至在仔细聆听，我记得老太说话的声音，记得她突兀略显刺耳的笑声，我向右侧走去，或许仅是试探而已，我好像听见远处老太在说话，说她的两个儿子，她的声音穿过车厢和各种嘈杂，清晰地停留在我的耳边。我继续向前，像来时那样穿过人群，穿过大大小小的包。虽然我仍不能确定贝贝就在前面，但脚一直机械前进着，我仿佛走了很久，跋山涉水似的，突然，我看见了贝贝，像之前那样安静且专注地吃着东西。

　　老太不见了，座位上空空荡荡。

　　她是什么时候下车的，我并不知道，或许那时我正在卫生间，或许正走在回车厢的路上，总之，那应该是一个小站，像我们上车时那样，寥寥无几的旅客上车或者下车。窗外已经黑了，浓郁的黑色涂满玻璃。再过十几分钟，我们也要到站了，那里将是这趟列车的终点站。车厢里的人突然活络起来，抡胳膊伸腿的，手机的铃声也陆陆续续响起。列车员提着扫帚开始打扫卫生，她们不慌不忙地倾倒垃圾，也不慌不忙地收拾着桌子。突然，我和贝贝，还有她们——列车员，都发现了那只干瘪的布包——像我第一次看见时的那样，瑟缩在椅子角落里。她们中之一"唉"了一声，另一个也跟着叹了口气——我仿佛第一次那么热衷于倾听，停下手中的事听她们说话，从断断续续地感叹中，我知道了一些：老太的确有两个儿子，的确一个叫大军，一个叫小军，小军是S城的一个建筑工人，大军如她所说在T城当兵，只是，这两个儿子早已死了，大军死在一次抢险中，小军死在一次工伤中，同一年，他们死在各自的城市里，这列火车的起点与终点——

（发表于《黄河文学》）

紫金文库

火车穿过槐花镇

1

　　一条河就把小镇撇开在繁闹之外。河的这边是槐花镇，河的对岸是县城。河绕着小镇安安静静地流淌了一圈，在西北角的地方朝着淮河的方向去了。这条河叫槐花河，上世纪四十年代开挖的，是抵御日本鬼子还是向淮河引水，镇上已经没有几个老人能说出个道道来。河上没有桥，只有一个摆渡，摆渡的船是槐木的，周身长满青苔，没人掌舵，一根绳子联系着两岸，人坐上船，从水里捞起绳子就可以自己渡过去了。

　　渡口在槐花镇的西边，穿过一片棉花地，爬上一个大堤就到了。镇上的人很少摆渡到对面的县城，去干什么呢？好像槐花镇的人都不喜欢热闹似的。槐花镇并不大，按照地域大小和人口结构还

一棵大树想要飞

够不上"镇",但她确实是一个镇,并且有了镇的模样。从南门街到北门街,有超市,医院,幼儿园,集贸市场,还有一个不大的公园,好像这些足以让槐花镇的人安居乐业了。

摆渡的人少,渡口常年都是冷清的状态,船被淹没在长势迅猛的水草之中。但每个月的几个日子里,水草会被人拂到一边去,小船又在槐花河上悠悠荡荡起来。船上的人总是会哼着小曲儿,或者看着远处的云朵快乐地想着心思。冰凉的水顺着绳子流向胳膊,这些丝毫不会削减他们的愉悦。这些人不外是槐花镇在县城读书的孩子;有时是那个从县城嫁到槐花镇的女人;有时,是我的父亲。

2

四月的时候,槐树开花了,油菜也开花了,白色、黄色,一串一串的满世界都是。夜里刚下了雨,泥土呈现出浸润后的松软。天还没亮,一双脚就从北门街走到南门街了,地上湿漉漉的,裤管上已经染了金色,脚尖上也沾满槐花,这双脚要穿过槐树林、穿过棉花地,再爬过一个大堤。这是杨厂长拉着板车去渡口,他要把板车上几大包毛绒玩具摆渡到对岸的县城,再从县城运往一个叫作毛里求斯的地方。当然,后半部分的内容不需要他做。

毛绒玩具是玩具厂生产的,这是槐花镇上年代最久的一家工厂,厂里的活儿似乎永远做不完,半个镇的妇女都和这些活儿有着关系。

杨厂长的工作又和这些妇女有着关系,他是副厂长,分管仓库和人事,杨厂长的事情并不多,大多时候他会伏在一张油漆斑驳的桌子上写写画画,记记出勤或算算工资表什么的。有时也去车间转转，在女工面前停下，看看活儿，然后叮嘱一句，针脚要细。

活儿也是可以带回去干的，下班时分，一些妇女的自行车后座上驮着一大包玩具零件，小白兔的耳朵或眼睛什么的，她们会在次日的白天跑到自家地里侍弄侍弄，待到晚上坐在日光灯下再将小白兔的耳朵侍弄侍弄。

所以，当杨厂长经过这片棉花地的时候，总会看见一两个身影，四周雾霭浓浓，即便如此，他也能分辨出身影的主人。杨厂长朝清冽的空气里咳嗽一声，对着身影喊道，李家的，明天要把耳朵交到仓库啊。

喊声得到回应后，拉板车的手变得更加有力，到了渡口，他把玩具搬上小船，然后揪一把草，将鞋上的泥巴擦掉，择一个位置坐好，并不着急过河，而是点上一支烟，仰着脑袋，对着墨黑的天空轻吐烟雾。这一刻，杨厂长是满足的。

杨厂长就是我的父亲。

我从来没有和父亲一起经过渡口，至少在我的记忆里没有过。我也常常从这里摆渡到对面的县城，或者从县城摆渡到槐花镇。我在县城读书，师范，每个月都回槐花镇。

但我已经很久没有回去了，上次离开还是春节过后，现在已经四月了，槐花应该开得满山坡都是，一树一树的，像雪一样缀满枝头，我开始想念那些淡淡的香气，想念家乡的槐花饼。

上个礼拜母亲来看我了，铝制饭盒里装满了槐花饼，她坐在床头看着我吃，半天都不说话，临走时突然冒出一句："还是回去吧——"

我没有因为母亲的话立即回去。她依然每个月来看我，把吃的送来，嘱咐我早点回去，然后再回一趟娘家。

一棵大树想要飞

她就是那个从县城嫁到槐花镇的女人。她的娘家我去过很多次，尤其是现在。那是在县城的老街，一个三合院，铺着青砖，紫藤从墙角伸出来，把一面墙爬得满满溢溢的。外公坐在院子里的藤椅上，阳光使得他半眯着眼睛，我问他当初怎么舍得把唯一的一个女儿嫁到槐花镇呢？外公也不睁开眼，脸上看不出一丝表情，停半天才说："他们是自由恋爱。"

外公口中的他们即是我的母亲顾如萍和我的父亲杨建设。父亲那时也像现在这样，要把几大包的毛绒玩具送到车站托运处，只是那时还不是厂长，他是跟在厂长杨瘸子后面的仓库员，母亲是托运站的收货员，几次之后，父亲便喜欢上了这个扎着麻花辫的小姑娘，她手脚麻利，头脑机灵，最令他着迷的是那双眼睛，总有着千言万语似的。父亲开始给母亲写信，那些信既深情款款又热力四射，他坚信这个叫作顾如萍的小姑娘将会成为他的妻子。那些信后来我也看过，文采很好，字遒劲有力，现在还堆在家里的柜子底下，平铺下来的长度足以使我的母亲从县城走到槐花镇。

这是我父亲这辈子值得骄傲的一件事，用我们这儿的话说，就是挺长脸的。二十岁那年，杨建设就和顾如萍结婚了，如果人的下半辈子从结婚开始算起，那父亲的下半辈子长脸的事情还有几件，比如他在杨瘸子手上很快从一个保管员升到副厂长；再比如他的女儿——杨小白考取了县城的学校——这些足以让父亲和杨瘸子坐在槐树底下喝好几回酒了。

现在父亲和杨瘸子喝酒的理由又多了一条——他们开始以亲家的身份坐在傍晚的老槐树底下了，而且还挺像那么回事。

3

春天过后,我还是回到了槐花镇,父亲执意把我的毕业推荐表和一堆材料送到了槐花小学——我将在这里实习,几个月后,还要在这里工作。父亲做这些的时候很开心,母亲说他一整天都没回来,与校长和教导主任打了招呼,也顺便打了一宿麻将。

到槐花小学教书,无非又将成为父亲长脸的一件事,当教师曾是他的梦想,杨建设多么希望把他的漂亮有劲的字用粉笔认真地书写在黑板上。但这些并不是我的梦想,或许曾经是,这半年来我已经建立了新的人生观,有了新的打算,我想留在县城。要不是去槐花小学也是母亲的意愿,我一定会和杨建设反抗到底。

去学校报到那天,遇见了杨加林,他正在走廊上和学生说话,看见我突然停了下来,我想他并不是奇怪我的出现,我实习的事他父亲杨瘸子肯定对他说过。我没有搭理他,不屑地走过去了,他咬了咬嘴唇,习惯性的,然后继续和学生说话。

如果按照杨建设和杨瘸子的意思,我和杨加林将于明年春天举行婚礼,杨建设说,多好的一对,两小无猜,青梅竹马。这话让我听起来很恶心。

在没有这个婚约之前,我不讨厌杨加林,当然我们也不像杨建设形容的那样两小无猜,我和加林从来不在一起玩,他大我五岁,小学的时候经常路过我家,用自行车带过我一学期,仅此而已。

后来我在县城读书,加林也偶尔去县城,代表青年教师参加培训,我们在渡口遇到过一次。那天快天黑了,四周的风绵软无力。

一棵大树想要飞

加林弯腰把两边的水草捋开,从水里捞出绳子。做这些的时候,我们一直没有说话,可能是因为突然长成人的缘故,水中庞大的倒影可以证明。小船行到河中间的时候,我和他一起拉了一段,也算是两人齐心协力做了一件事。到岸后,他把船小心地系在一棵槐树上,动作很仔细,也很缓慢。然后我们一起爬过大堤,穿过一片菜地,各自回家。

现在我经常想起那天——"齐心协力"地过河。我还希望我和杨加林再齐心协力地完成一件事——一起反对那场荒谬的婚约。但是没有。约定之后的第二天他就和他的父亲拎了几大包东西到我家来了,他们一起在老槐树下喝酒,杨建设和杨瘸子都多了,大着舌头畅想了美好未来。

就这件事,我一直想和父亲好好谈谈,但是对方很不屑,杨建设不喜欢谈话这种方式,他喜欢命令。这是他几十年的职业毛病。那天也是这样,他们又坐在老槐树下喝酒,杨加林在一旁斟酒,姿势毕恭毕敬。这一点很讨父亲喜欢,他喜欢这种态度,因为他身上没有,他女儿身上也没有,我们有的只是倔强和叛逆,这些共同特性,是我们父女之间唯一的联系。

这场酒从傍晚一直喝到半夜,杨建设打开老槐树下的一盏白炽灯,焦躁的光芒映在几张脸上,路上只要有人经过,杨建设就会抬起手臂向对方打招呼,这个时候,他是兴奋的,是激动的——槐花镇最大玩具厂的正副厂长坐在一起喝酒,这种局面不亚于两国领导人会晤。但我很鄙视,对杨瘸子和杨加林熟视无睹,这使杨建设很恼火。当我把杨建设写给母亲的信像武器一样搬到他面前的时候,他脸上的五官彻底乱透了。我说你和我妈还自由恋爱呢,凭什么给我包办婚姻?

杨建设吼起来:"凭什么,凭我是你老子。"

这就是杨建设,总喜欢在别人面前彰显威风,而我最受不了的正是这点。我说:"你把工作干得太投入了吧,我又不是你员工,你在厂里处理员工的人事关系,回到家来处理我的婚姻关系。老子怎么了,老子就有这权力了!?"我停了停,倔强的目光在杨建设和杨瘸子之间来回摆动,我想杨建设已经猜到我将要说什么,他不会让那些话跑出来,更不会让那些话在杨瘸子面前跑出来的。所以,在我将要张口的时候,一记耳光呼啸而至。

就是这个时候,我开始憎恨杨加林的,像憎恨杨建设一样。

4

这一年槐花镇的春天我错过了,听说槐花和油菜花开得比哪一年都疯,槐花结的槐米,还有油菜籽儿都饱满结实。镇上的榨油厂每天都飘着淡淡的油香,这种气味漫不经心地,笼罩了整个小镇,让人心里觉得充实和饱胀,暖暖的,也蠢蠢欲动的。

这个春天应该不同于寻常,很多事情就在这样一个季节里悄然发生着。回槐花镇后,我也听说了一些。比如一条铁路将要穿过槐花镇;比如我的父亲杨建设和寡妇李兰的事。前者是杨建设说的,他说这条铁路将从县城延伸而来,穿过小镇,一直到达东边的县城。他说槐花河上会架一座铁路桥,当然,这都是红头文件上说的。杨建设说这些的时候显得了如指掌,好像他看过那份红头文件似的。至于后一件事,不是杨建设说的,他不会和我说这些。只有二愣子会和我说这些。

我一直觉得疑惑,每个镇上都有一个傻子或者二愣子这样的人

一棵大树想要飞

物。槐花镇也不例外。二愣子比我小好几岁，三年级读三年，四年级读四年，现在十五岁了，还继续着四年级。我是在去渡口的路上遇到二愣子的，他正在放羊，看见我就大喊了一声："不许动，放下武器——"

我说："二愣子，过完暑假你就在我班上了，到时看我怎么收拾你。"二愣子嘿嘿笑了，放下树枝朝我走来。大概是为了讨好我，黑脸笑盈盈的，喊了一声"杨老师"。然后又神秘兮兮地说杨老师我要告诉你一个秘密。

"你能知道什么秘密？"我停下脚步。

"大秘密，"他说，"杨厂长和李寡妇的，晚上，他们在油菜花地——"

"他们在油菜花地干吗？你看见什么了？"我很警觉。

"走路呗，一前一后地走路。"二愣子使劲回忆。

我说："呸，这也叫秘密，一起走路的人多了去了。"

二愣子嘟着嘴，有些失望。我把他吆开，一个人向着渡口走去。我不能说我的内心还是平静的——杨建设和李寡妇一起走路，油菜地，晚上——我突然感到天空变得黑暗，脚步也沉重起来。我听说过张大桥和李寡妇的事，听说过胡二和李寡妇的事，但怎么可能是杨建设和李寡妇？杨建设怎么会喜欢李寡妇，杨建设应该喜欢母亲才对，喜欢顾如萍才对，他们是自由恋爱的，他们是一见钟情的，杨建设还写过那么多的情书，现在还煞有介事地堆在房间的柜子下面。

我不知道镇上还有谁知道这件事？母亲知道不知道？她去县城了，是不是因为这件事呢？

我躺在小船上，云层从头顶压下来。

249

我用手机拨通母亲的号码,电话里的声音很平静,"妈妈,你为什么去外公家?"我感到自己的声音在颤抖。

"哦,外公生病了,我陪陪他。"母亲回答我。

"那你什么时候回来呢?"

"怎么了?出什么事了小白?"母亲轻声问道,然后告诉我过几天就回去。

"可是,妈妈,"我几乎说不出话来,我把手机贴在脸庞,过了很久才哽咽着说,"可是,我想你了妈妈——"

我不知道我在船上躺了多久,头顶的那朵云早已变成了雨丝落在脸上。我好像睡了一觉,做了一个梦,又像是没有睡着,只是陷在回忆里罢了。梦里我又听见了那个声音,隔壁房间父亲母亲木床的声音,常常在半夜吱吱呀呀的,我已经明白那种声音的意义,它是和谐的象征。待我长大后,木床被换掉了,换了崭新的席梦思,我并不喜欢那床,因为再也听不到吱吱呀呀的声音了,它绵软而厚实,仿佛能吞噬所有的快乐。

雨滴越来越大,顷刻间直泄下来,我急忙起身,这才发现船离开了岸边,绳索已经松开了,船上没有竹篙,没有桨,船继续往河中央飘去,我突然感到惊慌。

我朝着岸边喊着,雨水把整个世界填满了,大堤上有个黑影在奔跑,二愣子,我扯开嗓门喊着:"二愣子,二愣子——"

黑影停下了,朝我这边跑来。

"二愣子,快帮帮我,船靠不了岸了。"

"看看船上有没有绳子,卷起来,把一头扔向我这边,我拉你靠岸。"黑影回答我。

说话的人并不是二愣子,我不认识,管他呢,我只想尽快上岸。我用他说的方法试了几次，十分失望，由于力气太小，绳子总是落在水中。岸上的人说还是他来扔给我吧，让我等一下，他去工地找根绳子——

他向大堤飞奔而去，刚跑出一垄地的长度又折回来，我不知道他要干什么，要挟么？讲价么？去工地——显然他不是槐花镇的人。

他回到岸边，不由分说脱下鞋扎进河里，我吓了一跳，还没反应过来，一个脑袋已经从船尾处冒出来了。他把绳子一头系在船上，一头随他游向岸边。

一番折腾后，浑身上下都湿透了，雨也逐渐停止，我一边绞干衣服，一边感谢他。

"你叫什么名字？"我问。

他低头穿鞋，没有回答我的意思，然后赶时间似的迅速向大堤跑去，老远才转过身，朝我狡黠地笑，说："二愣子吧，叫我二愣子——"

5

对于陆飞做好事不留名的雷锋精神，我还是心存感激的。但陆飞会说他很感谢那场雨，因为那场雨认识了我。

陆飞就是跟着铁路建筑队一起来到槐花镇的。那时槐花正盛开着，白色花簇云一样凝聚在枝头。陆飞小我三岁，尽管如此，他短暂的前半生可以用颠沛流离来形容——出生在西藏，被养父母抱到黑龙江生长，七岁随家人去了新疆，十二岁又回到东北农村，十五岁在辽宁勉强读了一所技校，十八岁开始背井离乡……我喜欢听他的故事，尽管每一阶段的生活都糟糕透顶。陆飞常带着酒气对我说话，他说他很孤独，他说他没有家乡。良久又问我这是梦境吗？怎么认识了你？怎么会有这样一个奇妙的小镇？

整整一个春天，只要一有时间，陆飞就会躺在镇西的槐树林里，那时他还不认识我。认识之后，陪他躺在槐花林的就多了杨小白和一本诗集。陆飞告诉我第一次来到槐花镇的感觉，他说从没有看过这么多的槐树，从没看到过盛开得如此浓烈的槐花，使人讶异和欣喜，像走进了一个梦境似的。他说北方很少看到槐树，有的只是松树和桦树，笔直笔直的，长得一点儿诗意都没有。陆飞喜欢写诗，这也是让我感到讶异和欣喜的，他的诗我也读过一些，像描述的另一个自己：

我要准备一把伞和行囊
去远方
一个很远很远的远方
很长的路
我会穿过森林，河流，雪山和草原
我用露珠洗脸
我会一直走，从不停下.
在某一个山口
你会看见我
我穿着灰色长衫
伞和行囊搭在肩上
路上，会有一位老人为我指路
路上，会有一位牧羊的姑娘羞涩地看我

一棵大树想要飞

路上，会有野狗，松鼠，狼和乌鸦

路上，我会一边走一边歌唱

我或许会在半路死去

在一株不知名的野花旁

于是，那儿就叫远方

"这里就是远方。"说完陆飞用两片槐叶把双眼盖住，他说现在就想死去，在这片槐树林，在一个女人身旁——

我不知道陆飞喜欢槐花镇的理由是否和母亲一样，母亲也喜欢坐在门前的那棵老槐树下，槐花悠悠地飘落下来，落在她的肩头和老缝纫机上。缝纫机是母亲的嫁妆，二十多年了，声音依然清脆。天气好的时候，杨建设帮母亲把缝纫机搬到老槐树下，傍晚的时候再搬回去，遇上杨建设忙碌了，这些活儿就由杨加林代劳。

但母亲已经很久没有坐在老槐树下了，缝纫机待在卧室的角落里，偶尔也会咯咯噔噔响几声，但声音都显得局促和沉闷。母亲不再坐在老槐树下了，这使人很难过，我不想知道是什么原因。

对于杨建设和寡妇李兰的事，我没有再问二愣子，因为传言已经像花一样在槐花镇上盛开了。我看不出母亲是否知道这事，也看不出父亲和母亲之间的异样，杨建设依然每天早出晚归，出门前喝一碗母亲熬的粥，晚上照样享受母亲为他打来的洗脚水。他把双脚浸泡在热水中，让双臂舒展在沙发扶手上，他告诉母亲，明天又要去县城送货了。这句话的意思就是明天他将比任何一天起得都早，天还没有亮，他就要穿过一片棉花地，穿过大堤——我突然想起二愣子说的话。

杨建设一直保持着二十年前仓库保管员的工作职责，坚持亲自检货送货，这一点深得杨瘌子的赞赏。杨建设说人际关系比工作能力更重要，所以他从一个徒有虚名的副厂长到拥有两成股份，不能否认他良好的人际关系。

　　杨建设比以往更忙碌了。铁路建筑队来到槐花镇之前，杨建设就被选为拆迁动员小组的组长，勘探测量出的铁轨路线将把小镇一截为二，一些房屋和农田需要退让出来。拆迁的任务顺利完成后，杨建设已经和这支建筑队混得相当熟了，他经常走进白色工棚和技术人员聊天，甚至看到了施工蓝图，看到了铁轨的明确路线。当他得知这条铁路只是穿过槐花镇，而不会为这个小镇做片刻停留的时候，杨建设开始了新的任务，他又认真地伏在了那张办公桌上，将钢笔吸满墨水，他要给县里写信，给省里写信，给他从没去过的北京写信。

6

　　寡妇李兰到玩具厂上班了，作为感谢，她给杨建设送来了两双自己纳的布鞋。母亲竟然收下了，并和气地把她送到门外。那个下午，我第一次看到母亲和李兰站在一起，阳光下李兰枣红色的卷发那么恣意，而母亲却像顶着一头的槐花。母亲老了，如果没有李兰的出现，我不会意识到这一点。

　　李兰走后，我陪着母亲坐在缝纫机旁，阳光越发无力，黑暗侵袭过来。我的话题故意围绕着寡妇李兰，但母亲并不爱听，几次打断我。她弓着背，身体前倾，大概光线昏暗的缘故，她的眼睛觑在缝纫机前。在我有记忆的时候，就看到母亲这样的姿势，她坐在槐花下面，但是脊背没有这么弯曲。可是，现在，这个姿势刺伤了

一棵大树想要飞

我，它让我无法控制——

"镇上人都在说杨建设和李兰的事——"话刚出口就后悔了，我看到母亲的手在黑暗中颤抖了一下，我不敢往下说，似乎要等待什么，母亲没有理睬，继续踩着缝纫机踏板，好像根本没有听。我们都忘了开灯，黑暗把缝纫机的声音变得无比巨大，半晌，母亲才停下来："我不相信谣言，你父亲不是那样的人，除非——"她停顿了很久，"——除非，谁亲自看见了——"

很多年以后，我再去思考母亲的话，我想我当时一定理解错了，母亲说只要你父亲和寡妇李兰的事没有被人撞个正着，她都不会相信。他们一起走在油菜花地里，并不能说明什么，她相信父亲，她相信李兰到玩具厂上班仅出于父亲的善良和同情，后者只是行使了一个副厂长的职责而已。母亲憎恨谣言，我也憎恨谣言，它让原本就孤僻的母亲很少再走出屋外。

我终究错误地理解了母亲的意思，从那之后，我开始寻找某种"真相"，寻找的意义仿佛就是向母亲证明她是错的。

那天晚上，当杨建设又在沙发前享受母亲端来的洗脚水时，我把寡妇李兰的两双鞋放在他面前，我感到自己这一举动的挑衅。杨建设愣了一下，好像早已知晓白天的事似的，我盯着他看，不放过任何一秒钟，对方脸上每一种细微的变化都使我感到得意。

"李兰送来的，给你的。"我对杨建设说，但他没有搭理我的意思，依旧专注着电视节目。

"你为什么让她到玩具厂上班？没听到镇上人都在说你和她吗？"我第一次用这种语气和杨建设说话。母亲直愣地看着我，很显然被我吓到了，她及时拉开我，阻止我继续往下说。但晚了，遥控器已经被杨建设"砰"地摔在地上了，他怒吼道："我厂里的事情你有什么资格说话。"

"我就是想不通,"我咬着嘴唇,"在谣言盛行的时候你让那个女人到厂里干活——"

我知道杨建设不会给出一个回答,果然他用踹翻洗脚水的方式表示了不屑,"滚一边去,"他向我喊,"滚到你的房间去。"

"你应该给我们一个解释,你要给妈妈一个解释。"我倔强着。

杨建设站起来踢了一脚沙发,然后愤愤摔门而出。

在我和杨建设争吵的时候,母亲在房里小声地哭泣,这使我无心恋战,就这件事,很多时候我真希望母亲能像胡二家的或者镇上那些剽悍的女人一样,跟男人大吵一顿或者跑到寡妇李兰跟前抽她两记耳光。但没有,我的母亲不会这么做,她会认为一切事情都没有想象中那么糟糕——一切仅是谣言而已。所以,次日早晨,杨建设离开后,母亲竟然责备我昨晚的无理取闹,"你父亲不是那样的人,"她反复那句话,"李兰人品不好,但活儿不一定干不好,厂里用她也没错,她表示感激送鞋也没错。"我不知道这是不是母亲在安慰自己。最后,母亲十分认真地对我说:"小白,你父亲不是那样的人,我不相信谣言,我也希望你不要相信谣言,你要相信你父亲,尊重你父亲。"

7

入冬以后,云朵每天更深一层。树叶落光了,野草向大地交还了颜色。铁轨的生长速度还是超过了人们的想象,几个月的工夫,它已经像模像样地躺在槐花镇了,槐花镇的人每天都会走上铁轨看一看,那种神情像是察看庄稼的长势一样。只有杨建设的脸上没有

一棵大树想要飞

那种喜悦和满足，寄往省里和北京的信陆陆续续被退了回来，有的干脆石沉大海，杨建设的眉头锁得更紧了，头发也白了一些。但他没有罢休，而是带着那些信亲自赶往省里。

小船又在槐花河上飘荡起来了，水草知趣地跑向一旁。杨建设坐在船上，望向河的北边，再过几个月，那里将要架上一座铁路桥，火车从上面呼啸而过，带着城市的气息。杨建设不知道幻想了多少次，他踏上了那列火车，从槐花镇上车，从县城下车，或者在更远更远的地方下车。

杨加林往我家跑得更勤了，杨建设把这理解为婚约的作用，我却认为杨加林只是在关心母亲。春天过后，准确地说，在那个谣言传开之后，杨加林帮母亲干的活越来越多了，他俨然像我家的一个成员——像我的哥哥——甚至有一天在学校的操场上将我拦住，很突兀地批评我，叫我多关心关心母亲。加林的母亲死于难产，一场灾难剥夺了他叫妈妈的权力，他从小就叫我的母亲姆妈，穿着母亲为他缝制的衣服。坐在加林自行车后座上的那个学期，我们说得最多的话题便是母亲，他总说羡慕我有一个全槐花镇最好的母亲。"我用我所有的一切跟你换吧——"他常常这样调侃。"不换——"我也毫不犹豫地拒绝，那一刻，我终于体会到杨建设的那种长脸。

杨加林来的时候，我都会避开，要么将自己关进书房，要么去镇西的槐树林和陆飞约会。槐花镇的黄昏总是十分悠长，阳光软绵绵的，把人的身体一遍遍地抚摸透了，夜才开始盛大来临。那些黄昏，我躺在槐树林厚厚的枯叶上，闭着眼睛，接受阳光还有陆飞温柔的亲吻和抚摸。我不再去想婚约的事情了，仿佛和我毫无关系。杨加林和母亲从不和我提婚约的事，杨建设也很少提了，杨加林在我家的频繁出现使他安心落意。那个日子好像安安静静地躺在远方，躺在来年的春天，它和每个人都没有关系。

我躺在陆飞的臂弯里，他的胸膛宽阔结实，手臂粗而壮，我曾看到这双手弯曲过钢筋，搬起过两根枕木。陆飞说他曾干了两年的操作工，现在已经升为资料员了。我常常把陆飞和杨加林进行比较，似乎每一处都略胜一筹，即使是同样的爱咬嘴唇的习惯，陆飞的动作都那么有味道。

我想陆飞怎么就走进我的生活呢，那么及时，在我和杨建设为婚约较劲的时候。当然，杨建设并不知道我和陆飞的事，他更不会知道他的女儿和一个"铁路上的"厮磨的那些黄昏。铁路上的——杨建设习惯对铁路建筑队这样叫。

陆飞的吻盘旋而来，像山风一样，容不得我思绪的半点抽离。我爱你……我也爱你……分不清这几个字是从谁的唇中飘出，我们就这样一遍遍地吻着，呢喃着，直到筋疲力尽。我们常常一起躺在槐树林里，或者躺在渡口的小船上，看太阳一点点地肿胀，再一点点地下坠，船早已离开了渡口，和我们初遇那天不同的是，绳索是陆飞故意解开的，他要让小船在槐花河上随意地漂荡。然后我们并肩躺着，看着头顶的星星一颗颗地清晰起来。

"如果每天都能这样多好，"陆飞说。

我转过脸看他："我们几乎每天都在一起的呀。"

"我是说每天——时时刻刻—— 一睁开眼——就能亲到你。我每天都想你，想得快不行了，《黄帝内经》里说喜伤心，怒伤肝，思伤脾，所以你得对我的脾负责。"说完他拉起我的手放在胸前。

陆飞说他病了，病得很重，是一种幸福的病，他要病死在我这里。

我用唇堵住他的胡言乱语。

"我们走吧，"他看着我，"我要带你走——"

一棵大树想要飞

"去哪里?"

"西——藏——"

我坐起来。"你喜欢那里吗?"陆飞认真地问。

"喜欢,"我也认真地回答,"雪山,蓝天,白云,纳木错湖,雅鲁藏布江,拉萨河……"我好像曾去过似的。

"对,我要带你去西藏,我出生的地方,我的魂一直流放在那里,我的生身父母也在那里,尽管可能找不到他们,但我想回去。或许我早该回去了,但这么多年来,我好像一直在等待什么,现在终于知道了——"陆飞停下来看我,"等你,命运安排我到槐花镇来等你。"

"跟我走吧,"陆飞在我耳边轻轻说着。

"明年春天,"我回答他,"槐花盛开的时候,你带我走——"

这个夜晚因为有了约定而感到美好和神圣。我们好像真的离开了槐花镇,小船离渡口越来越远,大堤模糊成倒影藏在水下。

当我们用竹篙把小船撑回渡口的时候,却看见了杨加林,他站在对面,披一身夜色。如果没有猜错的话,他是从县城开会回来的。他看到了我们并肩躺着,并把船漂向远方,他过不了河,也没有喊我们,而是安静地从黄昏等到半夜。

到岸后,我拉着陆飞离开了,没有和杨加林说话,甚至没有丝毫歉意,说真的,我不喜欢他这样。

几天后的一个上午,杨建设突然冲到学校,将我从办公室拎了出去,气急败坏地——我只能这么形容——向我叫嚷。他朝我指来的手颤抖得厉害,他说:"杨小白,你给我注意点,别给我搞什么花样,铁路上的那个,必须给我断了。"

听明白了怎么回事后，反而很坦然，我缓缓地对杨建设说："我们是自由恋爱——"

"放屁，"杨建设手指往下甩去，"杨小白，你听着，别给我生事，明年，明年春天，给我把婚结了。"

杨建设说这句的时候像是迫切安排厂里的事务似的——给他把婚结了，要不是明年春天我才够到法定结婚年龄。

我不知道杨建设多久前定下的这门婚事？并为自己的决策得意了多久？他肯定把这也作为光宗耀祖的一部分——多好的一门亲——杨加林姓杨，杨小白姓杨，生个孩子也姓杨，这个姓杨的孩子将要继承两家的一切，到那时谁还能说清楚玩具厂究竟是杨瘸子杨家的还是他杨建设杨家的。

杨建设离开后，我也把杨加林叫到走廊里，用一种无法控制的气急败坏的情绪说："杨加林，你给我注意点。"我几乎在模仿杨建设的语气，"你最后别给我搞什么花样。"我指的是向杨建设打小报告这件事。

杨加林一脸吃惊，表现出无辜的样子。我说："你别这样装可怜。"

他咬起嘴唇沉默不语，似乎没有向我解释的必要。

几个老师挤在窗口向外看，我转身离开，走了几步，看他还站着不动，又折回来，"求你了，"我用一种极其冷淡的语气对杨加林说，"别咬嘴唇了，真的，你咬嘴唇的样子，特难看。"

7

寒假时，母亲回了县城，外公的身体一日不如一日了。临走时

一棵大树想要飞

母亲反复叮嘱我,"照顾好你父亲"以及"不许和你父亲顶嘴"等等。对于母亲的担忧我想是多余的,因为从她离开后,我便很少看到杨建设,他更加早出晚归,甚至到了披星戴月的程度。

杨建设已经取消了在家吃早饭这一事项,直接在南门街的老李面馆叫一碗阳春面。吃面的时候,太阳已经出来了,慷慨地照耀着杨建设沁出细汗的脸。是的,这个时候,他的脸上总是挂着一层汗珠。面馆的老李会扯着嗓门喊道:"杨厂长啊,又去跑步啦。"

杨建设同样用很大的声音回答他:"是啊老李,跑步去的。"然后找一个敞亮的地方坐下。

跑步的习惯是在母亲离开后才有的,每天早晨,天仍黑着,星星还没散去,杨建设就起床了,他的动作很轻,但我还是醒了。门轻轻地打开了,又轻轻地关上了,他蹑手蹑脚地换鞋以及压抑着咳嗽——我躺在被窝里,听着这些细微的声响,假想着杨建设跑步的路线:从后巷出去,经过铁轨,沿着铁轨到镇西,穿过槐树林,再经过一片菜地——我被假想的路线吓到了,身体在被窝里颤抖起来。好几次,院门被轻声关上的那一刹那,我也有掀开被子跑出去的冲动,但一次都没有,我无法抗拒被窝的温暖。

后来,在老李面馆吃面的那个时间,杨建设开始谈论跑步的事情,他会告诉一起吃面的人,铁轨已经铺到李四家的屋后了;槐花河上的铁路桥已经架好了;从镇东到镇西竟然有两千多根枕木呢……再后来,跑步的人增加了,有的人沿着铁轨的方向从镇东跑向镇西,或者从镇西跑向镇东,至于有没有经过槐树林或者菜地,我并不知道,我只知道跑步的人里还有寡妇李兰。

母亲不在家,我每天的大多数时间都是在床上度过,白天躺着一本接一本地看书,当然,也包括陆飞的情书。陆飞有时发信息来，问我正在干吗，我也不回答，看着那几个字傻笑着。傍晚我就会走出家门，迫不及待和情书的主人约会。

我们在街上胡乱填饱肚子后，再回到槐树林。此时的槐树林雾气深重，月亮被紧锁着，树叶已经落光了，毫无保留地奉献给大地，我们打着手电，追逐着彼此闪烁不定的影子。或许我这一辈子都不会忘记那样的夜晚，纯净得只想抱着一个人哭。夜越发深重，四周有风吹起，凉薄地贴在脸上，仿佛预示着一场沉重的雨即将落下。

回到家后，杨建设还没回来，或者已经睡了，屋子里黑漆漆的。母亲去县城后，我和杨建设碰面的机会便更少了。即使知道对方的一些讯息，也是从镇上人的口中得来的，比如他知道了我和陆飞仍然厮混着；比如我也听说了他和寡妇李兰更有眉眼的谣言。

那场雨果然在第二天的傍晚落下了，那时杨加林正在为蚕豆锄草，雨不像是冬天的，撒泼着性子朝地上倒下来，杨加林躲在走廊下，斜风雨还是将他打湿了。这些日子，杨加林每天准时出现在我家的菜地里，他从家扛着锄头，或者提着水桶来，像他每天夹着讲义从办公室走向教室一样，这成了他生活的一部分。

地上腾起一阵烟雾，外面很冷，我打开门，刚要喊他过来避一避雨，就看见杨建设从远处回来了，我拿起一把伞，迅速冲了出去。我要在杨建设回来之前离开，决不给他阻止我和陆飞约会的机会。

那一夜我没有回去，准确地说，没能回去，院门被杨建设反锁了。后来我知道那个傍晚杨加林被困在走廊下一直到雨停，我还知道那个傍晚杨建设没有回家，而是追向了我。他没有打伞，所以跑了一截就折回去了，回到家中，杨建设十分生气，他愤愤地把门反锁上,然后躺在床上听着外面的动静,杨建设多么希望能听到我乞求的敲门声,一遍一遍地,于是他在这个声音里起床,开门,当然,也包括狠狠地训斥我一顿。

可是,一直到下半夜,这个声音都没有出现,我没有像他想象的那样敲门,而只是用钥匙轻轻捅了一阵,便和陆飞离开了。

我们在槐树林里以拥抱打发时间,然后又在陆飞的工棚里看了一会儿书,直到那些建筑队的准备休息了,我们才回到了镇上。寒冷和黑暗追赶过来,紧随着我们,在老李面馆吃了一碗面后,才决定在对面的朝阳旅店住上一夜。

杨建设敲开门的时候,我们都被对方吓到了,他只穿了一件单衣,汗和雨水黏糊在身上。这一夜杨建设并没有睡,敲门声没有在他意料之中出现,使他更加气急败坏,他跑到我们常去的槐树林,又跑到渡口,几乎跑遍了整个槐花镇。这应该是他这些天来最有意义的一次跑步,他一刻都没有停止,浑身疲乏,直到遇到面馆的老李,才使他又铆足了力气。

杨建设已经气得说不出话来了,指着陆飞的手在半空中晃了很久。

8

外公终究没能熬到春天,柳树还没发芽的时候,外公走了。他的骨灰被母亲带到了槐花镇,这是外公第一次来到这里。

母亲是喜欢槐花镇的,她说她看了第一眼就不想离开,她无法在外公活着的时候说动他,现在死了,她要将他安葬在自己身边。我曾问过外公,为什么不喜欢槐花镇呢,春天的时候到处都是洁白小花，一串一串的，那么好看。外公闭着眼睛半晌才回答我，说他这辈子最讨厌的就是槐树了，因为它通身都长着刺儿。

　　杨建设依然把大把时间花在写信上，火车就要运行了，他像临考前的考生似的，忘记了吃饭和睡觉，白天写了厚厚的信有时被揉成一团，夜晚在日光灯下又重新铺开信纸，他找出已经生锈的圆规和尺，在白纸上认真画下槐花镇的地形，标出地理位置，人口结构，交代了这个小镇历来的困苦，但最终都挺过来了，他感慨万千道，现在的槐花镇，虽然工业不很发达，却拥有八千多亩种植地，连续八年都丰收。槐花镇还没有一条像样的与外界联系的路，他多么希望火车能在这里做片刻停留，载上槐花镇的人，载上那些要去县城读书的孩子们。

　　火车是在一个月后开通的，像一年前的那个春天，镇上的人挤在了铁轨两侧，伸长脖子，等待火车通过，这些皱黑的脸，从火车出现的方向，转向火车消失的方向，像向日葵。火车没有为槐花镇做片刻的停留，甚至没有慢下脚步的意思。瘦小而贫瘠的槐花镇还不具备挽留它的力量。它像一条巨龙，带着城市的气息和垃圾呼啸而来，不知道它来自哪里，又去向何方，像一个匆忙的行者，桀骜不驯的，从槐花镇疾驰而过。

　　建筑队离开了，陆飞没有走，作为资料员他要和另一个施工员再待上一阵，等到工棚拆移，他们才会调到下一个工地。

　　我和杨加林的婚期越来越近了，几棵老槐树已经被杨建设锯下，正在让木匠做一套像样的家具，那些抽屉和柜门的雏形，一件件地摆在院子里，等着好天气刷一遍油漆。

　　我依然隔三岔五地和陆飞在槐树林约会，什么都阻挡不了我们，槐树已经打苞了，过不了几日槐花就会洋洋洒洒地开放。那个

一棵大树想要飞

时候,当所有人为我的婚事张罗的时候,我已经和陆飞躺在西藏的蓝天下了。还有什么比这更美妙的呢。

火车依旧每天碾过槐花镇,车轮与铁轨碰撞出的声音,提醒着她的落后。铁轨像一道疤痕,伏在槐花镇瘦弱的脊背上,小镇被割成了两半,铁轨以南,铁轨以北。镇上的人已经习惯了从南边走向北边,需要绕一条长长的桥洞。火车若无其事地经过,它的来去和槐花镇从没有任何关系。轮轨交磨的声音,总是在几个时刻准点响起,强调着它的到来和离开。

半夜时,杨建设会突然惊醒,看着头顶漆黑的屋梁,巨大的声音使得身下的床板颤动起来,原本安静的小镇,无数房屋在黑夜里齐声呜咽。声音消失的时候,槐花镇又落进了静谧之中,但杨建设再也无法睡去了,火车仿佛从身上碾过一样,他感到从未有过的困苦和难受,他在床沿上坐了很久,然后索性披上衣服走出门去。

这个夜里,我也醒来了,是被一股清香唤醒的——槐花开了,这是春天最自然朴素的香味,我从床上一跃而起,来不及洗漱就向着工棚飞奔,我要告诉陆飞槐花开了,我还要告诉他我要和他一起去西藏。记得去年冬天的时候,陆飞问我为什么要待到来年槐花开放?我无法告诉他一个明确的理由,我喜欢槐花,我喜欢槐花镇的春天,那个瞬间,我仿佛突然理解了母亲。

工棚的门紧闭着,敲了很久才打开,我问陆飞呢?陆飞怎么不来开门?快帮我喊他起床。

对方看着我愣了好一会,揉了揉眼睛说,走啦,陆飞前晚就走了——

9

　　杨建设寄出的信，没能改变铁轨的运行方向，却改变了我人生方向。他向中铁第 XX 建筑部，铁道部，以及公安机关写信，检举了一个叫作陆飞的人在槐花镇铁路建筑施工期间，对当地居民生活构成影响，并具有伤害妇女的违法犯罪行为。

　　上面下来调查的时候，竟没有通知当事人笔录，杨建设代替我汇报了情况，并用他良好的社会关系使陆飞在派出所蹲了十多天，作了口供，写了检查，然后由建筑队的项目经理调职到一个南方工地。

　　从工棚回来，我感到身上的每一个细胞都饱胀着愤怒，槐花的香气使人喘不过气来，我想起了杨建设伏在灯光下的那些夜晚，我都快原谅他了，他的脊背越发弯曲，头发这一年也白了很多，我甚至想走上前和他说说话，像一个女儿和父亲的对话一样。但我怎么也不愿相信，那些夜晚，他竟然做着一件龌龊不堪的事情。

　　我推开院门，四肢仿佛失去控制，一脚踢坏了几个新做的抽屉，一群麻雀从老槐树上扑棱扑棱地飞走了。杨建设不在屋里，这才想起他早已出去了——

　　天还没有亮，只有一些惨淡的蓝色散落在黑暗之中，我爬上铁轨，从镇东跑向镇西，我一刻也不想停，跑向槐树林，跑向渡口，又穿过棉花地。突然，我停下脚步，感到心跳得厉害，杨建设没有跑步，他究竟去了哪里？我想起那个傍晚母亲和我的对话，母亲说她不相信谣言，除非谁亲自看见了——

一棵大树想要飞

几个月来,一直感觉有件事等着我去做,原来,等着我的就是这件事情。二愣子赶着羊从身后经过,我几乎没有思考便喊住他,我说二愣子,杨老师带你去看一个秘密,大秘密——

我们从大堤下来,向西北角的油菜地走去,春天真是一个可怕的季节,一切植物奋力地从泥土中钻出来,试图要遮蔽整个大地。在田垄尽头,一片野草蓬勃的沟渠里,终于看见一个耸动的脊背。天暗得使人难受,我感到呼吸困难,双脚像陷在泥土里一样,一步也迈不动。二愣子突然兴奋起来了,好像看到了从没看过的精彩画面,他冲到我的前面,向黑影跑去,又敏捷地将他们的衣服挑在一根树枝上,然后咿咿呀呀地向槐花镇狂奔。

我也返回身,是的,我要回家,我要告诉母亲,我要亲口告诉我的母亲顾如萍,我看见了,看见了你相信的那个人,正在做着你不愿意相信的事。我还要告诉母亲,你错了,那些谣言才是事实。

我往家走,双腿已经不听使唤,好像完成的这件事,消耗了我全部的力量。二愣子已经到镇上了,南门街跑到北门街,他咿咿呀呀的声音唤醒了这个早晨。是的,传言比我的脚步还快,我追不上它们。

太阳躲在云层后面,迟迟不肯出来,这注定又是一个阴霾的日子,我想起槐花镇的春天,似乎都是这样的天气。这段路我走了很久,好像走尽了我这一生。当我到达槐花镇的时候,已经听到母亲死亡的消息。

母亲死了——

赶在了真相大白这一刻,她躺在铁轨上,让一列飞奔而来的火车将自己撕成碎片。

母亲出事那天,杨加林哭得特别厉害,从小到大第一次看见他哭，他对我说姆妈早就知道谣言了，姆妈只是不愿接受，她怕一接受，就没脸待在槐花镇了，她喜欢槐花镇，她不想离开——

镇上很多人都去看了，像二十多年前母亲嫁到槐花镇的那天。枕木被染红了，衣服尸骨延绵在铁轨上，母亲的脸早已分辨不出来了。

加林没有再去教书，因为每天火车经过时发出的声音，都使他一阵哆嗦，他把白色粉笔塞进嘴里，塞得满满的，然后麻木地嚼着，直到粉末从嘴角溢出来，白得像槐花一样。再后来，他就成了另一个二愣子，每天躺在大堤上，只要有人经过，就会跑上去拽住对方的衣角，说，告诉你们一个秘密，大秘密——

镇上的人还是会谈论起我的母亲，那个曾经扎着麻花辫的姑娘，他们都没有忘记母亲从县城嫁到槐花镇的那年春天，槐花的白色像汁水一样四处流淌——谈论的人突然沉默了起来，好想不忍回忆母亲短暂的一生，不知道谁感叹一句，唉，就是死得惨哩，被火车撕得碎碎的，铁轨上到处都是骨和肉哩——

是的，我的母亲终究把自己留在了槐花镇。

这一年，槐花又开疯掉了，一树一树的，春雨过后，地上又是一寸深似一寸的白。

（发表于《当代小说》）

一棵大树想要飞

火 车

我不知道主办方从哪里找来了这么多听众,只会吵吵嚷嚷大声说笑、手机游戏玩得滴滴怪响,以及频繁去洗手间将会议室门砰砰撞上的——三流听众。当然,我不是在抱怨,因为我也只是一个三流的讲师,甚至三流都算不上。坦白说吧,我只是医院的一个宣传科文员,比很多人知道更多的发生在医院的故事或事故等等。就因为这个原因,我的一个同事的朋友的表哥的某个领导,邀请我把关于所接触的工作内容讲一讲,时间不长,一个上午里的两个钟头。讲课并不是我擅长的,但朋友的表哥的领导说了,不要紧,随意讲。他的意思是说,这个活动的主旨并不在讲课,而是别的。

我之所以答应讲课这件事,不全是因为钞票,当然,也有。这是一个很好的锻炼机会——我的同事是这么和我说的。我没有憧憬自己将从一个三流的讲师脱颖成一个一流的讲师,而是当我的同事告诉我讲课地点时,我才找到了前往的理由。

课堂上的嘈杂与我的讲课毫不相干，我能处于一个忘我状态之中，像在自言自语，对，自言自语，不停说着，或者叫作抱怨着医院的种种。忘了交代，我是在一家精神病院工作，医院很大，甚至繁荣，收集了这个城市以及周边城市的众多异常人，医院根据他们的异常程度划分为很多区域，从一病区一直到十病区。所以我讲课的内容就是这些。记得有一个女诗人，也工作于某个精神病院，写了很多有关精神病人的文字，她好像很热爱那份工作，而我不能。

我已讲到了"四病区"，突然而至的烟瘾使我暂停下来，我宣布休息十分钟，会议室里顿时沸腾起来，去洗手间的，接电话的，把口香糖嚼得吧唧吧唧的。这些听众究竟是从哪里集合来的？我开始思考这个问题，如果没有猜错的话，应该是超市、大街以及农贸市场，被主办方的传单所吸引来的。我给自己点上一支烟，狠狠吸上一口，然后靠在椅背上，闭着眼睛。

"寒露老师，寒露老师——"有人叫我，抬起眼，是一个五十来岁的女人，或者更老，深刻的法令纹像一对括弧。她叫我寒露老师，使我很不舒服，好像要表示某种亲昵。女人支支吾吾半天："寒露老师，我，我和您是本家呢，我也姓赵，我叫赵秀芳，我有个问题想咨询一下——"赵姓居《百家姓》之首，所以我对她套近乎的说话方式有些反感。手中的烟已经燃了一半了，如果不能投入地抽完，会使我万分焦躁，我对她皱了皱眉，说："有问题课后再问吧。"女人满脸的笑容僵住了，括弧收缩起来，然后怏怏地往座位走去。

说实话，我不想回答任何问题，我并不热爱自己的工作，也不热爱讲课。主办方已经说了，只是走走过场而已，在我讲课之后才是最重要的产品推介，这是最主要的。那个时候我就可以离开这里，去完成另一件事情。

我是在火车上给她发的信息，告诉她我将到达她生活的城市。很快手机就响了，她回电了，我没有接，这些年我已经不习惯听到她的声音——万分着急，抑扬顿挫，甚至夸张。她只好发来信息，问我将在这里待几天？我回了一个字：1。她的信息迅速又回复过来，说她正在西藏的纳木错，不过她会立即回来，见我一面。我告诉她不必了，以后吧。她打来电话，被我掐断，一会儿手机上出现了信息，她说来得及，肯定来得及，她现在就赶往贡嘎机场，然后乘飞往成都的班机，到成都再转飞南京，乘坐高铁，再打半个钟头的士，便能在我离开前到达Z市。她问了我所住的宾馆以及房间号，说明天下午将来这里见我。

我继续讲课，讲医院的一个病人，刚来的时候只住一病区，后来转到五病区了，现在已经住在医院的十病区。我讲这些没有什么意义，只是打发时间，但在课间休息的时候，那个叫赵秀芳的女人又来了，她的脸上有一点不好意思的笑容，觑着身子和我说话，"寒露老师"，她说，"为什么那个病人现在住到十病区了？"我觉得这个问题没有回答的必要，精神病院就是一个社会的缩影，在我看来，人的一生就是从一病区往十病区过渡的一个过程。赵秀芳没有等到我的回答，又开始另一个问题。她说她很难过，她有一个心结，她曾经——我立即做了一个手势，打断她，这样的开场白，很像祥林嫂。我说："我不是心理医生，不负责看病，如果有心理上的事情或问题，可以去我们医院咨询。"赵秀芳愣在那里，脸上一副戚戚然。

后来，她在外面转了一圈，貌似去了洗手间，回来后又走过来，朝我笑着，法令纹打开得满满的，她把上半身伏在我的讲台上，这样她就离我很近了，赵秀芳说："寒露老师，我觉得你像我女儿，咬着嘴唇的时候特别像。"我赶紧端正五官，不希望再给她一个相似的感觉，赵秀芳不停搓着手，嘿嘿笑着。说实话，她的面相很不好，天生一副悲戚的模样，鼻子在鼻端的地方才微微翘起，眉毛很稀，眼睛十分浑浊。她说："真的，寒露老师，越看你越像我的女儿。"

我把身子靠在椅背上，这样和她隔开一段距离，她的脸很小，五官长得节约，紧凑地挤在一起，让人觉得一种寒碜。她说她有一个像我一样的女儿。但我的母亲却不像她，我的母亲长得很漂亮，她也绝不会参加这样的活动，她有追求，热爱自由，对一切都很不屑，除了旅游和写诗。是的，她现在正在旅游，在西藏，准确地说，应该在西藏飞往成都的飞机上。

我不知道这次是否该见她一面，在此之前的十多年里，我们只见过一次，那是在父亲的葬礼上，很短，几乎没有说话，她一直看着我，好像不相信我长大似的。她问了我近况，见我不愿意多说，就拎着那只棕色旅行箱离开了。在我有记忆的时候，她就和各式各样的旅行箱结伴而行，所以，在我一度理解中，旅行箱便是自由的释义。但这一年里，她突然给我发来几次信息，说很想见我，一日比一日更想见我，好像来日不多似的。那些信息使我暗自发笑，好比她假以追求自由才选择和父亲离婚一样。

此刻离她见我的时间还有三个钟头，我无心讲课，脑袋也开始出现空白状态，于是要求休息一会，顺便抽支烟。赵秀芳又来了，不知道从哪里拎来一壶水，将我的茶杯注满，然后又站在一侧准备开问。她说，寒露老师，我真的想问你一个问题。我朝她扬了扬手中的烟，告诉她等会。她依然站着不动，那副模样使我觉得她有别于其他听众。她好像看出我的心思,立即弯下腰和我说话:"寒露老师,我真的是来听课的,我就坐在下面,那边——"她用一只手指过去,"一排第三个座位。"我点了点头,表示知道了。大概出于某种同情,我对她说,如果有一些非问不可的问题的话,写在纸上给我,课后我回答你。然后我又抬了抬手,告诉她我现在需要抽完这支烟。

再讲课时,果真看见了赵秀芳坐在第一排的位置,离我很近,她把脑袋昂得很高,好像对我所讲的内容极其感兴趣,间隔还会低头写点什么,当我的目光碰见她的时候,那张脸就绽开了,她一会专注地听着,一会又专注地伏在桌上沙沙写着。总之,是一个优秀的听众。

时间终于到了,我也按照那个领导的意思"随意讲"完了。主办方的一个工作人员拿着麦克风迫不及待地等在门外,我站起来,场下再次沸腾,电话铃声络绎不绝。我在接受了听众的两张名片(关于某个品牌化妆品和家具的),和几个听众的合影要求,以及赵秀芳的一张纸条外,便匆匆离开会场。

午饭后,我没有休息,而是坐在宾馆的床上看书,或者叫等待,这个时候,离她约见的时间还有半个钟头。我想象着她现在的模样:旅行箱依旧形影不离,脸蛋仍然漂亮着,即使早生的几根华发,都表示了自由的属性。这十多年里,她肯定跑了很多地方,非洲,欧洲,东南亚。当然,她也跑过很多次父亲的墓地。我不理解他们离婚的原因,父亲从没和我说起,她也没有,或者说,我没有给她一个机会。

这时门铃响了,我迟疑了一下,突然紧张起来,不知道该以怎样的寒暄方式。打开门,竟然是赵秀芳,使我有些不悦。赵秀芳手上挽了一个包，地摊上的那种，她把头伸进来望了望，又不好意思地笑了，说："寒露老师，打扰您了，我想问问您有没有空？我想和您说说话——"我摇了摇头，说没空。在关上房门之前，又一次强调"我正有事，有一个重要的约会"。

有那么一个瞬间，我真的觉得赵秀芳应该去我们的医院咨询一下，或者，就近在Z市找个心理医生，她的过度热情使我厌恶。重回到床上，时间已经过去十来分钟了，等待让我坐立不安。打开手机，突然出现她的信息，她说露露，对不起，我没有买到飞成都的机票，但是，我买了拉萨到上海的火车票，现在火车已经穿过青海了，很快的，火车真的很快的，很快就能到达Z市，露露，你能不能多等我一天——

我没有回复，而是关了手机打车离开。我不愿等待，别说一天，一个钟头都不愿意。我在火车站买了最快离开这个城市的车票，然后坐在椅子上发呆。很长一段时间，我感觉自己睡着了，做了很多梦，但每一个梦都缥缈得记不起来。于是站起来向候车室的书店走去，书店是打发时间的好去处，人很多，书也很多，一直堆放到门外，尤其是一些情感和心理方面的书籍。这个世界怎么了——

突然，我看见一个熟悉的身影——赵秀芳，她也看见了我，眼睛顿时一亮，我没有搭理，这个时候我不想说话。我看到她眼中的光亮因我的冷漠突然黯淡下去。我赶紧转身，拖着行李箱拐进了洗手间。

坐在马桶上，长长舒了一口气，掏出火车票一阵发呆。她——我的母亲，正坐在一列火车上向着Z市前进，而我，将在几分钟后坐着另一列火车离开Z市。小学的数学里经常出现这样的题目，A

一棵大树想要飞

列车时速多少，B 列车时速多少，它们相向而行，多久才会相遇？

我笑了起来，因为我们的列车永远不会相遇。我拉开包，放好车票，突然从包里掉出两张名片和一张纸。打开。是一封信——

"寒露老师，您好。我叫胡秀芳，其实我不叫赵秀芳，还有，你也不像我女儿，只有咬起嘴唇的时候像，但是她和你的名字一样，也叫寒露。我是在寒露那天生下她的，你母亲是不是也是寒露这天生你的？我女儿现在有十八岁了，她和你一样能说会道，她喜欢喊我胡秀芳，每天晚上和我出去摆地摊的时候，就喊，胡秀芳，你慢死了。寒露不光走路快，算账也快，那时才读四年级，要是我算不过她，她就说，胡秀芳，你真笨死了。有一天，我闹肚子，等我穿过几条马路回来的时候，也收摊了，一到家，寒露就告诉我她捡到五十块钱。她把一张绿色的票子掏出来给我看，我几乎没想就一个巴掌甩过去了，那么干净的马路到哪捡钱去？那天我不但抽了她两个耳光，还骂了她。我问她是不是偷隔壁摊上的，她撅着嘴，不睬我。后来寒露就不和我说话了，不喊我胡秀芳，也不和我摆地摊了。有一天，我的邻居摊主向我说起了那晚，说寒露捡到钱的事情。但我早就忘到脑后了，好几次看见寒露，也没和她道歉，我想小孩子，说不定早忘了。再后来，我看见她在日记里写到这件事，她说，胡秀芳，我不是小偷，你应该道歉，你应该后悔打我。现在我真的后悔了，在我看到日记的那晚，寒露就被一辆卡车撞了，我赶去的时候，已经断气了，脑袋上撞出一个洞，像水开了似的噗噗冒血。她没有来得及听我道歉，一想到这个我就难受得想死。可是我还有一个孩子，我不能死。说来也是奇怪，前几天一个姐妹在网上买了东西，打开包装，里面塞满纸，还有一张宣传单。是店主防止摔坏垫在下面的。传单上竟然有你的名字，寒露。我惊呆了，我想起了我的女儿,我想看看这个叫寒露的人,所以就照着地址坐火车来了。你和她一样能说,一样喜欢咬嘴唇,我在下面看得很难受,我多想寒露和我说说话,我就是再想听听寒露喊我一声胡秀芳——"

整封信里都是赵秀芳啰啰嗦嗦地讲述她的女儿"寒露",信纸揉得很皱,像是中途放弃写了,又被捡起来,好几处字被涂改了,还有水洇开的块状。赵秀芳在信末处写道:寒露,你能不能叫我一声胡秀芳呢。我突然感到喉咙处有些哽,想起她几次跑来觍着脸的样子,于是迅速走出洗手间。

书店里只有寥寥无几的人,没有赵秀芳,不,胡秀芳。我跑出来,寻向其他地方。这个时候,广播里提醒我的这列火车检票的讯息,我向四周望去,候车室那么大,那么多人,却看不到她的身影,于是开始跑起来,向着书店,小卖部,洗手间,以及每一个角落,我不停地跑着,像个陀螺似的。广播里一遍遍播报着火车到达与出发的讯息,我蹲在地上大口大口喘气,火车就要出发。突然间,我的脑袋里好像塞满了火车,那些曾做过的无数次的数学题,又像蛆虫一样地爬了上来:火车从 A 地开往 B 地,另一列火车从 B 地开往 A 地……两列火车分别从 AB 两地同时出发……一列火车由东向西行驶,另一列火车由西向东行驶……

(发表于《黄河文学》)

一棵大树想要飞

希望的田野

1

贵喜躺在床上第四天，村头的瘸四来了，在门外敲了一阵，没见动静，曲下瘸腿从狗洞爬过去了，进屋见顶棚漏下的光柱正打在老贵喜睁着的眼睛上，才抖索了瘪唇说起话来。瘸四说，还以为你死了呢。

瘸四从水缸里舀了一碗水咕咕咚咚喝了，又舀一碗放在贵喜床边。瘸四说，庄上人都以为你死屋里了。停了一阵，又说，也真是的，一头死牛——瘸四说完把窗扇推开，把碍脚的东西踢到一边，然后又从狗洞爬出去。

瘸四走后，贵喜起来了，将那碗水喝个精光，浑身方才有了丝力气，他打开门，先用鼻子嗅了嗅，再迈出脚去。空气里干干净净的，除了冬天的干草味儿什么都没有，不像那几天，即使关上门，堵上窗，肉味儿直往屋里钻。贵喜在门边坐下，蜷了腿，身体缩着，这就看见脚旁有一碗肉。他猛地站起来，抬起脚，将碗踢翻了，白瓷碗悠悠荡荡在地上滚了一圈，把黑乎乎的肉块和汤汁涂了一地。贵喜傻愣了，然后哇地哭出来，他张大着嘴，大概过于悲愤或伤心，竟没有发出声音，哭了一阵，又蹲下去，把肉块小心捡起来，一块一块的，在碗里仔细放好。拿上锹，在牛棚下将肉连碗一同埋了。

埋了肉，在微微凸起的"坟"边坐下，转脸看见牛棚下的食槽，眼泪又婆娑了，他把食槽挪过来，一直挪到身边。食槽空的，觉得自己的心里也是空荡的，他说，牛死了呢——他对食槽说，食槽朝他张着大嘴。我的牛死了呢。他又说道，食槽沉默着，他絮絮叨叨说了很久，从来都没有这么想说话似的，说着他死去的牛，说着过去的那么多年年岁岁，他抱着食槽，把头俯下来，好像要把肚子里的话一点不剩地倒进食槽。

2

老贵喜还是小贵喜的时候，就一个人过日子了，那时也不过五六岁，住在小王庄东边河岸上的土坯房子里。他的母亲早死了，生下他没来得及看一眼就咽气了，他的父亲老恩民在庄上一个叫朱伯富的人家干活，给二十几匹马和十来头牛喂料。晚上老恩民就挤在这些牛马之间，半夜再悄悄爬起来，把白天塞衣兜里的馒头或烧饼带回去。他坐在床边唤小贵喜，唤不醒的时候就把馒头或烧饼递到他嘴边，小贵喜竟也张开嘴，笑着咧着嘴吃个精光。第二天醒来时，父亲已经走了，只有齿缝里还留了一些残物。他用指头小心抠出来，还能辨得出是烧饼还是馒头，要是齿缝里什么都没留下，不知道吃下的是什么，只有肚子鼓囊囊的，就会懊恼起来，恨自己睡得太沉。

朱伯富朱老爷的家小贵喜也去过，七岁时，被老恩民牵在身后穿过朱家一进又一进的院子，一直来到父亲的牛棚。那一天小贵喜跟着父亲在朱家走进走出，吃了两个油饼，在草堆上睡了一觉，还看了一头母牛产小牛——朱家的几个佣人都来了，围着母牛站了一圈，小贵喜蹲在他们的身后。天黑时，小牛生下来了，也是一头毛色纯正的黑牛，睁着眼睛懵懂地看，小贵喜觉得那双眼睛是看着他的，他向它招手，它还是一眨不眨地看着，然后突然站起来向人群蹒跚走来，刚走几步摔倒了，被两个佣人抱到母牛怀里。这时小贵喜看见母牛的嘴边放了一个食槽，很漂亮，食槽底部箍了一圈铜皮。

没几天那头小牛就被抱到小贵喜的土坯房子里了。他的父亲老恩民死了，说是马棚的顶突然掉下来，砸死了。后来某一年小贵喜去过朱老爷家，特意去看了一下马棚，那个顶一直没修，漏出很大一个洞，他仰着脑袋看着那里，从洞里可以看见外面的天空，他觉得父亲好像是从那个洞里一跃，跃到天上去了。

送牛的人走后，小贵喜没有哭，而是把牛抱在怀里，抱了一会儿，突然对小牛说，我给你取个名字吧，以后就叫恩民吧。

后来，小贵喜发现恩民原来是个跛子，它的一条腿比另外三条腿细得多，走路时一崴一崴的，随时都像要磕下去。小贵喜抚着恩民的细腿说，没事的，你是跛子我也要好好待你的——

白天恩民被小贵喜带到村北的土坡上吃草，恩民走得慢，小贵喜不催，也慢悠悠地牵着。晚上他让恩民睡在自己的床板下，夜里听恩民呼哧呼哧的反刍，小贵喜睡不着，就把身子探下来，黑暗里抚摸着恩民的背。远处有人在拉二胡，悠悠荡荡地一直传到河的南岸，小王庄的瞎子又在唱歌了：大路弯弯啊一条龙，一家富裕啊九家穷。穷人半夜就起身，谁人睡到太阳红……小贵喜闭上眼睛仔细听着，这就想起了父亲，泪水从闭着的眼缝里往外流，止都止不住，于是把手又伸下去，一寸一寸地抚着恩民的背。突然有一天，贵喜感到身下的床板被恩民顶了一下，这才发现恩民已经长成大牛了。

长成大牛的恩民个头已经超过贵喜了，走路仍然一崴一崴的，但走得很快，走得快的时候，恩民就停下来等一等贵喜。他们从村北的土坡走到南面的河岸，又从南面的河岸转到西边的大堤上，贵喜好像要让恩民把村里每个地方走个遍。一次他牵着恩民经过打谷场时，发现聚了很多人，人群里有人说，贵喜你把牛牵来干什么，正开大会呢。于是贵喜就把恩民栓在旁边的榆树上，他也随着人群向台上看，竟看见了朱伯富朱老爷。不过朱老爷没有像往常那样坐在太师椅上，而是被反绑在一条板凳上。说朱伯富绑在板凳上，倒不如说板凳被绑在他的背上，直杵杵的，好像是背上长出的一个犄角，这就使得朱伯富十分怪异了。

台上的人用桑树枝条抽了朱伯富，每抽一次，台下的人就振臂高呼，他们异口同声地喊着，打倒地主朱伯富，打倒地主朱伯富——贵喜不知道怎么就打倒朱伯富了？也不知道自己是不是该跟着一起喊，他想到自己的父亲就是死在朱家的，心里十分悲愤，可刚要举臂，又看到恩民正在远处看着他。贵喜放下手臂，傻愣愣地站着，站了很久，被人群推来攘去，人群后来又调转方向，像水一样地涌向朱家。贵喜也跟着去了,他看见好多人砸着朱家的门和窗户,好像那些门窗是他们的仇人,贵喜不知道小王庄的人什么时候跟朱伯富有的深仇大恨,他们把朱家的东西往外搬,有人扛起一条榆木板凳走了,也有人揣了一把光绪年间的菜刀,贵喜什么也不想拿,却想起那年跟父亲来朱家的情景,好像都过去很多年似的。

他又穿过一进一进的院子,一直走到父亲的马棚,那些牛马都不见了,只剩下空荡荡的院子,有人冲过来,点着火把,又涌来很多人,用斧头朝马棚砍,砍断了柱子和马槽,正要敲碎一个铜皮紧固的食槽时,被贵喜一把抱着了。后来,这个食槽就被贵喜带回了家。

贵喜在河里把食槽洗得干干净净,又用稻草将铜皮擦亮,他把食槽放到恩民跟前,说,还记得这个吧。恩民正低着头,抬眼瞥了一下又转过去。贵喜就往食槽里倒了一些青草,见恩民转过脸来,方才乐了,他一边看着恩民一边用手在它背上搓着。

没几天,贵喜分得一块地,地主朱伯富的。分到地的那天,贵喜把恩民带过去,在南坝上,地有七分,呈三角形。贵喜沿着地垄走了一圈,又牵着恩民走了一圈。地里正长着苜蓿,一尺来高,风一吹,起起伏伏的。贵喜的脚有些痒了,脱了鞋走进地里,土松软得很,从脚丫里绵绵地往上挤。贵喜又觉得身上痒了,便脱了褂子躺下来。这一晚,贵喜没回去,和恩民躺在苜蓿上一直到天亮。

贵喜在林子里相中一棵弯度合适的桑树,砍下来修成一架犁,又用一箩山芋换了个锈了的犁头,磨了两日才见白亮。贵喜把恩民牵进地里,架上犁,吆了一声,恩民就乖顺地往前走了。地被翻开了,像水波一样向前涌动着,露出一片新绿。傍晚的时候,天边红彤彤的,小王庄瞎子的歌声从远处飘来:栀子花儿啊两头黄,油漉潺的肥肉把它尝，白天不再喝它稀汤粥，晚上不再睡它牛圈房……

很多年后，贵喜总是会想起这一天，想起这一天远处的火烧云映在恩民眼里的辉煌，想起白杨树伸向天空干净而明亮的树枝，想起连绵的大堤和大堤下他的七分地……

3

秋天的时候，贵喜在地里播了麦子，来年春上，麦苗拔节了，麦子磨出的面粉可以吃上大半年。割了麦子，再种上水稻，秋天的时候，又能吃上新米。但这一年，地里成熟的稻谷没有走向贵喜的粮仓，它们都去了"公社"，贵喜的七分地也归了公社，小王庄的人纷纷把灶都砸了，腾起的尘烟几天都没有落下，柴火稻草抱出来了，铁锅送到了炼钢厂，广播里有人大声播报：吃食堂了，今后吃饭不要钱了——

小王庄的人很久没有听到瞎子唱歌了，他的声音淹没在村头的广播里。每天都有新的消息从广播里传出来，这些消息让小王庄的人振奋不已，炼钢的煤炭没有了，小王庄的人就把房前屋后的树伐倒抬过去；第一块钢铁快要炼出来了，需要大家敲锣鼓气，拿出家中能敲得响的铜盆、钢锅，甚至是锹头，贵喜也想把食槽拿出来，那个底部被铜皮裹着的地方应该也能发出声音。他摸了摸铜皮，还是将它悄悄藏了起来。整个小王庄沸腾了，各种铁器发出的声音尖锐刺耳，半天工夫，这些发出响声的铁器就被收进了炼炉里。

恩民也划到了公社，白天在公家的地里一遍遍地犁着，晚上就住在村委会隔壁的牛棚里。农闲时候，小王庄的人在南坝挖河修渠，下工了，贵喜就去看看恩民，抱一捆草，看恩民呼哧呼哧地嚼着。有时贵喜也把恩民牵到南坝的七分地,地里已经不再种水稻麦子,种上了公家的山芋,山芋的茎叶是褐红的,矮趴趴地伏在陇上。贵喜就坐在田埂上傻傻地看,看累了就躺下来,躺得久了再绕着七分地走一圈。

又过几年,七分地里的山芋也没有了,上一年撒下的稻种被人偷偷刨掉了,大堤下连绵的田野寸草不生,槐树榆树的枝头一整年都见不到绿色,路上走动的人少了,省着力气躺在屋里,广播也停歇了好多天,只有瞎子还断断续续地唱:通洋河的水哎底朝天,小王庄哎遇灾年……那些听着瞎子唱歌的人,实在想不通这广袤无边的大地上竟刨不出吃的,他们一边想着一边走着,尔后,头一歪就倒下了。也有人爬上屋顶,把烟囱上积了多年的锅灰刮下来,黑色的锅灰让他们想起那些年烧煮的食物,于是一遍遍嗅着。吞下的锅灰使肚子胀起来,胀得走不动了,便坐在屋顶看着光秃秃的小王庄,看着头顶的太阳比任何一年都肿胀了似的。

公社的几头耕牛也宰吃了,只剩下恩民瘦得躺在牛棚里,贵喜不知从哪儿找到的干草,隔天就送来,他躺在恩民身旁,看恩民的骨头像要把皮刺穿似的。

冬天到来的时候,有人打起了恩民的主意,他们在二更夜钻进了牛棚,在恩民已干枯的腿上剐走了一块皮。第二天,偷牛肉的人被抓起来,绑在学校的旗杆上,脱了衣服用鞭抽,半个小王庄的人都来看这个"破坏生产力"的坏分子。教育过后,偷肉人放了,隔天,再被抓起来——太饿了,又偷。突然有一天,人们发现那头跛牛不见了,牛棚里干干净净的,有人说是牛成了仙,驾朵云飞走了,也有人说牛被贵喜藏起来了。后一种说法的人拍着胸脯,称自己夜里起来撒尿看见的,贵喜扛着一头牛穿过了小王庄——

可是，一些日子之后，连说这话的人都感到怀疑了，他想那一晚自己是不是睡得迷糊了，还有，即使再瘦的牛，一个人怎么能扛得动呢。

然而小王庄的人已经不再谈论这些了，他们不愿把力气花费在这些不能填饱肚皮的事情上。每天都有饿死的人，用席子裹了扔在通洋河的堤坝上。春天的风已经吹来了，依旧没有改变小王庄褐红的土地，绿色逃走了，好像忘了回到大地了。

整整三年的时间，那些熬过来的人终于在这一年的春上看见了绿色——毛针草冒出来了，蒲公英冒出来了，巴泥草也从地下冒出来了，他们这才知道绿色原来是跑到地下去了，跑反了方向，跑得太深太深，跑了三年才找到回来的路。

4

堤岸上的垂柳又窜出一人高的时候，贵喜和他的牛回来了，那天小王庄的人正在地里上工——收割大片的油菜，起先看到他们的是一个孩子，然后小王庄的人都往路上看过来，他们从那头牛的走路姿势判定它就是那头跛子。

贵喜的土坯房子被雨水冲塌了，他在原先的七分地旁搭了两间草棚，碎石块垒的墙，芦苇盖的顶，贵喜每天牵着恩民在七分地周围转一圈，然后穿过小王庄的泥土路去北村吃草，人们不知道过去的那些灾年他们是怎么度过的。牛壮了，倒是贵喜，而立之年却腰弓背驼，有人说是背牛的那次落下的——说是贵喜背着他的牛一直往北走，一直背到牛恢复了精神气儿，他牵着恩民仍然向北，走到没有人烟了，走到水草充沛了。这个说法在小王庄逐渐散播开来

一棵大树想要飞

后,甚至有人从家里翻出一张破旧的地图,查看并揣摩,他们的手指沿着弯弯曲曲的线条向北移动,然后又蓦地停下,若有所思地说道,贵喜怕是到国外去过了——

这一年,贵喜和他的牛在草棚里只待到冬天,初雪覆盖时被带走了,恩民又归了公社,贵喜被关进学校废弃的一间屋里。和他关在一起的是瞎子,白天挂上"反革命"的牌子,押到各个村庄去游行批斗——他们的棉衣被铁叉撕开,带着冰冻的鞭子抽在身上。晚上又被赶到地里散大粪,瞎子看不见,背着粪筐跟在后面,两个人摇摇晃晃地走一段路,尔后都倒在田埂上了。贵喜把四肢摊平,整个人都贴着地面,由于寒冷,泥土都冻得硬邦邦的,像无数紧握的拳头。大地正在聚集能量。他想起自己的七分地,想起分得地的那一天,贵喜想不通那块地怎么又不归自己了呢?

后半夜时,露水渐重,打湿了衣衫,瞎子醒过来了,看看头顶寥寥星空,突然唱起歌,瞎子的声音在田野上凄凄厉厉,瞎子唱道:万里西风啊鸟花香,鸣泉落水啊各登场。老牛还了耕耘债,啮草坡头卧夕阳——贵喜转过脸看瞎子,月光下瞎子脸上泪潺潺的。

天亮时,瞎子死了,被人用草帘匆匆卷走了。

几年后,贵喜平反,又住进了草棚,恩民属公社的,住在原先的牛棚里。恩民老了,连草都吃不动了,但还是得赶到地里,架上犁,鞭子吆喝着。赶牛的人不再是贵喜,贵喜站在田边看,心里疼,晚上就抱着一大捆青草去看恩民。一天恩民犁地,突然跪了下去。赶牛的人给了几鞭,恩民方从沼地里站起来,刚走几步,又猛地一磕,这一次,恩民没有站起来。赶牛人喊来几个壮汉,合力抬,起来了,恩民继续往前犁,犁到田头,便一头栽下去了。

恩民死了,贵喜哭得十分伤心。小王庄的人说他的爹死了也没见这样哭过。

恩民也被抬走了,不是抬到通洋河的堤坝上,而是抬到了公社食堂。贵喜拿了把刀冲进来,说谁敢杀牛就和谁拼。有人说,贵喜你别胡闹,牛是公社的,再说,我们不是杀牛,牛自己死了。贵喜听不进去,情绪激动,将刀挥舞起来,然后架在自己脖子上。又有人说,贵喜你记不得几年前你把公社的牛偷走的事了,上面还要治你罪呢——那把刀没有要了贵喜的命,也没有要了别人的命。贵喜被关起来了,绑在一根水泥柱上,两天后才放下来,放下来的时候整个小王庄正飘荡着牛肉的味儿,细细密密的,四处钻着。有人以为贵喜会闹到食堂,放他下来的人说,贵喜一下子傻掉了似的,也不说话,木呆呆的,朝他的屋子走。

5

第二年,在贵喜埋肉的地方竟长出一簇牛脚印草。这草小王庄的北坡到处都是,北坡是放牛的地方,地上坑坑洼洼的牛脚印,脚印低凹,容易蓄水,草最喜牛脚印。贵喜把牛食槽拿出来,将恩民坟上的牛脚印草小心移植进去。

七分地四周也长满了牛脚印草,高高矮矮地围了一圈,每棵草都长在低凹的牛脚印里,一个牛脚印就是一片春天。

春分过后,七分地里点上了棒豆,尖尖的绿芽戳上了地面,夏天过后,棒豆胡子红了,生产队的妇女们走下地里。棒豆秆儿高高的,没了她们的头顶,长长的叶儿就像无数的手臂。这些经历过灾年的妇女们,对粮食总有一种特殊的感情,她们一点一点地向前移,不放过每一株秆儿。突然,其中一个尖叫起来,她的尖叫里没

一棵大树想要飞

有恐惧,而是一种欣喜,所有的人都以为掰到大个儿的了,有人向这边看过来,也有人直接跑来看个稀奇。她们看见这个尖叫的女人弯下腰去,双手沿着棒豆秆下移,小心地,再轻轻托起——女人抱起的不是一个棒豆,而是一个包裹得像棒豆似的奶娃。

这件事很快使小王庄沸腾起来,那个最先发现的女人把这个奶娃像上交棒豆一样交给了公社,公社的几名干部研究了半天,又将这奶娃送到贵喜的草棚里——他们认为没有人比他更合适的了。

小王庄的人这时才发现光棍贵喜已近不惑了。贵喜想给奶娃取个名字,公社的干部说不用了,这孩子叫国庆,贴身小袄上写着呢——贵喜点点头,说国庆好,国庆好。

贵喜上工的时候把国庆带着,国庆睡在小竹匾里,竹匾搁在田头。贵喜一会儿来看一眼,把个尿,喂点米糊。国庆不哭闹,睡醒了小眼睛愣愣地瞪着天空。再大一点的时候,国庆会翻身了,趴在竹匾里看着地里的人,要是贵喜朝他挥手,国庆就咧开没牙的嘴嘿嘿笑。一天,贵喜正在挖地,往后退着退着,突然踢翻一个东西,转身一看,原来是国庆,国庆竟然爬到脚下来了。贵喜把泥猴儿似的国庆抱在怀里,心里又疼又喜。

国庆到了学龄的时候,小王庄发生了一件大事,当然这事并不止发生在小王庄,广播里说,全国各地都在搞改革,实行家庭联产承包责任制。这个新名词小王庄的人不太明白,但他们知道那些土地又要回到自己的身边了。

以抓阄方式分田到户,按人口,贵喜分得村北一亩九分地,那块地水土肥沃,尽管如此,贵喜还是用其中一块调换了门前的七分地。晚上,贵喜光脚在地里走着,走完又拉着国庆走着,这使他想起很多年前带着恩民绕着七分地的情景。贵喜说,国庆哎,这是我们的地了呢。国庆点点头说是的。贵喜说，国庆哎，你说我们往地里种点啥呢？国庆想了想，说种棒豆吧。贵喜呵呵笑了，说全部种棒豆。

爷儿俩并肩在田埂上坐下，远处大堤起伏，西山的太阳将两个人影儿拉出老长。贵喜揪一把青草在手里绞着，绞完又在鼻下闻闻，他想起小王庄的瞎子了，还有瞎子唱过的那些调调——栀子花儿啊两头黄——贵喜转身对国庆说，国庆哎，给爸唱一个歌咪。国庆说唱一个刚学的吧，说完晃起脑袋：我们的家乡，在希望的田野上，小河在美丽的村庄旁流淌，一片冬麦，一片高粱，十里荷塘，十里果香——贵喜突然打断国庆，问，是一片冬麦一片高粱？国庆说是的，一片冬麦，一片高粱。贵喜点点头，脑袋也跟着晃起来，好像眼前正是那大片的冬麦和高粱地。国庆继续唱：我们的未来，在希望的田野上……我们世世代代在这田野上生活……我们世世代代在这田野上劳作……

太阳逐渐隐没了，白雾从四周升起，国庆的歌声飘荡在小王庄的上空，歌声之外，万物寂静。

第二天，贵喜有了个决定，他想买一头牛。贵喜先是去了趟集市，在一群毛色不错的小牛犊中看了很久，有的胸部宽深，有的肩峰高大，它们长大后能成为不错的耕牛。突然，贵喜看见一头小黑牛缩在后面，身子瘦小，眼神怯怯的，再仔细看，竟是个跛子。贵喜心里一紧，想起恩民来了。他在牛群里看了一阵，在那头小黑牛身上摸了又摸，结果还是空着手回来了。夜里，贵喜睡不着，想恩民，想那小黑牛的眼神，天刚亮，贵喜就起身了，急急忙忙往集市赶，卖牛的还没来，牲畜交易市场空荡荡的，贵喜突然有些担心，担心过后又开始懊悔。好大一会工夫，白雾渐渐散了，牛群才从远

一棵大树想要飞

处缓缓走来，贵喜一眼就看见走在最后的小黑牛了。

小黑牛被贵喜牵到了小王庄。国庆放学后就去放牛，小王庄的北坡，河的南岸，以及地头的水渠里，哪里的毛针草长出来了，哪里的苜蓿草最旺，国庆比谁都清楚。来年春上的时候，小黑牛已经长成大黑牛了，国庆骑在牛背上，嘴里背诵着刚学会的古诗，古诗里说"牧童归去横牛背，短笛无腔信口吹"，国庆就想，要是他也有一支笛就好了。没有笛子的国庆就唱歌，他的歌声十分清脆悠扬，在广袤无垠的大地上飘荡着，正在干活的小王庄人们，听到这样的歌声就会若有所思地看看远方，他们想起了很多年前的瞎子，于是一些在路上碰见贵喜的人，总是上前夸赞一句，他们对贵喜说，你家国庆灵光着呢——

灵光的国庆决定自己做一支笛子，他在通洋河闸的边上发现了一小片竹林，竹子细细的，做笛子刚好。国庆把黑牛拴在闸栏上，自己从上面攀过去。国庆一根竹子一根竹子地看着，他要挑一根光滑匀称的竹竿，他的专注使他忘了脚下的虚空——国庆跌进了水闸。这一天，小王庄极其安静，整整一个下午，人们都没有听到国庆清脆悠扬的歌声，当人们找到国庆时，已经是第二天的傍晚了，小王庄的人把国庆捞上来，衣服被涨开的身子撑得紧紧的，有人说，跟当年捡到时一样，像一个大棒豆儿。国庆的黑牛还拴在铁栏杆上，系着牛绳的铁条已经被拽弯了，这时有人才回忆起刚刚过去的这一天，他们说隐约听见了牛无休无止的嘶鸣。

贵喜两天都没有说话，整个人傻傻的，到第三天的时候，他去了牛棚，牛棚里黑乎乎的，没有点灯，黑牛一动不动地站着，鼻子里偶尔发出赫哧的呼气声，贵喜把手伸过去，在黑牛脸上抚摸起来。他想对黑牛说句话，可舌头僵在嘴里，半晌，贵喜才说，又剩下我们了——

　　贵喜躺在黑牛身边，黑牛呼出的气间隔就喷在他的脸上，那种夹杂着泥土和青草的气息。贵喜说，国庆走了呢。说完转过脸去看黑牛，他仿佛看见黑暗中黑牛悲伤的眼睛，过了好久，贵喜才说，以后，你就叫国庆吧——

6

　　这一年夏天，小王庄发生了一次洪水，通洋运河的堤坝在一次暴雨后决开了，浑黄的河水奔泻出来，好像被阻拦得太久，洪水长了腿脚似的日夜奔流，奔向村庄，奔向田野，它们像是对小王庄充满了好奇，每一处角落都不落下，卷走了衣被，卷走了房梁，然后又匆匆奔向北方。小王庄的树倒了，猪圈鸡圈也倒了，人们纷纷跑向高地，带着他们赖以活着的粮食坐上屋顶。贵喜把国庆赶上一个土梁，国庆背上驮着面粉和大米。洪水没有消停的意思，水面越来越高，有人担心这样下去梁柱将要烂去，房屋将会倒塌。水已经跑到国庆的肚皮了，水蝇和水蜈蚣在它身上跳来跳去。国庆一动也不动，像长在土梁上似的。整整两天后，洪水像是玩够了，才逐渐退回，国庆背上的面粉被取下来时，国庆累倒在了地上。

　　粮食冲走了，很多稻子经水浸泡后长出了嫩芽。小王庄的人又纷纷走下地里，重新开始耕作。秋天的时候，小王庄来了一辆机器，一些见过世面的人说，这叫手扶拖拉机。他们发现这个机器不光可以代替独轮车运送稻草，还可以耕地——把手扶拖拉机的头部卸开，装上犁头，它就突突突地在地里犁开了。

　　贵喜牵着国庆也过来看，他搞不懂这个家伙是怎么造出来的，

一棵大树想要飞

长得一点也不像牛,倒像个脾气暴躁的怪物,它朝着天上吐着黑烟,突突叫着,把地撕扯得稀烂。贵喜看不下去,牵着国庆默默走开了。

往后的日子,小王庄的人不再找贵喜耕地了,他们更喜欢把那个怪物请到地里,怪物耕地很快——人们多喜欢"快"啊,快快耕地,快快播种,快快收割,快快碾出面粉,再快快吃到嘴里——

那些原先拥有耕牛的人们,也纷纷把牛卖了,换上了怪物。小王庄只剩下国庆一头耕牛了,贵喜放牛到北坡,站在北坡上朝田野里看,四五个怪物在地里跑动着,它们不像是耕地,倒像是咆哮,将地撕开一道道生疼的口子。

贵喜就只给自己耕地,他把国庆牵到七分地里。一夜的露水,泥土湿润而黝黑。贵喜给国庆套上牛梭头,枣木的,再架好犁,"哒——"地一声,长长的,刺破早晨的寂静。六只脚在地里一点点地走着,他喜欢这样一寸一寸踩过去,犁出的新土是温热的,像是带着大地深处的体温。贵喜看过怪物耕地,操作怪物的人坐在后面的座椅上,腿脚高高悬着,他想,这叫什么耕地呢。

又过了些年头,小王庄来了一些更大的怪物,它们把地里那些原本属于人们干的活都抢走干了,这些铁的家伙有的会犁地,有的会收割,有的还会脱粒,那些麦穗已经不需要从人们手里一一经过了,当黄灿灿的麦粒儿堆成山的时候,总让人感到极不真实。

这一年冬天,小王庄下了一场大雪,和这场雪一起到来的是一支石油开采队,四辆装载着工人和各种机具的卡车,从小王庄的西头浩浩荡荡驶进来,白色的雪地上,车轮碾下的辙轳印,如同两道铁轨似的,一直延伸到村北的庄稼地。小王庄的人跑去看了,他们不明白这些铁家伙是干什么的。车上的人把机具卸下来,一件件地砸在雪地里。有人上前问，回说是采油的。再问这油能喝么？说是能呢，专门给机器喝的。小王庄的人纳闷了，他们不知道世世代代生活的村庄底下竟然还能冒出油。

一些麦地让出来了，平坦而广袤的大地架上了很多宛若铁公鸡样的怪物，没几天工夫，怪物就一磕一磕地干起活来。小王庄的人下地的时候，怪物在干活，小王庄的人从地里回来，它还在磕着。日日夜夜地一刻不停，像是要把地底下的东西刨尽一样。贵喜放牛经过的时候，会在旁边看上一阵，脚下的土地好像在震颤，在抖索。要掏空了吧——贵喜想，想着便把脚挪开，他感到脚下一点点地正在虚空，正在下沉，他拍拍国庆，然后赶紧往村里走去。

夜里的时候，贵喜睡不着，睡不着就去牛棚跟国庆说说话，他躺在干草堆旁，望着远处逐渐湛蓝的天，这让他想起小时候，那时也常常这样躺着，看天空越发明亮。再过一会儿，小王庄就要醒来了，人们会穿过晨雾笼罩的桑树林，穿过巴泥根草覆盖的田埂，像豆子一样散落在各自的地里。可是——贵喜想，现在那些地里杵着那么多的怪物，它们比小王庄的人更高大和强壮，更加起早贪黑。他记得有一次，走过去仔细看了，怪物果真从地下刨出了油，黑黝黝的，这让他好几日都没能睡着。

贵喜被采油队捉住的那天，小王庄沸腾了，他们怎么也想不出这个放牛的贵喜会去偷东西，更想不到为了偷油竟然从茅屋挖了一条长长的隧道。几个采油队的人和小王庄的干部沿着隧道爬了很久，他们匍匐着身子穿过了半个小王庄才到达怪物的身下。贵喜被带到村委会时，审问的人问油都弄到哪里去了？贵喜不说话，再问，贵喜才说，油被埋到地下去了。后来人们发现北坡被掘开的坑里果真有石油斑迹。

一棵大树想要飞

贵喜失掉半仓麦子作为罚款，也被关起来教育了三天。这年冬天，那些装载机具的卡车又从村西头缓缓驶来了，这一次是空车，它在小王庄的麦地里待了整整一天，将采油工人和拆下的零件装走了。像几年前一样，小王庄的人又跑来看了，七嘴八舌地问着，得到的答案是，小王庄的地下已经没有石油了。

大地又恢复了以往的平静，那些被怪物刨过的地方没有再种庄稼，油污像身上的疥疮脓液四处流淌，一些地方变成了大窟窿，下雨的时候仿佛能听见那深不可测的响声。贵喜牵着国庆一个窟窿一个窟窿地看过去，再用脚踩踩满是油污的泥土——采油队不知又将去向哪里，贵喜坐在北坡上想着，他们像一阵风似地来了，又像一阵风似地离开了。

7

也不知道哪一年，小王庄的人开始喊贵喜为老贵喜了，人们早晨碰见了，就说老贵喜放牛去了啊。晚上看见又说，老贵喜放牛回来了啊。老贵喜的的确确老了，他和他的牛都老了，每天他们穿过小王庄的那条路，显得缓慢而悠长。

国庆不再犁地了，也没有地可供它犁了，小王庄的北边新建了工业园，原本长着麦子的地里砌上了很多厂房，有来来往往的人，也有进进出出的车，"小王庄"这个被叫了几百年的名字也被"城北工业园"代替了。几条宽大而厚实的水泥路从村里穿梭而过，老贵喜的七分地也被征用了，水泥将它们结结实实地覆盖在底下。他睡得越来越少，每天天还暗着就起来了，走在属于自己七分地的水泥路面上，水泥太硬，没有泥土从脚丫缝里绵绵往上挤的松软。他看见一些牛脚印草正从水泥路的侧缝往上钻，很艰难地挺出一两片叶子。再后来，老贵喜总是半夜醒来，他仿佛听到七分地在底下的嘶喊和呻吟，它们见不到雨露，也见不到阳光。

更多的土地被钢筋水泥覆盖了，水泥正一点一点地吞噬着小王庄。北坡和南岸，那些曾经放牛的地方，都已经砌了厂房。老贵喜仍然从村里经过，他和他的牛已经老得不能再老了，只要有一丝儿力气，老贵喜都要牵着国庆去吃草，每天早晨他们缓慢地穿过小王庄，六只脚冉冉又徐缓地走着。黄昏远去之后，他们又回到小王庄，老贵喜弓起的驼背和他的老牛一样，他们裸露着暗黑而微红的肩头，一前一后，在夕照里缓缓前行。老贵喜总是会想起很多年前的事，想起和恩民躺在苜蓿上的那个晚上，想起和国庆躺在七分地上的那个晚上，耳边有徐来的风，身下是绵软而踏实的土地，国庆在唱歌，声音是那么干净明亮，国庆大声唱着——我们的家乡，在希望的田野上……我们世世代代在这田野上生活……我们世世代代在这田野上劳作……他和他的老牛一直向前走着，缓缓又缓缓，他们知道，穿过了小王庄，前面，总有一片土地青草正绿。

（发表于《当代小说》）

一棵大树想要飞

东厢房的事

向晚的时候，天就黑了，像一口锅扣在头上。雨落了一天，把去东厢房路上的砖头都泡松动了。老向林从上面走，一块砖一块砖地踩过去，把砖踩进黄黏土里，都板实了，然后站在东厢房门口。周遭还没有人家上灯，整个庄上黑黢黢的，他朝头顶上方的檐口看了一阵，才转身推开门。

屋内的黑又紧了一层，少了雨水的反光，整个屋子像掉进一个窟窿里，老向林没点灯，而是坐在一条板凳上，像先前那样对着外面看了半晌，雨还没有停，风把雨扫在门扇上，发出噼里啪啦的声响。他上前将门掩好，然后走到床边，伸手向前探了探，缩回来，又把手伸进被窝里，顺着手臂，他摸到一只干瘦的手，像竹枝儿似的，这使他突然想起上个礼拜三娘说的话，又赶忙将手松开。

三娘是在晚饭后来的，坐在小长桌的一边，三娘一来，都坐这个位置，背对着门，要是桌上点着灯，灯就会把三娘的影子拉出很长，在墙角的地方一折，然后挂在门上。桌子的两边坐着他的儿子王金贵和儿媳李桂香，老向林坐在另外一侧——三娘的对面，这样四个人就正好将方桌围住了。三娘说着话，其他三个人应着，三娘说话的时候身体会动，每动一下，影子也跟着晃悠一下，鬼祟似的。老向林看着三娘和三娘的影子，然后又看着他的儿子王金贵，王金贵的脑袋耷着，好像一个皮球，随时都会从肩膀上滚落下去。他的儿媳李桂香也垂着头，身体像堆烂泥巴一样坍塌在一边。今儿李桂香没有哭，每次三娘来，她都会哭抽过去，掐人中，灌一碗红糖水，才能醒过来。头几次，她还把门拴着，将三娘堵在门外。三娘不计这些，摇摇头叹一声，说，这是命——

　　三娘说完东厢房的事又说起了小王庄，王金贵和李桂香的脑袋就都抬起来了，眼睛里尽是木呆呆的。桌上的灯苗不停地跳着，火光映在三娘脸上，在嘴唇的下方打出一道阴影，由于说话，阴影变幻着，这样就显得那张嘴更加能说会道。三娘是小王庄人，八十多岁了，身体还硬朗着，逢上前后两庄红白之事都要请上她，再加上年轻时就会接生的活儿，所以很受人敬重。三娘说的是小王庄陈三家，然后又说起了一个叫王树权的人，当然这些都是十多年之前的事了，就是因为这实实在在的十多年摆在这儿，三娘说起这事来格外有底气，三娘说，你看，十多年了，人家的日子早就过顺畅了。

　　再去东厢房的时候是早晨，天刚蒙蒙亮，地上结了薄冰，黄黏土冻了，把砖块咬得死死的。老向林跨过砖块坐在东厢房的门槛上抽烟。猪圈里的黑猪把嘴挤到栅栏外，把木板都挤歪了，黑猪朝着老向林嗷啰嗷啰地叫，他心疼猪圈，上前用树枝在黑猪身上抽了一下。抽完就心软了，想到这猪没几天就要被人给牵走，顿时说不出

一棵大树想要飞

的滋味。

老向林把鞋底的泥巴在栅栏上敲干净,再往东厢房走。屋里亮堂多了,昨晚点的煤油灯还剩一点火苗,他熄了灯,走向床边,照例像上次那样将手伸出去,伸了一半,又缩回来,然后坐在床沿上,将手压在屁股底下。过一会儿,老向林还是把手抽了出来,在被子上方慢慢摸着,他感到被子下面的空空荡荡,一两处凸起的也像干柴一样。他慢慢找到手臂的位置,顺着它往下摸,又找到腿的位置,顺着腿再往下摸,摸到手和脚的时候,浑身抖了一下,他连忙站起来要往门外走,转身之前还是将手伸过去,像上次那样在鼻下探了一探。

他将东厢房门掩上,然后坐在门槛上吧嗒吧嗒地抽着烟,天还阴着,鼻子下湿濡濡的。老向林把脑袋埋在腿弯里,看烟一点点矮下去。突然,他感到脖子里一阵痒痒的,有两只小手在挠似的,老向林转过身,小手儿就跑开了,刚坐好,小手儿又落下来,在他的后背上,挠了一阵又伸进了他的脖子里,老向林刚抬手去抓,小手儿又跑了。往常里老向林都能把小手儿一把捉住,然后握在自己的大手里。后腰上又痒酥酥的了,一会又窜进脖子里,有时还窜到耳根底下,但老向林一动也不动,乖乖坐着,直到后背感到重了,用手一摸,湿了,老向林这才抬起头,发现是檐口在滴水。

三娘是在第三天晌午赶来的。她穿过一片麦田和大堤,顺着河岸抄了近路。三娘没进屋,在猪圈旁就看见老向林了。三娘对老向林说,都急死人了,这么多天也没动静。她一边解自己的棉袄扣,一边努嘴问东厢房那边的事,然后从上衣口袋里掏出一块叠得方正的手帕仔细擦着脸,三娘说路上化冻,不好走。老向林这才看见三娘的额头上有一些光亮的东西。他对三娘说,是的,前后两庄也没条周正的路。他还想说句"麻烦三娘了"之类客套的话,又觉得嘴皮紧得很,停了半晌才说了句,东厢房那边怕是也快了。三娘停下来,用手帕在脸旁扇了扇,把挎在左胳膊的一只灰布包挂在栅栏上便向东厢房走去。老向林没跟着,而是从地上捡了个石块,将早上又被黑猪拱歪的木板用力敲着。刚敲几下,就停愣下来,那两只肉乎乎的小手儿又出现了,这回是抱在了栅栏上——去年修这猪圈的时候,就是那个小手儿帮他扶着的,老向林说,砸啦——小手儿就把木条抓得紧紧的了。现在,老向林又抬起胳膊,张得满满的一臂力,可刚一砸下去,小手儿就不见了,老向林慌忙把手上的石块扔掉,心里一阵难受。

等三娘从东厢房出来的时候,几块木板都没有敲板实。老向林蹲在地上,抬起头,看见三娘颠着步子向他走来,三娘裹过小脚,所以走起路来显得点点戳戳,这情景,他突然觉得怎个的熟悉,三娘喊了声"老向林",老向林就记起来了,也是在腊月里,他的儿子王金贵出生了,后来他的孙子又出生了,他的儿子和三个孙子都是三娘接生的,三娘从门里出来的时候,就喊老向林,说老向林啊你添的是个大孙子哎。老向林站在猪圈旁想着三娘当时的话,不禁悲伤起来,他想,是的,自己曾有过三个大孙子呢。

饭后三娘带老向林去祖坟上烧点纸,虽然三娘从东厢房出来的时候也觉得"怕是快了",但还是有些蹊跷。她问老向林,省里头是怎么说的?老向林说,叫抬回去,也就两三天的事了。三娘又问回来多少日子了?老向林掰指头算了一下说,算上今天正好六七四十二天。三娘嘘了口气,说,不吃不喝,怕是成精了。说完两人都不再讲话,继续往庄外走。

祖坟是葬在前后两庄之间的大堤下的,大堤上有一片梨树林,

一棵大树想要飞

三月的时候，白花开得满满的，像烟腾起了似的，东南风会把花瓣吹得到处都是，连坟地上都落到了，看起来一片凄凄然然。老向林走在前面，脚下的枯巴泥草被踩得呼哧呼哧地响。他问三娘小王庄的那个陈三是怎么个情况？三娘疾走几步，说，陈三啊，陈三跟你家金贵是一样的，头三个都走了，一个是在河里洗澡被带走的，中间那个从娘肚里掉下来就没气，后首那个也是染的绝症，看到市里，也看到省里，欠了一屁股债最后还是没留下来。现在呢——老向林突然打断问，然后又不等三娘回答就自语道，现在日子该是过顺畅了。

穿过一个小坡，老向林一眼就寻见了自家的祖坟，他上前把几根横出的枯枝扯断，在地上踩出一片平整来。三娘也跟在后面，用小脚在地上扫着。他们把黄纸放在地上，划着火柴点燃了，火烧着时，老向林跪下磕了几个头，头碰在干枯的草桩上，硬硬的，扎人。三娘没磕头，弯腰在一旁拾掇着火，一边嘴里念叨着。磕完头，老向林起身也找来一根树枝，把纸一点点挑拨开，将火烧得仔细些。火慢慢糊了，浅白的纸灰软塌下来，偶尔会从里面冒出一两个火星子，两人便呆望一阵，直到纸灰上的白烟冒尽了，才慢慢转身离开。

下坡时，老向林看见他的儿媳李桂香，李桂香正在油菜地里锄草，握着锄头一拉一拉地往后移，李桂香的身子单薄得很，弯着腰，像是要被迎面的风刮断似的。老向林想上前跟她说句话，说点刚才烧纸的事，可手杖在空中半天愣是没戳出来。三娘对老向林说，这几天不能让李桂香往东厢房跑了。老向林点点头，三娘叹口气说，这是没办法的事，讨债鬼，过后就要顺畅了。老向林不说话，脚步却走得乱乱糟糟，风也直往眼睛里窜。他向身后看了看，他的儿媳李桂珍已被抛得老远,手里的活儿已经停了,傻愣愣地站着,像戳在地里的一截树桩。

一连几个晚上老向林都睡不着,白天坐在东厢房的门口抽着烟,晚上躺在床上听外面的动静。他听到不知什么东西被风吹出呼哧的响声,听了一阵,不放心,出门去看。出得了门,风声便小了,像是人在暗处屏住了呼吸。老向林走了一圈又回屋坐在床上,天快亮的时候才迷迷糊糊睡了一觉,迷糊中竟也做了个梦,梦里都是那两只肉乎乎的小手——老向林在槐树下锯着木头,他要做一只木枪,小手儿就在一旁扶着。老向林说,给我后背挠挠。小手儿就松开木头跑到后背上。老向林说上面一点,小手儿就往上一点;老向林说再往上一点,小手儿又往上移了一点。挠完了痒痒小手儿也不移开,在后背上又挠上一阵,后来小手儿爬到老向林头上,伸进耳朵里,老向林咯咯笑着,小手儿又捏住他的鼻子,又伸进他的嘴里,老向林不停笑着,咧着嘴笑着,这一笑牙齿就落了下来,他听到脆脆的嘎达一声,小手儿被牙齿咬断了——老向林一惊,醒了,一脑门子的汗,心陡地往下一沉。他急忙下床穿衣,脚抖索半天都没套进鞋里,刚出门,就撞见他的儿子王金贵木呆呆地站在黑暗里。老向林说,那边——他用手指着东厢房,却没能吐出半个字星儿。老向林向东厢房迈着腿脚,耳边却突然出现风呼哧呼哧的声音,他记起前个日子和三娘去烧纸的事,那些巴泥草被踩得也是呼哧呼哧作响,他走在三娘前头,听不太清身后的三娘说话,三娘说,陈三家啊——就是这样的——手和脚都剁了——一断气就剁——魂跑不远——没手没脚了就抓不了下一个——老向林向前走着,耳朵里塞满了呼哧呼哧的声音,像风声,又像是巴泥草的声音。老向林低头看了一眼,发觉正踩在通往东厢房的砖头上。他像早前那样一块砖一块砖地踩过去,突然,又慢下脚步,走不动似的,他感到那些被黄黏土抱着的砖块又开始松动了。

(发表于《当代小说》)

紫金文库

共和路的冬天

1

王彩虹比往常提前一个钟头下了班,没有骑自行车,而是坐着公交回家,这样,路上又可以节约二十来分钟,这些多出来的时间为了和她的丈夫李大勇好好"谈一谈"。关于这次谈话内容,王彩虹思忖很久,甚至打了无数腹稿,以便于能够委婉地将那两个字说出来。基于他们各自工作性质,两人平时见面时间很少,她上晚班,他是白班,她下班,他出门;他回来时,她已走在上班路上了。当然,也有相遇的时候,比如节日,比如天气不好——李大勇就会迟些出门,那时她到家了,而他刚刚起床,外面还很黑,屋子里的灯亮着,弥漫着被窝热酣的气息,显得温馨又美好。

窗外阒黑,黑暗中逐渐渗入点点湛蓝,路上已有一些自行车嚯

一棵大树想要飞

啦嗤啦地前进着了,金属铃声在雾气里冷不丁地响一下,使人一阵寒战。公交车上没什么人,除了王彩虹还有一对背着布包的老人,影影绰绰中也能看出一副斗志昂扬的精神面貌。红绸布从他们的布包一角露出来一小截,不得而知,是去晨练的。王彩虹常常看着这些晨练的老人发呆,那些红绸带,那些发着白光的剑,以及他们身上春天一样的衣服……都让她温暖又难过,她觉得这些离自己太遥远了,倒不是时间遥远,而是本质上的遥远。

  此时是凌晨五点,再过二十分钟就到站了。他们住在仙女镇小学旁的一个巷子里,巷子尽头就是他们的家。从铁门进去,拐个小弯就能看见,一株姿势不太完美的桂花树长在他们的窗台下。这个时候,李大勇应该还没起床,那扇有着桂花树的窗口还不会出现灯光。王彩虹想象着她回家后的场景:轻轻地打开门,李大勇的鼾声像水开了似的密不透风,她摸索走到床边,或者就势坐下,王彩虹就可以和他谈一谈离婚的事了。又或者,她回来的时候,李大勇已经起床了,正把前一夜——她离开时——留给他的饭装进一只铁盒里,她帮他盛饭,一边盛饭一边云淡风轻地说,我们离婚吧……王彩虹从没有想过李大勇听到这话后的反应,也许一言不发,也许顺手把那只铁皮饭盒砸在墙上去。这是李大勇惯有的动作,每次发火,李大勇都习惯让一些物品与墙壁作一次愤怒的碰撞。

  王彩虹想起家里的电视,茶几,花瓶,烟缸,锅,电扇……这些物品都在墙壁上有过声嘶力竭的喊叫,还有他们的房门,被菜刀斩出几道口子,具体是因为什么王彩虹已经记不清了,在她与李大勇结婚的九年里,他们的工资很大一部分是用来更替物品。每当李大勇把电视或茶桌扛过头顶,王彩虹都会从嗓口里发出一声尖叫,她很惊讶于李大勇半截身子怎么能将电视机举过头顶的,嗓口的那声"啊"还没有完全释放出来,电视机就粉身碎骨了。后来,王彩虹改成晚班了,两人见面的机会少之又少,王彩虹看不到李大勇像举重运动员那样咬牙切齿的模样了,但常常回家的时候被吓一跳,地上狼藉一片,王彩虹会坐在沙发上哭上一阵,然后再拿起笤帚扫地去。再后来,王彩虹也习惯了,连坐在沙发上哭泣的环节都不需要了,直接拿起笤帚扫地去。扫完地,躺在床上歇一阵,一觉醒来,太阳也暗淡了下去。那个时候,附近的仙城小学也放学了,放学铃声和自行车的铃声络绎不绝,汽车的喇叭声,超市里的音乐声,还有孩子的喊叫声,王彩虹在这些声音里开始这一天的第一顿饭。她把饭菜分成四份,吃一份,带走一份,余下的两份留给李大勇。她在一家服装厂上班,生产一种"雪山牌"的羽绒服,据说是销往国外的,王彩虹高中毕业就进了厂,一直到现在,已经记不得自己做过多少件羽绒服了,好像这个地球上的某个地方长年大雪纷飞。她伏在缝纫机上,眼前是白茫茫的羽毛,耳朵里是针沙沙沙的声音,像下雪似的。天快要亮了,她也下班了,从工厂出来总是一阵恍惚,仿佛忘了是早晨还是傍晚,忘记时间过去多久了。路上人不多,一些上早班的已经出发了,眼睛半眯着,脸上还带着倦气。她骑着自行车,风从脖子里灌进来,很快身上的温度就被搜刮干净了。到家的时候,正赶上李大勇出门,他总是先把木板车放在门口,然后再坐上去,准确地说,是站上去,他的腿没了,从腿根处齐刷刷地截掉了。心情好的时候李大勇会要王彩虹将他抱上去,他抓住门框,手一松,木板车就载着半截身子从水泥坡飞奔而下。李大勇离开后,王彩虹把门关上,脱掉外套,洗掉水池里自己的和李大勇的饭盒,再上床睡觉。王彩虹觉得冷,一种沁入心脾的寒冷。被窝里还有一点点的温度,躺下后,也不敢动,生怕一动,那些零星的、或有或无的温度就会消失,也不敢把腿往下伸展,那里更加寒冷,每往下一点,寒冷就会加重一些。她的腿蜷着,半压在屁股下面,整个冬天,都是这样的睡姿。她闭上眼睛,感受着身下那半截身子的余温,这大概就是她和李大勇之间唯一的接触了。

2

公交车拐了个弯,到了共和路,这条路王彩虹不会忘记的,它是仙女镇最漂亮的一条路了。记得很小的时候,跟奶奶去买冰棍,奶奶一手牵着她,一手拿着瓷盆。那个卖冰棍的人就歇在共和路上的柳荫下,他的木箱里冰棍品种最多,奶奶总是把她抱起来自己挑,赤豆冰棒,奶油雪糕,还有黄色的汽水棒冰。回去的时候,一路唆着,其余的被奶奶装在瓷盆里。这好像是她对共和路唯一的关于夏天的回忆了,似乎大多的记忆都在冬天,冬天在共和路上拍照片;在共和路上给远方的朋友寄信;在共和路上等放假回来的姐姐。

她还记得中学时候,常常和刘红梅来拍照,刘红梅有一架相机,她的舅舅送的。有一年春节,她们都没有回家吃午饭,而是在共和路上拍了一天照片。雪是从早晨开始下的,到傍晚只积了薄薄的一层,路上几乎没有人,她们在雪地上做着各种夸张动作,以便照片上的自己更加摇曳生姿。后来,拍累了,两个人坐在运河大桥上看远处,细碎的雪花认真地飘着,突然,刘红梅问道,以后想找个什么样的人结婚?这个问题使双方都不好意思地笑了,她们对着浑浊的运河水发出各自的感叹。刘红梅说她要嫁给一个军人,英姿飒爽的。她问王彩虹,王彩虹支支吾吾,最后也说,和她一样,想嫁给一个军人。其实在王彩虹内心深处，早就想过这个问题了，她没有想过嫁给谁，而是在脑海里勾画了一个未来婚姻生活的场景，这个场景由几幅画面组成，比如她和她未来的"丈夫"躺在床上读书，床头柜上是昏黄的灯光，温馨而美好；比如她和未来的"丈夫"像此刻的刘红梅和她一样，坐在雪花飘舞的桥上看着远方，她依偎在他的怀里。这些画面朦胧而清晰，但仍能看出那个未来丈夫的大致形象，如她们所渴望的军人一样：英姿，魁梧，高大。

再后来的一年冬天，王彩虹每回忆起来，都感到那么地不真切。那年的雪特别大，整个仙女镇都被覆盖在厚重的白色之下，学校放假了，工厂也停工了，据说离仙女镇不远的变压站被大雪压垮了。运河冰冻起来，货船停在岸边，仙女镇的人从没有经历过那样的寒冷，他们把驱赶寒冷的东西都穿戴上了，路上不再有人骑车，只有鞋犁出的深深印子。这场寒冷勾起了仙女镇人天真无邪的情愫，他们在路上走着走着，会捏起一团雪，向屋顶或天空掷去；也有人经过树下时，会猛地踹上一脚，雪团便"啪嗒啪嗒"落下来；还有人干脆去了运河，像电视上或电影里播放的那样，在坚硬厚实的冰块上滑起冰来。也就是在那天，天欲黑不黑的时候，仙女镇的人听到了嘶喊声，声音尖锐刺耳，树上的雪花都纷纷飘落了——那是人和冰块的嘶叫——两个孩子掉进了冰窟窿里。当仙女镇的人赶来的时候，已经有人跳下去了，运河的水实在是太冷了，就连岸上的人都感到一阵阵哆嗦。救人的是李大勇，他刚好经过这里，几乎没有思考便跳了下去，李大勇没想到自己并不会水，当刺骨的水灌进他鼻子和嘴巴的时候，才感到那些电视上或电影里跳河救人的事也不是容易的。他在水里憋着气，手脚挥舞，竟然也能捞住一个孩子的衣服，后来他自己也记不清了，是怎么找到那两个孩子的，又是怎样被岸上的人救上来的。等李大勇醒来的时候，已经躺在镇上的医院里，他的两条腿没了。冻坏了，医生说。

王彩虹就是那时去看李大勇的，在此之前，他们并不熟悉，李大勇高中毕业，王彩虹才读高一，但她知道这么个人，瘦，个子不高，皮肤黑黑的。后来王彩虹高考落榜，在服装厂上班，有几次在路上遇见了，但两人并不说话。

李大勇成了仙女镇的英雄，孩子的家长和镇里的领导送来了锦旗，广播站的人也来采访了一次。李大勇并没有为失去双腿而悲伤，甚至有些激动和兴奋，他对记者说，不后悔，一点也不后悔。那时王彩虹就站在他的身边，看着他瘦小却伟岸的身躯，她能感到自己和李大勇一样，牙齿因为激动而不停颤抖着。那些天，她的双手颤抖，双腿颤抖，就连说话时牙齿和舌头都有不同频率的颤抖。她告诉在厕所里排队等候的人，或者在开水房打开水的人，刚刚过去的那个周末，在共和路运河边发生的一件大事。她向竖着耳朵倾听的人描述整件事的过程，详细生动，好像她在现场亲见了一样。听的人表情凝重，下巴兜着，眼睛潮湿，分明都被感动了。他们会丢下饭盒跟着王彩虹去病房，要亲眼看一看英雄。可是，当夜晚来临的时候，人群散了，医院的走廊里传来李大勇撕心裂肺的喊叫，麻醉消散后的剧烈疼痛啃噬着他。这个时候，王彩虹便把他抱在怀里，像个母亲一样搂得紧紧的，李大勇把头埋在王彩虹的胸前，有时用牙齿深深咬着她的胳膊。直到李大勇喊累了，咬累了，安静了，王彩虹才把他放下来，轻轻地将他放平，看他睡去。王彩虹还记得那些夜晚，病房里静悄悄的，只有李大勇轻微的呼吸和突然的惊悸。她会立即站起来，轻拍他的肩膀，嘴里喃喃的，叫他别怕别怕，有她呢。是的，李大勇只有一个亲人了，他的父母早在十多年前去世了，剩下他和奶奶。王彩虹对李大勇说，从今以后她就是他的亲人，她就是他的腿，她要照顾他一生。说这些的时候，王彩虹的眼泪流了出来，为眼前的这个男孩，也为自己的决定。

3

可是，现在，王彩虹不想再继续下去了，在他们的婚姻第九年的时候——她都不知道自己这九年是怎么熬过来的，二十五岁，三十四岁，岁月倏地一下子就过去了，这些年来，她是多么害怕冬天，害怕下雪，害怕透明又坚冷的冰冻。李大勇截肢后，原先的单位不能再去了，前两年里，还要经常去医院，截肢处不停地出现增生，这使他疼痛并脾气暴躁，好像李大勇还不能接受双腿全无的现实，当他看见电视里四肢健全的男人，会发火；看见过去的皮鞋，会发火；看见新的还未剪掉裤腿的裤子，也会发火。他一边骂一边摔着东西，王彩虹就会上前抱住他，试图像在医院里那样，但李大勇像点燃了的爆竹似的，炸得到处都是，这时王彩虹便会发现，李大勇瘦小的身体里其实藏着一吨的炸药。一次王彩虹正看电视，一个关于雪地靴的广告，一只凳子突然就砸了出去，电视屏幕啪地一声，什么都没有了。王彩虹坐在床上不敢动，生怕自己的一言一行又会加重他的怒气，等李大勇摔累了，她才下床收拾屋子。

李大勇没有工作后，他们的日子十分拮据，王彩虹把白班换成了晚班，这样每月可以多二百元钱。李大勇的伤口彻底好了，王彩虹希望他能找个工作，起先，李大勇听到"工作"两个字便会骂——他不愿走出去，不愿看到别人投来的目光。第四年的时候，王彩虹找人给李大勇做了个木板车，几块木板下面安了四只轮子，

一棵大树想要飞

木板车拿回来的那天，李大勇正捧着碗喝粥，他几乎没有说一句话就把碗砸在王彩虹的脸上，热粥沿着她的鼻梁往下淌。木板车让李大勇发了疯似的，因为这使他想到那些在菜场乞讨的残疾人，他们就坐在这样的木板车上，肮脏邋遢，用手走路。那一次，大概是几年来最歇斯底里的，李大勇把木板车砸断了，把家中能摔的东西几乎都摔了一遍，王彩虹想，要是房子也能举起来，李大勇肯定也把房子给摔出去的。等到李大勇浑身力气使尽了，才安静下来，安静下来的李大勇抱着王彩虹哭了，他像当初那样把头埋在她的臂弯里。王彩虹也哭了，她说不清自己为什么而流泪，只觉得泪水止也止不住。

哭累之后，李大勇又把木板车修起来，第二天就去了菜场，不是去乞讨，而是去找在那里卖鱼的表弟。这是李大勇截肢之后的第一份工作，给他的表弟杀鱼。王彩虹去看过几次，李大勇坐在两个大澡盆后面，地上积水很多，混合着鱼的内脏。他的木板车挂在一根柱子上，大概怕被弄脏。李大勇在身下垫了几层黑色塑料布，整个人的高度和澡盆十分和谐，好像他也是澡盆的一部分。李大勇把一条鲫鱼摁在手下，右手的刀在飞奔——刀仿佛是从他手里长出来的。那把刀尖瘦，冷峻，不杀鱼的时候，李大勇就用刀剔指甲，有时埋头削着腿下的茧子。

工作之后的李大勇脾气收敛很多，砸东西有些分寸了，但更多的时候是一种沉默，除了吃饭，几乎看不到他的嘴唇变化，这种沉默排山倒海，让王彩虹更加小心翼翼。

杀鱼的刀每天都被李大勇带回来，晚饭前在门口嚯哧嚯哧地磨上一阵，那时天快要黑了，傍晚灰蓝色的天空下似乎只有磨刀的声音，他间或抬起头，看一看刀刃，刀在昏暗中极其醒目。王彩虹也是在那个时候出门了,她不知道她离开后李大勇还会磨多久,王彩虹跨上自行车,像个箭似的迅速地射进黑暗之中。

　　沉默后的李大勇常常看着那面锦旗发呆,锦旗颜色已经褪了很多,周边的流苏也掉下来了,有几次王彩虹把锦旗藏起来,白花花的墙壁让李大勇觉出蹊跷,他从柜子里找出锦旗,没有让王彩虹帮忙,而是自己爬在桌子上——他用手撑住桌子,一点点地挪上去,再将锦旗挂好。整整一天,李大勇都不说话,也不吃东西,他的目光像是被锦旗钉住了似的。

4

　　冬天到来的时候,王彩虹的单位谈了一笔新的业务——生产一批羽绒裤。在此之前,羽绒服厂还没有这样的订单。王彩虹作为技术骨干也参与了羽绒裤的设计和生产,她们测量并计算尺寸,为此,厂里特地购买了一批腿模。傍晚的时候,装着腿模的卡车进来了——那是一些奶白色的下肢,修长而圆润的腿,从腰部向下呈现出美好的曲线。它们没有上体,腰部向上齐刷刷地没有了,好像腿本身就具有生命似的,腿模的站姿笔挺,又显得十分悠闲,恰到好处地立在一块圆盘上。

　　王彩虹和几个女工把它们从仓库运到车间,再一一排列好。从仓库到车间有一段黑黑的走廊,没有电灯,王彩虹总是在这里稍作休息,她在条椅上坐下,让腿模站在旁边,奶白色的塑料在黑暗中有一些反光,又好像它们本身就是发光体。王彩虹将手伸过去,落在一条腿上,光滑的,又十分柔和,她从腿根一直抚摸到腿脚,再抚摸到腿根,以及两腿之间模糊笼统的生殖器——她感到脸上有泪

一棵大树想要飞

淌下来,好像什么东西使人不能自已。她把腿揽在怀里,抱得紧紧的,直到远处有脚步声了,才再慢慢站起来,往车间走去。

日光灯昼夜亮着,车间里仿佛从没有过黑夜,冷清的光落在腿模上,有些惨白。整整一个冬天,王彩虹都不敢抬头看,她不喜欢日光灯下的它们,丛林一样,像在挑衅。

订单顺利完成了,甚至比既定时间早了很多,厂里为此对员工们进行了一点小小奖励,即一条略有瑕疵的羽绒裤。

后来的问题,就出在了这条羽绒裤上。

等王彩虹去仓库领取的时候,只剩下男裤了,她没有与人调换,也没有还给仓库,而是将它带回家了,王彩虹说不上究竟是为了什么,她想起抱着腿模坐在走廊里的那晚,以及为它们穿上羽绒裤的时候——她从来都是小心翼翼,轻轻将它们抱在身上,抬起腿,穿进去,再慢慢放稳。

羽绒裤被王彩虹藏了起来——衣橱的最上面,这个高度李大勇是不会发现的。然而,出乎意料的是,王彩虹还是在某个傍晚声嘶力竭的咆哮中醒来了。那时她正在酣睡,做着温暖而忧伤的梦,王彩虹睁开眼睛,李大勇的手上正拿着那条被藏起来的男式羽绒裤。什么意思?他问,眼睛睁得滚圆,像那些被他摁在地上的鱼的眼珠。

不是你的。王彩虹很惊异于自己突口而出的回答。这些年,李大勇的裤子都是王彩虹帮他改好了才会拿回来。

这四个字让两个人都愣住了。那是谁的?李大勇问。

别人的。

厂里的人?

是的,厂里的人。

王彩虹回答得没有丝毫犹豫，她的声音干净利落，甚至斩钉截铁。李大勇没有说话，用手撑着木板车出去了。一连几天他都没有去菜场，而是在家里一言不发。王彩虹不知道自己为什么要如此回答，那个瞬间，她突然十分想念黑暗里抱住的腿了，它光滑，结实，听话地倚在她的怀里。

关于离婚的念头，大概就是这个时候开始的。

在离婚念头产生后，王彩虹给她的同学刘红梅打过一次电话，那时刘红梅已经跟她的丈夫去了美国，电话是国际长途，拨过去时正是美国的早晨，刘红梅拿起电话就懒洋洋地说了句：你终于睡醒了啊。王彩虹不知道对方的"睡醒"是指什么，支支吾吾说了一些问候的话便挂了。挂了电话王彩虹哭了起来，她想起和刘红梅坐在运河大桥上的那个冬天，她问她，想要找个什么样的人？那时她的心里充满憧憬，好像就这样一直向前，便能到达似的，到达那个高大，魁梧，伟岸的身体旁边，那个身体抱着她，而不是她抱着他，他把她搂得紧紧的，紧得让她透不过气来。

打完电话的第二天早晨，王彩虹就去了共和路，她在曾经和刘红梅说话的桥头坐了一会。河水仍和从前一样，缓缓东流，河上有游船，漫不经心地穿过桥洞。她想到上一次坐在这里的时候，正青春懵懂，而现在，十多年过去了。她又记起第一次去医院看李大勇的情景，她从家里背了一大包衣服，像是和家人决裂似的，她记不清自己因为激动而颤抖的双唇对父母说了什么，只记得从家到医院的路上，她一直在平复那种来自身体深处的颤抖。

从大桥上下来，天空突然飘雨了，路上的人小跑起来，骑自行车的也更加奋力。她看见很多的腿上下踩动，它们那么富有节奏，那么欢快，每一条腿都在跳舞，在狂欢。她也不停地踩动踏板，试图追上它们，拼命地，从来没有那么使劲的，疯了一样。后来，她摔了一跤，狠狠地跌在路牙上，脚和膝盖都破了，等她爬起来的时候，那群腿已经看不见了。

那天回家，王彩虹没有吃饭，而是把自己摔在床上。李大勇去菜场杀鱼了，屋子里静悄悄的，她没有睡，而是盯着墙壁和屋顶发呆，远处有汽车的鸣笛，还有叫喊声，它们远得仿佛另一个世界。被窝很冷，她把腿蜷着，好像再往下就是冰冻一样。后来，一只蜘蛛从头顶上掉下来，只在半空便停住了，蜘蛛慌张走动，在一根看不见的细丝上。王彩虹哭起来，她的整个上半身都嵌在被子里。这么多腿……你为什么有这么多腿？她几乎是哭喊出来的。

5

公交车上的人下去了，王彩虹也跟着下了车，她没有回家，而是去了父母的家。她从一个小工厂的后门穿过去，抄了小路，当她推开门的时候，她的父亲母亲已经起床了，正坐在一张小方桌前吃着早饭。王彩虹的出现把他们吓了一跳，他们慌忙放下手中的碗，给她盛了稀饭，拿了筷子。王彩虹并没有吃，而是突然哭了出来，她的声音有些大，与这个宁静的屋子有些不相为宜。她说，她要离婚——这几个字让两个老人吃了一惊，他们抬头看着王彩虹，此时头顶的白炽灯泡突然暗了一下。当初为什么不阻止我——王彩虹用手捂着脸，这是第二次与父母喊叫，上一次是和李大勇结婚的时候。在家人眼中，王彩虹一直是个乖巧听话的人。她把碗推开，整个上半身都伏在桌子上，似乎浑身的力气都用在刚刚的哭泣之中。她的父母一直低着脑袋不说话，粥吃了一半已经凉了。他们曾是农药厂的普通工人，下岗后以烧开水为生。屋子里静悄悄的，只有外面开水炉噗噗的声音，偶尔火苗会窜出来一下，火光映在人的脸上，那么地不真实。王彩虹抬起头，眼前的景物和小时候没有什么变化，堆在老式柜子上的衣服，落了灰的吊扇，还有糊着塑料薄膜的窗户。她收住哭声，轻轻叹了口气，仿佛稍一用力这个屋子就会坍塌下来，她用手擦了擦脸，站起来，然后向门外走去。

她没有继续坐车，而是往家走，河边已经有人在晨练了，一边咿咿呀呀唱着，一边拍着大腿，有跑步的人从她身边经过，大概是锻炼的原因，步伐有些夸张。她不知道仙女镇的人为什么这么热爱跑步，热爱锻炼，他们欣喜、欢快、热情，甚至有些亢奋。

从铁门进来，王彩虹就看见那扇有着桂花树的窗户了，灯亮着，昏黄的光。很显然，李大勇还没出门。王彩虹快跑几步，时间尚早，还可以按照计划的那样与他"谈一谈"，她不想等了，一刻也不想等了。她想这个时候的李大勇应该正吃着早饭，前一晚她留下来的，豆腐和一盆白菜。他会惊愕于她嘴里吐出的字：离婚。是的，不管他有什么反应，她也要离婚。

王彩虹吸了吸鼻子，小跑过去，爬上水泥坡，再打开门。

屋内静悄悄的，并没有李大勇，她喊他，无人应答，在卫生间和卧室看了一遍，也没有。李大勇上班去了。

王彩虹瘫坐在桌旁，浑身一点力气都没有了，她感到冷和饿，上一顿饭好像过去很久了，此刻突然饥肠辘辘，她把李大勇吃剩的半碟土豆吃了，又把锅里的饭吃光。她扶着桌子站起来，在屋内慢慢走着，一直走到褪色的锦旗前，仰起脖子，目光向上攀登，金色的字已经脱落很多，只剩下"人"字还突兀地鲜艳着。

她走进房间，疲惫汹涌而至，没有脱衣服，和衣躺下，被子

一棵大树想要飞

里还有温度,像一个胆怯的人的呼吸,细小而微弱。这是一年里最冷的季节,是仙女镇最冷的季节,天气预报说很快这里将迎来一场暴雪,这让她感到冷,甚至有些哆嗦。王彩虹想起夜班时做的羽绒服,那些绵软而厚实的羽绒服,又要运往哪里呢?

她把腿向下伸展,缓慢地,小心翼翼地,整个冬天她都没有伸直双腿,像一只虾一样蜷缩着。她的脚一点点地向前进,像走路一样,像曾经和她的朋友刘红梅走在共和路上一样,她们在雪地里奔跑,拍照,搔首弄姿,那时从不觉得冷。

突然,她的脚感到一点温度,又是一点,温度越来越多,越来越高,直到她的脚触碰到一个软软的东西——热水袋,是一只装着热水的热水袋。

王彩虹突然哭了起来,哭声仿佛是从胸腔里奔跑出来的,她把被子拉过头顶,整个人都被埋在被子底下,从没有这么悲痛地大哭起来。

一棵大树想要飞

1

一九九六年的夏天,如果你恰巧住在我们仙城的话,一定听说过两件事,一件是我的同学李大宝成了少年犯,在一个大雨瓢泼的晚上被一辆警车带走了,据说现场很有点大片的味道;还有一件就是百货大厦的门口突然来了个修鞋匠,安寨扎营似的,锅,铲子,棉衣都带来了。这两件事并没有什么联系,只是在那个夏天里,给我们的仙城增添了很多新奇陌生的未知元素。

先说我的同学李大宝吧(我甚至不愿承认和一个坏学生是同学),记不清他以前是不是就这样作恶多端,对,作恶多端,除了杀人,不知道还有什么坏事没干过。这次被警车带走,就是因为强奸了一个小女孩。小女孩八岁,仙城的人骂道,真是个畜生。其实

一棵大树想要飞

被李大宝强奸的不止这一个,报警的那天,很多女孩都说到了这个事,疼,下面,他们告诉家里人。对于这一点,我的母亲是不允许我和这种人一起玩的,某一年冬天,李大宝也叫我们几个女孩把衣服脱下来给他"找一找",看看和他有什么不同。可是天太冷了,我们都不愿脱。

打电话报警的是马三爷,这些天只要说到这事,马三爷的牙齿还能颤抖起来。畜生,马三爷说。他一边摇摇晃晃往百货大厦的鞋摊走去,一边骂着。

修鞋的是个四十来岁的男人,胡子没刮,看起来有些邋遢。他在百货大厦门口好多天了,仙城的人还没有来修过鞋。他们只是站在远处朝这边指指望望,或者慢慢往这边晃过来,可晃到一半了,又折回去。大概我们仙城的人都是这样羞涩和内敛的。百货大厦门前有几十级台阶,鞋摊原本在台阶的上面,后来百货大厦的人出来把他往下赶了赶,一直赶到这个平台上,这样站在百货大厦门口朝这里看就有点居高临下的意思了。

马三爷把一只皮鞋递过去,说这鞋能修吧?修鞋的赶紧说,能修能修。他把鞋套在一只楦头上,夹在两腿之间。马三爷说现在的鞋,鞋帮跟鞋底竟然也不上线,用胶刷一刷就算完事了。修鞋的点点头,说是的呢是的呢。马三爷问修鞋的姓啥呢?对方说姓张。马三爷说老张是哪里人呢?老张说,小王庄的。哦,马三爷指指北边的方向,说,是那里的小王庄哦。

鞋修了五毛钱,修好后马三爷也不着急离开,而是坐在鞋摊旁说着话。他问小王庄还有哪些人呢?老张说,没得人了。马三爷愣了一下,才说,哦,没得人了——

那个下午他们并没有聊太多话,大多时候坐在风里,看街上被吹起的塑料袋。天快要黑的时候，马三爷才站起来摇摇晃晃离开，走出几步，又转过身来，说，城西的李大宝成了少年犯，被抓走了——

2

往后的日子马三爷每天来鞋摊，有时手上拎一只鞋，鞋张嘴了，或是鞋帮断了，他把鞋放在地上，"嗒"地一声，鞋代替他问候了，凳子在旁边放着，挪过来，坐下。老张忙完手里的活就把马三爷的鞋拿起来，也不需看，穿了线一针针地扎着。

马三爷点起烟，盯着系在鞋摊上的一串气球，看一会儿，又说起被抓走的李大宝，他说早就该抓走了，那个李大宝，十四岁就恶到骨子里去了——老张抬起头，问，十四了？马三爷说，是的，十四。老张便把手中的活停下来，吁了口气，过半天才说，我的儿子张国庆也十四了。

马三爷把烟灰弹了弹，转过头，说你家不是没得人了？老张也不回答，埋头把针往鞋里扎。

对于老张儿子张国庆的事，马三爷还是后来知道的。那个时候，他们已经很熟悉了，这个熟悉，倒不是交谈得多，而是马三爷每天风雨无阻地跑来鞋摊坐一坐。他用拐杖挑起挂在鞋摊上的小气球，说挂这个有甚用，还不如做个广告牌呢。老张便把脸拉下来，抢过马三爷的拐杖，说不许碰。后来，马三爷才知道，这个气球跟他的儿子张国庆有关。

国庆走丢就是因为气球。

老张说要是老师不夸国庆将来有出息，他也不会带他到仙城来

一棵大树想要飞

买书,要是不到仙城来就不会去百货大厦,要是不去百货大厦,国庆就不会走丢。他说国庆那年正好7岁,他们骑车来的,国庆坐在后面,稳当当的。国庆说想要一本书,书名是什么也不知道,反正要一本书。

他和国庆在百货大厦里转了很久,问了两个人,才走到图书柜台来,国庆像模像样地看过去,最后挑了一本封面有很多葫芦的。他们在一楼逛了一会儿,又去了二楼,看了半天,又去了三楼,再从三楼下来,再回到一楼,每个柜台几乎都看过了,国庆也不愿走,他的手里抱着书,伸着脖子往琳琅满目处看,直到门口有个卖气球的才走了出去。国庆要买气球,老张没同意,一块五一个,想了想,还是拉着国庆走了。他带着国庆又在百货大厦里逛起来,太多稀奇古怪的东西了,等自己回过神来,发现国庆不见了。门口卖气球的早已走了,四处都没有国庆的身影,他从一楼跑到三楼,又从三楼跑到一楼,没有,出门问人,没看见,百货大厦周围的路都走遍了,也没发现国庆。

天快黑了,老张往家走,他想,说不定国庆自己走回去了呢。小王庄静谧无声,仿佛早已入睡,国庆的妈李红英打开门时,老张才痛哭起来。他知道国庆并没有回家。

那一晚,两个人都没有睡觉,坐在黑暗里小声地哭。天亮的时候,老张又去了仙城,他问百货大厦的人,有没有看见一个小男孩,这么高——他用手比画着。听的人不等他说完就摆摆手急忙离开了。他在仙城的大街小巷走了很多遍,问了很多人,没有人看见国庆。他说他的儿子走丢了,在百货大厦,对方摇摇头,再摇摇头。有的时候,会有人耐心地听他说,男孩,7岁,手上拿着一本书——听的人撇撇嘴,说这么小就走丢了,也不知道认不认得家哦。他们劝这个男人去车站看看,说不定,能找着呢。

一连几天,老张都到车站来,车站上卖票的都认得他了,是个胖胖的女人,女人对老张说,要么买张票去别处找找看。老张就摸摸口袋,掏出几张毛票递过去,汽车把他带走的时候,老张突然感到很轻松,好像儿子张国庆正在远方等着他似的。

汽车去了刘集镇,又去了新集镇,周边的乡镇都去过了,每次坐上汽车的时候,老张都是欣慰的,心头不那么难过,好像有了希望。可是,当汽车又把他带回仙城的时候,他就很伤心,他从汽车上最后一个走下来,然后坐在车站的台阶上,呜呜地哭着。

那几年,老张几乎没有待在小王庄,他把仙城周围的乡镇都跑遍了,还去了福建,有人告诉他,小孩被拐走了一般都会送到那个地方去。他坐了两天车,才到达那里,那里跟仙城差不多,也有楼房和汽车,可是,他不知道在哪儿才能看到他的国庆。从福建回来,老张人老了一轮,李红英瘦得像个竿子。小王庄的人都说李红英得了精神病,一到晚上就像鬼似的呜呜哭。

那时离国庆走丢已经七年了,这七年里,地荒了,杂草枯了再荣,荣了再枯,李红英也没有力气收拾,她常常一个人去地里,拿一把镰刀,刚割两三把草,人就倒在地上昏过去了。小王庄的人看见了,赶紧把她扶起来,倚在一棵树上休息一阵。她不许老张帮忙,更不要停止找儿子。老张回来睡一晚就被她赶走了,只有在外面她才感到踏实,好像下一秒就能找到国庆似的。

最远的一次是去了四川,好像要找到似的,有人说四川的绵阳有个地方,很多小孩都被拐到那里去了,小王庄在四川打工的人也点头表示肯定。

他们决定去四川是在傍晚,李红英帮老张收拾了一些东西,然

一棵大树想要飞

后两人匆匆吃了点晚饭，坐在床上傻等着，好像天要迫不及待亮似的。这时的李红英已经瘦得皮包骨头了，说起话来声音丝丝的，哑了。她说国庆一天不找到，她就一天快活不起来。屋子里黑黢黢的，她的哭声把老鼠惊动了，扑簌簌地从屋梁上掉下来一层灰来。五年里，好像一切都朽了似的，屋梁，柱子，棉被，连人都开始朽烂了。他们一动不动地坐在黑暗里，听屋梁间隔地发出"嘎"的一声。

老张是一个月后才从四川回来的，倒了四趟车，走了两天——好像不着急赶回来似的。当然，这次又是扑空。离开小王庄的时候还是秋天，回来时，都已经穿棉衣了。他坐在自家的矮板凳上，头低到桌肚下，李红英一句话也不说，眼睛呆呆地看着外面。

第二天早晨，李红英就死在自家的水井里了。被人七手八脚地打捞上来，已经没气了。

来年夏天，气候怪得很，一连下了十多天的雨，到处都吃饱了水，猪圈，房屋，树，都被胀得胖胖的，突然某一天，轰地一声，烟尘四起，房子倒了。老张坐在雨里哭了很久，也说不清自己究竟哭什么，哭他丢失的儿子，哭刚刚死去的女人，还是哭这眼前倒塌的房屋，他觉得一切都离开了，跑得远远的。那几个夜里，老张睡在村大队部的杂货间，几天里总是做同样的梦——他的儿子张国庆找到了，就在仙城的百货大厦。还和小时候一样，手里拿着一本书，从百货大厦的大门走出来。醒来后，老张几乎都没有思索，卷起铺盖直奔仙城来了。这一次，他也不想再走了，不管多少年，他要在这儿等他的儿子。

3

　　马三爷离开的时候，天已经黑透了，老张把鞋一一收进纸箱里，然后自己蜷在塑料布搭的三角棚里。前一阵老张是睡在百货大厦走廊里的，一次夜里大雨，浑身都淋湿了，后半夜老张也没睡，坐在台阶上等天亮。第二天，马三爷就找来几块塑料布，跟老张搭了这样一个小窝来。

　　马三爷往家走，脚重得很。他听到身后老张锅铲的声音，刚开始他劝老张睡他家，老张不表态，低着头忙着修鞋，马三爷知道老张的意思，他把自己像棵树似的扎根下来，一刻都不离开百货大厦了。

　　第二天，马三爷来鞋摊的时候，没有带鞋来，而是捧了一罐奶粉。奶粉是他远在美国的女儿从国外寄来的。马三爷把罐子递过去，说用水冲了喝喝。他说美国的东西真不好吃，不知道秀兰怎么就吃得惯呢。秀兰是马三爷的女儿，马三爷就这么一个女儿，几年前嫁到美国去了，先是说每年回来一次，后来也不回来了，说请不了假，孩子多，路程远，等等，秀兰偶尔往国内寄一些东西，皮鞋、旅行包、手表、奶粉……马三爷也不用，塞进衣橱里，看也不看。老张说，你家女儿还是挂念你的。马三爷就用鼻子哼气。他从不给美国打电话，美国那边来电话了，也不情愿去接，一次他问秀兰，他要是死了她回不回呢？秀兰立即回答说，肯定回去啊肯定回去啊。你说说看，马三爷对老张说，我死了她才回来呢。

　　那一个冬天，白天的光景马三爷都是坐在鞋摊旁度过的，跟老张谈一谈美国，也听老张说一说国庆。从国庆生下来一直到去百货大厦,老张记得清清楚楚,每个细节都说得仔仔细细。马三爷很喜欢听,一遍遍地听。老张说国庆小时候真是乖呢,他们去地里干活,国庆就躺在竹匾里,醒了就看看天,不哭不闹。后来大点了,还是躺在竹匾里,咿咿呀呀地自己跟自己说话,从不到处跑。

第二天,马三爷再来的时候,也不需提醒,老张就兀自说起来,接着前一晚的。一个慢慢地修着鞋,一个悠悠地抽着烟。

马三爷听到第八遍的时候,仙城老城区也快要拆迁了。仙城的南面据说要建一座大桥,跨过长江,一直连接对岸的理县。好多外地人呼啦啦地涌进来,挤在临时搭建的工棚里。鞋摊的生意比以往好多了,常有人来,都是些在工地上干活的,他们也像马三爷那样在鞋摊旁坐一坐,或抽支烟,然后再往百货大厦里走去。

李大宝回来的时候,正好赶上房子的拆迁。很多年前——也就是他蹲看守所前几年,他的父母双亡了,一场车祸,据说赔了不少钱。有了钱的李大宝在仙城就嚣张起来,他个子不高,身后却跟了一群小痞子。这次的拆迁,有人说,李大宝快要成仙城的首富了。

李大宝仍然是在晚上回来的,一辆出租车把他送到仙城的人民广场前,下了车的李大宝没有直接回家,而是在广场上走了一圈,然后站在一片被推倒的废墟上大喊了一声,李大宝喊:我回来了仙城!

这一声,把半个仙城都喊醒了。

4

马三爷摇摇晃晃地向鞋摊走来,和第一次一样,嘴里骂骂咧咧,他说那个畜生回来了,真不信看守所能把他调教好。他坐在小马扎上,把烟抽得噼噼啪啪响。这三年来,他和老张谈论最多的有三个人——从仙城离开的马秀兰;在仙城走丢的张国庆;还有这个臭名远扬的仙城恶棍李大宝。他们说到马秀兰时的无奈,说到李大宝时的咬牙切齿,以及说到国庆时内心的柔软与叹息。后两者同龄,便使得他们常常对比起来,一对比就更加柔软,更加咬牙切齿。

老张没有见过李大宝,但对他也是有过一丝同情的,他听老张说李大宝长到七八岁才被带到父母身边来,没几年亲人都死光了。他和外婆生活在一起,外婆是个瞎子,怎么能看得了他呢——

那一刻老张还是产生了同情,他说李大宝也很可怜的——

老张的话还没说完,马三爷就不高兴了,他是无法忍受任何人对李大宝进行包庇的,他站起来,小马扎被踢倒了,他说坏人就是坏人,不值得同情。他把老张批评了一顿,最后甚至跟老张说道,李大宝说不定就是你家走丢的国庆呢。马三爷话刚说完,老张就站起来了,他把鞋扔在地上,把工具都溅出来了,老张喊起来,他说,不是不是,不可能是。老张几乎咆哮了,他说我家国庆那么乖,那么听话,你再说——老张喘着气,拳头紧紧捏着。

这是他们之间唯一一次吵架,一连几天老张都不理睬马三爷,马三爷来了,老张就把脸别过去。马三爷带来了一盒饼干,老张就用脚踢开。后来马三爷也不跟老张开这玩笑了,以后再说起李大宝时,马三爷都会缀一句,要是有国庆一半好就好了。

李大宝回来后似乎没太多变化,只是个头疯长了不少,这样那些小痞子们跟在身后时,就有了老大的范儿了。几个月里李大宝也是进过几次派出所的,因为打架斗殴,但没有继续蹲看守所,而是赔了点钱。是的,李大宝有的是钱。房子拆除后,他没有再买新

一棵大树想要飞

居,而是住在仙城的一个招待所里,他觉得这样真好,每天有人打扫卫生——还有什么比这更令人舒服的呢。他用拆迁的钱做了点生意,在百货大厦南面的广场上搁置了七八张台球桌。民工们常常跑来玩几局,尤其在下雨的时候,工地上干不了活了,台球的生意就会火爆。老张常常向那边看去,离他的鞋摊很近,百米远吧,隔着一道钢丝网墙。他看见那个叫李大宝的男孩,倚在一张桌子旁抽烟。他的头发剃光了,从看守所回来就一直保持着这个发型——大概看起来有点老大的意思。他从屁股口袋里掏出几张钱,差使一个男孩去百货大厦买几根冰棍,大多时候是买烟。

李大宝的烟瘾很大,几乎一刻不停。台球生意好的时候,李大宝把烟斜叼在嘴上,不可一世的样子;生意冷淡的时候,也是一个人坐在角落里默默抽烟。这是二〇〇八年的仙城,据说这一年外面发生了很多事情,但那些事情和我们仙城几乎没有关系。这是一座封闭而落后的小县城,从商场里出售的货物便可得知,鞋,衣服,生活用品……还有,很多地方都有了收银机,说是商场里只要有几个收钱的就行,这在仙城人听来多么地不可思议。商城外墙的马赛克已经掉落了很多,那些绿色的小方块会猛地砸在人们跟前,啪唑一声,总让人想起那些似水流年的岁月。但仙城人仍喜欢逛商场,一层层地爬上去,爬到最高处。楼梯还是水磨石的,踏面上嵌着钢条,鞋踩上去,踢踢踏踏作响。那些年仙城人都爱在鞋跟上钉副铁掌子,一来说是保护鞋跟,二来还能发出这样富有节奏的声音。他们从商场出来,也不着急走下去,而是站在台阶的最高处向远处看着,极目远舒之后,又会看看台阶下面老张的修鞋摊,当然,还有李大宝的台球场,它们像是从百货大厦生长出来的一样。

傍晚的时候,老张从鞋摊上走出来,慢悠悠地向商场走去,一级一级地爬到最高处，停下，然后向远处眺望着。他看见不远处车站灰色的屋脊，那些灰暗的线条在梧桐树后若隐若现；油漆斑驳的幼儿园墙面；生了锈的卷帘门……更远处，水泥路细小而逼仄，整个城市仿佛都沉没在一种灰色之中，他不知道多少次站在这里向远处看着，像第一次看它一样，仍感到惊异和陌生。

他从台阶上慢慢走下来，并没有回鞋摊，而是向着台球场走去，隔着一道钢丝网，几张台球桌缄默着，李大宝在最里面的一张桌上睡觉，鼾声抑扬顿挫。如果没有这鼾声，这里将是多么死寂，是的，一副死气沉沉的样子，仿佛下一秒就要发生什么惨案一样。

老张把手扣进钢丝网里，脸贴着，绿色的台球桌面像他小王庄的麦田，一块一块地泾渭分明。他想起自己曾经那么多次地走在田埂上，看着近处或远处的麦田，像看见希望一样，他松开手，沿着钢丝网向绿色走去，傍晚的台球场寂静，犹如空旷的田野，他围着桌子走着，像走在齐腰深的水里。水非常凉。他左手拾起一根杆子，像他看见的那些民工一样弯下腰，太阳快要落下去了，一些光芒斜刺过来，他看着球——这些圆滑而精小的球啊，他能拿它们怎么办呢，他把身子又俯下一些，瞄很久，才用杆子推出去，大理石球在前方相撞了，咔的一声，特别有弹性，好像一只球要从另一只球上带走点什么，而那声音听着使人牙齿颤抖，忍不住要咬住柔软的嘴唇。老张向李大宝那里看过去——最里边的那张球桌。李大宝并没有醒来，鼾声匀速而稳当。老张又俯下腰，对着一只红色的球，用力一推，红色球上路了，迅速向一只黑球奔去，像是要追击，又像是要奔走相告，红球在黑球旁边疾驰而去，仍然是"咔"的一声，像是简短的问候，便各奔东西了，黑球撞在桌沿上，又折回来，红球一路前进，一头栽进深洞里。老张鼻子一酸，有些想

一棵大树想要飞

哭,他想起李红英了。

大理石球在台上跑了很久,每一次碰撞发出声音时,老张都往李大宝那处看一眼,但是没有变化,如果不是鼾声的抑扬顿挫,李大宝跟死人没什么区别,老张越打越用力了,球和球碰撞的声音也越来越激烈,他好像在跟谁赌气似的,跟绿油油的田野?跟圆滑的球?还是跟怎么也唤不醒的李大宝?

天暗了一些,看不清球了,黑暗中仿佛只剩下一些弧线,李大宝的鼾声停顿了一下,但又接上去了。老张伏在球桌上,并不需要看见什么,而是在黑暗里推送杆子,他把嘴唇咬得紧紧的,都咬出血丝了,每一次推送都使尽力气,球与球相撞了,球与桌沿相撞了,球弹跳出去了,每一个响声都被黑暗放大得无限大。

再也看不见了,黑暗像锅一样扣着,他伸手去摸,没有球,球都躲藏起来,跑得无影无踪。他把杆子放下,沿着田埂往回走,深一脚浅一脚的。从钢丝网出来,李大宝的鼾声又均匀了,那么近,又那么远。

李大宝最近谈恋爱了,和一个电厂的女孩,每天夜里都要在网吧或电影院消磨掉,白天的时候,就躺在台球桌上补觉。一连很多天,都没人来这里,那些民工们每天要加班了,据说大桥要赶在明年通车。睡过这阵,李大宝就会去附近的面馆吃点东西,然后在电厂等他的女朋友。当然,这是指安然无事的时候。

李大宝的宵夜是一天里最隆重的,一群跟在屁股后面的男孩们会在天黑以后出现在台球场,叽叽咋咋地玩几局台球,就去一个叫作"大毛"的大排档喝酒去了。常常是李大宝给大家付钱,他站起来接受兄弟们一杯接一杯的敬酒,地上的螺蛳壳已堆得老高了,像海一样连在一起。吃到一半的时候,女朋友就要先走了,她明天还要上班，李大宝便差人去送一送，送的人一前一后走远了，李大宝又划起拳来。

那一晚的打架就在大毛饭店开始的，起先因为什么，谁都记不起来了，桌子被掀掉了，酒菜都洒在地上，有人跌倒，身体硌在空螺蛳壳上，嗷嗷叫着。有人捞起酒瓶砸过去了，玻璃破裂的声音使人惊悚。那场架持续了很久，一边打着一边追着，后来又在台球场掀起了第二战。李大宝手臂上开始流血了，每一丝血的往外渗透都使他愤怒，他从里间找出一根木棍——台球桌的断腿，向那些追来的人抡过去，灯光下飞起了一些物体，塑料袋和木屑，以及那些抡出去的东西。

老张并没有睡着，嚎叫声此起彼伏，他从凉席上坐起来，向台球场这边看着，灯光摇晃，人影迷离。有好几次，他想起身走过去，劝一劝，或者说几句，可他没有，他总是想起白天马三爷说的话，马三爷说，李大宝就是仙城的祸害。对于他们的打架，仙城人早已习以为常了，街上孤零零的，除了这一群人，没有其他人出来。大概是打累了，两方人都坐在台球桌上歇着，不知谁报警了，远处依稀有警笛声。人群作鸟兽散，有人向他这里逃来，脚步急促，越来越近，突然，黑暗里蚊帐被拉了一下，床猛地一沉，老张刚要说话，对方抢先说，躲一下，警车走了就行。将近十来分钟，老张都没有说一句话，他的腿蜷着，一动不动。老张不知道躲在他床头的人是谁，是不是那些痞子之一，还是那个被马三爷唾弃不已的李大宝。

警车停在百货大厦前，警灯旋转着，有人下车，在空地上走了几圈。老张呼吸重了，他感到脚步又往这边走来，果真，有人在外面说话了，一个说，是修鞋的。另一个说，问一问吧。然后其中之一便向三角棚里问起话来,他们问刚才谁打的电话,那些打架斗殴的去哪里了……床动了一下,老张分明感到一只毛茸茸的东西碰到他的腿了,应该是那个人的胳膊。外面的人没有等到回答,就转身走了,突然,老张把灯拉亮了,昏黄的灯光猛地使几个人都感到眼睛的一阵刺痛。

后来,李大宝怎么被带走的,派出所的人对他说了些什么,老张都想不起来,好像那个晚上混混沌沌的。

李大宝没有再蹲监狱,只是被带过去做了笔录,拘留了几个月。打架一共十三个人,没有重伤,更没有死亡。李大宝被拘留的几个月里,老张总是向他的台球场看去,打架之后就无人问津了,几张瘸腿的台球桌有点奄奄一息的意思,钢丝网耷拉下来,被一根桅杆压着,顶棚的彩钢板折射出一道蓝色的光,这道光和整个仙城都格格不入似的。尤其在下雨的时候,彩钢板就会发出霹雳啪啦的声音,像是将雨声放大了无数倍。老张不想说话,心里说不出的隐隐难过,他觉得李大宝跟他一样,都和这个仙城格格不入着。

5

时间永不停息地向前流着,除了带给仙城人一种恍惚而麻木的感觉之外,似乎什么都没有留下。人们总是忙忙碌碌,忘记过去发生的事情,当他们回忆起往事时,总喜欢以这样的方式开头——李大宝把李阿贵打伤的那一年;李大宝在仙城中学打架的那一年……是的,仙城人总喜欢用这样的方式作为记年表,现在,仙城人又开始这样说了,他们说,李大宝掀掉马三爷大牙的那一年——

是的,那一次的拘留回来后,李大宝让人去打了马三爷几个耳光，据说仅是几个耳光，马三爷的牙齿就掉光了。李大宝的意思是，警告，别多管闲事打电话报警。而对于那个晚上老张把他交出去，李大宝把仇恨一并记给了马三爷。

大桥竣工的时候，李大宝又被带走了，这一次的带走和之前的带走是有区别的，既不是强奸，也不是打架，而是抢劫。李大宝和他的几个兄弟去工程队的财务室进行了抢劫。财务室的门是不锈钢的，他们用一台切割机将其搞定，但财务室的保险柜却无法打开，当他们合力抬着保险柜离开的时候，被工地上的几个民工看见了，他们认识李大宝，在他的球场玩过球，输掉了，所以他们十分憎恨他。民工们就地取材，用工地上的安全网三下五除二就把李大宝几个逮住了。李大宝再次被带走的时候，仙城人都长长呼了口气。

马三爷一直到傍晚的时候才来到鞋摊，他的嘴里已经没有牙齿了，他把奶粉冲在一只玻璃瓶里，嘴唇啜着吸了一口。马三爷说，外国的奶粉还是蛮好喝的，难怪马秀兰不肯回来。他把玻璃瓶放在地上，像想起什么似的，突然对老张说，别等了，回小王庄好好过日子吧。老张低着脑袋，不看马三爷，他也不说话，用左手搓着右手上的老皮。马三爷说，你就把自己像棵树似的栽在这个地方，也不见得能等得到——马三爷摇摇晃晃往回走，过会儿又走过来，手里抱着一卷东西。他把东西放下，说这些都是衣鞋之类的，他也用不上，带着回小王庄吧。那个晚上，马三爷这样来来回回很多趟，几乎把整个家都搬空了。那些东西都很新，有的还带着异国的气息。马三爷说，你看，都是马秀兰寄来的，她说，等我归天那天她就回来了。他对老张说，走吧，你走吧，别等了，我们都别等了——

马三爷慢慢往家走，背驼得厉害，两只手耷在拐杖上，身子摇摇晃晃的，他往黑暗中走去，再过一会儿，便看不见了。

第二天，马三爷没有来老张的鞋摊，第三天，仍然没有来。老张不停地向那条水泥路望去，空荡荡的，偶尔有一些自行车慢悠悠而过。有好几次老张想去看看，去马三爷家看一看，可走到一半，又回来了，他站在百货大厦破败的台阶上，心里感到十分孤寂。

第四天的时候，老张憋不住了，他在中午的时候去了趟马三爷的家。铁门紧闭着，门框上锈迹斑斑，老张敲了一阵，铁锈嗖嗖往下掉，里面没人应答，静悄悄的，只有远处犬吠。这是一间老屋，早就说拆迁了，却一直未动。老张用了用力，突然整个门框都掉了下来。屋里空荡荡的，只有一些桌椅整齐地立在一旁，往里屋走，灰尘被踢起，有苍蝇突兀地飞着。床上也没有人，竹席枕头安安静静地躺着，好像正等待什么。整个屋里明亮又黑暗，正午的阳光刺辣辣地从窗户里射进来，却又被什么遮挡住了似的，使得眼前十分黑暗。老张转过身，蓦地，倒抽了口凉气，他看见马三爷正在自己的头顶处，他的脸看向地面，四肢耷拉着——马三爷用一根麻绳把自己吊在了屋梁上。有苍蝇在他手上停下，还有肉色的蛆从嘴里爬出来。老张感到腿软了一下，他想起他的老婆李红英从井里被打捞上来的样子，和马三爷的眼睛一样，仿佛都在默默地看着他。

那个中午，老张一直站在烈日下，他感到冷，浑身的鸡皮疙瘩都起来了。街上没什么人，好像整个仙城都睡着了似的。他想给马三爷远在美国的女儿打电话，告诉她马三爷死了，他想起马三爷整天唠叨的那句话——我死了她才回来呢。他坐在台阶上，汗从头发里一条条地爬出来，但还是冷。

6

冬天仿佛是一夜之间到来的，北风像哨子似的吹了一夜，早晨醒来，一切都变了，街上灰蒙蒙的，烟尘四起。这几年仙城的拆迁与建设，使得到处飞沙走石，菜场里的塑料袋跑了不知道多少条巷子，最后被一根电线拦腰劫住，又哀嚎一个上午。大桥通车了，仙城的汽车突然间多了很多，好像从四面八方涌来一样，这些车似乎并不喜欢这个县城，只是路过，他们把油门踩出刺耳的声音，一路呼啸而去。仙城中学要搬走了，百货大厦也要拆掉了，据说这里要建一座更大的超市。

老张坐在鞋摊前——很少修鞋了，他的视力越来越差，只能看见一些物体的轮廓，就连挂在鞋摊上的红色气球也看得迷糊，气球不知道换过多少个了，蔫了，或者飞走了，又会换上新的。他有时帮人家擦鞋，仙城的灰尘太大了，使得那些鞋一副风尘仆仆的模样。

早晨他就给一个外地人擦了双鞋，那个人是理县的，来仙城办事，大概跟那个将要建设的超市有关。他把脚架在木凳上，掏出一支烟抽着。外地人和老张说话，说仙城太落后了。老张便点点头。他说这儿，就这儿——用烟头指指地面——要建一个大超市，最大的超市。老张停下来，心里突然有些难过。他把脑袋低着，一直低到鞋的位置，然后一刻不停地擦鞋。

外地人走后，老张一直呆呆坐着，他想，时间过得真快啊，一眨眼十多年过去了，他还记得自己第一天来这里的情形，好像就在

一棵大树想要飞

昨天似的。他想起国庆走丢的那天，想起李红英自杀的那天，想起马三爷离开的那天，一切都像刚刚发生一样。他用手揉揉眼睛，才发现眼角有泪。

有人喊他，他抬起头，一只旅行包放在他跟前。来的人是李大宝。

李大宝何时从监狱出来的，仙城人已经不去关注了，这一次的回来似乎悄无声息，他没有再去经营台球场，也没有找他的兄弟们喝酒，而是从屋子里翻出一只空旅行包。我要走了，他说，他告诉老张，他要离开这里。是的，这里，李大宝用脚戳着地面。

带子断了，缝一下。他把旅行包踢过去，掏出一支烟，自己抽了。

我要走了，他吸了口烟，重复一遍。抽出一支烟，递给老张，老张摇头，李大宝便把烟收回去，指指不远处的台球场——现在快变成废墟了——我以前就在那里。他说。

这是一个风四处乱跑的早晨，仙城人似乎还没能从被窝里钻出来，街上冷冷清清。李大宝看着远处，半晌，说，我真的要走了，我要去看看外面的世界。他把目光收回来，落在旅行包上，然后长叹一声，我要离开仙城了——他又说道，仿佛在自言自语。

我对仙城没什么好印象，很多事情，都记不清了，小时候，对，小时候，我一点印象都没有。李大宝把烟掐灭，用另一只脚使劲搓着。我以前好像不是生活在这里的，我记不清了，山里，可能是山里，也有可能是海边，啊，反正，一定不是仙城，我知道他们不是我的亲生父母，真的，我知道，但我不想说，他们不知道我知道，他们对我好，可他们不是。他把头仰起来，好像此时需要深深呼吸一口气。我是不是早就该离开这里了，他问老张，又像自问自

333

答，我早就该离开仙城了，我蹲了六年监狱，他把右手握起来，伸出大拇指和小拇指。六年，你知道吗，第一次四年，第二次两年，我就这么蹲大了。他又把头仰起来，对着灰暗的天空，我记不清小时候了，可我记得这个——他用手指指挂在竹竿上的气球——这个，我记得，老张突然看着他。李大宝说，可是——他停了停，老张也停下手中的活。我记得我去一个商场了，被一个人牵着，后来，我看见气球，就是这样的——他指给老张看——我就跟着气球跑，一直跑，真的，你信吗，我就跟着气球跑了。

李大宝发现这个修鞋的老头并不说话，好像被他的话感动似的，他掏出烟，抽出一支，刚要点上，后背被猛地一击。还没来得及回头，又是沉闷地一声。这是上次在网吧打架的家伙，几个人手上都拿着钢筋，为首的个头不高，胳膊上纹了个深蓝色的"忍"字。李大宝刚摇摇晃晃站起来，就被抡过来的钢筋砸中了。他跌在旅行包上。老张突然站起来，朝那个纹身的男的跑上去，不许打他，不许打他——他几乎声嘶力竭，有人朝他抡了一棍，接着又是一棍，他趴在地上，看见李大宝正爬起来，又挡了过去，来的人斜嘴笑着，说，遇到一个不怕死的呢。

老张抱住其中一人的腿，死命抱着，他听到自己后背和脑袋上发出的声音，像大理石球相互撞击的响声，每一次撞击都要从另一个上面带走点什么，不容分说。有东西从头发里爬出来，在他脸上爬，热乎乎的。李大宝正和一个人扭打在一起，把鞋摊撞倒了，把他的三角棚也撞倒了。他们用脚踢着李大宝的脑袋，像电视上足球比赛一样。他刚扑上去，便有很多人跟着扑过来，他看不见那些钢筋是怎么抡过来的，像长了很多的腿，腿踢着他，踩着他，敲着他，他听到那些腿与腿碰撞的声音，还有落在他身上的声音，他的眼睛看不清了,有东西流了进去,他听见有人喊,不要打他,不要打他,你们不要打他——是谁说的呢,或许是他说的,是的,不要打他。他趴在地上,尘土软绵绵的,仙城的地上永远有扫不完的尘土,现在它们却那么柔软。他把脸贴着地面,耳朵里还有沉闷的声音,那些声音好像和他有关,可是,一点都不疼。真的,他不感到疼痛,他睁开眼睛,看见满世界的红色,红色的人,红色的李大宝,红色的百货大厦,还有红色的气球。他趴在地上,一动也不动,感觉自己轻得就像一只气球,气球正离开地面,一点一点地向天上飞去。

致远先生和他的驴

致远先生每个礼拜会参加一些活动,活动或大或小,或重或轻,比如谁谁谁的作品研讨会,比如谁谁谁的摄影展览会……这些活动的共同特点是,地点不远,一定在致远先生生活的小城里。

在这个城市,致远先生算是个不大不小的文化人,至少他自己这么认为的。写写诗,也写写字,尤其是前者,让其享有一个诗人的称号。这一点,致远先生很欣慰。这个称号鼓舞并激励着他,仿佛他一生写过的诗歌仅是这两个字的俘虏一样,他写塞北的白桦林,写西藏的珠穆朗玛,写昆仑山……致远先生觉得,只有远方才配得上他的诗歌,也只有这样的诗歌才配得上"诗人"这两个字,尽管致远先生从未离开过他生活的小城。

起初,致远先生也没有写诗,而是在一个论坛上与一群人粪土当年万户侯。他们彼此称呼对方作家或者诗人,论坛是本地的,后来不知谁发起的聚会,见面时大家十分客气,依然彼此称呼作家或

一棵大树想要飞

者诗人,对于这样的称呼,开始致远先生是别扭的,羞涩的,直到他在小城的晚报上真的发表了一则诗歌后,内心才一阵欣然。他记得那天的报纸,也记得那天的心情,他把诗歌内容以及报纸版页输在手机里,发给了几乎所有认识的人。当然,论坛是必不可少的。他们向他道贺,继续称呼他诗人。那个瞬间,致远先生第一次对这两个字产生了崇敬之感。

后来,他未征得妻子同意,擅自将阳台改建了——一半用于炊事,一半用作书房。书房紧凑,但必须有一桌一椅一茶壶,桌椅是三里桥旧货市场买来的,朱红漆,上置一对色彩斑斓而陈旧的布垫。茶壶则不是买的,是朋友从景德镇带回来赠予的,说是纯手工绘制烧制,为此致远先生配了几只杯子。聚会时这些茶具就派上用场了,隔壁炉灶上烧滚的水,冲进茶壶,有时绿茶,有时白茶,有时普洱,总之,朋友带来什么就喝些什么——他们对茶不十分在行,所以只言其好,并不挑剔。书房里书倒是多的,这个不能少,好像一少了就象征着主人肚里的墨水少了似的。书整整齐齐码了几排,从书名看,和茶一样,很庞杂,有一些名著,也有一些时下流行的杂志,当然更多书的作者致远先生是熟悉的,他们均是来自小城的各类朋友自费或公费出版后的相互馈赠。再来看书房的门楣——尽管只是阳台一角,该有的就都得有——一块枣木刻就的匾,上书"致远斋",说到此处,不得不交代一下,致远先生姓马,致远是号,至于名字是什么,小城里没几个人能说得上来。即使是致远先生自己有时都感到恍惚和陌生,他常常端详着自己的名字,像面对一个久远的朋友似的——马大勇,哦,他小心翼翼地念着,舌尖上有说不出的怪异。

小城里什么都不缺,更不缺诗人,诗人们常常聚在一起朗诵他们刚刚写出的诗歌，像饥饿的人们面对刚出炉的面包。他们咀嚼着诗句，像咀嚼着食物，神情百般莫测，有时会激动得狂呼，有时又微微颦上眉头。他们在河边，在公园里，在饭桌上，有时也在致远先生的致远斋，这些与诗歌有关的活动，致远先生一次都没有落下，当然，他也不该落下。几个月前，致远先生突然荣获某个协会的理事头衔，他为此印了两盒名片，刻了一枚闲章，还写了一首诗。周末时，致远斋里聚集了几个诗人，他们听着致远先生朗诵着诗歌，又谈论当下的文化现象，以及谈论了他们向往却还没去过的远方。是的，远方，这是诗人们每次都要触及的话题，像宴会上最后的致辞，那么使人期待却又满怀惆怅。他们从大漠孤烟直谈到苏武，从陶渊明谈到黄河远上白云间，又从弗罗斯特到果园的水井旁。总之，这一晚，诗人们有些激动，他们把茶水喝到寡淡无味才依依不舍散去，人走茶凉后，致远先生又坐了一会，他给自己新沏了一壶茶——致远先生全神贯注地看着茶叶在水中妖娆，舒展，沉寂，他想到它们生长的那片土地，它们来自远方，那是他还未曾到过的地方，就那么一瞬间，致远先生潸然泪下了。

又一个周末时，致远先生受邀参加了一场西域摄影展，他几乎没有考虑就赶来了。影展在一个废弃的工业厂房里举办，有很多摄影或非摄影界的人士，因为小城之小，所以相互之间都有些熟悉，这种熟悉是微妙的，客气的，似有似无的——有人和致远先生打招呼——摄影展举办者之一——他从远处急迫地走来，脸上是恰到好处的笑，腰微微躬着，然后用双手握住致远先生的右手，欢迎欢迎，他把铰链在一起的三只手上下抖动了一阵，致远先生很喜欢这种感觉，一种来自于艺术者之间的礼貌、尊重和客气。三只手分开之后，其中两只又寻向了别处，但致远先生右手上的余温还是存在的，他向前慢慢走着，看着，带着那些余温。

很快，他和那个人又相遇了，像第一次见面一样，对方的手又热情地伸展过来，三只手久别重逢似的亲密了一会，致远先生感到它们的温度外还有微微的湿度。这一次，那个人没有急忙离开，而是转身拉住几个青年介绍给致远先生。小A，他指着其中一个说道，云南人，在小城生活了一年了。小C，北京人，在小城也待了一年多了，他们是在骑行西藏的途中认识的，从西藏回来后没有回到各自的家乡，他们要继续向南方骑行，路过小城时，因为听了一场古琴演奏，便爱上了这个地方，于是决定留下，你看，他转过身对着致远先生说，他们就在小城生活下来了——致远先生认真地听着，脑海里满是大漠孤烟下的骑车背影，两只背影一前一后，有时又一左一右，路没有尽头，仿佛通向天边——

这个摄影展对致远先生来说是有很大收获的，除了那两个骑行的背影之外，还有工厂斑驳墙壁上的无数照片，他像孩子似的充满好奇和渴望，仔细认真地欣赏了一遍，甚至很多遍。无人注意的瞬间他用手臂迅速揩掉泅出眼眶的泪，说不上来是怎样的一种感动，致远先生有些哽咽，他把自己的身体安置在一把不太舒服的竹椅上，缩着，一动不动。很久，才睁开眼，像经过一场千里跋涉一样，他转动眼睛，目光继续落在那些照片上，除了满眼的蓝色和白色，他什么都看不见，是的，那是蓝天白云的颜色，致远先生好像第一次理解了远方的意义。

活动结束时，致远先生随着一群人缓缓向外走，有个小女孩把一些纸袋分发到每个人手里——活动纪念品。致远先生把纸袋勾在臂弯里，似乎它使他用尽了浑身力量，他走得很慢，后来在人群里，又看见了那个被介绍过的小A和小C，他与他们隔着人流挥了挥手，然后便踏上了回家的公交。

　　车上人不多，几个晨练结束的老人寂寂坐着，双目微闭，好像刚刚结束的运动耗尽他们所有的力气。致远先生很少这个时候坐车，以往这个点应该坐在办公桌前，写着材料——他是一个小企业的办公室主任。致远先生看向窗外，菜场的叫卖声，公交车转弯的刹车声，还有远处不知是哪所学校传来的嘈杂声，这个城市正像一个不知天高地厚的少年向前奔跑着。他收回目光，这才看见还套在臂弯上的纸袋，打开它，一头小毛驴正低垂着脑袋，纪念品是个棉布小驴，大概是指驴友的意思。致远先生把毛驴从纸袋里拿出来，它的身子是用小碎花布做的，有种怀旧却又喜洋洋的感觉，毛驴的脑袋很大，一道黑色的线形成了一个下拉的嘴型，有种本分和老实的样子，小碎花布的身子上牵着一对布袋，是行李。致远先生用手抚着小毛驴的身子和脑袋，心里有说不出的喜悦和悲伤，或许与刚刚结束的摄影展有关，或许跟这辆犹如驶向老年岁月的公交车有关，他差点哭出声来。

　　回去后，他立即把小毛驴安置在一个醒目的地方——书桌一角，转身看了看，又觉不好，便放在茶桌的前方，仍觉不妥，直到小毛驴安安静静站在沙发的扶手上，致远先生才满意了。再后来，朋友聚会时，致远先生便坐在小毛驴的旁边，他把手搭在它小花布的身上，轻轻摩挲着，有时也把小毛驴抱在腿上，他的朋友都注意到了，话题纷纷围绕着小毛驴，觉得这真是见过的最逼真的玩具——致远先生打断他们，指正说不是玩具，你看它像玩具么？他反问道。小毛驴整个聚会中都是低着脑袋的，似乎还处于一种羞涩之中，似乎很喜欢自己这样安静聆听的方式。致远先生和朋友聊起了那场摄影展，以及摄影展上认识的小A和小C，他说他们都是

一棵大树想要飞

骑行西藏的人，用了三个多月，才到达拉萨，说着这些的时候，他仿佛自己也是他们中的一员，耳边有簌簌的高原风，头顶的云层很低，只要一伸手就能扯下一块似的。致远斋安静下来，所有人都在听着关于远方的故事，包括那头小毛驴。

重阳节到来的时候，气温陡然降了，窗外的风开始有了怒吼的意思，一年四季的风总能发出不同的声音。致远先生把书房——也就是阳台——的窗户关起来，玻璃脆生生地响了一下，这座居民楼还是老式的木质窗户，玻璃里夹有杂质，从里面看向外面，有种折射的感觉，树枝和电线都像在水中浮动，这种感觉让他很难过，一块玻璃之隔，便有了里外之分。他又重新推开窗户，像赌气似的。视线清晰了，外面，以及更远的远方都呈现在眼前。他坐回沙发，手抚着小毛驴。隔壁的厨房传来噼里啪啦的炒菜声，还有他老婆使劲的咳嗽声，菜篮子滚落在地上的声音，这些都使他感到隐隐的难受，好像这些与他想要的远方形成了某种对抗。他把门关上，想把声音拒绝在门外。干吗啊你——他的老婆叫起来，你想呛死我啊。是的，要是再关上门，浓烟就很难排出去了，当初把窗户的大半给了书房，厨房只有半扇。他又把门打开，让浓烟肆无忌惮地钻进来。致远先生拿起一本书，《世界地理》，一个朋友借给他的，彩印的页面上有高山流水，还有各种蜿蜒且通向远方的路，他把书摊在小毛驴的脚下，欣喜而又感慨地阅读着。

参加摄影展后，致远先生又认识了一些朋友，他发觉小城居然也能藏龙卧虎。新朋友很快就熟识了，他受邀到他们的家中做客，礼尚往来，致远先生也把新朋友邀请到自己的致远斋。四五个人分坐在木沙发和几只板凳上，形成一个不规则的四边形，小毛驴就在这四边形的一条边上。这一次，他们没有谈摄影或者文学，而是聊了青藏线,尽管几个人都没有去过西藏,但他们说起那些地名的时候仿佛是在那儿生活了若干年似的。其中之一说,格尔木过去就是西藏了,经过昆仑山,唐古拉山,还能看见傍晚的沱沱河,夕阳横扫大地,沱沱河河面金色一片——致远先生眼前出现了那幅景色,上次摄影展上,他看见过,和现在这位朋友描述的一模一样,于是他也感慨起来,感慨青藏线上的金沙江,可可西里。是的,可可西里,当话题落在可可西里的时候,大家发现这才是他们等待已久的。每个人都激动起来,四边形的四条边都有了一些变化,只有小毛驴一动不动的,它的头还是低垂着,像是面对一片草地,它的背上有两只柔软而又坚硬的布袋,袋子里不知道装的什么,是干草或是其他物件,当然,大家都明白,只不过是一团棉絮而已。致远先生把毛驴放在腿上,这样的动作使他有种温暖感,好像自己从未开始的远程将要和他的小毛驴结伴而行。他的左手摩挲着小碎花布,另一只手抚着它的耳朵,我是一定要远行的——他对着小毛驴说着,又像是自言自语——我要去可可西里。他说着可可西里的时候,发觉这四个字真是遥远而圣洁,可可西里被誉为"生命的禁区",却是野生动物的天堂,野牦牛、藏羚羊、原羚、白唇鹿、棕熊、野毛驴,对,还有毛驴——

那一晚,他们一直聊了很久,致远先生的老婆起来上了两次厕所,他们仍在热烈而感慨地讨论着,致远先生的老婆把书房的塑钢门"哗"地拉开,眼睛被强光刺痛似的,微皱着眉头,嘟哝一句,说,这么多的话要说啊。

几个人都赔起笑脸,屁股微抬了抬,示意再聊会儿即将离开。塑钢门又哗地被拉上了,致远先生老婆拖鞋的嗤啦声消失在另一个门里了,他们相互续了续水杯,茶叶已经寡淡无味。一个人站起

一棵大树想要飞

来,抡了抡胳膊,总结性地说,那个地方是一定要去的,没有人居住和生活的地方,恰恰是行者的灵魂可以栖落的地方,我们要如朝圣者般虔诚,和那里的一草一木谈话。

有人鼓起掌来,把最后一句话又重复一遍。

这个夜晚的聊天是欢愉的,是有价值的,也是成功的。小城已经完全安静下来,如致远先生的老婆一般早早酣睡,几个人站起来道别,握着手,又拍了拍小毛驴,再蹑手蹑脚地从塑钢门里鱼贯而出,消失在黑暗的楼道里。

之后,致远先生的生活变得更加忙碌且规律起来,除了加班,他每个礼拜的一三五和不同圈子的朋友参加一个文化之旅的讲座,周末和一帮摄影朋友看各种摄影展——也是刚刚发现自己所生活的小城居然每隔一些时间会举行一些大大小小的展出,展会上都有一些纪念品,肥皂,洗发水,液体蚊香,等等,但再也没有像小毛驴那种让他欣喜和思考的东西了。除了这些日子,其他时候,他的致远斋总是坐满了人,他的朋友越来越多,他们谈论文学谈论摄影谈论股票,但大多时候谈论的是远方,那个都未曾去过的远方。他们几乎和致远先生一样都没有离开过小城,有的去过一些地方,但不足以称为远方,那个小A和小C再也没有看见过,好像也是这个城市的匆匆过客。一天致远先生从一场讲座上坐车回来,像把小毛驴带回家的那天似的,他的内心激动甚至感慨,车上一个乘客都没有,只有驾驶员一言不发地握着方向盘。他感到说不出的难过,两边的树木与房屋急速驶向身后,路笔直而平坦,伸向远方,突然间,致远先生想起那四个字,可可西里,是的,那个代表远方的地方,代表行走最高境界的地方,他仿佛身下的车正行驶在青藏线上,两边有巍峨的雪山,昆仑山,念青唐古拉山,还有金沙江和沱沱河……他仿佛看见藏羚羊从远处奔跑，看见野牦牛一动不动地啃着草地，还有野毛驴，是的，黑色的，灰色的，以及小花碎布的小毛驴，正整齐而零散地奔跑在旷野上——这些感触，或者仅是幻觉，令致远先生沮丧甚至疲惫不堪，他从公交车上歪歪斜斜下来，拖着嗤啦嗤啦的脚步走了一段，穿过两条小巷，又在黑暗中爬上六楼，他推开门，他的致远斋，塑钢门依旧发出哗的响声，他把身子扔在木沙发上，闭着眼睛，另一只手向右摸去——以往他就是这样准确无误地将手搭在小毛驴背上，他喜欢它坚挺又柔软的脊背——可是，他的手落空了，他赶紧睁开眼，没有小毛驴，扶手上只有两个小小的碎花布袋——那个塞着棉絮的小包裹，小毛驴的行李。

（发表于《当代小说》）